"O mais próximo que se pode chegar de um
romance de estreia perfeito."
COSTA AWARDS

"Clássicos modernos nesse gênero são raros, e os instantâneos
ainda mais. *Loney*, entretanto, parece ser ambos."
SUNDAY TELEGRAPH

"Um romance impressionante sobre a fé, o fantástico, rituais
estranhos e as excentricidades da experiência humana."
JEFF VANDERMEER,
autor da trilogia *Comando Sul*

"Uma trama assustadora escrita com a habilidade de um poeta."
THE TIMES

"Poucos romances de estreia são tão bem construídos, com um
domínio tão seguro do tom."
TELEGRAPH

LONEY

ANDREW MICHAEL HURLEY

Loney

TRADUÇÃO DE RENATO MARQUES DE OLIVEIRA

intrínseca

Copyright © Andrew Michael Hurley 2014
O direito de Andrew Michael Hurley a ser identificado como autor desta obra foi reivindicado pelo próprio de acordo com o Copyright, Designs and Patents Act 1988.
Publicado originalmente em inglês pela John Murray Publishers.

TÍTULO ORIGINAL
The Loney

ADAPTAÇÃO DE CAPA E SOBRECAPA
ô de casa

FOTO DE SOBRECAPA
© Arcangel Images

REVISÃO
Ulisses Teixeira
Gabriel Pereira

DIAGRAMAÇÃO
Kátia Regina Silva | Babilonia Cultura Editorial

CIP-BRASIL, CATALOGAÇÃO NA PUBLICAÇÃO
SINDICATO NACIONAL DOS EDITORES DE LIVROS, RJ

H939L
    Hurley, Andrew Michael
        Loney / Andrew Michael Hurley ; tradução Renato Marques de Oliveira. - 1. ed. - Rio de Janeiro : Intrínseca, 2016.
        304 p. ; 23 cm.

    Tradução de: The Loney
    ISBN 978-85-8057-937-6

1. Ficção inglesa. I. Marques, Renato. II. Título.

16-32261   CDD: 823
                                      CDU: 821.111-3

[2016]
Todos os direitos desta edição reservados à
EDITORA INTRÍNSECA LTDA.
Rua Marquês de São Vicente, 99, 3º andar
22451-041 – Gávea
Rio de Janeiro – RJ
Tel./Fax: (21) 3206-7400
www.intrinseca.com.br

Para Ray e Rosalie

Enquanto eles se retiravam, eis que trouxeram até Jesus um homem endemoniado e mudo. E, expulso o demônio, o homem que até então era mudo falou. A multidão se maravilhou, dizendo: "Nunca tal se viu em Israel." Os fariseus, porém, disseram: "Ele expulsa os demônios pelo príncipe dos demônios."

Mateus 9:32-34

Que animal em fúria, a sua hora enfim chegada,
Rasteja até Belém para nascer?

Yeats, "A segunda vinda".

Capítulo um

Sem dúvida tinha sido um fim tempestuoso para o outono. Em Heath, um vendaval havia arruinado o glorioso esplendor de cores de Kenwood a Parliament Hill em questão de horas, deixando um rastro de carvalhos velhos e faias mortas. Seguiram-se a névoa e o silêncio, e depois, após alguns dias, restou somente o cheiro de podridão e fogueiras.

Certa tarde, passei tanto tempo lá com meu caderno anotando tudo que tinha vindo abaixo que perdi a minha sessão com o dr. Baxter. Ele disse para eu não me preocupar. Nem com a consulta nem com as árvores. Tanto ele como a natureza se recuperariam. As coisas nunca eram tão ruins quanto pareciam ser.

Creio que ele tinha razão em certo sentido. A punição até que não fora tão severa. No norte, linhas férreas ficaram submersas e vilarejos inteiros foram alagados com a água barrenta dos rios. Havia fotografias de gente tirando água de suas salas de estar, gado morto boiando em uma avenida radial. Depois, mais recentemente, a notícia sobre o súbito deslizamento de terra em Coldbarrow, e a criança que tinham encontrado soterrada com a velha casa ao pé dos despenhadeiros.

Coldbarrow. Aí estava um nome que eu já não escutava havia um bocado de tempo. Trinta anos. Ninguém que eu conhecesse o mencionava mais, e eu tinha feito um tremendo esforço para esquecê-lo. No entanto, suponho que eu sempre soube que o que ocorrera lá não permaneceria oculto para sempre, por mais que eu quisesse.

Eu me deitei na cama e pensei em ligar para Hanny, curioso em saber se ele também soubera da notícia e se ela significava alguma coisa para ele. A bem da verdade, eu jamais lhe havia perguntado que lembrança ele tinha do lugar. Mas o que eu diria, por onde começaria, isso eu não sabia. E, de qualquer forma, ele era um homem difícil de se entrar em contato. A igreja o mantinha tão ocupado que ele estava sempre atendendo aos velhos e enfermos, ou cumprindo suas atribuições em alguma comissão. Eu não podia apenas deixar um recado, não sobre aquilo.

Seu livro estava na prateleira junto com outros que eu vinha querendo doar para o brechó de caridade havia anos. Eu o peguei e corri os dedos pelas letras em relevo do título e depois olhei a quarta capa. Hanny e Caroline de camisas brancas combinando, e os dois meninos, Michael e Peter, sardentos e de sorriso largo, envolvidos nos braços dos pais. A família feliz do pastor Andrew Smith.

Já fazia quase uma década que o livro fora publicado, e os meninos tinham crescido — Michael estava iniciando o sexto ano na Cardinal Hulme e Peter cursava o último ano na Corpus Christi —, mas o pai e a mãe estavam idênticos a como eram naquela época. Joviais, tranquilos, apaixonados.

Fui recolocar o livro na prateleira e reparei que havia alguns recortes de jornal por dentro da sobrecapa empoeirada. Hanny visitando um asilo em Guildford. Uma resenha sobre seu livro no *Evening Standard*. A entrevista ao *Guardian* que realmente o colocara sob os holofotes. E o recorte de uma revista evangélica americana de quando ele fizera o circuito universitário no sul dos Estados Unidos.

O sucesso de *Minha segunda vida com Deus* pegara todos de surpresa, inclusive o próprio Hanny. Era um daqueles livros que — como é que um jornal havia definido? — cativava a imaginação, sintetizava o *zeitgeist*, o espírito do tempo. Esse tipo de coisa. Creio que devia haver alguma coisa nele de que as pessoas gostaram. Durante meses, ele figurou numa e noutra posição na lista dos vinte mais vendidos e rendeu à editora uma pequena fortuna.

Todo mundo já ouvira falar do pastor Smith, mesmo quem não tivesse lido o livro dele. E agora, com a notícia de Coldbarrow, parecia provável que ouviriam falar dele de novo, a menos que eu colocasse tudo no papel e desferisse o primeiro ataque, por assim dizer.

Capítulo dois

Se o lugar tinha outro nome, eu nunca soube, mas os moradores chamavam-no de "Loney" — um estranho pedaço de lugar nenhum entre os rios Wyre e Lune, aonde Hanny e eu íamos toda Páscoa com a Mamãe, o Papai, o sr. e a sra. Belderboss e o padre Wilfred, o sacerdote da paróquia. Era nossa semana de penitência e oração, na qual nos confessávamos, visitávamos o santuário de Santa Ana e procurávamos Deus na primavera que despontava e que, quando enfim chegava, mal era uma primavera; nada tão vibrante e efusivo. Estava mais para as encharcadas secundinas do inverno.

Embora pudesse parecer enfadonho e sem atrativos, o Loney era um lugar perigoso. Uma porção indômita e inútil do litoral inglês. Uma foz de baía morta que enchia e vazava duas vezes por dia e fazia de Coldbarrow, um pedaço de terra deserto a um quilômetro e meio da costa, uma ilha. As marés podiam subir mais rápido que o galope de um cavalo, e todo ano algumas pessoas morriam afogadas. Pescadores azarados desgarravam-se da rota e acabavam encalhados. Catadores de mexilhões oportunistas, alheios ao perigo com que estavam lidando, dirigiam seus caminhões areia adentro na maré baixa e apareciam na praia semanas depois, com o rosto verde e a pele enrugada.

Às vezes, essas tragédias viravam notícia, mas a inevitabilidade acerca da crueldade do Loney era tamanha que geralmente essas almas juntariam-se, esquecidas, às incontáveis outras que pereceram ao longo dos séculos na tentativa de domar o lugar. Os indícios da antiga atividade estavam por toda parte: quebra-mares que as tormentas haviam transformado em pedregulho e píeres de madeira reduzidos a vigas podres e pretas no meio do lodo. E havia outras estruturas, mais misteriosas; restos de palhoças capengas onde outrora evisceravam-se cavalas para os mercados do interior, boias luminosas com as braçadeiras de metal enferrujando, o toco de um farol de madeira no promontório, que havia guiado marinheiros e pastores através dos inconstantes movimentos da areia.

Porém, era impossível conhecer de verdade o Loney. O local mudava a cada afluxo e recuo das águas, e as marés de quadratura revelavam os esqueletos daqueles que julgavam ter lido e interpretado o lugar suficientemente bem a ponto de escapar de suas traiçoeiras correntes. Apareciam animais, às vezes pessoas, certa vez os restos mortais de ambos — um peão e suas ovelhas interceptados e afogados na antiga travessia da Cúmbria. E agora, desde a morte deles, havia um século ou mais, o Loney vinha empurrando suas ossadas de volta para a terra, como se estivesse provando a pertinência de um argumento.

Ninguém com algum conhecimento do lugar jamais chegava perto da água. Isto é, ninguém a não ser nós e Billy Tapper.

Billy era um bêbado da área. Todo mundo o conhecia. Sua derrocada até o fracasso era algo tão estabelecido e entranhado quanto o clima na mitologia do lugar, e ele era nada menos que uma dádiva para gente como a Mamãe e o padre Wildfred, que o usavam como exemplo do que a bebida era capaz de fazer com um homem. Billy Tapper não era uma pessoa, era um castigo.

A lenda dizia que ele tinha sido professor de música numa escola para meninos, ou diretor de um colégio para meninas na Escócia, ou no Sul, ou em Hull, algum lugar, qualquer lugar. Sua história variava de pessoa para pessoa, mas que a bebida o havia enlouquecido era fato universalmente aceito, e corriam diversos relatos sobre suas excentricidades. Ele morava numa caverna. Matara alguém a marteladas em Whitehaven. Tinha uma filha em algum lugar. Achava que juntar certas combinações de pedras e conchas tornava-o invisível e muitas vezes entrava cambaleando no Bell and Anchor em Little Hagby, os bolsos tilintando de cascalhos, e tentava beber de copos alheios, pensando que ninguém conseguiria vê-lo. Por isso o nariz amassado.

Eu não sabia ao certo o quanto dessas histórias era verdade, mas não importava. Depois que você via Billy Tapper, qualquer coisa que dissessem sobre ele parecia possível.

A primeira vez que o encontramos foi no ponto de ônibus de cimento revestido de seixos na estradinha que circundava a costa de Morecambe até Knott End. Deve ter sido em 1973, quando eu tinha doze anos e Hanny, dezesseis. O Papai não estava conosco. Tinha saído cedo com o padre Wildfred e o sr. e a sra. Belderboss para ver o vitral de uma igreja de vilarejo a cerca de trinta quilômetros, onde aparentemente havia uma magnífica vidraça em estilo neogótico representando Jesus acalmando a tempestade. E por isso a Mamãe tinha decidido me levar com Hanny a Lancaster para comprar comida e visitar uma exposição de saltérios antigos na biblioteca — a Mamãe jamais perdia uma oportunidade de nos instruir na história da nossa fé. Aparentemente, Billy estava indo na mesma direção, a julgar pelo pedaço de papelão pendurado em volta de seu pescoço — um em meio à dúzia de outros que facilitavam a vida dos motoristas de ônibus quando precisavam saber para que destino Billy queria seguir.

Os outros lugares onde ele tinha estado ou que talvez precisasse visitar revelaram-se à medida que Billy se remexeu no sono. Kendal. Preston. Manchester. Hull. Este último era onde vivia sua irmã, de acordo com o quadrado de papelão vermelho brilhante preso separadamente a um colar de cadarço, o qual continha informações que talvez se mostrassem valiosas numa emergência, com seu nome, o número de telefone da irmã e uma anotação em letras maiúsculas de que ele era alérgico a penicilina.

Esse fato em particular me intrigava quando criança, e eu me perguntava o que aconteceria se alguém *lhe desse* penicilina, se os danos poderiam superar os estragos que ele já havia causado a si mesmo. Eu jamais tinha visto um homem tão inclemente com o próprio corpo. Seus dedos e as palmas das suas mãos estavam arruinados pela sujeira. Todas as rugas e dobras eram marrons. Os dois lados de seu nariz quebrado e torto estavam enfiados bem fundo em seu crânio. O cabelo rastejava orelhas abaixo e caía pelo pescoço, que havia se tornado da cor do mar, com dezenas de tatuagens. Havia algo vagamente heroico em sua recusa de se lavar, eu pensava, ao passo que Hanny e eu éramos regularmente esfregados e enxugados com uma toalha pela Mamãe.

Ele estava desmoronado sobre o banco, com uma garrafa vazia de alguma coisa maligna caída ao seu lado no chão e, sobre o colo, uma batata pequena e de aspecto bolorento que me reconfortou de uma maneira estranha. Parecia apropriado que ele tivesse apenas uma batata crua. Era o tipo de coisa que eu supunha que os indigentes comessem, mordiscando-a naco por naco durante semanas a fio enquanto perambulavam sem destino pelas rodovias e estradinhas à procura da próxima batata. Pegando carona. Roubando o que pudessem. Embarcando como clandestinos nos trens. Como eu digo, naquela idade a vida errante não era inteiramente desprovida de romantismo para mim.

Ele falava enquanto dormia, apertando os bolsos, que, como todos diziam, faziam um barulho como se estivessem cheios de pedras, reclamando furiosamente de alguém chamado O'Leary, que lhe devia dinheiro e jamais lhe pagara, embora fosse dono de um cavalo. Quando ele acordou e percebeu que estávamos lá, fez o melhor que pôde para se mostrar afável e sóbrio, abrindo um sorrisinho de três ou quatro dentes tortos e pretos e, à guisa de cumprimento, tirou a boina para a Mamãe, que esboçou um breve sorriso, mas, agindo como agia com todos os desconhecidos, no mesmo instante o julgou e se sentou em um silêncio meio revoltado, meio temeroso, fitando a estrada vazia no desejo de que o ônibus aparecesse.

Como a maioria dos bêbados, Billy deixou de lado a conversa fiada e jogou seu coração ferido e ensanguentado na palma da minha mão como se fosse um pedaço de bife cru.

— Não se deixem enganar pela bebida demoníaca, garotos. Eu perdi tudo por causa deste troço — disse ele, erguendo a garrafa e dando uma golada no restinho. — Estão vendo esta cicatriz?

Ele levantou a mão e puxou a manga da camisa para baixo. Uma sutura vermelha descia do pulso até o cotovelo, abrindo caminho por meio de tatuagens de punhais e garotas peitudas.

— Sabem como arrumei isto?

Fiz que não com a cabeça. Hanny encarou-o.

— Caí de um telhado. O osso atravessou a carne — disse ele, e usou o dedo para demonstrar o ângulo em que sua ulna tinha ficado exposta. — Vocês têm um cigarro sobrando?

Fiz que não com a cabeça, e ele suspirou.

— Merda. Eu sabia que devia ter ficado em Catterick — disse ele, soltando mais uma declaração incoerente.

Era difícil afirmar — e ele não era nem um pouco parecido com os veteranos toscamente bonitões que apareciam no gibi *Commando* o tempo todo —, mas deduzi que Billy tinha idade suficiente para ter lutado na guerra. E, de fato, quando seu corpo se dobrou num ataque de tosse e ele tirou a boina para limpar a boca, deu para ver que na frente dela havia algumas insígnias militares tortas.

Fiquei pensando se fora por isso que ele caíra na bebedeira, a guerra. Ela tinha feito coisas estranhas com as pessoas, era o que o Papai dizia. Desregulado suas bússolas, por assim dizer.

Qualquer que fosse o motivo, Hanny e eu não conseguíamos desgrudar os olhos dele. Observávamos com voracidade sua sujeira, seu odor brutal e esquisito. Era o mesmo entusiasmo medroso que sentíamos quando por acaso passávamos de carro por alguma região que a Mamãe considerava uma parte *ruim* de Londres e nos descobríamos perdidos num labirinto de casas que ficavam com os muros colados a fábricas e a ferros-velhos. Nós nos revirávamos nos bancos e olhávamos pela janela as crianças maltrapilhas e espantadas que não tinham brinquedo algum a não ser os pedaços de madeira e metal arrancados dos móveis quebrados em seus quintais, onde mulheres de avental postavam-se e guinchavam obscenidades para homens que saíam trôpegos dos pubs das esquinas. Era como um safári por um parque de degradação. Um mundo sem os cuidados de Deus.

Billy olhou de relance para a Mamãe e, sem tirar os olhos dela, enfiou o braço dentro da sacola plástica caída aos pés dele e pegou alguns pedaços esfarrapados de papel, que depois apertou com força dentro da minha mão. Tinham sido arrancados de uma revista pornográfica.

Ele piscou para mim e se sentou de novo encostado na parede. O ônibus apareceu, a Mamãe se pôs de pé e estendeu a mão fazendo sinal, e eu rapidamente escondi as fotos.

— O que você está fazendo? — perguntou a Mamãe.
— Nada.
— Bom, faça alguma coisa de útil e apresse Andrew.

Tentei convencer Hanny a ficar de pé para entrarmos no ônibus, mas ele não se mexeu. Estava sorrindo e olhando não para mim, mas para Billy, que a essa altura pegara no sono de novo.

— O que é, Hanny?

Ele olhou para mim e depois novamente para Billy. E então me dei conta do que ele tanto olhava: Billy não estava segurando uma batata, mas o próprio pênis.

O ônibus parou e embarcamos. O motorista olhou por cima de nós e assobiou para o Billy, mas ele não acordou. Depois de mais uma tentativa, o motorista balançou a cabeça e apertou o botão para fechar a porta. Nós nos sentamos e vimos a parte da frente das calças de Billy escurecer. A Mamãe fez *tsc tsc* com a língua entre os dentes e desviou nosso rosto da janela de modo que, em vez disso, olhássemos para ela.

— Estejam avisados — disse ela enquanto o ônibus arrancava. — Aquele homem já está dentro de vocês. Bastam apenas algumas escolhas erradas para fazer com que ele venha à tona, acreditem em mim.

Ela segurou a bolsa em cima do colo e olhou para a frente. Apertei as fotos obscenas numa das mãos e deslizei a outra para dentro do casaco, pressionando com força a minha barriga com as pontas dos dedos, tentando encontrar o âmago de maldade que precisava somente das condições certas de ausência de Deus e depravação para germinar e se alastrar feito erva daninha.

Acontecia com tanta facilidade. A bebida possuía rapidamente um homem e fazia dele seu escravo. O padre Wilfred sempre dizia isso.

Quando a Mamãe lhe contou sobre Billy, mais tarde naquela noite, ele simplesmente balançou a cabeça e suspirou.

— O que se pode esperar de um homem como aquele, sra. Smith? Alguém tão afastado de Deus.

— Eu disse aos meninos que é dever deles prestar muita atenção — comentou a Mamãe.

— E com toda a razão — disse ele, tirando os óculos e olhando para Hanny e para mim enquanto os limpava na manga da camisa. — Eles têm de se incumbir da tarefa de conhecer todos os venenos que Satã dissemina.

— Sinto muita pena dele — disse a sra. Belderboss.

— Eu também — fez coro o Papai.

O padre Wilfred recolocou os óculos e esboçou um sorriso breve e desdenhoso.

— Então, vocês estarão contribuindo para o estoque já transbordante dele. Piedade é a única coisa que um beberrão tem em abundância.

— Ainda assim, ele deve ter levado uma vida extremamente dura para acabar nesse estado — retrucou a sra. Belderboss.

— Não creio que ele saiba o que significa levar uma vida dura. Tenho certeza de que o meu irmão poderia contar-lhes tantas histórias quanto eu sobre o que é ser pobre de verdade, sobre a verdadeira luta pela vida, não poderia, Reginald? — respondeu o padre Wilfred com escárnio na voz.

O sr. Belderboss assentiu e disse:

— Todo mundo passa por maus bocados em Whitechapel. Nenhum emprego. Crianças morrendo de fome.

A sra. Belderboss tocou o braço do marido em solidariedade. O padre Wilfred recostou-se e limpou a boca com um guardanapo.

— Não, um homem como aquele é o pior tipo de tolo — disse o padre. — Ele jogou tudo fora. Todos os seus privilégios e oportunidades. Ele era um profissional, creio eu. Um professor. Que desperdício terrível.

É estranho, mas, quando eu era criança, algumas coisas eram tão claras para mim e seus resultados tão inevitáveis que eu acreditava possuir uma espécie de sexto sentido. Um dom da presciência, como o de Elias ou Ezequiel, que haviam previsto seca e destruição com perturbadora exatidão.

Eu me lembro de Hanny certa vez pendurado numa corda sobre um lago em Heath e de saber, *saber*, que a corda arrebentaria, o que de fato aconteceu; como eu também soube que o gato de rua que ele havia trazido do parque acabaria virando picadinho no metrô, e que ele deixaria o aquário redondo com o peixinho dourado que ganhara no parque de diversões cair no chão da cozinha assim que a gente entrasse em casa.

Da mesma forma, depois daquela conversa à mesa do jantar, eu soube que Billy morreria em breve. O pensamento ocorreu-me como um fato estabelecido; como se fosse algo que já tivesse ocorrido. Ninguém era capaz de viver daquela maneira por muito tempo. Ser imundo naquele nível exigia um esforço tão grande que eu tinha certeza de que o mesmo Deus misericordioso que havia mandado uma baleia para salvar Jonas e avisara Noé de antemão sobre a intempérie acabaria com o sofrimento de Billy.

Capítulo três

Aquela Páscoa foi a última vez em que fomos até o Loney por muitos anos.

Depois da noite em que nos esclareceu as coisas em relação a Billy Tapper durante o jantar, o padre Wilfred mudou de uma forma que ninguém foi capaz de explicar ou compreender. As pessoas atribuíram a mudança ao fato de que ele estava ficando velho demais para a coisa toda — afinal de contas, era uma longa jornada desde Londres, e a pressão de ser o pastor de seu rebanho durante uma semana tão intensa de orações e reflexões era o bastante para exaurir um homem com a metade da idade dele. Ele estava cansado. Era só isso.

Porém, como eu tinha um talento especial para perceber a verdade sobre tudo, sabia que havia algo além disso. Havia algo de muito errado.

Depois que a conversa sobre Billy tinha chegado ao fim e todo mundo se acomodou na sala de estar, o padre saiu para caminhar na praia e, quando voltou, era um homem diferente. Aflito. Perturbado com alguma coisa. Ele se queixou de maneira bem pouco convincente de estômago embrulhado e foi se deitar, trancando a porta com um movimento enfático do ferrolho. Um pouco mais tarde, ouvi ruídos vindo do seu quarto e percebi que ele estava chorando. Antes disso eu nunca tinha ouvido um homem chorar, exceto por um do grupo de deficientes mentais que iam fazer artesanato no salão da paróquia a cada quinze dias com a Mamãe e algumas das outras senhoras. Era um ruído de medo e desespero.

Na manhã seguinte, quando o padre por fim se levantou, desgrenhado e ainda agitado, murmurou alguma coisa sobre o mar e saiu com sua câmera antes que alguém pudesse lhe perguntar o que havia de errado. Não era do feitio dele ser tão desleixado. Tampouco dormir até tarde. Ele estava totalmente fora de si.

Atentos, todos observaram o padre descer a viela e decidiram que era melhor partir o quanto antes, convencidos de que, uma vez de volta à São Judas Tadeu, ele se recuperaria em pouco tempo.

No entanto, quando o padre voltou para casa, seu estado de irritação estava praticamente inalterado. Em seus sermões ele parecia mais desvairado do que nunca acerca das ubíquas mazelas do mundo, e qualquer menção à peregrinação lançava uma sombra em seu rosto e o punha num estado de devaneio angustiado. Depois de algum tempo, ninguém mais falava sobre ir até lá. Era apenas algo que outrora costumávamos fazer.

A vida seguiu seu curso e nós nos esquecemos do Loney até 1976, quando o padre Wilfred morreu subitamente no ano-novo, e o padre Bernard McGill foi transferido de alguma paróquia violenta em New Cross para assumir a São Judas Tadeu no lugar dele.

Após a missa inaugural do padre Bernard, em que o bispo apresentou-o à congregação, serviram chá e bolos no gramado da casa paroquial, para que o recém-chegado pudesse conhecer seus paroquianos num ambiente menos formal.

De imediato ele caiu nas nossas graças e parecia à vontade com todo mundo. O padre Bernard tinha um jeito carismático. Um charme agradável e descontraído que fazia os meninos mais velhos caírem na risada e as mulheres inconscientemente se vestirem melhor.

Perambulando de grupo em grupo, o bispo veio conversar comigo e a Mamãe, tentando comer uma fatia de bolo imensa da maneira mais digna possível. Ele tinha tirado a casula e a sobrepeliz, mas ainda estava vestindo a sotaina cor de ameixa, de modo que se destacava como um homem de importância em meio ao marrom e cinza dos civis.

— Ele parece um bom homem, vossa graça — disse a Mamãe.

— De fato — respondeu o bispo com seu sotaque escocês de Midlothian que, por alguma razão, sempre me fazia pensar em musgo molhado.

Ele observou o padre Bernard levar a sra. Belderboss a ataques de risos.

— Ele fez verdadeiras maravilhas na sua última paróquia.

— Ah, é mesmo? — quis saber a Mamãe.

— Muito bom em incentivar os jovens a frequentarem a igreja — acrescentou o bispo, olhando-me com o risinho largo e enganoso de um professor que deseja em igual medida punir e fazer amizade e acaba sem conseguir nem uma coisa nem outra.

— O meu menino é coroinha, vossa graça — respondeu a Mamãe.

— Ah, é? Ora, que bom. O padre Bernard se sente bastante à vontade tanto com os adolescentes quanto com os adultos da congregação.

— Bom, se ele vem por sua recomendação, vossa graça, tenho certeza de que se sairá bem.

— Ah, não duvido — respondeu o bispo, limpando farelos da barriga com o dorso da mão. — Ele será capaz de guiar todos vocês através de águas seguras, contornar com sucesso os promontórios, por assim dizer. A bem da verdade, a minha analogia náutica é bastante apropriada — continuou ele, fitando a meia distância e presenteando-se com um sorriso. — Sabe de uma coisa? Empolgo-me muito com a ideia de o padre Bernard levar a congregação a um mundo mais amplo. Não sei quanto à senhora, mas sou da opinião de que, quando uma pessoa se deixa mimar demais pelas coisas que lhe são familiares, a fé fica estagnada.

— Bom, se é o que o senhor pensa, vossa graça — disse a Mamãe.

O bispo virou-se para a Mamãe e, mais uma vez, sorriu daquela maneira autocomplacente.

— Estou percebendo que talvez haja alguma resistência à ideia, sra...?

— Smith — completou a Mamãe, e depois, vendo que o bispo esperava que ela respondesse, prosseguiu. — Talvez possa haver, vossa graça, entre os paroquianos mais velhos. Eles não demonstram muito entusiasmo com relação a mudanças.

— E nem deveriam, sra. Smith. E nem deveriam. Fique tranquila, gosto de pensar na escolha de um novo clérigo como um processo orgânico; um broto novo numa videira velha, se preferir; um *continuum* em vez de uma revolução. E, em todo caso, eu não estava sugerindo que vocês saíssem pelos quatro cantos do mundo. Estava pensando que o padre Bernard poderia levar um grupo num retiro por ocasião da Páscoa. Sei que era uma tradição muito estimada ao coração de Wilfred, e que eu mesmo sempre considerei louvável. Seria uma bela maneira de prestar uma homenagem a ele — acrescentou —, e uma chance de olhar na direção do futuro. Um *continuum*, sra. Smith, como eu disse.

O som de alguém tilintando uma faca contra um copo começou a se sobrepor ao burburinho no jardim.

— Sinto muito, infelizmente vocês terão de me dar licença — falou o bispo, dando batidinhas de leve com a mão para limpar os farelos dos lábios. — O dever me chama.

Ele caminhou na direção da mesa de cavalete que havia sido montada junto às roseiras, a sotaina batendo em volta dos tornozelos e se molhando.

Assim que ele se afastou, a sra. Belderboss apareceu ao lado da Mamãe.

— Você estava tendo uma conversa e tanto com o bispo — disse ela, dando um cutucão zombeteiro no braço da Mamãe. — Do que estavam falando?

A Mamãe sorriu.

— Tenho notícias maravilhosas — respondeu ela.

Poucas semanas depois, a Mamãe organizou uma reunião das partes interessadas, de modo a dar o pontapé inicial antes que o bispo mudasse de ideia, como ele estava habituado a fazer. A Mamãe sugeriu que todos fossem à nossa casa a fim de discutir para onde poderiam ir, embora ela tivesse um único lugar em mente.

Na noite marcada, as pessoas chegaram debaixo de chuva, exalando umidade e seus jantares: o sr. e a sra. Belderboss, a srta. Bunce, a governanta da casa paroquial, e o noivo dela, David Hobbs. Penduraram os casacos na pequena varanda de ladrilhos rachados com seu intratável odor de pés e se reuniram na nossa sala da frente observando ansiosamente o relógio acima da lareira, a mesa de chá posta, incapazes de relaxar enquanto o padre Bernard não chegava.

Por fim, a campainha tocou e todos se puseram de pé enquanto a Mamãe abria a porta. O padre Bernard estava lá parado com os ombros curvados na chuva.

— Entre, entre — chamou a Mamãe.

— Obrigado, sra. Smith.

— O senhor está bem, padre? Espero que não esteja todo molhado.

— Não, não, sra. Smith — respondeu o padre Bernard, os pés encharcados dentro dos sapatos. — Eu gosto da chuva.

Sem saber se ele estava sendo sarcástico, o sorriso dela esmoreceu um pouco. Não era uma característica que ela conhecia em sacerdotes. O padre Wilfred sempre fora implacavelmente sério.

— Bom para as flores — foi tudo que ela conseguiu formular.

— Sim — concordou o padre Bernard.

Ele olhou para o seu carro.

— Eu estava aqui pensando, sra. Smith, o que a senhora acha de eu trazer Monro para dentro? Ele não gosta de ficar sozinho, e a chuva no teto do carro o deixa um tiquinho doido, sabe?

— Monro? — indagou ela, perscrutando atrás do padre.

— Por causa de Matt.

— Matt?

— Matt Monro, o cantor — respondeu o padre. — Meu único vício, sra. Smith, posso lhe assegurar. Tive longas conversas com o Senhor acerca disso, mas acho que Ele desistiu de mim e me considerou caso perdido.

— Desculpe. De quem o senhor está falando?

— Daquele garotão alegre e boboca na janela lá atrás.

— Seu cachorro?

— Isso mesmo.

— Tudo bem — respondeu a Mamãe. — Bom, acho que não tem problema. Ele não vai, o senhor sabe... Vai?

— Ah, não, sra. Smith. Ele é bem treinado para ficar dentro de casa. Vai só cochilar.

— Tudo bem, Esther — interveio o Papai, então o padre Bernard foi até o carro e voltou com um labrador preto que espirrou no capacho, depois se estremeceu e se espreguiçou todo na frente da lareira, como se sempre tivesse morado na nossa casa.

A Mamãe ofereceu ao padre Bernard a única poltrona na frente da televisão, uma coisa puída entre o verde-oliva e o bege que ela tinha tentado embelezar com capinhas de borda rendada no encosto e nos braços e havia alinhado usando o nível de bolha do Papai quando achava que ninguém estava olhando.

O padre agradeceu, enxugou a testa com um lenço e se sentou. Somente quando ele se acomodou é que os demais fizeram o mesmo. A Mamãe estalou os dedos e me lançou um olhar que era o equivalente a um pontapé no traseiro. Como em todos os eventos sociais na nossa casa, era minha função distribuir a rodada inicial de chá e biscoitos, então ajoelhei-me e servi uma xícara ao padre Bernard, pousando-a em cima da televisão, que tinha sido coberta com uma toalha engomada — do mesmo jeito que os crucifixos e estátuas sacras na igreja, agora que estávamos na Quaresma.

— Obrigado, Tonto — agradeceu o padre Bernard, abrindo um sorriso conspiratório.

Era o apelido que ele me dera assim que chegou à São Judas Tadeu. Ele era o Cavaleiro Solitário e eu, o Tonto. Era infantil, eu sei, mas creio que eu gostava da ideia de nós dois lutando lado a lado, como os camaradas faziam nas histórias do *Commando*. Porém, eu não sabia direito contra o que a gente lutava. O diabo, talvez. Pagãos. Glutões. Pródigos. Os tipos de pessoas que o padre Wilfred nos instruíra a desprezar.

Ouvindo a poltrona ranger sob o peso do padre enquanto ele tentava se ajeitar numa posição confortável, fiquei mais uma vez espantado em ver o quanto o padre Bernard era enorme. Filho de um fazendeiro do condado de Antrim, ele não tinha mais que trinta anos, se tanto, embora parecesse um homem de meia-idade por causa dos anos de trabalho árduo. Seu rosto era firme e pesado, com um nariz que havia sido amassado por golpes e um naco enrolado de pele protuberante atrás de sua gola. Os cabelos estavam sempre bem-arrumados, com gomalina e penteados para trás, formando um sólido capacete em sua cabeça. Entretanto, eram as mãos que pareciam inadequadas, não combinavam com o cálice e o cibório. Eram grandes e vermelhas, rígidas como couro por conta de uma adolescência passada erguendo paredes e muros feitos de pedra sem argamassa e confinando novilhos nos currais para a perfuração das orelhas e aplicação de brincos identificadores. Se não fosse pelo colarinho romano e sua voz suave feito algodão, ele poderia facilmente passar por um porteiro ou ladrão de banco.

Porém, como eu dizia, todos os paroquianos na São Judas Tadeu gostaram dele logo de cara. O padre era esse tipo de pessoa. Descomplicado, honesto, uma companhia agradável. Um homem para os outros homens, paternal com mulheres que tinham o dobro de sua idade. Mas eu podia perceber que a Mamãe estava postergando sua opinião. Ela o respeitava por ser um padre, é claro, mas somente até o ponto em que ele mais ou menos atuava como uma réplica do padre Wilfred. Quando ele cometia algum tropeço, a Mamãe sorria de forma amável e o tocava de leve no braço.

— O padre Wilfred normalmente rezava o credo em latim, padre, mas não importa — disse ela após a primeira missa que ele celebrou sozinho na São Judas Tadeu.

E também:

— O padre Wilfred normalmente fazia a oração e dava graças — informou quando ele me ofereceu a incumbência durante um almoço de domingo que, ao que tudo indicava, a Mamãe tinha organizado apenas para testá-lo quanto a esses detalhes.

Nós, coroinhas, achávamos o padre Bernard divertido — com sua mania de colocar apelidos em todos e o hábito de nos convidar para a casa paroquial após a missa. O padre Wilfred, é claro, jamais fizera isso, e mesmo para a maioria dos adultos da paróquia era um local de mistério quase tão sacrossanto quanto o tabernáculo. O padre Bernard, porém, parecia ficar alegre com a nossa companhia, e tão logo as peças litúrgicas de prata eram limpas e guardadas, e nossas batinas e túnicas penduradas no closet, ele nos levava para sua casa e nos reunia sentados ao redor da mesa de jantar, onde nos servia chá com biscoitos e trocávamos histórias e piadas ao som de Matt Monro. Bem, eu não. Eu deixava os outros meninos fazerem isso. Eu preferia ouvir. Ou pelo menos fingia que ouvia e deixava meus olhos passearem a esmo pela sala e tentava imaginar como era a vida do padre Bernard, o que ele fazia quando não havia ninguém por perto, quando ninguém esperava que ele fosse um padre. Eu não sabia se os padres podiam encerrar o expediente em algum momento. Quero dizer, o Papai não passava seu tempo livre inspecionando a argamassa da chaminé ou montando um teodolito no jardim dos fundos, então parecia injusto que um padre tivesse de ser um homem sagrado o tempo inteiro. Mas talvez não funcionasse assim. Talvez ser padre fosse como ser um peixe. Uma vida de imersão.

Agora que o padre tinha sido servido, os demais podiam tomar seu chá. Servi uma xícara para cada pessoa — acabando com um bule e começando a servir de um outro —, até restar apenas uma caneca. A caneca de Hanny. A que tinha um ônibus londrino do lado. Ele sempre ganhava uma caneca de chá, mesmo quando estava longe, na Pinelands.

— Como vai Andrew? — perguntou o padre Bernard, de olho em mim.

— Bem, padre — respondeu a Mamãe.

O padre Bernard meneou a cabeça e estampou no rosto um sorriso que reconhecia o que ela realmente estava dizendo, sob as palavras.

— Ele vai estar de volta na Páscoa, não vai? — questionou o padre Bernard.

— Vai — respondeu a Mamãe.

— A senhora vai ficar contente de tê-lo em casa, tenho certeza.

— Vou. Muito contente.

Houve uma pausa constrangedora. O padre Bernard percebeu que havia se desviado para um território particular e mudou de assunto erguendo a xícara.

— É um chá delicioso, sra. Smith — disse ele, e a Mamãe sorriu.

Não que ela não quisesse Hanny em casa — ela o amava com uma intensidade que fazia com que, às vezes, o Papai e eu parecêssemos meros conhecidos —, mas ele a lembrava do teste pelo qual ela ainda não tinha passado. E, se por um lado a Mamãe se deleitava a cada pequena conquista que Hanny parecia ter alcançado, coisas como conseguir escrever a primeira letra do nome, ou amarrar o cadarço do sapato, digamos, eram progressos tão diminutos que ela ainda sentia dor e se afligia de pensar na longa estrada pela frente.

— E será uma longa estrada — dissera-lhe certa vez o padre Wilfred. — Será repleta de decepções e obstáculos. Mas a senhora deve se alegrar por Deus tê-la escolhido para caminhar por essa estrada, que Ele tenha lhe enviado Andrew como um teste e um guia para sua alma. Ele fará a senhora se lembrar da própria mudez perante Deus. E quando ele por fim conseguir falar, a senhora será capaz de falar, e pedir ao Senhor o que quiser. Nem todo mundo recebe uma oportunidade como essa, sra. Smith. Tenha consciência disso.

A xícara de chá que servimos para o Hanny, que esfriou e na qual brotou uma camada enrugada de leite, era prova de que ela não tinha se esquecido. Era, estranhamente, uma espécie de oração.

— Então — disse o padre Bernard, pousando sua xícara quase vazia e recusando a oferta da Mamãe de mais uma. — Alguém tem alguma sugestão de para onde devemos ir na Páscoa?

— Bem — disse rapidamente a srta. Bunce, olhando de relance para David, que balançou a cabeça em sinal de encorajamento. — Há um lugar chamado Glasfynydd.

— Onde? — perguntou a Mamãe, desferindo um olhar cético para os outros, que retribuíram com um sorriso largo.

Eles também não tinham ouvido falar daquele lugar antes. Era apenas a srta. Bunce tentando ser diferente. Ela era jovem. Não era sua culpa.

— Glasfynydd. É um retiro na ponta da cordilheira Brecon Beacons — explicou ela. — É lindo. Já estive lá uma porção de vezes. Eles têm uma igreja ao ar livre no bosque. Todos se sentam em troncos.

Ninguém respondeu a não ser David, que disse:

— Parece uma boa ideia. — E bebericou seu chá.

— Muito bem — falou o padre Bernard após um momento. — Essa é uma ideia. Alguma outra?

— Bem, é óbvio — respondeu a Mamãe. — Deveríamos voltar à Moorings e visitar o santuário. — Instigada pelos murmúrios de empolgação do sr. e da sra. Belderboss lembrando-se do lugar, acrescentou: — Nós sabemos como chegar lá, sabemos onde fica tudo e é um lugar sossegado. Podemos ir na Semana Santa, levar Andrew ao santuário e ficar até os Dias de Rogação para assistir à procissão, como costumávamos fazer. Vai ser ótimo. A velha turma reunida de novo.

— *Eu* nunca fui lá — salientou a srta. Bunce. — E nem David.

— Ora, você sabe o que eu quis dizer — esclareceu a Mamãe.

O padre Bernard olhou ao redor da sala.

— Alguma outra sugestão? — perguntou ele e, enquanto esperava uma resposta, pegou um biscoito com recheio de creme de baunilha e o partiu ao meio.

Ninguém disse uma palavra sequer.

— Neste caso — disse ele —, creio que devemos ser democráticos. Todos os que querem ir para o sul do País de Gales...

A sra. Bunce e seu noivo ergueram as mãos.

— Todos os que querem voltar à Moorings...

Os demais responderam com muito mais vigor.

— Então é isso — concluiu o padre Bernard. — Vamos para a Moorings.

— Mas o senhor não votou, padre — disse a srta. Bunce.

Ele sorriu.

— Eu me dei o direito de me abster dessa vez, srta. Bunce. Fico feliz de ir para qualquer lugar aonde for levado.

Ele sorriu de novo e comeu o restante do biscoito.

A srta. Bunce parecia ter ficado decepcionada e disparou olhares de relance para David, querendo sua solidariedade. Porém, ele deu de ombros e foi até a mesa para mais uma xícara de chá, que a Mamãe serviu com floreio, feliz da vida com a perspectiva de retornar ao Loney.

O sr. e a sra. Belderboss já estavam descrevendo o lugar com profusão de detalhes para o padre Bernard, que assentiu e pegou outro biscoito no seu prato.

— E o santuário, padre — disse a sra. Belderboss —, é simplesmente lindo, não é, Reg?

— Ah, sim — confirmou o sr. Belderboss. — De fato, um pequeno paraíso.

— Tantas flores — intrometeu-se a sra. Belderboss.

— E a água é tão limpa — disse o sr. Belderboss. — Não é, Esther?

— Feito cristal — respondeu a Mamãe, passando pelo sofá.

Ela sorriu para o padre Bernard e foi oferecer à srta. Bunce um biscoito, que ela aceitou com um *obrigado* que seria capaz de tirar sangue. Mamãe assentiu e seguiu em frente. Na Moorings, ela sabia que teria condições de derrotar facilmente a srta. Bunce e o Glasfynydd dela, estando em território conhecido, por assim dizer.

Ela tinha crescido na costa noroeste, a um pulo do Loney, e o local ainda amanteigava as arestas de seu sotaque, embora ela tivesse saído de lá muito tempo atrás e morasse em Londres havia vinte anos ou mais. Ela ainda chamava os pardais de *parrais*, estorninhos de *estorrinhos* e, quando éramos pequenos, cantava cantigas de ninar de que ninguém de fora do vilarejo jamais ouvira falar.

Ela nos fazia comer um guisado de vários tipos de carnes e legumes e salada de tripa e ansiava encontrar as mesmas tortas de leite coalhado que tinha comido quando menina; iguarias de entupir as artérias, feitas com o primeiro leite que a vaca dá após parir.

Parece que, no lugar onde a Mamãe cresceu, quase todo dia havia uma festa para um ou outro santo. E embora hoje em dia praticamente nenhuma dessas festividades ainda fosse celebrada, nem mesmo pelos mais fervorosos da São Judas Tadeu, a Mamãe lembrava-se de todos os vários rituais e insistia em realizá-los em casa.

No dia de São João, uma cruz de metal era passada através da chama de uma vela três vezes para simbolizar a proteção divina que João havia recebido quando voltou para sua casa incendiada a fim de resgatar os leprosos e os aleijados que lá estavam hospedados.

Em outubro, na festa de São Francisco de Assis, íamos ao parque recolher folhas e gravetos de outono para transformá-los em cruzes, com as quais enfeitávamos o altar da nossa paróquia.

E no primeiro domingo de maio íamos para o jardim antes da missa e lavávamos nosso rosto no orvalho — o que as pessoas do vilarejo da Mamãe faziam desde tempos imemoriais.

Havia algo de especial no Loney. Para a Mamãe, o santuário de Santa Ana só perdia para o de Lourdes; a caminhada de três quilômetros através dos campos desde a Moorings era o seu Caminho de Santiago. Ela estava convencida de que lá — e somente lá — Hanny teria alguma chance de ser curado.

Capítulo quatro

Hanny voltou da Pinelands para casa no começo dos feriados da Páscoa, agitado pela empolgação.

Mesmo antes de o Papai desligar o motor do carro, Hanny já estava correndo garagem adentro para me mostrar o relógio que a Mamãe lhe dera. Eu o havia visto na vitrine da loja onde ela trabalhava. Uma coisa pesada e dourada com uma imagem do gólgota na face e uma inscrição de Mateus no verso:

> *Vigiai pois, porque não sabeis nem o dia nem a hora.*

— Que legal, Hanny — falei, e lhe devolvi o presente.

Ele arrancou o relógio da minha mão e o enfiou no pulso antes de me entregar uma resma de desenhos e pinturas de um semestre inteiro. Eram todos para mim. Sempre. Nunca eram para a Mamãe ou o Papai.

— Ele está muito feliz de voltar para casa, não está, Andrew? — disse a Mamãe, segurando a porta aberta para que o Papai passasse carregando a mala do Hanny varanda adentro.

Com os dedos, ela arrumou os cabelos de Hanny e o segurou pelos ombros.

— Contamos a ele que vamos voltar para a Moorings — anunciou ela. — Ele já está ansioso. Não está?

Hanny, porém, estava mais interessado em me medir. Ele colocou a palma sobre o topo da minha cabeça e deslizou a mão de volta na direção de seu pomo de adão. O meu irmão tinha crescido de novo.

Satisfeito por ver que ainda era o maior de nós dois, subiu as escadas fazendo muito barulho, como sempre fazia, o corrimão rangendo enquanto ele se arrastava de degrau em degrau.

Fui até a cozinha para lhe preparar uma xícara de chá na sua caneca do ônibus londrino, e, quando o encontrei no quarto, ele ainda estava com a capa de chuva do Papai, pela qual tinha se apaixonado anos atrás e que ainda insistia em usar, não importando o tempo que fizesse. Hanny estava de pé junto à janela, de costas para mim, olhando as casas do outro lado da rua e o fluxo do tráfego.

— Tudo bem, Hanny?

Ele não se moveu.

— Me dá sua capa. Eu penduro para você.

Ele se virou e olhou para mim.

— A capa, Hanny — insisti, sacudindo a manga do impermeável.

Sob seu olhar fixo, desabotoei a capa para ele e a pendurei no gancho atrás da porta. Pesava uma tonelada com todas as coisas que ele guardava nos bolsos para se comunicar comigo. Um dente de coelho significava que ele estava com fome. Um pote de pregos era uma de suas dores de cabeça. Ele pedia desculpas com um dinossauro de plástico e punha uma máscara de gorila de borracha quando estava com medo. Às vezes, usava combinações dessas coisas e, embora a Mamãe e o Papai fingissem saber o significado de tudo, somente eu entendia de verdade. Tínhamos o nosso mundo e o Papai e a Mamãe, o deles. Não era culpa dos dois. Tampouco nossa. Apenas era assim que as coisas eram. E ainda são. Somos mais próximos do que as pessoas podem imaginar. Ninguém, nem mesmo o dr. Baxter, realmente entende isso.

Hanny deu um tapinha de leve na cama, e eu me sentei enquanto ele me mostrava suas pinturas de animais, flores e casas. Seus professores. Outros internos.

A última pintura era diferente, entretanto. Dois bonequinhos de palito em pé numa praia repleta de estrelas-do-mar e conchas. O mar atrás delas era um muro azul brilhante que se erguia feito um tsunami. À esquerda havia montanhas amarelas com cristas de grama verde em cima.

— Isto aqui é o Loney, não é? — perguntei, surpreso que ele se lembrasse do lugar.

Fazia anos que havíamos ido lá pela última vez, e Hanny raramente desenhava algo que ele não pudesse ver na sua frente.

Ele tocou a água e depois moveu o dedo para as dunas em formato de corcovas de camelo, sobre as quais pairava um numeroso bando de pássaros.

Hanny adorava os pássaros. Eu lhe ensinei tudo sobre eles. Como saber se uma gaivota estava em seu primeiro, segundo ou terceiro inverno pelo mosqueado de sua plumagem, e as diferenças entre os gritos dos falcões, das andorinhas-do-mar e dos pula-pulas. Como, se a gente ficasse bem quieto e imóvel, era possível sentar na beira d'água e ser rodeado por maçaricos enxameando-se em volta, tão perto que dava para sentir na pele a brisa das asas.

Eu imitava para ele os gritos dos maçaricões, dos cacongos e das gaivotas-prateadas, e nos deitávamos de costas para observar os gansos voando em V bem alto, e ficávamos imaginando qual seria a sensação de rasgar o céu um quilômetro e meio acima da terra com um bico duro feito osso.

Hanny sorriu e deu uma pancadinha nos bonequinhos.

— Esse é você — disse eu. — Esse é Hanny.

Ele fez que sim com a cabeça e tocou o próprio peito.

— Esse sou eu? — perguntei, apontando para o boneco mais baixo dos dois, e Hanny agarrou meu ombro. — Fico feliz que você esteja em casa — eu disse, e estava falando sério.

A Pinelands não fazia muito bem a Hanny. Não o conheciam. Não se importavam com ele como eu me importava. Jamais perguntavam do que ele precisava. Ele era apenas o rapaz grandalhão na sala de TV, com suas tintas e seus lápis de cera.

Ele me aconchegou junto ao seu peito e afagou meus cabelos. Estava ficando mais forte. Toda vez que o via, ele parecia diferente. A gordura infantil que existia no Natal havia desaparecido de seu rosto, e ele já não tinha necessidade nenhuma de desenhar um bigode de mentira com um pedaço de rolha queimada como costumávamos fazer quando crianças. Parecia inimaginável, mas Hanny estava se transformando num adulto.

Creio que ele também percebia a estranheza disso, ainda que de maneira vaga. Da mesma forma que uma pessoa talvez conseguisse sentir que havia algo de diferente numa sala, mas não fosse capaz de dizer o quê. Havia algum quadro faltando, digamos, ou um livro guardado na prateleira errada?

Vez por outra eu o flagrava olhando para o tamanho das suas mãos, o ninho de pelos pretos sobre seu esterno, seu bíceps duro e oval, como se ele não pudesse compreender o que estava fazendo naquele corpo de homem.

Como sempre tínhamos feito no passado, partimos rumo à Moorings ao raiar da Terça-feira Santa.

Assim que todos se reuniram na São Judas Tadeu e acomodaram suas malas dentro do bagageiro do micro-ônibus, o padre Bernard tomou seu lugar no assento do motorista. Porém, antes que pudesse dar partida no motor, a Mamãe tocou-o no braço.

— O padre Wilfred geralmente nos conduzia em oração antes de sairmos — disse ela.

— Sim, é claro — concordou o padre Bernard, que desceu e começou a fazer o sinal da cruz.

— Nós costumávamos virar na esquina, padre — instruiu a Mamãe. — E orávamos à Nossa Senhora.

— Ah, certo. Sim, é claro.

Nós nos agrupamos ao pé do pequeno jardim de pedras alpinas no qual se assentava a Virgem e, de cabeça baixa, ouvimos a improvisada oração de intercessão que o padre Bernard fez, pedindo à Santa uma viagem segura e uma peregrinação auspiciosa. Após o "amém", nós nos revezamos para ir até o gradil e, inclinando o corpo, beijar os pés de Maria.

O padre Bernard abriu passagem para a sra. Belderboss, que se ajoelhou vagarosamente e fez o sr. Belderboss segurá-la pelo ombro enquanto dobrava o corpo. Depois de beijar os artelhos da Santa Mãe, fechou os olhos e iniciou uma oração sussurrada que se prolongou por tanto tempo que o padre começou a consultar o relógio.

Eu seria o último a subir, mas o padre Bernard disse:

— Deixe para lá, Tonto, senão vamos ficar parados o dia inteiro na North Circular Road.

Ele ergueu os olhos para Maria e sua expressão de vazio e luto.

— Tenho certeza de que ela não vai se importar.

— Se o senhor diz, padre.

— Eu digo — confirmou ele, e voltou correndo a passos curtos para o micro-ônibus, fazendo todo mundo rir com um gracejo que não compreendi quando subiu os degraus e se ajeitou no assento do motorista.

Fazia meses que eu não via todos tão felizes. Eu sabia no que estavam pensando. Que dessa vez seria diferente. Que Hanny seria curado. Que estavam à beira de uma maravilhosa vitória.

Saímos de Londres rumo ao norte, percorrendo de ponta a ponta as East Midlands e cruzando Yorkshire até Lancashire. Eu me sentei nos fundos, com Monro enfiado debaixo da minha poltrona e dormindo um sono intermitente enquanto passávamos pelos condados. De tempos em tempos, eu acordava com a sensação de que estava repetindo pedaços da viagem. Mas, pensando bem, a Inglaterra é muito parecida por toda a parte, creio eu. Uma repetição de fazendas antigas, propriedades novas, campanários de igrejas, torres de resfriamento, redes de esgoto, ferrovias, pontes, canais e cidadezinhas que são idênticas, exceto por algumas ínfimas diferenças de arquitetura e pedras.

A luz do sol, que, quando partimos, tinha começado a rastejar sobre os subúrbios de Londres, desapareceu à medida que avançávamos rumo ao norte, retornando apenas brevemente por cima do ombro de uma colina amarela quilômetros ao longe ou ressaltando uma represa distante em um ou dois segundos de um clarão de magnésio.

A temperatura caiu e as nuvens escureceram. A estrada exalava vapor sob a chuva torrencial. Retalhos de névoa pairavam sobre os lagos e os bosques gelados. O pântano adquiriu a coloração de bolor, e os arroios corriam em enxurradas turfosas encosta abaixo, brancos e de aspecto sólido, como filões de quartzo, se vistos a distância.

Ninguém havia mencionado o fato, provavelmente na esperança de que fosse embora por vontade própria, mas, nos últimos minutos, o micro-ônibus vinha fazendo um estrépito terrível, como se houvesse algo solto no motor. Toda vez que o padre Bernard trocava de marcha, ouviam-se um barulhento tremor e um rangido áspero, até que a caixa de câmbio recusou-se de vez a funcionar, e o padre parou no acostamento.

— O que foi, padre? — perguntou a sra. Belderboss.

— A embreagem, acho — respondeu ele.

— Ah, deve ser a umidade, ela se infiltra em tudo por aqui — disse o sr. Belderboss, que se recostou, satisfeito com seu diagnóstico.

— O senhor consegue consertar, padre? — quis saber a sra. Belderboss.

— Espero que sim, sra. Belderboss. Tenho a impressão de que por estas bandas o jeito é confiar na própria engenhosidade.

O padre sorriu e desceu. Estava certo, é claro. Em todas as direções não havia coisa alguma a não ser campos desertos e enlameados onde aves marinhas eram arrastadas à mercê do vento feito trapos velhos.

A chuva martelava o para-brisa e escorria em ondas enquanto o padre Bernard levantava e amparava o capô.

— Vá lá ajudá-lo — disse a Mamãe para o Papai.

— O que eu entendo de carros? — rebateu ele, erguendo os olhos do mapa que estava estudando.

— Mesmo assim, você pode dar uma ajuda.

— Ele sabe o que está fazendo, Esther. Gente demais só atrapalha.

— Bom, espero que ele consiga de fato nos colocar em movimento de novo — respondeu a Mamãe, olhando pela janela. — Vai ficar cada vez mais frio.

— Tenho certeza de que vamos sobreviver — retrucou o Papai.

— Eu estava pensando no sr. e na sra. Belderboss — alegou a Mamãe.

— Ah, não se preocupe conosco — interviu o sr. Belderboss. — Nós sabemos o que é frio, não é, Mary?

— Eu diria que sim.

Eles começaram a discursar sobre a guerra e, como eu já tinha ouvido a história antes, voltei as atenções para Hanny, que nos últimos cinco minutos vinha cutucando a manga do meu casaco, desesperado para compartilhar comigo seu novo estereoscópio.

Hanny abriu um sorriso largo e me passou o estereoscópio vermelho que mantivera no rosto durante a maior parte da viagem, alternando os vários discos de imagens que ele tirava de dentro de sua bolsa escolar a tiracolo. Primeiro tinha sido *Montanhas do mundo* até pararmos em Kattering para ir ao banheiro, depois *Estranhas criaturas do oceano* e a seguir *Exploração espacial* até a Mamãe finalmente convencê-lo a colocar *Cenas do Antigo Testamento*, que agora ele insistia que eu visse de novo. Eva com suas partes íntimas delicadamente borradas com folhagens, a faca de Abraão suspensa sobre o coração de Isaac, as águas do mar Vermelho cobrindo os carros de guerra e os cocheiros do faraó.

Quando terminei, notei que Hanny estava com as mãos enfiadas entre suas pernas.

— Você precisa fazer? — perguntei.

Hanny balançava o corpo para a frente e para trás, batendo a lateral da bota contra a porta.

— Então vamos.

Enquanto o padre Bernard fuçava o motor, levei o Hanny para fora do ônibus e desci um pouco a viela para que ninguém mais pudesse ver. Ele se aproximou de uma cerca, abriu o zíper da calça jeans e então eu aguardei na chuva ouvindo a água tamborilar no capuz da parca que a Mamãe tinha insistido que eu trouxesse.

Olhei de volta para o micro-ônibus e pensei ter ouvido vozes sobressaltadas. Mamãe. Papai. Eles tinham feito o melhor que podiam para aferrar-se à alegria que existia quando saímos da São Judas Tadeu, mas era difícil não se abater depois que o aguaceiro começou a fustigar as estradas e tudo fora obscurecido pela bruma.

Um vento denso soprou de um lado para outro dos campos, trazendo um cheiro de salmoura e podridão forte feito o de cebolas. Parecia que todas as nossas peregrinações passadas estavam contidas naquele odor, e senti que uma tensão começava a crescer no meu estômago. Íamos para aquele lugar desde sempre, até onde a minha memória alcançava, embora eu jamais tivesse me sentido completamente confortável lá. De certa forma, era como a casa do meu avô: lúgubre, sem vida, ligeiramente ameaçador. Não era um lugar onde uma pessoa queria passar muito tempo. Eu sempre ficava feliz de ir embora de lá assim que a nossa peregrinação pascal chegava ao fim, e, no meu íntimo, suspirei de alívio quando todos paramos de ir.

Os demais mantinham o ânimo entoando hinos e orações, mas, às vezes, davam a impressão de que estavam, talvez sem sabê-lo, repelindo as coisas em vez de convidarem a Deus.

Hanny terminou e, com um aceno, chamou-me para ir até o local onde estava.

— O que foi? — perguntei.

Ele apontou para a cerca à sua frente. Uma lebre tinha sido morta a tiros e esfolada, e sua pele estava estendida sobre o arame farpado, juntamente com dezenas de ratos. Tinham sido colocadas ali como troféus ou para intimidar. Creio que as duas coisas.

— Deixe isso para lá, Hanny. Não toque em nada.

Ele me olhou com expressão suplicante.

— Não podemos salvá-la agora — aleguei.

Ele fez menção de afagar a lebre, mas recolheu a mão quando fiz que não com a cabeça. A lebre nos fitou com um olho vítreo e marrom.

Estávamos começando a atravessar a estrada de volta ao micro-ônibus quando ouvi o som de um carro se aproximando. Agarrei a manga da capa de chuva de Hanny e o segurei com firmeza quando um Daimler sofisticado passou por nós, espirrando água para dentro das valetas dos dois lados. Havia uma menina adormecida no banco de trás, com o rosto encostado ao vidro. O motorista desacelerou no ponto onde estávamos e virou brevemente a cabeça para me olhar antes de fazer a curva e desaparecer. Eu nunca tinha visto um carro daqueles. Em matéria de tráfego de veículos, o movimento era pequeno nos arredores do Loney. Em sua maioria, caminhões de feno e reboques agrícolas, nem sempre motorizados.

Quando Hanny e eu voltamos ao micro-ônibus, o padre Bernard ainda estava com as mãos enfiadas entre cabos e tubos.

— Qual é o defeito, padre? — perguntei.

— Não sei, Tonto — respondeu ele, tirando a chuva dos olhos com a manga do casaco. — Talvez seja o volante do motor, mas eu teria de desmontar a coisa toda para ter certeza.

Ele fechou o capô com alguma relutância e me seguiu de volta para a parte interna do veículo.

— Conseguiu? — perguntou o sr. Belderboss.

— Até agora, não — respondeu o padre, ajeitando os cabelos encharcados. — Com toda honestidade, acho que é trabalho para uma oficina mecânica.

— Ah, não — lamentou a sra. Belderboss. — Que belo começo.

— Bom, pelo menos o micro-ônibus trouxe a gente até aqui — comentou o Papai.

— Sim, é isso mesmo — concordou o padre Bernard.

Monro estava choramingando. O padre Bernard fez "psiu" e o cão se encolheu, nervoso e com os olhos arregalados de medo.

— Acho que a melhor coisa a fazer — disse o padre — é eu ir a pé até o vilarejo e ver se lá encontro alguém que possa nos ajudar.

— Com esse tempo, padre? — perguntou a sra. Belderboss. — O senhor vai pegar um baita resfriado.

— Para falar a verdade, a caminhada vai me fazer bem, sra. Belderboss. Não gosto de ficar muito tempo sentado.

— É uma distância e tanto, padre — disse o sr. Belderboss. — Uns bons cinco ou seis quilômetros.

O padre Bernard abriu um sorriso desdenhoso e começou a enrolar o cachecol em volta do pescoço.

— Você vai com ele, não vai? — perguntou a Mamãe para mim.

— Ah, não se preocupe, sra. Smith — recusou o sacerdote. — Não faz sentido dois de nós ficarem ensopados.

— Não é incômodo nenhum, certo? — cutucou-me a Mamãe.

— Não — respondi.

O vento açoitava o micro-ônibus. Monro ganiu de novo, então o padre se abaixou e esfregou o pescoço do animal para acalmá-lo.

— O que ele tem, padre? — perguntou o sr. Belderboss.

— Não sei. Talvez seja aquele carro que passou.

— Pode ser que o senhor tenha razão — disse o sr. Belderboss. — Ele estava indo a toda. Achei que não fosse diminuir nem na curva.

— Mas a menina era uma gracinha, não era? — disse a sra. Belderboss.

O sr. Belderboss franziu a testa.

— Que menina?

— A menina no banco de trás.

— Não vi menina nenhuma.

— Bom, então você perdeu a oportunidade, Reg.

— Ah, pare com isso, Mary. Você sabe que só tenho olhos para você.

A sra. Belderboss achegou-se à srta. Bunce.

— Aproveite ao máximo a sinceridade de David enquanto ela dura — disse ela, mas a srta. Bunce estava olhando não para ela, mas para Monro, que rastejara para debaixo da minha poltrona e tremia.

— O que foi, meu velho amigo? — disse o padre Bernard. — Você está me deixando constrangido. Qual é o problema?

Três homens atravessaram os campos na nossa direção. Vestiam imundas jaquetas impermeáveis verdes e galochas. Nenhum deles usava chapéu nem guarda-chuva. Eram moradores locais, calejados pelas intempéries ou imbuídos do conhecimento de que o mau tempo passaria dentro de alguns instantes.

Um deles carregava uma espingarda pendurada no braço. Outro trazia um *terrier* branco preso a uma trela. Um daqueles de rosto comprido e olhos bem afastados. Um cachorro desenhado por uma criança. O terceiro homem era mais velho que os outros dois e caminhava muitos metros atrás, tossindo no próprio punho. Eles pararam e olharam para nós durante alguns momentos antes de retomarem a caminhada na direção da estrada.

— Devemos pedir ajuda a eles, padre? — perguntou o sr. Belderboss.

— Acho melhor não — disse a srta. Bunce, olhando para David, que a tranquilizou segurando a sua mão.

— Bom, ou fazemos isso, ou vamos passar o resto da semana sentados aqui — alegou a Mamãe.

O padre Bernard desceu do veículo e olhou para os dois lados da estrada antes de atravessá-la. Os homens subiram pela cerca e, quando o padre os chamou, esperaram. O mais alto dos três, que era careca e tinha a compleição de um boi charolês, aninhou a espingarda na parte interna do cotovelo e fitou o padre Bernard enquanto ele explicava sobre a caixa de câmbio. O homem do cachorro segurou bem fechado o focinho do animal e alternava seu interesse entre o que o padre estava dizendo e os forasteiros dentro do micro-ônibus. Seu braço esquerdo parecia mais frouxo que o outro e nessa mão ele usava um punhete preto amarrado com um pedaço de barbante. O mais velho tossiu de novo e se sentou numa parte quebrada do muro. O homem tinha uma cor estranha. A cor de nicotina ou de narcisos secos. A mesma cor que o meu avô adquiriu quando seu fígado entregou os pontos.

— Ah, meu Deus — disse a sra. Belderboss. — Ele não parece nada bem, não é, Reg?

— Toxoplasmose, muito provavelmente — decretou o sr. Belderboss.

— Toxo o quê?

— Uma doença que pegam dos gatos — explicou ele. — É muito comum entre ruralistas. Os gatos deles pegam todo tipo de coisa.

— Do que você está falando?

— Li no jornal — respondeu o sr. Belderboss. — Dê uma olhada nas mãos deles. Eles não lavam direito. Aí é só engolir alguma comida contaminada com um tiquinho de fezes dos gatos e pronto. Estou certo, não estou?

— Creio que sim — opinou o Papai.

A sra. Belderboss balançou a cabeça.

— Estou lhe dizendo, é toxoplasmose — insistiu o sr. Belderboss. — Olhe só para ele. Pobre coitado.

Lá fora, o padre Bernard deu um tapinha no ombro do homem-boi e o trouxe até o micro-ônibus. O homem-boi entregou a espingarda ao amigo com o cachorro e se inclinou sobre o motor assim que o padre ergueu o capô.

Eu podia ouvir os dois conversando, ou melhor, o padre Bernard falando e o outro homem ouvindo e, de vez em quando, soltando um *sim*. Após alguns momentos, o homem com o cachorro aproximou-se e fez sua pequena contribuição, e por fim o padre Bernard abaixou o capô e voltou para o assento do motorista.

— Acho que talvez o sr. Parkinson tenha salvado o dia — disse ele, respondendo ao gesto do homem-boi para que desse partida no motor.

— Senhor quem? — perguntou a srta. Bunce.

— Parkinson — disse o padre Bernard. — E o sujeito com o cachorro se chama Collier.

— Como sabe disso? — indagou a srta. Bunce.

— Perguntei a eles. É um pequeno hábito que aprendi em Ardoyne. Pergunte o nome de um sujeito, aperte a mão dele, e então é provável que ele acabe te ajudando, quem quer que seja.

— Achei que o senhor tinha vindo de New Cross — comentou o Papai.

— Sim, eu vim, mas passei dois anos em Ardoyne depois que saí do seminário.

— Ninguém nos contou isso — disse a Mamãe.

— Ah, veja bem, sra. Smith, há mais coisas a meu respeito do que parece à primeira vista.

O micro-ônibus engatou suavemente a marcha, e o padre Bernard fez sinal de positivo, ao qual Parkinson retribuiu com um ligeiro aceno de cabeça. Abrimos caminho, as rodas momentaneamente derrapando na lama da margem da pista, e partimos rumo à Moorings.

Parados de pé no acostamento, os homens observaram o micro-ônibus descer toda a viela, o cão fazendo força para escapar de sua coleira, desesperado para despedaçar alguma coisa.

Um pouco mais tarde, pontos de referência conhecidos apareceram — um pub com um nome inusitado, um monumento numa colina muito verde, uma coroa de pedras de pé num campo. Restava apenas a estrada adentrar por entre uma espessa fileira de carvalhos de galhos suspensos para então o contorno da costa do Loney despontar de repente à nossa esquerda.

Eu me lembro de como meu olho costumava saltar instintivamente para o horizonte, de como fitar de súbito aquela imensa distância de cinza parecia produzir a mesma sensação de olhar para baixo do campanário da São Judas Tadeu ou do último andar do prédio de escritórios do Papai. Uma espécie de vertigem.

— É uma vista linda, não é, Joan? — perguntou a sra. Belderboss.

O olhar da srta. Bunce passou por mim; ela mirou a fúnebre planície do mar e as gaivotas no vento, franziu a testa, hesitante, e voltou para o estado semiadormecido em que estivera desde que seguimos viagem de novo após o enguiço do micro-ônibus.

— Linda vista — repetiu a sra. Belderboss, dessa vez verificando por si mesma.

Acima da água, a nuvem afinou, e dedos de luz do sol tocaram a desguarnecida protuberância de Coldbarrow, iluminando sua tundra marrom e reluzindo nas janelas da Thessaly, a velha casa assentada em sua extremidade norte. Elas acenderam e apagaram de novo, como se por um momento o lugar tivesse despertado de um longo sono.

Eu nunca gostei do aspecto da Thessaly e, embora no passado sempre tivéssemos recebido rigorosas instruções para jamais cruzar as areias que levavam a Coldbarrow, de forma alguma teríamos ido até lá.

Havia histórias, naturalmente, de que o lugar era mal-assombrado. Outrora, uma bruxa teria vivido ali, diziam; uma bela mulher chamada Elisabeth Percy, que seduzia os marinheiros até os rochedos, e que havia permanecido na casa de alguma forma, embora a tivessem enforcado no velho campanário adjacente à moradia. A bem da verdade, nos arredores do Loney as pessoas ainda aferravam-se a antigas superstições mais por convicção, aparentemente, do que por nostalgia, e não era incomum encontrar fazendas cujos moradores não tinham coragem suficiente para tirar as ferraduras pregadas nas portas dos celeiros para impedir que assombrações estragassem o feno, ou onde as pessoas deixavam uma bolota na janela para desviar os relâmpagos e evitar que atingissem a casa.

É fácil zombar, suponho, mas lá havia tão pouco do mundo moderno que era difícil não pensar que o lugar existia numa espécie de paralisia e que — como posso dizer? — era *primitivo* de alguma forma.

Uma névoa súbita, um resmungo de trovão sobre o mar, o vento correndo ao longo da praia com sua colheita de ossos velhos e lixo, às vezes era tudo o que bastava para me dar a sensação de que algo estava prestes a acontecer. Mas exatamente o quê, eu não sabia.

Sempre pensei que havia tempo em demasia lá. Que o lugar estava enfastiado disso. Atormentado pelo tempo. O tempo não escorria como deveria. Não havia lugar para onde pudesse ir e nenhuma modernidade para apressá-lo. O tempo estancava como a água negra nos charcos, lá permanecia e se estagnava da mesma forma.

O padre Bernard dirigia na velocidade de uma lesma, encurvado sobre o volante, olhando através das lacunas que abrira esfregando a manga do casaco no para-brisa embaçado. A trilha estava repleta de buracos, e todo mundo se segurava enquanto o micro-ônibus sacolejava entrando e saindo das crateras.

Assim seguimos por quase um quilômetro, a suspensão rangendo, até que fizemos uma curva fechada no topo da viela.

— Olhem — disse a Mamãe de repente, apontando para a encosta à nossa esquerda. — Lá está.

A Moorings erguia-se sozinha num campo de ervas daninhas cor de ferro e matacões de calcário, no suave aclive que começava à beira-mar a pouco mais de um quilômetro e meio e continuava até o pé das colinas mais íngremes atrás da casa, onde uma vastidão de freixos, teixos e carvalhos chamada Brownslack Wood marchava no topo do morro e descambava brejo abaixo já no vale seguinte.

Com seu teto curvado, a casa parecia um navio que uma maré de tempestade havia arrastado bem longe terra adentro. Uma imensa trepadeira de glicínias era seu cordame. Uma chaminé em frangalhos, seu cesto da gávea.

Fora a morada de um taxidermista aposentado que lá se recolheu com sua terceira esposa no final da década de 1950. Ela morreu um ano depois da mudança, e ele também não permaneceu muito mais tempo que isso, tendo deixado a propriedade para seu filho, um banqueiro que morava em Hong Kong. Incapaz de vender o lugar, o filho alugava a casa, e, até onde eu sabia, éramos as únicas pessoas que já haviam se hospedado lá.

Subindo a viela, virei o rosto de Hanny na direção do enorme matacão de calcário à esquerda. Havíamos batizado a rocha de Panzer. Ou pelo menos eu havia. E quando a Mamãe não estava de olho na gente, arremessávamos granadas de seixos na rocha. Lançávamos foguetes de gravetos contra ela. Rastejávamos de barriga através da grama para assassinar o Kapitän de rosto marcado por cicatrizes, como os soldados britânicos faziam em *Commando*.

Eu tinha curiosidade de saber se Hanny ainda se lembrava de alguma dessas coisas. Ele se lembrava da praia, afinal, e sempre fomos muito bons em retomar nossos jogos e nossas brincadeiras do ponto exato em que havíamos parado, não importava quanto tempo tivesse passado desde a última vez que tínhamos jogado. Talvez ele quisesse brincar de soldado de novo quando chegássemos à praia. Aparentemente, ele nunca se cansava disso. Mas o que essa brincadeira significava para ele, não sei. Quero dizer, era impossível que ele tivesse algum conceito de guerra ou de bravura e sacrifício que fingíamos sentir. Era a empolgação da coisa toda, creio eu. Atacar dunas abaixo com metralhadoras feitas de galhos e vencer, sempre vencer.

Quando nos aproximamos da Moorings, havia um Land Rover estacionado sobre a orla da grama. Estava amassado e imundo e tinha cruzes brancas grosseiras pintadas nas portas, como algo que tivesse servido para transportar homens feridos da Batalha do Somme.

— Ah, lá está — disse a sra. Belderboss, apontando pela janela. — O mesmo de sempre.

— Quem? — perguntou a srta. Bunce, virando-se no assento e esticando o pescoço para ver.

— Clement — respondeu a sra. Belderboss.

A srta. Bunce observou atentamente o homem grande de pé junto à porta da frente com uma mulher da metade de seu tamanho. A sra. Belderboss percebeu o olhar de preocupação no rosto da moça.

— Ah, ele não vai incomodá-la — disse ela. — Ele é só um pouco... você sabe. Sorria para ele. Isso parece dar conta do recado.

— Quem é aquela senhora?

A sra. Belderboss virou-se para ela.

— É a mãe dele. Cega feito um morcego, coitada.

— Mas está de óculos — alegou a srta. Bunce.

A sra. Belderboss riu.

— Eu sei. Ela é uma velhota engraçada.

Sob o olhar de Clement, o micro-ônibus parou na frente da casa. O padre Bernard acenou para ele, mas o homem apenas nos encarou, como sua mãe.

Corriam boatos injustos sobre Clement, como sempre acontece nesses lugares com relação a homens quietos e solitários, mas o consenso geral era de que ele era inofensivo. E embora a fazenda de porcos que ele tocava com a mãe fosse um lugar desolado e decrépito jogado em meio aos campos fustigados pelos ventos ao sul da Moorings, eu tinha a impressão de que não era por desleixo que ele estava numa situação tão lastimável. Sua mãe exigia tanto cuidado quanto os suínos, segundo diziam.

Pobre Clement. Sempre pensei nele como algo semelhante a um cavalo shire: no físico no temperamento. Pesado e desajeitado. De andar vagaroso. A cabeça abaixada em sinal de deferência. Confiável até demais.

De longe, em Kowloon, o filho do taxidermista mal tinha condições de investigar o trabalho de Clement, mas ainda assim o pagava para cuidar da

Moorings, acreditando que aquele homem grandalhão não tivesse inteligência suficiente para roubá-lo.

Todos desceram do micro-ônibus e se alongaram. A srta. Bunce abotoou seu casaco e abraçou a si mesma, andando a passos curtos para a frente e para trás a fim de se manter aquecida, enquanto David buscava as malas dela. O sr. Belderboss pelejou para descer o degrau de metal, o Papai escorando o peso dele e a sra. Belderboss reclamando toda alvoroçada em torno do marido, feito uma mariposa.

O padre Bernard vestiu o casaco, fechou o zíper até o pescoço e foi falar com Clement, convidando-nos a segui-lo.

Quando chegamos mais perto, Clement começou a dar sinais de que estava confuso.

— Cadê o outro sujeito? — perguntou ele.
— Como?
— O padre.
— O padre Wilfred? Ninguém te contou? Ele faleceu.
— Morreu, foi?
— Infelizmente.
— Como?

O padre Bernard olhou para nós e depois disse:

— Eu sou o padre McGill, se isso ajuda em alguma coisa.
— O senhor é padre e tal?
— Pelos meus pecados, sim. — O padre Bernard sorriu, e Clement apertou a mão dele, aliviado.

O padre Bernard fez uma pausa e olhou para a mãe de Clement, esperando para ser apresentado.

— Mãe — disse Clement, e a velha despertou abruptamente e estendeu a mão.

O padre Bernard pegou a mão dela e disse:

— Que bom conhecer a senhora.

A velha não disse uma palavra.

— Vá esperar na van — pediu-lhe Clement.

Ela continuou impassível, sem expressão.

— Eu disse para a senhora esperar na van. — Clement deu um cutucão na idosa, que saiu com sua bengala e abriu caminho em nossa pequena multidão parada lá.

Quando passou por nós, ela ergueu os óculos e olhou para mim com seus leitosos olhos cinza, que eram lisos e lustrosos feito a parte inferior de um caramujo.

— Querem entrar? — perguntou Clement.

— Sim, está um pouco frio — respondeu o padre Bernard.

— Mas as gralhas dizem que vamos ter um verão bom.

— Como assim?

Clement apontou para a floresta além da casa, onde dezenas de pássaros entravam e saíam de seus ninhos.

— Estão construindo eles bem lá em cima este ano — explicou Clement.

— Isso é bom — disse o padre.

— Sim, mas não é normal — resmungou Clement.

Ele pegou a trilha que levava à porta da frente ao longo do pequeno bulevar de macieiras que ainda estavam desnudadas pelo inverno, seus galhos mosqueados pela praga como as frutas que o vento derrubava e que jaziam, putrefatas, debaixo delas. Havia sempre algo de muito triste naquelas árvores, eu pensava. A forma como todo verão elas diligentemente geravam seus frutos somente para que enegrecessem e caíssem, sem que ninguém os colhesse.

Todos os movimentos de Clement eram lentos e pesados, e ele demorou uma eternidade para encontrar a chave certa. Assim que a casa foi aberta, a Mamãe intrometeu-se na frente e conduziu todo mundo ao longo do corredor que, como sempre acontecera no passado, cheirava a charutos e fósforos riscados. O ar tinha uma dura frieza de porcelana.

— Sala de estar, sala de visitas, banheiro — anunciava a Mamãe enquanto ia virando as maçanetas de todas as portas.

O sr. e a sra. Belderboss seguiram a Mamãe corredor adentro e de volta, encantados por encontrar as coisas exatamente no mesmo lugar onde sempre haviam estado e por haver gente nova a quem mostrar a casa, embora a srta. Bunce parecesse relutante de avançar além do relógio de pé parado junto à porta da frente. Ela ergueu os olhos, ansiosa, quando a lâmpada que iluminava o corredor enfraqueceu e depois reacendeu, mais intensa do que antes.

— É só o vento — disse a Mamãe.

— Balança os fios — acrescentou Clement, que ainda estava parado na soleira.

Reparei pela primeira vez que ele estava usando um crucifixo de madeira em volta do pescoço. Pela aparência, uma cruz que ele mesmo tinha feito. Dois nacos de madeira trincada amarrados com um barbante.

— É isso mesmo — concordou a Mamãe. — Balança os fios.

Clement ajeitou o gorro e se virou para ir.

— Vou trazer-vos mais lenha em um ou dois dias — disse ele, balançando a cabeça na direção das malas perfiladas no corredor.

— Tem certeza de que precisa fazer isso, Clement? Parece que temos o suficiente para um mês — disse o padre Bernard.

O homem franziu a testa, a expressão bastante séria.

— Certeza absoluta, padre. Quando o vento desce pela chaminé, rouba o vigor do fogo num piscar de olhos.

— Vem mau tempo por aí? — perguntou o padre Bernard.

— Geralmente sim — respondeu Clement.

A srta. Bunce abriu um sorriso forçado quando Clement olhou para nós uma última vez e fechou a porta.

— Pare com isso, Joan — disse o sr. Belderboss assim que Clement saiu. — Não há com que se preocupar.

Ele a pegou pelo braço e a levou adiante, passando pelo papel de parede descascando e as pinturas a óleo de turbulentas paisagens marítimas até a sala de estar, a fim de mostrar a quantidade de objetos caros deixados pelo filho do taxidermista. Algo que o fascinava e o desconcertava em igual medida.

Ao seu comando, os demais seguiram-no e o ouviram à medida que ele apontava para os delicados bricabraques que valiam centenas de libras.

— Ah, vejam só — disse ele, tirando um cachimbo de argila de dentro de uma caixa de madeira sobre o peitoril da janela. — Isto é interessante. Ainda dá para ver as marcas de dentes no cabo. Olhem.

Ele ofereceu o cachimbo para a Mamãe, mas ela franziu a testa e ele recolocou-o no lugar onde o encontrou e foi direto para a srta. Bunce, cuja atenção estava voltada para os livros sobre a escrivaninha de madeira junto à janela.

Entre eles havia uma primeira edição de *A ilha do Dr. Moureau*, um volume encadernado em couro que parecia ter sido assinado por Longfellow, e uma edição *pop-up* de *Cachinhos Dourados e os três ursos*, que ela começou a ler, folheando lentamente as páginas frágeis. Do final do período vitoriano, o sr. Belderboss deduziu, mais ou menos a mesma época que a Moorings foi concluída.

— Um sujeito chamado Gregson construiu a casa — disse o sr. Belderboss. — Dono de uma fábrica de tecidos de algodão. É o que havia por estas bandas, não era, Esther? Donos de algodoaria?

— Sim — respondeu a Mamãe. — Algodão ou linho.

— Há uma fotografia dele junto com a esposa em algum lugar — disse o sr. Belderboss, olhando ao redor da sala. — Eles tinham sete filhos, Mary? Talvez mais. Não creio que muitos deles chegaram aos cinco anos de idade, vejam só. Tuberculose e todo o resto. Por isso construíam um lugar deste tipo. Para manter vivos os pequenos. Achavam que o ar marinho faria bem para eles.

— E construíam para durar, também — disse o Papai, roçando a mão sobre o reboco. — Estas paredes devem ter um metro de espessura.

A srta. Bunce olhou ao redor e depois pela janela, claramente ainda não convencida de que uma pessoa que ali se hospedasse saísse do lugar mais sã do que quando tinha entrado.

Não foi surpresa nenhuma para ela quando o sr. Belderboss explicou como a casa havia trocado de mãos muitas vezes desde sua construção e foi sendo cuidadosamente rebatizada por cada morador numa tentativa de fazê-la cumprir o que parecia prometer às vezes, assentada em silêncio sob o suave murmúrio da madeira e sob nuvens farináceas.

Gregson havia dado à casa o nome de Sunny Vale; depois foi Rose Cottage; Softsands; Sea Breezes; e, por fim, o taxidermista batizou-a de Moorings.

— Mas deve ter sido linda nos seus dias de auge — comentou a sra. Belderboss, afastando um pouco mais para o lado as cortinas. — Com essa vista e tudo o mais.

— Paisagistas engenhosos, os vitorianos — disse o Papai.

— Ah, sim — concordou o sr. Belderboss. — A vista era parte da profilaxia, não era?

— Há um quê de atemporal nela — sugeriu a sra. Belderboss, fitando o mar. — Não acham?

— Bom, é uma parte bastante velha do país — respondeu o sr. Belderboss.

A sra. Belderboss revirou os olhos.

— Deve ter a mesma idade de todas as outras partes, seu tolo.

— Ah, você sabe o que quero dizer — rebateu ele. — Inexplorada, então. Alguns dos teixos lá da floresta deviam ser antigos já no tempo do Venerável Beda, o Pai da História Inglesa. E de fato dizem que nos arredores daqui há lugares em que ninguém põe os pés desde a chegada dos vikings.

A sra. Belderboss soltou outro muxoxo de escárnio.

— É verdade — insistiu o sr. Belderboss. — Um século neste lugar é nada. Quero dizer, é bem fácil imaginar que esse livro — disse ele, meneando a cabeça na direção das mãos da srta. Bunce — pode muito bem ter sido lido por uma criança tuberculosa ainda ontem.

A srta. Bunce pousou o livro e limpou as mãos em seu grosso capote de lã, ao passo que o sr. Belderboss foi para o outro lado da sala, entusiasmando-se com as imagens das pinturas de minúsculos navios sob tormentas colossais que o taxidermista passara seus últimos anos criando. Seus pincéis ainda estavam lá, em um pote de geleia. Sua palheta tinha uma crosta seca de óleos escuros. E, sob a poeira, um trapo, um pincel mastigado e algum dinheiro trocado de antes da adoção do sistema decimal, e tudo isso contribuía para a sensação de desassossego que eu sempre tinha quando passava certo tempo na Moorings, de que o taxidermista simplesmente havia saído de casa para fumar um de seus caríssimos charutos e que poderia voltar a qualquer momento e irromper porta adentro, como um dos três ursos do velho livro, para encontrar uma Cachinhos Dourados dormindo em cada um dos quartos.

Capítulo cinco

O quarto que Hanny e eu dividíamos ficava no andar superior da casa, onde as gralhas tateavam as telhas tentando encontrar insetos no musgo. De vez em quando, uma mais ousada aparecia no peitoril, impassível diante do nosso olhar, e, com um horrível guincho, raspava seu bico afiado no vidro para mordiscar as coisas vivas no madeiramento pútrido da armação.

Somente quando eu dava uma pancada na janela o pássaro saía, esvoaçando para longe com um som alto e irritante, e, recolhendo-se num movimento suave, voltava para junto das outras aves no bosque. Hanny ficava triste de vê-la indo embora, mas eu não podia permitir que ela ficasse ali. A Mamãe não apreciava muito esse tipo de ave. Corvos, gralhas e afins. Ela chegava inclusive a enxotá-las do jardim dos fundos em Londres. No vilarejo da Mamãe havia um velho ditado segundo o qual esses pássaros impediam os doentes de melhorar, e quando se juntavam em bando, uma morte era iminente.

— Sinto muito, Hanny — disse eu. — A gente pode sair para observar os pássaros mais tarde, se você quiser.

Ele desviou o rosto da janela, deixando no vidro uma pequena marca oval embaçada.

— É melhor a gente desfazer as malas — sugeri, indicando com a cabeça a mochila aos pés dele.

Ele se abaixou e a entregou para mim, olhando por cima do meu ombro, seu rosto subitamente iluminando-se diante da abundância de bugigangas interessantes no quarto.

Presumo que para ele era como enxergar tudo com um novo olhar, mas, a meu ver, praticamente nada tinha mudado. Somente as manchas e infiltração no teto haviam aumentado. As nódoas escuras tomaram forma de países estrangeiros em um mapa, e a sucessão de linhas de maré mostrava como o império de umidade tinha se expandido ano após ano desde a última vez que havíamos posto os pés lá.

Guardei as roupas de Hanny, pendurei seu casaco atrás da porta e pousei sobre o criado-mudo seu exemplar de *Vidas dos santos*. Na Pinelands, eles incentivavam os residentes a fazer esse tipo de coisa por conta própria, mas Hanny estava entusiasmado demais com tudo que havia no quarto para se preocupar com alguma coisa e foi pegando um a um os vários objetos para examiná-los: todas as pedras coloridas, lascas de troncos de madeira, garrafas, conchas de moluscos, flustras, espirais secas de coral, bolsas de sereia. Havia uma prateleira inteira de ornamentos trabalhados em marfim: dentes de baleia tão polidos que tinham a mesma delicadeza da porcelana, entalhados com desenhos intrincadamente detalhados de escunas e couraçados de batalha. Encostada a uma das paredes, havia uma cômoda que continha espécimes de ovos de aves, cada um deles etiquetado com o nome comum, a nomenclatura científica e a data em que havia sido encontrado. Alguns tinham décadas de idade.

Sobre o assoalho e por cima de um dos armários compridos, havia raridades vitorianas sob empoeirados domos de vidro que sempre me aterrorizaram quando eu era criança. Borboletas exóticas, horrivelmente brilhantes, empaladas num toco de bétula, dois esquilos com capacetes e equipamentos de proteção para as pernas jogando críquete e um macaco-aranha usando um *fez* e fumando um cachimbo.

Havia caixinhas de música e brinquedos de dar corda quebrados, marionetes risonhas e piões feitos de lata, e, entre as nossas camas, um relógio em que as horas eram indicadas por pequenas pinturas dos apóstolos. A Mamãe achava aquilo maravilhoso, é claro, e quando éramos crianças ela nos contava a história de cada um deles: como André optara por ser sacrificado numa cruz em forma de X; como Tiago fora escolhido para estar com Jesus durante a transfiguração e como foi decapitado por Herodes Agripa ao retornar à Judeia; como Matias tinha substituído o traiçoeiro Judas Iscariotes e convertido os canibais da Etiópia.

Todos eles haviam sofrido e labutado para que nós pudéssemos fazer o mesmo. Pois a obra de Deus nunca há de ser fácil.

Toquei de leve o ombro de Hanny, e ele se virou.

— A Mamãe mandou eu dar um banho em você.

Com gestos de mímica fingi lavar debaixo das axilas, e ele sorriu e foi até uma prateleira onde havia um pato-real empalhado.

— Você não pode levar isso aí para o banho.

Ele franziu a testa e segurou o pato com força.

— Vai estragar, Hanny.

Busquei algumas toalhas, e ele me seguiu patamar abaixo até o banheiro. Insistiu em levar consigo o pato, que assentou sobre a borda da banheira enquanto ele mesmo deitou-se na espuma escutando o barulho do vento nos canos e drenos. Ele ouvia, balançava a cabeça e depois assentia de novo.

— É só o vento, Hanny — disse eu. — Não está falando com você.

Ele sorriu e deslizou para debaixo da água, mandando para a superfície um monte de bolhas. Permaneceu submerso por um momento a mais do que me deixava confortável e, então, quando eu já estava prestes a enfiar a mão na água para puxá-lo, voltou à tona com a boca aberta e piscando, seu cabelo encharcado sobre as orelhas.

Tirei-o da banheira meia hora depois. A água estava fria e a espuma tinha dissolvido por completo. Eu o enxuguei lentamente, num ritual que a Mamãe havia martelado na minha cabeça — um dos muitos que ela insistia que Hanny e eu seguíssemos em nome da nossa saúde, como limpar os dentes com água quente e cortar as unhas dia sim, dia não.

Assim que ele ficou completamente seco, ajudei-o a vestir o pijama. Ele, porém, tinha parado de sorrir. Seu corpo todo estava rijo e ele não colaborava nem um pouco, dificultando enfiar seus braços pelas mangas e fechar os botões. Reparei que Hanny estava olhando fixamente para um ponto além de mim, no céu, às escuras, e então entendi qual era o problema. Ele tinha percebido que ficaríamos lá e não gostou. Queria ir embora para casa.

Eu o acomodei na cama e deixei que afagasse uma lebre empalhada pela qual ele se afeiçoara, na esperança de que isso o faria pegar no sono. Ele abraçou a lebre bem junto ao corpo e acariciou suas orelhas, enquanto me sentei junto à janela e tentei olhar, além do meu reflexo, para o mar, que rapidamente desvanecia no anoitecer.

De súbito, o quarto ficou em silêncio. As gralhas tinham parado de grasnar. Uma quietude assentou-se em volta da casa e sobre os campos, e tudo pareceu alerta e temoroso.

A noite entrava de mansinho no Loney, de uma maneira que eu jamais testemunhei em lugar algum. Em Londres, na nossa casa, ela mantinha sua distância de nós, esquivando-se e escondendo-se atrás da iluminação da rua e dos prédios de escritórios, podendo ser descartada rapidamente num segundo pela torrente de luz e metal dos trens da Linha Metropolitana, que passavam zunindo feito um raio do outro lado do nosso jardim. Mas aqui era diferente. Não havia coisa alguma para mantê-la longe. A lua era fria e distante, e as estrelas tão lânguidas quanto as minúsculas partículas de luz dos barcos pesqueiros no mar aberto.

Como a sombra de uma enorme ave de rapina, a escuridão moveu-se lentamente encosta abaixo, passou pela Moorings, ao longo dos pântanos, ao longo da praia, ao longo do mar, até que por fim tudo que restou era somente um laranja enlameado no horizonte enquanto os últimos resquícios da luz da Inglaterra se dissipavam aos poucos.

Eu estava prestes a fechar as cortinas quando vi alguém cruzar a viela que levava à casa e depois começar a atravessar os campos onde ficava a Panzer. Um instante depois, outra pessoa surgiu carregando uma enorme mochila e rapidamente alcançou a primeira, e vi ambos rumarem na direção da fileira de cerca viva na outra ponta. Fazendeiros, pensei, pegando um atalho na volta para casa. Observei a fim de ver para onde iam, mas estava escuro demais e a chuva havia aumentado de novo.

Atrás de mim, ouvi Hanny sair da cama e arranhar o chão, esfregando com as mãos a madeira nua e golpeando aqui e ali com os nós dos dedos.

— O que está fazendo? — perguntei — Você devia estar na cama. A Mamãe vai ficar zangada se você não for dormir.

Ele apontou para a chão.

— O quê?

Ele apontou de novo.

— Não, você não pode descer, Hanny.

Ele sorriu e me puxou pela manga da camisa para que eu me ajoelhasse como ele junto ao imundo tapetinho cor-de-rosa no centro do cômodo. Ele virou o tapete, debaixo do qual havia uma tábua do assoalho furada com um buraco de nó de madeira. Era onde costumávamos esconder as coisas que não queríamos que a Mamãe visse. Eu tinha me esquecido completamente disso.

— Você consegue abrir? — perguntei, e Hanny enfiou o dedo no buraco e ergueu a tábua. Ela rangeu por conta do atrito, mas até que saiu com facilidade, e Hanny arrastou os pés para a frente, perscrutando o buraco.

— Enfie a mão aí, Hanny — disse eu, fazendo o gesto com a minha própria mão, e ele estendeu o braço dentro da cavidade e tateou ao redor.

Saiu um canivete, manchado de ferrugem e cego feito um tijolo. As fotografias pornográficas que Billy Tapper havia colocado à força na minha mão aquele dia quando o vimos no ponto de ônibus. Um, dois, três, meia dúzia de ratos empalhados que o Hanny pegou e atirou numa pilha sem nem mesmo pestanejar.

Enfiando a mão mais fundo do que conseguira fazer da última vez que havíamos nos hospedado na casa, ele tirou do buraco uma correia de couro. Deu um puxão nela e alguma coisa grande bateu com estrondo contra a face inferior das tábuas do assoalho.

Era um fuzil M1 Garand. Eu me lembrei de ter lido nas histórias do *Commando* que todos os ianques usavam um daqueles na guerra. As balas vinham num pente de metal que se encaixava por cima e que saltava com um silvo alto quando todos os projéteis tinham sido usados, um desventurado sinal para o inimigo de que o atirador ficara sem munição. Porém, essa era a única falha da arma. De resto, ela era capaz de fazer uma bala atravessar um carvalho.

Protegido pelo lençol em que tinha sido enrolado, seu cabo de madeira ainda estava lustroso a ponto de ter um brilho de castanheiro e era feito de curvas sólidas e surais como um músculo extraído da perna de um cavalo de corrida. A mira montada sobre o cano dava a impressão de alcançar uns novecentos metros ou mais.

Deus sabe onde o taxidermista havia arranjado essa arma.

Com a manga da minha camisa, tirei o pó da coronha e nos revezamos segurando o fuzil. Depois, sem saber ao certo o que mais havia a fazer, nós o colocamos sobre a cama e ficamos olhando para ele.

— Isso é nosso agora — disse eu. — Pertence a você e a mim. Mas você está proibido de tocar nele sem mim. Combinado?

Hanny olhou para mim e sorriu.

Ouvimos uma batida na porta. Rapidamente coloquei um cobertor sobre o fuzil e me sentei por cima.

Era o padre Bernard.

— Como estão, meninos? — perguntou ele, passeando os olhos pelo quarto. — Estão acomodados direitinho?

— Sim, padre.

— Vocês se importam se eu entrar?

— Não, padre.

Ele avançou quarto adentro e fechou a porta atrás de si. Não estava usando seu colarinho romano e as mangas de sua camisa estavam enroladas por cima de seus antebraços grossos e que eram surpreendentemente lisos, sem pelos.

— Posso tentar vocês com um joguinho de baralho?

Eu me remexi, desconfortável, sentindo o fuzil espetando minhas nádegas. Eu me dei conta de que não fazia ideia se o rifle estava carregado ou não, ou se era possível, estando sentado sobre ele, inadvertidamente disparar o gatilho e arrancar as rótulas do padre.

— Não sei quanto a vocês, meninos — disse ele, pegando um banquinho sem encosto do lado da pia —, mas não estou nem um pouco cansado.

Ele se sentou, sacou um baralho do bolso da camisa e o passou para mim, afastando o *Vidas dos santos* de cima do criado-mudo para abrir espaço.

— Você dá as cartas, Tonto.

— Está bem, padre.

Ele esfregou a mão sobre a boca e começamos a jogar, a princípio em silêncio, embora não tenha demorado muito tempo para ele desfiar um rosário de histórias sobre a fazenda onde havia crescido, e aí consegui relaxar um pouco.

Era, segundo dizem, uma choupana realmente pequena na Rathlin Island, um árido grânulo de rocha do qual eu jamais ouvira falar entre a costa de Antrim e o cabo Mull de Kintyre, repleta de airos e painhos e tordas-mergulhadeiras. Névoa e pântano. Mar cinzento infinito. É fácil imaginar o tipo de lugar.

A única coisa digna de nota era o fato de ter sido o lugar onde supostamente a aranha instigou Roberto I da Escócia a atacar os ingleses, e onde os ingleses revidaram massacrando os McDonnells. Inclusive as crianças. Aparentemente, ainda era possível encontrar manchas de sangue nas pedras que o mar se recusava a lavar.

Tão pouca coisa acontecia na ilha que as lembranças eram arrastadas feito os invernos ferozes que eram o ponto de partida da maioria das histórias do padre Bernard.

— Estão ouvindo a chuva? — perguntou o padre, olhando na direção da janela. — Ela me lembra do inverno em que o nosso celeiro ficou alagado.

— Quando foi isso, padre?

— Ah, eu ainda era só um garotinho. Não devia ter mais que oito ou nove anos.

— O que aconteceu?

— O meu pai, que Deus o tenha, era um bom fazendeiro mas um péssimo telhador. Ele tinha remendado o galpão com pedaços sortidos de madeira, sabe?, que apodreciam como tudo o mais na ilha. Uma noite a coisa toda veio abaixo, e praticamente toda a comida que tínhamos estragou. Eu me lembro da minha mãe correndo atrás de um punhado de cenouras e nabos que saíram boiando quintal afora — disse ele. — Eu não deveria rir. Não foi engraçado. Estávamos à beira de morrer de fome.

— Vocês não tinham animais, padre?

— Tínhamos.

— Não poderiam comer eles?

— Se fizéssemos isso, acabaríamos, além de famintos, pobres na época do mercado de ano-novo em Ballycastle. Por causa dos animais que quase morremos de fome. Tínhamos que alimentá-los primeiro, entendeu?

— Não podiam conseguir comida em algum outro lugar?

— Ah, sim. A família O'Connell veio de uma fazenda próxima com batatas e carne, mas o papai era orgulhoso demais para aceitar o que fosse. Ele preferia ver a família inteira definhar a depender de caridade — respondeu. — Quando a minha mãe descobriu, ficou furiosa. Foi a única vez na vida que ela levantou a voz para ele, e quando os O'Connell voltaram, ela aceitou tudo que tinham trazido. Sabe, Tonto, parece uma bobagem, mas desde então acho que o meu pai nunca mais foi o mesmo. Penso que sacrificar seu orgulho daquela maneira, isso meio que o matou.

Parei de dar a cartas e pus o baralho no centro da mesa.

— Em todo caso, ainda estou aqui, seguindo em frente. Como estão as coisas na escola? O ano letivo está quase acabando, não é?

— Sim, padre.

— As provas finais serão em breve, não é?

— Sim.

— Bom, não deixe de estudar com afinco. Senão vai acabar seguindo carreira no sacerdócio.

Ele sorriu e juntou as cartas, batendo-as de leve na mesa.

— Você é comportado na escola?

— Sou, padre.

— Eu era um terrorzinho — comentou o padre. — Isso é, quando conseguiam me obrigar a ir.

Ele abriu as cartas em leque na mão e virou uma delas sobre a mesa.

— Sabe, Tonto, se você tivesse visto aquele lugar, também não ia querer ir.

— Por quê, padre?

— Éramos cinquenta em cada turma. Metade de nós não tinha botinas para calçar. E o frio era tanto que a tinta congelava nos tinteiros. Você consegue imaginar?

— Não, padre.

Ele franziu a testa ao ver a minha expressão e depois gargalhou.

— Ah, estou só brincando com você. Não era tão ruim assim. Tirando O'Flannery.

O padre Bernard jogou uma carta sobre o monte, antes de pegar outra.

— No lugar onde você estuda não há ninguém como O'Flannery, eu garanto. Ele era um professor à moda antiga. Sabe o que quero dizer? Um verdadeiro linha-dura.

— Sim, padre.

— Alguns dos outros meninos diziam que ele usava um cilício. E não duvido de que fosse mesmo capaz de fazer isso. A expressão que ele fazia às vezes. Você sabe o que é um cilício, não sabe, Tonto?

— Sim, padre.

Ele tamborilou sobre as cartas, escolheu uma e depois sorriu para si mesmo.

— Agora eu morro de rir de tudo isso. Mas O'Flannery era um carrasco no mais alto grau. Até mesmo as mamães e os papais tinham medo dele. Ele fazia questão de inculcar na gente o temor a Deus desde o primeiro dia.

— Como?

— Bom, toda vez que entrava um aluno novo na turma, ele fazia sempre a mesma pergunta.

— E qual era?

— Era traduzir *dura lex, sed lex*.

O padre olhou para mim.

— Sim, essa era a careta que o novato fazia. Um instante antes de o padre acertar uma vergastada com sua vara no traseiro do coitado.

Ele crispou os lábios e balançou a cabeça.

— Sabe, até hoje ainda consigo sentir a dor. Ele batia com tanta força com a velha vareta de madeira que tudo que precisava fazer depois disso para que nós, uns filhotinhos bobocas, ficássemos paralisados de medo era ir até a escrivaninha e tocar nela. A gente calava a boca logo, logo, posso lhe garantir.

— O senhor não tinha outros professores, padre? — perguntei.

— Sim, no final tivemos.

— Como assim?

Ele abriu um sorriso seco para si.

— A carreira do sr. O'Flannery foi abruptamente interrompida, digamos.

— Por quê? O que aconteceu?

— O velho despencou dos despenhadeiros na Rue Point, enquanto fotografava os papagaios-do-mar. Quando deram a notícia na manhã de segunda-feira, todos os meninos comemoraram e, para a minha eterna vergonha, eu também — confessou o padre. — Ainda estávamos dando gritos de alegria quando o diretor entrou na sala. Achei que seria o nosso fim. Mas ele não nos repreendeu. Sabia como o professor O'Flannery era e o que as pessoas pensavam dele. O diretor simplesmente se sentou na ponta da escrivaninha e nos fez perguntas sobre geografia, ciências e matemática. E quer saber de uma coisa? Respondemos a todas, uma por uma. Ele deve ficado lá por uma hora, e depois disse uma coisa da qual nunca mais me esqueci.

— O que ele falou, padre?

— Ele disse: "No futuro, todos vocês vão agradecer ao homem que moldou sua inteligência." Depois se levantou e saiu. E estava certo. Quero dizer, O'Flannery era duro e insensível, e eu o odiava naquela época, mas sinto certa gratidão por ele, sabe? Ainda me lembro de praticamente todas as aulas dele.

— O que significava?

— O que significava o quê?

— A frase em latim.

Ele riu.

— "A lei é dura, mas é a lei." E havia também, vamos ver, *Ex fructu arbor agnoscitur* e *Veritas vos liberabit*.

— O que significa essa última, padre?

— "A verdade vos libertará" — disse ele, e jogou a carta.

— João — falei, automaticamente.

O padre Bernard ergueu as sobrancelhas e olhou para mim, pensativo.

— O padre Wilfred ensinou a você um bocado de coisas, não foi?

Fiz que sim com a cabeça e estava prestes a mostrar a Hanny que carta jogar quando percebi que ele tinha ganhado.

— Mostre — disse eu e inclinei as cartas na direção do padre Bernard. Hanny puxou as cartas para junto do peito.

— Está tudo bem, Hanny — disse eu. — Você ganhou. É o vencedor.

— É isso aí, é mesmo — falou o padre Bernard olhando para a mão de Hanny e depois pousando as próprias cartas e desistindo da rodada.

Ele se recostou e olhou para mim enquanto eu recolhia as cartas e formava um novo monte para distribuí-las de novo.

— Na verdade, há uma coisa que eu queria perguntar a você, Tonto.

— Sim, padre?

— Em nome do sr. Belderboss.

— Sim, padre?

— Quando o padre Wilfred faleceu, uma coisa dele sumiu. Um caderno. Você não o viu por aí, viu?

— Um caderninho?

— Isso mesmo, você sabe, um diário, uma agenda, esse tipo de coisa. Era muito importante. Para a família. O sr. Belderboss está bastante interessado em recuperá-lo.

— Não, padre.

— Nem na sacristia? No presbitério?

— Não, padre.

— Acha que algum dos outros meninos pode saber?

— Não sei, padre.

— Acha que vale a pena eu perguntar a eles?

— Não tenho certeza, padre. Talvez.

Ele me fitou e começou a dar as cartas.

— Sabe, Tonto, a confissão é regida por um voto de sigilo. Não posso contar a vivalma o que você me falar — disse ele, fazendo uma breve pausa. — Nem mesmo com uma arma apontada para a minha cabeça.

Encarei-o com um olhar penetrante, achando que, de alguma maneira, o padre havia visto o fuzil, mas ele estava juntando as cartas e espalhando-as na mão.

— Mas não estou me confessando, padre — aleguei.

Ele deu uma risada, e então ouvi a Mamãe me chamando do lado de fora, no patamar.

— Pense no assunto, Tonto — disse o padre enquanto se levantava e abria a porta. — Caso se lembre de alguma coisa, me avise.

A Mamãe entrou.

— Ah, aí está o senhor — disse ela. — Espero que esses dois não o estejam mantendo acordado, padre.

— Não, de modo algum, sra. Smith — respondeu ele. — Eu queria apenas ver se os meninos tinham melhorado um pouco suas habilidades no carteado.

— Ah — disse a Mamãe, confusa por não saber se o padre tinha elaborado algum teste minucioso para descobrir se éramos secretamente viciados em jogatina.

— E melhoraram?

— Não — respondeu ele, dando uma piscadela para mim. — Ainda são péssimos trapaceiros.

— Ah — disse a Mamãe. — Bom, se eu puder pegar o senhor emprestado por um momento, padre, há algumas coisas sobre as quais queria conversar com o senhor.

— Mas é claro que sim, sra. Smith.

O padre se pôs de pé e passou pela Mamãe, que segurou a porta aberta para ele. Quando ele chegou ao patamar, a Mamãe bradejou para mim.

— Por que Andrew ainda não está dormindo? Você sabe que ele não fica nada bem quando se cansa.

— Eu sei.

— Bom, se sabe, pare de ficar à toa aqui em cima e dê um jeito de sossegá-lo.

— Sim, mãe.

Ela olhou para nós dois, depois virou as costas e saiu. Esperei um momento, fui até a porta e desci ao patamar.

— Não sei se você sabia, padre — falou a Mamãe enquanto desciam as escadas —, mas o padre Wilfred se punha à disposição para ouvir confissões quando vínhamos para cá.

Tinham parado no corredor defronte ao quarto do padre Bernard. A Mamãe estava de braços cruzados, algo que ela havia começado a fazer desde que o padre chegara à São Judas Tadeu.

— Entendo. — O padre Bernard meneou a cabeça em direção ao pequeno armário debaixo das escadas. — Não aqui, certo?

Mamãe abriu um sorriso indulgente.

— Não, usávamos o quarto do padre Wilfred. O quarto em que o senhor está. Tem uma cortininha em torno da pia, sabe?

— Ah.

— Ele era muito solícito.

— Tenho certeza de que era.

Mamãe aproximou-se dele.

— Não falo por mim em especial, padre — explicou ela. — Mas pelos outros. Na verdade, o sr. e a sra. Belderboss. Bom, eles consideram que este lugar, nesta época do ano, estimula uma franqueza com Deus. Uma oportunidade de purificar a alma.

Ele segurou de leve os ombros da Mamãe e respondeu:

— Sra. Smith, fique tranquila. Pode ter a certeza de que darei ouvidos a qualquer coisa que a senhora queira me contar.

— Obrigada, padre. Agora, com relação ao Andrew.

— Sim?

— É muito importante que ele jejue como todos nós durante o final de semana. Tenho certeza de que o senhor concorda que ele deve ser devidamente preparado.

— Sim, é claro.

— Então vou precisar da sua ajuda, padre.

— Naturalmente, sra. Smith.

— Assim, quando chegarmos ao santuário propriamente dito...

Eles entraram na cozinha, mas eu sabia o que a Mamãe estava dizendo ao padre. O que ela queria que ele fizesse. Como eles fariam Hanny beber a água. Como o poder de Jesus purificaria o seu corpo e eliminaria a doença que o vinha mantendo em silêncio desde o dia em que nascera.

No momento em que eles fecharam a porta, voltei para o quarto. Hanny estava de pé junto à janela. Ele tinha tirado o fuzil de debaixo do cobertor. Bateu continência para mim, fuçou o percussor, virou a mira e, antes que eu pudesse pedir que abaixasse o rifle, apontou-o na minha direção e puxou o gatilho.

Capítulo seis

Por um momento pensei que estava morto. Eu estava morto e tudo bem. Senti-me estranhamente aliviado de que tudo havia chegado ao fim e tinha sido rápido e indolor como sempre esperei que fosse. Mas Hanny ainda estava lá, eu ainda estava no quarto, ainda estávamos na Moorings. Eu me dei conta de que estava prendendo a respiração, soltei o ar e fui para cima dele.

— Me dá.

Hanny se recusou e se virou de costas, segurando com força o fuzil junto ao peito. Viviam tomando as coisas dele na Pinelands e o danado aprendera a se defender. Isso me deixava orgulhoso, mas eu não podia permitir que ele pensasse que podia desfilar pela Moorings com um fuzil. A Mamãe teria um ataque de nervos, eu levaria a culpa, e esse seria o fim de tudo.

— Estou mandando você me dar a arma.

Estendi as mãos e, ao perceber que eu estava falando sério, ele me entregou o fuzil. Enrolei a correia em volta da coronha, encaixei a arma debaixo das tábuas do assoalho e coloquei o tapete por cima de novo.

Hanny sentou-se na cama e dobrou as pernas para trás do jeito que uma criança faria, agarrando os tornozelos e remexendo os pés sob o traseiro. Depois, pegou o livro que o padre tinha tirado de cima do criado-mudo e o abriu. Queria que eu lesse para ele.

— Você precisa dormir, Hanny — alertei. — Você ouviu a Mamãe. Ela vai ficar irritada.

Ele folheou algumas páginas até encontrar a história que queria.

— Tudo bem, Hanny. Mas depois você tem de dormir ou vai sobrar para mim.

★ ★ ★

Mal tínhamos chegado à metade da história e Hanny já estava roncando. Desliguei o abajur, mas não conseguia pegar no sono de jeito nenhum. Fiquei algum tempo deitado no escuro até que resolvi tirar uma lanterna da minha mochila, levantei as tábuas soltas do assoalho e peguei o fuzil para examiná-lo de novo. Apalpei a estrutura metálica e encontrei o ferrolho que abria o receptor. Estava vazio, é claro. Fechei-o de novo com um clique silencioso e depois coloquei a arma novamente sob as tábuas.

Eu me deitei mais uma vez na cama e tentei dormir, mas estava inquieto demais e, em vez de ficar fitando a escuridão, saí do quarto para olhar as fotografias do taxidermista e sua esposa penduradas na parede ao longo da escadaria.

Ele era um homem minúsculo e parecia ter usado uma única camisa em todos os anos que viveu na Moorings. Usava óculos do tipo fundo de garrafa e tinha o cabelo repartido com gel. Era parecido com Charles Hawtrey, eu pensava. Ou Himmler.

A cada foto, ele e a esposa posavam com um animal empalhado entre eles. Uma leoa. Um castor apoiado sobre as patas traseiras. Um canguru usando luvas de boxe. A data escrita com caligrafia esmerada no canto.

Pobre sujeito. Aparentemente, perdeu o juízo quando sua esposa morreu. Terminou todo retalhado em algum hospital nos arredores de Preston, onde sempre o imaginei pintando aquelas paisagens marítimas, uma tela atrás da outra. Os barcos ficando cada vez menores e as nuvens um pouco maiores, até que restou somente a tormenta.

Enquanto eu olhava as fotografias, alguém saiu da sala de estar e bateu de leve na porta do quarto do padre Bernard. Pelo barulho de fungada, eu soube que era a sra. Belderboss.

— Olá, padre — disse ela quando a porta se abriu.

— Sra. Belderboss.

— A Esther falou da confissão com o senhor?

— Falou, sim.

— Eu poderia entrar, padre?

— Pode, é claro — respondeu ele. — Mas tem certeza de que quer fazer agora? Está ficando tarde.

A voz da sra. Belderboss transformou-se num sussurro.

— Eu sei, mas é que Reg está dormindo no sofá — explicou ela. — Achei que seria melhor agora, enquanto tenho a oportunidade. Já faz um tempo que estou querendo desabafar uma coisa.

Ela entrou no quarto do padre Bernard e fechou a porta. Fiquei completamente imóvel tentando ouvir o que estava acontecendo, mas distingui apenas resmungos. Mesmo ao pé da escada, as vozes deles vinham abafadas. Certifiquei-me de que não havia ninguém por perto e me esgueirei para dentro do armário de equipamentos de limpeza. Junto a vassouras e esfregões, eu podia ouvi-los com clareza. A parede entre o armário e o quarto do padre Bernard era feita apenas de compensado e a umidade tinha empenado a madeira em alguns lugares, de forma que havia brechas que deixavam entrar pontos de luz.

Eu não tinha a intenção de permanecer ali. Como crime ético, aquilo ficava na extremidade da escala. Ouvir a confissão da sra. Belderboss era o mesmo que observá-la tirar as roupas. Mas agora que eu estava acomodado, seria difícil sair de novo sem fazer uma barulheira, então pensei que era melhor ficar e esperar até que terminassem. De qualquer maneira, eu não podia imaginar que a sra. Belderboss tivesse muita coisa a confessar.

Ouvi o tinido das argolas de metal quando o padre Bernard deu um puxão na cortina em torno da pia.

A sra. Belderboss recitou o Ato de Contrição, e o padre Bernard perguntou:

— O que a senhora quer me contar?

— É sobre Reg, padre — respondeu ela.

— Sim?

— Estou preocupada com ele.

— Por quê?

— Ele não dorme, padre. Em casa, quero dizer. Ele simplesmente fica deitado na cama, encarando o teto até que, por fim, se levanta e sai.

— Para onde ele vai?

— Bem, eis a questão. Já perguntei, mas ele não responde direito. Apenas diz que não consegue dormir e dá uma volta para tirar algumas coisas da cabeça. "Que coisas?", pergunto, mas ele ou muda de assunto ou fica zangado comigo.

— A senhora acha que pode ser por causa do irmão dele?

— O padre Wilfred? Não, acho que não. Reg me diria se fosse isso o que lhe incomoda. Quando muito, ele ficou extraordinariamente filosófico desde que o irmão faleceu.

— Sabe, sra. Belderboss — versou o padre Bernard —, é quase sempre difícil explicar como nos sentimos quando alguém muito próximo de nós morre. Mesmo para aqueles que amamos. As pessoas podem até fingir, tentam parecer corajosas. Mas a verdade é que Wilfred faleceu de maneira muito inesperada. Talvez o sr. Belderboss ainda não tenha aceitado de vez o fato. Em todo caso, o luto é uma coisa peculiar e, quando se combina à perplexidade, pode demorar um pouquinho mais de tempo para ser superado.

— Faz um mês que ele está assim. Só Deus sabe o que os vizinhos devem estar pensando.

Houve uma pausa e então o padre Bernard perguntou:

— O que exatamente a senhora quer confessar, sra. Belderboss?

— Bem, eu estava muito preocupada com ele, padre, zanzando por aí a qualquer hora, por causa do problema que ele tem no coração e no quadril. A gente ouve cada coisa horrorosa, não é verdade? Durante a noite circula todo tipo de povo esquisito que não pensaria duas vezes antes de se aproveitar de alguém vulnerável feito Reg.

— Sim, continue.

— Bem, fui ao farmacêutico para ver se havia alguma coisa que pudessem me dar.

— Não sei se estou entendendo, sra. Belderboss.

— Para Reg. Para ele tomar. Que o ajudasse a dormir.

— E deram?

— Deram. Só que ele não queria tomar, certo? O senhor sabe como ele é.

— Sim.

— Então eu esmaguei um comprimido e misturei no leite dele.

O padre Bernard pigarreou.

— Eu estou me sentindo péssima, padre, mas não aguentava mais. Fico apavorada de pensar que ele esteja... o senhor sabe. Acontece, não? Começa sempre com coisinhas assim. Dizem que a gente tem de prestar atenção aos sinais de alerta, não dizem?

— E funcionou? O remédio? — perguntou ele.

— Foi a primeira noite decente que ele teve em semanas, mas a culpa está remoendo a minha mente, e agora sou *eu* que não consigo dormir. Foi uma maldade, não foi, padre?

— Eu não chamaria disso, sra. Belderboss.

— Mas drogar meu próprio marido...

— Sra. Belderboss — disse o padre —, quando olho para a senhora e seu marido, vejo o amor que Deus gostaria que todos nós tivéssemos se isso fosse possível. Não existe maldade no seu coração. Na pior das hipóteses, a senhora é no máximo culpada por um pouco de desespero, e isso a coloca na companhia de muitas outras pessoas, acredite. Vá, reze seu terço e peça ajuda a Deus para ter paciência com Reg. Ele vai lhe contar qual é o problema quando achar que é a hora para isso.

— O senhor tem certeza de que é apenas isso que eu preciso fazer, padre?
— Certeza absoluta.

Após um instante de pausa, o padre Bernard retomou a palavra.

— A senhora parece um pouco decepcionada, sra. Belderboss.
— Não, padre.
— Estava esperando que eu dissesse alguma outra coisa?
— Não.

Houve um momento de silêncio e depois a sra. Belderboss suspirou.

— Ah, eu não sei. Talvez o senhor tenha razão em relação a Wilfred, padre. Faz poucos meses que ele morreu, afinal. E o modo como ele partiu foi, bem, repentino, como o senhor disse.

— Sim.

— Ele vai se cansar dessas andanças por aí, não vai, padre? Assim que parar de se sentir tão triste.

— Tenho certeza de que é isso que vai acontecer, sra. Belderboss — respondeu o padre. — A ferida ainda está em carne viva na mente dele. Vai levar tempo. Acho que a gente nunca deixa de sentir alguma coisa pelas pessoas que morreram, mas os próprios sentimentos mudam, se dermos tempo a eles. Eu sentia uma falta terrível da minha mãe e do meu pai quando eles faleceram, tanto que nem queria sequer pensar neles. Demorou um bocado, mas quando falo deles agora é uma alegria; é quando me sinto mais próximo deles e sei que, na verdade, eles não foram a parte alguma. Não é diferente da nossa relação com Deus, sra. Belderboss. Como vai o seu Josué?

— Perdão, padre?

— Josué, capítulo 1, versículo 9: "Seja forte e corajoso. Não se apavore, nem desanime, pois o Senhor, o seu Deus, estará com você por onde você andar."

O padre Bernard riu baixinho.

— Desculpe-me. De vez em quando fico me exibindo com essa passagem. Eles me fizeram decorá-la na escola.

— E o senhor tem razão, é claro, padre. No fundo do meu coração sei que Wilfred está olhando por nós e nos guardando, mas é que, às vezes, ele parece tão... ausente — declarou a sra. Belderboss.

— E creio que o luto vem exatamente dessa própria contradição — afirmou o padre Bernard.

— Sim, talvez venha, padre.

— Tente ter uma boa noite de sono, sra. Belderboss, e estou certo de que amanhã de manhã as coisas não vão parecer tão ruins.

— Vou tentar, padre. Boa noite.

Ouvi-a passar por mim e subir a escada. Quando tudo ficou em silêncio, saí de fininho, voltei para o meu quarto e empunhei o fuzil mais uma vez antes de dormir.

Capítulo sete

Na calada da noite, ouvi vozes ao longe. Gritando. Berrando. Como uma dança de guerra. Durou apenas alguns segundos, e eu não sabia ao certo se estava sonhando, mas de manhã todo mundo estava falando disso à mesa do café, em que o cheiro de torrada misturava-se ao ensopado que a Mamãe vinha preparando desde o raiar do dia.

— Não dormi um segundo depois disso — disse a sra. Belderboss.

— Eu não me preocuparia — declarou o padre Bernard. — Provavelmente eram fazendeiros chamando os cachorros, não é, Monro?

Ele estendeu o braço e afagou o pescoço de Monro.

— Às três da manhã? — perguntou a sra. Belderboss.

— De fato, fazendeiros têm horários estranhos, Mary — opinou a Mamãe.

— Bom, eu gostaria que não tivessem.

— Achei que o som parecia vir do mar — disse o sr. Belderboss. — Vocês não?

Todos encolheram os ombros e terminaram de tomar o chá. A única que fez um novo comentário foi a srta. Bunce:

— Em Glasfynydd, há silêncio total à noite.

Mamãe olhou para ela e recolheu os pratos e as xícaras para lavar.

Eu não disse uma palavra e não tinha certeza se o vento rugindo ao redor da casa nas primeiras horas do dia não havia pregado uma peça nos meus ouvidos, mas enquanto estava lá deitado no breu, eu tinha me convencido de que as vozes vinham da floresta.

Enquanto todos saíam da sala de jantar, eu me perguntei se deveria chamar de lado o padre Bernard, mas veio um barulho da cozinha e ouvimos a Mamãe gritar.

Quando fui ver o que havia acontecido, ela estava segurando Hanny debruçado sobre a pia, os dedos dela dentro da boca dele. As mãos de Hanny agarravam a borda da pia. Nacos do prato de ensopado que seria comido naquela noite jazia no chão, numa mancha gordurosa de carne e molho.

— Cuspa — ordenou a Mamãe. — Livre-se disso.

Quando Hanny engoliu o que tinha na boca, ela soltou um suspiro de exasperação e o soltou.

O padre Bernard apareceu atrás de mim. Depois, o Papai.

— Qual é o problema, sra. Smith? — perguntou o padre.

— Andrew fuçou o ensopado.

— É claro, mas ele não deve ter comido tanto assim — disse o padre, rindo.

— Eu avisei, padre. Ele tem de jejuar, como todos nós — argumentou a Mamãe. — É muito importante. Ele deve ser preparado da maneira adequada.

— Não acho que um pouco de ensopado vá fazer tanto estrago, Esther — disse o Papai.

— Ele comeu metade da panela — disse a Mamãe, apontando para a poça marrom que Monro estava cheirando com interesse.

O padre Bernard enxotou o cachorro, mas a Mamãe fez um gesto com a mão, recusando sua intervenção.

— Não, padre, deixe ele comer. É a melhor coisa agora.

Hanny começou a lamber os dedos, a Mamãe arfou e o agarrou pelo braço e marchou com ele na direção da porta dos fundos. Abriu-a para o silvo da chuva e empurrou à força os dedos de Hanny boca adentro até o menino esvaziar o estômago nos degraus.

Eu o limpei na pia da cozinha e depois o levei até o quarto para que ele se deitasse.

Tentei fazê-lo voltar a dormir, mas ele ainda estava agitado e ficou zanzando ao longo do patamar para o banheiro. Cada vez que voltava parecia mais pálido do que antes, os olhos vermelhos e inflamados. Por fim, ele veio e se sentou na beira da minha cama e chacoalhou seu pote de pregos.

— Onde dói, Hanny? — perguntei, tocando suas têmporas, a testa, o topo da cabeça.

Ele pôs as mãos por cima da cabeça, como um capacete. Doía em toda parte.

— Tente dormir — aconselhei. — Você vai se sentir melhor.

Ele me olhou e depois tocou o colchão.

— Sim, tudo bem. Mas só um pouquinho.

Eu me deitei ao lado de Hanny, e, minutos depois, ele começou a roncar. Eu levantei da cama da maneira mais silenciosa possível e saí da casa.

Tinha parado de chover, e o que restava de água escorria ao longo das velhas canaletas que corriam em meio às pedras arredondadas do pavimento até um enorme bueiro de ferro no meio do pátio.

Tanto do lado de fora como no lado de dentro, a Moorings dava a sensação de um lugar que havia sido repetidamente abandonado. Um lugar que fracassara. Os muros de pedras rústicas que formavam o pátio estavam arruinados, um quebra-cabeça de rochas de tamanhos desiguais que ninguém jamais tivera a habilidade de reconstruir, então as juntas estavam apenas amarradas com fios de arame. Num canto havia uma dependência coberta, trancada e acorrentada e também revestida de excremento de pássaros. Além do pátio estendiam-se campos vastos e vazios, terras deixadas sem cultivo havia tanto tempo que o maquinário agrícola enferrujado, que estivera lá desde a nossa primeira visita, agora estava quase soterrado debaixo das urtigas e espinheiros.

O vento soprou forte desde o mar, penteando a grama coberta de arbustos mirrados e mandando um calafrio que percorreu os vastos charcos de água empoçada. Senti os arames movendo-se para a frente, e o padre Bernard estava de pé ao meu lado.

— Andrew está bem agora?

— Sim, padre. Está dormindo.

— Bom.

Ele sorriu e depois meneou a cabeça na direção do mar.

— Você costumava vir aqui todo ano, Tonto?

— Sim.

Ele fez um breve muxoxo de incredulidade.

— Não devia ser muito divertido para um rapazinho — declarou ele.

— Era legal.

— Aqui me lembra do lugar onde cresci — relatou. — Eu mal podia esperar para dar o fora. Vou dizer uma coisa, quando me mandaram para Ardoyne, o lugar que me deram no Bone era um paraíso comparado à Rathlin Island. Tinha um banheiro dentro de casa, para começar.

— Como é lá? Belfast? — indaguei.

Eu havia assistido no noticiário, noite após noite. Barricadas e bombas de gasolina.

Ele me olhou, compreendeu o que eu estava insinuando, e voltou a fitar o campo.

— Você não quer saber, Tonto. Acredite em mim.

— Por favor, padre.

— Por que esse interesse súbito?

Eu encolhi os ombros.

— Outra hora, está bem? Basta dizer que a Crumlin Road em julho não é um lugar lá muito divertido.

Ele meneou a cabeça na direção do campo.

— Eu ia dar uma caminhada — disse o padre. — Quer vir junto?

Separando os fios de arame, ele abriu um vão através do qual me enfiei, e depois fiz o mesmo por ele. Assim que passou, o padre limpou seu casaco e caminhamos na direção da Panzer, incomodando um par de maçaricos que irromperam da grama e esvoaçaram para longe.

— Ela tem boas intenções — disse o padre Bernard. — A sua mãe. Ela quer apenas ajudar Andrew.

— Eu sei.

— Pode não parecer, mas ela está mais apavorada do que qualquer outra coisa.

— Está.

— E o medo pode levar as pessoas a fazer coisas esquisitas.

— Sim, padre. Eu sei.

Ele deu um tapinha no meu ombro e depois enfiou as mãos nos bolsos.

— Ele vai ficar melhor? — perguntei.

Saiu sem querer, antes que eu pudesse impedir.

O padre Bernard se deteve e olhou para trás, para a casa.

— O que você quer dizer com melhor, Tonto?

Hesitei, e o padre Bernard pensou por um segundo antes de reformular a pergunta.

— Quero dizer, o que você mudaria nele? — indagou o padre.

Eu nunca tinha pensado nisso.

— Não sei, padre. Queria que ele conseguisse falar.

— É algo de que você gostaria? Que ele falasse?

— Sim.

— Não parece que você tem tanta certeza.

— Tenho sim, padre.

— Você acha que isso deixa Andrew infeliz? Não conseguir falar?

— Não sei. Não parece.

Ele ponderou com um suspiro profundo e depois falou.

— Veja, não sei se Andrew vai ficar melhor do jeito que você quer que ele melhore. Isso cabe a Deus decidir. Tudo que você pode fazer é orar e depositar sua confiança Nele para tomar as decisões certas a respeito da felicidade do Andrew. Você ainda reza, não é, Tonto?

— Rezo.

O padre me olhou com um sorriso maroto. Antes mesmo de fazer a pergunta, ele já sabia que eu não rezava mais, e fazia um bom tempo que não. Padres são como médicos. Sabem que as pessoas mentem sobre as coisas que acham que vão desapontá-los.

Chegamos à Panzer, e o padre pousou a mão na superfície da rocha e a examinou pelo toque na sua textura. Correu os dedos ao longo de uma comprida fenda e cutucou um torrão de musgo, desemaranhando as fibras entre os dedos.

— Deus compreende que nem tudo é um mar de rosas, sabe? Ele permite que, de vez em quando, questionemos a nossa fé — disse o padre, examinando bem de perto os fósseis, os minúsculos bivalves e amonites. — Vamos lá, gênio, o que diz em Lucas, capítulo 15?

— Alguma coisa sobre ovelhas perdidas?

— Isso mesmo. Está vendo? Se consegue se lembrar disso, com certeza ainda não está condenado por toda a eternidade.

Ele deu a volta na rocha, apalpando-a em busca de pontos de apoio, e depois içou o próprio corpo até o topo. Com as mãos na cintura, esquadrinhou a paisagem, até que alguma coisa sob seus pés chamou sua atenção.

— Ei, Tonto — chamou-me o padre. — Suba aqui.

O padre estava ajoelhado, mexendo os dedos dentro de um buraco cheio de água. Ele olhou para a minha expressão intrigada e disse:

— É uma *bullaun*. Tínhamos uma destas no sítio quando eu era pequeno.

Ele me olhou de novo e pegou a minha mão, pressionando meus dedos contra as bordas do buraco.

— Sente isso? Não é bem liso? Isso não foi feito pela água. Foi cortado por um homem.

— Para o que serve, padre?

— Essas depressões na pedra foram feitas centenas de anos atrás para coletar água da chuva. Achavam que a água era mágica se não tocasse o chão, sabe?

Ele se levantou e secou as mãos no casaco.

— A minha vovó costumava fazer as vacas beberem água de uma *bullaun* no nosso campo — relatou o padre. — E toda vez que eu tinha febre, ela me levava lá e me dava um banho na água da pedra para que eu melhorasse.

— Funcionava?

Ele me olhou, franziu a testa e soltou uma risadinha.

— Não, Tonto, não funcionava.

Ele desceu da rocha e eu estava prestes a fazer o mesmo quando notei o Land Rover estacionado na estrada. Pude reconhecer que era o de Clement por causa da cruz pintada na porta, embora não estivesse dentro do veículo.

Os dois homens sentados nos bancos da frente estavam com o rosto voltado na minha direção, ainda que fosse difícil dizer se olhavam fixamente para mim ou se fitavam a Moorings ou a floresta atrás. Fosse qual fosse o rumo de seu olhar, ficou claro, mesmo a distância, que eram os dois homens a quem o padre havia pedido ajuda um dia antes. O que tinha a compleição de um boi e o que estava segurando um cachorro. Parkinson e Collier.

— O que o senhor acha que eram os barulhos de ontem à noite, padre?

— Cá entre nós, não escutei coisa alguma.

— Mas o senhor disse que eram os trabalhadores do campo.

— Foi uma mentirinha.

— O senhor mentiu para eles?

— Ah, pare com isso, Tonto. Estava apenas tentando tranquilizá-los, para que não achem que serão assassinados enquanto dormem. Você vem?

— Sim, padre.

Olhei de novo para o Land Rover e, após um momento, o motorista arrancou numa coluna cinza de fumaça.

Hanny ainda estava dormindo quando voltei. A Mamãe ainda não o havia perdoado, e o esforço de acordá-lo, vesti-lo e cuidar de sua dor de cabeça era muita coisa para ela lidar. Por isso, a Mamãe o deixara na cama enquanto foi com os outros para a igreja a fim de assistir à bênção dos santos óleos e à cerimônia do lava-pés. Aquelas coisas não faziam parte integral da preparação de Andrew para o santuário e, caso ele fosse, apenas estragaria tudo.

— Mas não o deixe ficar à toa o dia inteiro — ordenou a Mamãe, cravando os olhos na direção da escada quando todos já estavam de saída.

— Fiquem longe de encrenca — acrescentou o Papai enquanto pegava sua boina no gancho e ajudava o sr. e a sra. Belderboss a sair.

Acompanhei a partida do grupo, e quando fechei a porta da frente e me virei, vi Hanny no topo da escada. Ele também estava apenas esperando todos irem embora. Agora podíamos finalmente ir para a praia. Podíamos deixar para trás o mundo deles e encontrar o nosso.

Capítulo oito

Desde que tínhamos decidido voltar à Moorings, eu havia ensaiado muitas vezes o caminho que leva até a praia, tentando reimaginar a estrada e o que outrora eu costumava ver de ambos os lados. Agora que eu estava lá, atravessando os pântanos com Hanny, tudo parecia despontar conforme o esperado. Eu me lembrei do solitário espinheiro retorcido de galhos projetados sobre a estrada, como se fosse o único sobrevivente de um naufrágio que havia voltado, cambaleante, para a terra, dilacerado e amedrontado pelo mar. Eu me lembrava de como o vento assobiava rascante sobre os caniços e estremecia ao longo da água escura. O modo como o mar pairava entre os vales das dunas.

Esse era o mundo real, o mundo como deveria ser, o que estava enterrado em Londres pelas praças de concreto e suas fileiras de lojas, floriculturas, lanchonetes que servem peixe frito com batatas fritas, lojas de quinquilharias e agências de apostas; o mundo escondido sob escritórios, escolas, pubs e casas de bingo.

No Loney as coisas viviam como deveriam viver. O vento, a chuva, o mar existiam em seu estado bruto, sempre recém-nascidos e ferozes. A natureza se revigorava. Seus processos de morte e reabastecimento aconteciam sem que ninguém percebesse, exceto Hanny e eu.

Quando chegamos à base das dunas, saímos da estrada e tiramos as botinas para sentir a areia fria sob os pés.

Ajeitei a correia do fuzil de modo que a arma ficasse apoiada nas minhas costas e eu pudesse ajudar Hanny a subir. Ele tinha insistido em trazer consigo os ratos empalhados na bolsa a tiracolo e toda hora escorregava, entalhando com os pés profundas marcas na areia.

Do topo podíamos enxergar o mar cinza espalhando-se na direção do horizonte que estava achatado pelo enorme bloco de céu. A maré chegava rapidamente, encobrindo o solo lodoso.

Tudo ali estava como sempre fora, a não ser por uma grosseira suástica que alguém havia pichado com tinta spray na lateral da casamata como uma companheira para as letras *NF*.

— Como você está se sentindo agora, Hanny? — perguntei, e levei a mão à testa dele, como a Mamãe fazia para checar sua temperatura.

Ele sorriu e balançou a cabeça. A dor de cabeça tinha passado.

— A Mamãe quer o seu bem — falei. — Ela só está preocupada, com medo de que você não melhore. E o medo pode levar uma pessoa a fazer coisas esquisitas, sabe?

Caminhamos até a praia, seguindo uma escabrosa trilha de destroços. Estranguladas pelo mar, as gaivotas agora eram coisas encharcadas e contorcidas de ossos e penas. Enormes tocos cinzentos, alisados a ponto de ganhar um polimento metálico, tinham sido levados à praia pelas ondas feito um arsenal de material bélico abandonado. Ao longo de toda a praia, verdade seja dita, o mar havia deixado suas oferendas como um gato tentando cair nas graças de seu dono. O Loney sempre fora um lixão para os detritos do norte e, emaranhados a algas, havia sapatos, garrafas, caixas de leite e pneus. Tudo isso, entretanto, desapareceria na próxima maré alta, era varrido de volta e misturava-se ao mar.

Com uma dificuldade que eu não me lembrava de enfrentar da última vez que tínhamos estado lá, subimos no telhado da casamata e nos postamos um de cada lado do buraco. Por dentro, o lugar estava revestido com uma funda camada de areia. Poças de água do mar coalhavam o chão no breu.

Hanny pulou para dentro primeiro e me segurou pela cintura quando desci pelo buraco. Alguém tinha estado ali; a mesma pessoa que havia pichado a parede do lado de fora, sem dúvida. O lugar cheirava a urina e fósforos riscados. Havia uma pilha de lixo num canto. Latas de cerveja e saquinhos de batatas fritas. Porém, apesar disso, a fortificação continuava mais ou menos tão robusta como na época de sua construção. Jamais houvera bombardeio na área e, até reivindicarmos sua posse, duvido que algum dia tenha sido guarnecida de soldados. O Loney era apenas um local pelo qual a força aérea alemã passava a caminho do rio Clyde. E, no fim das contas, o Terceiro Reich jamais avançou um ataque pelo mar da Irlanda, é claro.

Tivemos que arrebentar o concreto e abrir um buraco no teto para entrar, pois dunas haviam engolido a parte de trás, onde ficava a porta, e o lado de frente para o mar começara a revelar seu esqueleto enferrujado. A casamata, porém, ainda dava a impressão de que duraria para sempre.

Usando nossas mãos, recolhemos e amontoamos a areia junto às paredes. Hanny trabalhava como uma máquina, juntando enormes torrões da coisa entre as pernas, consultando seu relógio para ver quanto tempo demorava.

Assim que criou espaço, Hanny abriu a mochila, dispôs cuidadosamente os ratos no chão e depois, de frente para eles, os soldadinhos de brinquedo. Tirei o fuzil do ombro e o posicionei numa das aberturas para armas da parede, encaixando meu olho no anel de borracha na extremidade da alça de mira. Demorei até acertar — por alguns segundos vi somente a ampliação dos meus próprios cílios —, mas, assim que vi o mar envolvido pelo círculo, ele foi trazido até mim, nítido e silente.

O horizonte que eu tinha visto a olho nu do topo das dunas fora arrastado para mais perto e substituído por outro, muito mais longínquo. Um barco de vela branca que antes estava distante demais para ser visto foi trilhando vagarosamente de uma ponta da minha visão para a outra, erguendo-se e descendo, ultrapassado pelas andorinhas-do-mar e pelas gaivotas que deslizavam contra o vento forte sobre as ondas. Lá havia outro mundo, que ninguém mais além de mim conseguia enxergar.

Eu me imaginei como um capitão de mar e guerra em uma torre de vigia, procurando submarinos alemães, ou uma canhoneiro solitário incumbido da defesa da costa.

Esse tipo de jogo só parecia real no Loney. Londres era difícil de ser convertida no tipo de lugar em que os homens do *Commando* poderiam estar.

Embora eu já tivesse assassinado o guarda do parque, que se metamorfoseava de um importante oficial da Gestapo em outro, diversas vezes espreitando do meu esconderijo no enorme carvalho ao lado das quadras de tênis, e tivesse mandado a Mamãe aos pedaços pelos ares toda vez que ela pisava na mina terrestre que eu enterrara na horta, os parques e o nosso jardim eram certinhos e limpos demais.

O cemitério em Golders Green, com seus túmulos brancos e horizontais que pareciam ter sido nivelados pela explosão de uma bomba, até que cumpria de maneira mais ou menos decente o papel de cidadezinha devastada, mas o coveiro tinha um cachorro que diziam ter contraído raiva. E, em todo caso, eu só podia brincar lá aos sábados, quando os judeus não tinham autorização para fazer coisa alguma, nem mesmo visitar os mortos.

No Loney, por outro lado, eu podia estar na Sword Beach, em Iwo Jima, Arnhem, El-Alamein, sem muito esforço de imaginação. A casamata era facilmente transformada na cela de um campo de prisioneiros na Alemanha, de onde lutávamos com unhas, dentes e punhos para escapar, espantando e espancando os nazistas em câmera lenta. Ou era um esconderijo na selva, de onde observávamos uma fila de japoneses dentuços aproximando-se furtivamente pela grama e depois fazíamos picadinho deles com rajadas de metralhadora antes que tivessem tempo de respirar. Os japoneses eram cruéis e safados, mas berravam feito menininhas quando morriam. Eram sempre mais fracos que os chucrutes, que, por sua vez, eram sempre mais arrogantes que os ingleses, que naturalmente venciam todas as vezes.

— Aqui — disse eu, e Hanny, meio agachado, assumiu o posto, ajustando a pegada na empunhadura do rifle, semicerrando os olhos dentro da alça de mira. Fui para a abertura na parede ao lado dele e observei as hordas de aves chegarem com a maré impetuosa, esquadrinhando o encontro das correntes à procura de coisas arrastadas na espuma das águas, ou rumando em direção ao interior, para os charcos, com comida para seus filhotes.

Um bando de gaivotas pousou na terra, brigando pela posse de alguma coisa morta da qual arrancavam nacos de pelo e pele, as mais espertas pilhando porções maiores — um feixe de vísceras ou ossos ainda nodosos no meio.

O súbito choque das ondas retumbando contra as rochas por perto assustou as aves, que esvoaçaram juntas, guinchando e grasnando. Todas, exceto uma. Uma enorme gaivota debatia-se na areia, tentando alçar voo e escapar da água que chegava. Ela bateu uma asa contra o ar, ao passo que a outra se projetava inclinada de um modo estranho. Tinha se quebrado na escaramuça.

A gaivota gralhou, afagou a asa com o bico e depois retomou sua estranha dança, saltitando uma, duas, três vezes, erguendo-se e tombando de novo na areia.

Hanny olhou para mim.

— Vamos ter de matá-la — falei. — É cruel deixá-la agonizar de dor.

Meu irmão franziu a testa. Ele não entendia. Tirei o fuzil da mão dele e fiz o gesto de arrebentar a ave com a coronha. Ele assentiu e subimos no teto da casamata e observamos a gaivota debatendo-se na areia. Ela também nos fitou, com os olhos arregalados.

— É a coisa certa a fazer — afirmei, e entreguei o rifle a Hanny.

Ele olhou para mim e sorriu, e depois virou abruptamente a cabeça na outra direção ao ouvir o barulho de um carro. Peguei de volta o fuzil e conduzi Hanny até as dunas, abrindo caminho através de uma valeta natural na grama, de onde poderíamos, deitados, observar a estrada ao longo do pântano.

Assim que o carro passou pelo espinheiro, pude ver, pela mira da arma, que era o mesmo que passou por nós na estrada quando o micro-ônibus enguiçou a caminho da Moorings.

Dessa vez havia três pessoas no carro. Duas na frente — um homem e uma mulher — e uma atrás, provavelmente a menina adormecida. O carro desacelerou e, quando chegou mais perto, os pneus jorraram água antes de passar através do vão nas dunas, seguir devagar e parar de vez na orla. Vendo que a área arenosa estava rapidamente desaparecendo, o motorista engatou a marcha a ré. O motor ficou em ponto morto por um momento, depois o barulho diminuiu até se reduzir a uma rápida série de ruídos enquanto os mecanismos esfriavam sob o capô. As aves que tinham fugido assustadas voltaram ao que estavam fazendo — as gaivotas desceram de novo e retomaram a briga pela carcaça na praia, os maçaricos grunhindo na grama.

Com cautela, nos arrastamos ao longo da valeta e, no final, onde o sulco caía num barranco estrada abaixo, nós nos deitamos na areia. Separando a grama com a boca do fuzil, pude ver com mais clareza a passageira da frente. A Mamãe a teria achado vulgar, julgando-a pelo modo que ela estava passando batom no espelhinho do quebra-luz, remexendo os lábios para dentro e para fora. Era o tipo de mulher que a Mamãe teria apontado para o Papai. O tipo de mulher sobre o qual teria feito comentários.

Erguendo o queixo e virando a cabeça, a mulher começou a corrigir alguma imperfeição no canto da boca aberta com um lencinho dobrado e depois deslizou a ponta do dedo mínimo sobre o filtro labial, dando-lhe um leve toque no final.

O motorista a distraiu por um instante, e ela virou o rosto a fim de olhar para ele. Estava claro que havia algum tipo de desavença, e a mulher voltou a se embelezar, impacientemente aplicando pó de arroz nas maçãs do rosto e no nariz e fazendo uma pausa no meio do processo para berrar alguma coisa.

Deslocando meu olhar alguns centímetros para a direita, pude ver a menina sentada no banco de trás. Ela inclinou o corpo e tentou intervir, mas os adultos na frente a ignoraram e, em vez disso, ela encarou a janela do carro.

Ela olhou direto para mim, mas não me viu. Eu era cauteloso na hora de me esconder. Sempre fui. Nas minhas brincadeiras em Londres, era capaz de ficar imóvel e silencioso como um cadáver no cemitério judaico. Mais morto que os próprios mortos.

Observando a menina, eu nem sequer ouvia a minha própria respiração, somente sentia seu calor intermitente no meu dedo no gatilho.

Hanny estava sacudindo meu braço.

— O que foi?

Ele me mostrou o pulso vazio, com a marca vermelha da pulseira do relógio.

— Você deixou cair?

Hanny olhou de novo para o pulso.

O motorista por fim desceu do carro e ficou lá parado com a porta aberta. Ajeitou seu chapéu de feltro, olhou para as gaivotas e o pântano através do qual tinha acabado de passar de carro. Ouvi o tinido de um isqueiro se abrindo; logo depois o vento soprou fumaça azulada na minha direção, trazendo o doce e fedido cheiro do charuto do homem e a voz da mulher.

— O que você vai fazer, Leonard? — perguntou ela, e o homem se abaixou para falar com ela.

— A maré vai mudar logo — respondeu ele.

— Antes de escurecer?

— É claro.

— Não podemos deixá-la aqui, no frio, nas condições em que está. Temos de levá-la de volta para casa.

— Eu sei. Não se preocupe com isso.

Eles discutiram sussurrando e eu ouvi o nome dela quando ele ergueu a cabeça da mulher de novo e o acrescentou, com desprezo, ao final de sua frase. Laura.

Hanny estava revirando a areia à procura do relógio. Eu o cutuquei para que ele ficasse quieto. Leonard bateu a porta do carro, espantando passarinhos, e saiu da estrada praia adentro. Afastou-se e deteve-se para observar a gaivota ferida, com uma curiosidade entretida. Tirou o chapéu, limpou-o com o dorso da mão e colocou-o de volta na cabeça.

Com seu paletó cor de caramelo e seus sapatos caros, ele parecia tão deslocado ali quanto seu Daimler. Era um pilantra, um contrabandista ou ladrãozinho barato, um agenciador de apostas corrupto com dedos cheios de anéis e uma camisa azul com dois botões abertos no colarinho. Exalava um cheiro de loção pós-barba — uma seiva de conífera misturada com fumígeno igual à coisa que o Papai borrifava por cima das rosas dele para matar os pulgões.

Laura desceu do carro e fuçou o porta-malas, por fim abrindo-o e, aos gritos, chamou Leonard. Ele subiu o barranco de volta ao asfalto e caminhou na direção dela. Eles tiveram uma conversa que não consegui ouvir direito, e depois Laura foi abrir a porta da menina. Leonard engalfinhou-se com alguma coisa no bagageiro, puxou, revirou e enfim tirou de dentro uma cadeira de rodas que, após ele puxar alguma alavanca com o pé, abriu-se de repente.

Laura segurou a porta e Leonard posicionou a cadeira com o assento de frente para a menina. Ela se moveu bem devagar, arquejando e tremendo, com as mãos sobre a barriga. Parecia impossível alguém estar mais grávida que ela.

Leonard segurou a mão da menina enquanto ela arrastava os pés na direção da porta aberta, e, quando chegou bem perto, ela meio que se deixou cair sobre a cadeira, que rangeu sob seu peso. A menina correu os dedos entre os cabelos acobreados e os ajeitou atrás das orelhas, fazendo outra careta. Era mais nova que eu; treze ou quatorze anos, supus. Uma dessas meninas que se via em qualquer escola. Mesmo nas católicas. Meninas sobre quem a Mamãe e as outras senhoras da São Judas Tadeu fingiam não gostar de falar. Provavelmente, fora por vergonha que tinham trazido a menina para ter o filho naquele lugar ermo.

Leonard empurrou a cadeira de rodas até a beira da estrada e, com cuidado, desceu praia adentro rumo à casamata, deixando finas marcas das rodas e dispersando gaivotas de um monte de ervas daninhas que fervilhava de moscas. Logo atrás, Laura seguia mais devagar e, vez por outra, se detinha enquanto decidia a melhor maneira de transpor os punhados de algas e de lixo.

Suas roupas pareciam fora de época, de alguma maneira como eu imaginava que as mulheres elegantes deviam se vestir na década de 1930 — um casaco verde-escuro com uma estola feita de uma raposa inteira, os cabelos cortados curtos e divididos de lado.

Leonard posicionou a cadeira de modo que ficasse de frente para o mar. Laura ficou com a menina, enquanto o homem foi investigar a casamata. Eu o mantive na mira enquanto ele atravessava lentamente a praia, num modo de andar que sugeria um joelho lesionado. Ele chegou à casamata, olhou, descalçou os sapatos e tirou as mãos dos bolsos de modo que pudesse balançar os braços e subir no monte de areia. A contento, escorregou algumas vezes sobre a perna ruim até conseguir colocar os dedos numa das aberturas para armas na parede e içar o próprio corpo.

Fazendo um quebra-luz com as mãos, espiou o lado de dentro e, de repente, num solavanco para trás, perdeu o equilíbrio e deslizou de modo ridículo, uma perna esticada e a outra torta de tal maneira que desabou devagar e inevitavelmente de costas. Seus sapatos caíram da mão e rolaram para longe.

Ele se levantou, olhou ao redor para ver se alguém havia testemunhado o tombo e se contorceu para limpar a areia do traseiro, antes de sair mancando ao longo da base das dunas à procura de seus sapatos. Encontrou um deles aninhado num monte de algas e parou bem abaixo de nós para calçá-lo.

Tendo escutado seu grito involuntário, Laura caminhou na direção dele.

— Você está bem? — perguntou ela.

— Abarrotado de malditos ratos — disse Leonard, meneando a cabeça na direção da casamata.

A Laura sorriu e sacou um maço de cigarros.

— Bom, parece seu tipo de lugar — disse ela, acendendo um.

Ele olhou de cara feia para ela. A mulher se afastou um pouco e pegou do chão o outro sapato dele, virou-o para deixar cair um jorro de areia e o devolveu. Leonard enfiou-o no pé e depois se abaixou para pegar alguma outra coisa — o relógio de Hanny. Usou o dedão para remover a areia, chacoalhou-o, levou-o à orelha e por fim meteu-o no bolso.

Eu me virei para contar a Hanny, mas ele estava olhando fixamente para a menina sentada na cadeira de rodas. A gaivota machucada tinha parado de guinchar e, hesitante, saltitava na direção da mão esticada da menina. Quando chegou perto dela, a ave inclinou a cabeça e beliscou a alga que a menina segurava, sua asa ferida estendida feito um leque. Ela voltou mais uma vez para outra bicada e dessa vez ficou. A menina afagou o pescoço da ave e tocou suas plumas. A gaivota fitou-a por um momento e depois levantou voo em silêncio, subindo, juntando-se às outras e com elas desenhando um círculo sob as nuvens.

Capítulo nove

A primavera afogava o Loney.

Dia após dia, a chuva vinha impetuosa do mar em gigantescas e vaporosas cortinas, que devastavam Coldbarrow, fazendo com que o lugar desaparecesse de vista, e depois deslocava-se em direção ao interior e encharcava os pastos. A praia convertia-se em barro marrom, as dunas rompiam-se e, às vezes, desmoronavam por completo, de tal modo que o mar e a água pantanosa uniam-se em grandes lagos, ondulando com as carcaças de árvores desenraizadas e algas marinhas vermelhas arrancadas do leito do mar.

Esses eram os piores dias; os dias de névoa e chuva torrencial, em que a Moorings gotejava e escorria, e o ar ficava permanentemente úmido. Não havia lugar para onde ir e nada a fazer a não ser esperar que o tempo mudasse. E ficar sentado à janela de sacada da sala da frente, observando a água jorrar pelos campos e pelas vielas, e ouvir os berros das gralhas na floresta gelada, enchendo-me de uma sensação de inutilidade da qual ainda hoje consigo me lembrar.

Não contei nada acerca da Moorings ou do Loney para o doutor Baxter, mas ele me diz que dá para ver que venho guardando uma porção de negatividade do passado — palavras dele — e que eu deveria tentar desabafar.

Disse a ele que, ao se trabalhar num museu, o passado é uma espécie de risco ocupacional, e ele riu e escreveu alguma coisa em seu bloco de anotações. Parece que ele toma nota de tudo que faço ou digo. Eu me sinto como uma maldita cobaia.

Com todo mundo preso dentro de casa, a Moorings começou a parecer um lugar cada vez mais limitado, e enquanto aguardávamos uma trégua no mau tempo, as pessoas foram debandando da sala para encontrar seu próprio espaço. A Mamãe e o sr. e a sra. Belderboss retiraram-se para diferentes partes da casa a fim de ver se conseguiam desencavar talheres decentes, que usaríamos no lugar dos enormes e manchados apetrechos com os quais vínhamos nos virando até então. O Papai foi ver a decoração *rosemaling* na mobília velha do escritório. A srta. Bunce e David sentaram-se de lados opostos de uma otomana, lendo. Hanny estava no andar de cima, desenhando retratos da menina que ele tinha visto no Loney. A menina e a gaivota com a asa quebrada.

Somente o padre Bernard arriscou-se a sair, levando Monro para um longo passeio, e voltou apenas no final da tarde.

Eu estava na cozinha preparando um pouco de chá para Hanny quando o padre entrou pela porta, ensopado e pingando. Tirou o gorro e o espremeu no degrau na entrada. Monro sentou-se ao seu lado, piscando para tirar a água da chuva dos olhos e respirando com dificuldade.

— E eu aqui pensando que o bom Deus prometeu não inundar o mundo de novo — disse ele, pendurando a capa de chuva atrás da porta. — Espero que tenha começado a construir a arca, Tonto.

Ele bagunçou os cabelos com as pontas dos dedos e despachou Monro para o canto, onde havia um cobertor velho no chão.

— A sua mãe andou trabalhando a sério, pelo que vejo — disse ele, limpando as mãos e indo até o forno, onde a Mamãe havia deixado alguma coisa cozinhando. Ele ergueu a tampa, e seu rosto se cobriu de vapores. — Que Deus nos ajude. Ainda bem que tenho uma força de vontade de ferro. Caso contrário, meteria uma colher aqui sem que você nem sequer percebesse.

A Mamãe apareceu e fechou a porta atrás de si. O padre Bernard colocou a tampa de volta na panela e sorriu.

— Que Deus a abençoe, sra. Smith — declarou ele. — O meu velho professor no seminário sempre me dizia que não existe melhor maneira de louvar a Deus do que alimentar um padre. Veja só, não sei de que lado a senhora está, tentando me expor à tentação desse jeito.

A Mamãe cruzou os braços.

— Nós queríamos saber, padre, se o senhor está ciente dos arranjos para os dias chuvosos — disse ela.

O sorriso do padre titubeou um pouco.

— Não, acho que não.

— Quando chovia demais para sairmos para algum lugar — anunciou a Mamãe —, o padre Wilfred gostava de reunir todo mundo para orarmos às dez, ao meio-dia e às quatro. Para dar uma estrutura ao dia. Senão, fica fácil demais as pessoas se distraírem. A fome pode fazer coisas engraçadas com a mente. Promessas se quebram. O padre Wilfred sempre fez questão de nos manter concentrados no nosso sacrifício para que nos lembrássemos do maior deles.

— Entendo — respondeu o padre.

A Mamãe consultou o relógio.

— Já são quase quatro horas, padre — afirmou ela. — Ainda dá tempo. Contanto que não atrapalhe o senhor e o impeça de fazer qualquer outra coisa que tenha a fazer.

Ele a fitou.

— Não, está tudo certo — disse ele, e foi se secar e trocar as calças, enquanto a Mamãe reunia todo mundo na sala de estar para aguardá-lo.

— Dê tempo a ele — dizia a sra. Belderboss quando entrei. — Ele está fazendo o melhor que pode.

— Tenho certeza de que ele não precisava ficar fora por tanto tempo — retrucou a Mamãe.

— Eles precisam de um bocado de exercício, esses tipos de cachorro — alegou a sra. Belderboss.

— Bom, talvez ele não devesse ter trazido o cachorro.

— Mas também não podia tê-lo deixado para trás, podia? E, em todo caso, tenho certeza de que os meninos estão gostando de ter um bichinho por perto, não estão, meninos?

Ela olhou para mim e sorriu.

— O padre Wilfred jamais teria tido um cachorro — afirmou a Mamãe.

— As pessoas são diferentes, Esther.

— Pode até ser — respondeu a Mamãe. — Mas não é com o cachorro que estou preocupada.

— Ah, é?

— Estou convencida de que senti cheiro de bebida alcoólica nele quando ele entrou agora.

— No padre Bernard?

— Sim.

— Acho que não.

— O meu pai era um bêbado, Mary — disse a Mamãe. — Acho que conheço muito bem o fedor de cerveja.

— Mesmo assim.

— Eu sei o cheiro que senti.

— Tudo bem, Esther. Não se irrite.

A Mamãe virou-se para mim e franziu a testa.

— Em vez de ficar aí bisbilhotando — disse ela —, por que não faz algo de útil e vai cuidar do fogo?

Eu me pus de pé e procurei dentro do cesto de vime um pedaço de lenha que pudesse durar o resto da tarde. A Mamãe sentou-se com as pernas cruzadas, de rosto corado, os olhos fixos na porta da mesma maneira com que havia observado a estrada naquele dia em que encontramos Billy Tapper no ponto de ônibus. O padre Bernard não tinha como voltar rápido o suficiente.

A essa altura, eu já sabia que o meu avô era uma desgraça que a Mamãe gostava de manter debaixo do tapete junto com meu tio Ian, que vivia com outro homem em Hastings, e um primo de segundo grau que tinha se divorciado duas vezes.

No passado, eu perguntara à Mamãe sobre ele uma ou duas vezes, é claro — todos os meninos se interessam pelos avós —, mas ainda sabia bem pouco sobre o homem, a não ser que era um alcoólatra e um vagabundo, e que passara toda a sua curta vida adulta carregando o fígado deteriorado de bar em bar até morrer numa tarde de sábado no salão do Red Lion, a cabeça sobre uma mesa de canecas vazias.

Por fim, o padre apareceu, o rosto vermelho de tão esfregado e os cabelos penteados para trás e lambidos sobre a cabeça. Seu polegar estava enfiado dentro da Bíblia, marcando uma passagem específica que talvez ele tenha julgado ser capaz de redimi-lo.

— O senhor deve estar congelando, padre — disse a sra. Belderboss, pondo-se de pé. — Fique com a minha cadeira.

— Não, não, sra. Belderboss, não se preocupe comigo, sou como ruibarbo.

— Como assim?

— Não ligo para o frio — explicou ele.

— Bom, se o senhor tem certeza de que está bem — disse a sra. Belderboss, e se recostou.

O sr. Belderboss olhou fixamente pela janela.

A chuva tempestuosa rugia no pátio e nos campos, onde a névoa persistia em alguns trechos sobre a grama.

— O senhor acha que a talvez possamos sair amanhã, padre? — perguntou a srta. Bunce.

— Não sei. Talvez a gente consiga ouvir a previsão do tempo mais tarde.

O sr. Belderboss riu sozinho ao olhar para o velho rádio em cima do aparador, o tipo de coisa escura e de madeira que, se ligássemos, ainda estaria transmitindo os discursos de Churchill.

— Ah, aqui o senhor não vai conseguir pegar estação nenhuma, padre — disse o sr. Belderboss. — É a colina, sabe? Bloqueia o sinal.

— Bem — falou o padre Bernard. — Vamos simplesmente ter que aceitar o que o Senhor nos der. Está todo mundo aqui?

— Não — respondeu a Mamãe. — Parece que meu marido está fazendo corpo mole em algum lugar. — Ela olhou para mim e apontou na direção da porta. — Vá ver onde ele está.

Eu estava prestes a me levantar quando o Papai apareceu, remexendo um enorme molho de chaves que Clement deixara para nós.

— Ah, aí está você — disse a Mamãe. — Já íamos mandar uma equipe de resgate.

— Hã? — disse o Papai, distraído por uma pequena chave de latão que tinha arrancado do feixe.

— Por onde andou? — perguntou a Mamãe.

— No escritório — respondeu ele.

— Esse tempo todo? O que andou fazendo?

— Encontrei outro cômodo.

— Do que está falando?

— Nos fundos do escritório — explicou o Papai. — Tem um quarto. Eu nunca o tinha visto antes.

— Tem certeza? — indagou o sr. Belderboss, entrando na conversa.

— Sabe aquela velha tapeçaria? Entre os quadros?

— Sim?

— Esbarrei nela por acidente e vi que por trás há uma porta.

— Meu bom Deus! — exclamou o sr. Belderboss.

— Achei que se conseguisse encontrar uma chave que abra a porta, poderíamos entrar e dar uma olhada.

— Bom, isso vai ter que esperar — interveio a Mamãe, ganhando a atenção do Papai pela primeira vez e indicando com os olhos que o padre Bernard estava pronto para conduzir as orações.

— Ah, desculpe, padre — disse ele, e se sentou.

— Ainda está faltando uma pessoa — disse a sra. Belderboss. — Cadê Andrew?

— Está lá em cima descansando — respondi.

— Bom, então suba e vá buscá-lo — ordenou a Mamãe.

— Ah, deixe-o lá — disse a sra. Belderboss.

— Deixá-lo lá? — rebateu a Mamãe. — Ele tem que estar aqui se vamos orar por ele.

— Ele está cansado — falei.

— O que isso tem a ver? — perguntou a Mamãe. — Estamos todos cansados.

— Eu sei — respondeu a sra. Belderboss. — Mas com toda aquela barulheira de ontem à noite, acho que, de nós todos, ele foi o que menos dormiu. Se está sossegado, provavelmente é melhor deixá-lo onde está.

— Concordo com Mary — disse o sr. Belderboss.

O padre Bernard pigarreou.

— Talvez fosse melhor começar, sra. Smith?

— Esther? — disse o Papai.

— Sim, tudo bem — disse a Mamãe rispidamente, inclinando-se para acender as velas dispostas sobre a mesa.

A sra. Belderboss suspirou e olhou pela janela.

— Espero muito que o tempo melhore quando formos ao santuário na segunda-feira — disse ela. — Não vai ser a mesma coisa se estiver chovendo, vai, Reg?

— Não — replicou o sr. Belderboss. — Não como da última vez, você se lembra?

A sra. Belderboss virou-se para o padre Bernard e disse:

— Foi um dia glorioso. O sol apareceu assim que chegamos. E as flores estavam simplesmente lindas. As magnólias e as azaleias.

O padre sorriu.

— Todos estavam tão felizes, não estavam, Reg? — continuou ela. — Especialmente Wilfred.

— Deve ser bom ter essa lembrança do seu irmão — disse o padre Bernard.

O sr. Belderboss assentiu.

— Creio que sim. Dizem mesmo que devemos nos lembrar das pessoas em seus momentos mais felizes, não é?

— Sim — concordou o padre Bernard. — A meu ver, quem não faz desse jeito não tem nada a ganhar.

O sr. Belderboss olhou para as próprias mãos.

— É a última vez que me lembro dele tendo tanta certeza sobre as coisas. Depois disso, não sei. Ele meio que parecia...

— Parecia o quê? — perguntou o padre Bernard.

O sr. Belderboss fitou todos ao seu redor. A Mamãe estreitou os olhos na direção dele, muito ligeiramente, mas o suficiente para que ele percebesse e parasse de falar. Houve um momento de silêncio. A sra. Belderboss tocou o marido no braço, e ele colocou a mão sobre a dela. A Mamãe soprou o fósforo que estava segurando e questionou:

— Vamos começar?

O padre Bernard olhou para ela e depois para o sr. Belderboss.

— Desculpe, Reg — disse ele. — Não quis chatear você.

— Não se preocupe comigo — disse o sr. Belderboss, enxugando os olhos com um lenço. — Estou bem. Prossiga, padre.

O padre Bernard abriu sua Bíblia e entregou-a para mim.

— Você lê para nós, Tonto?

Pousei a Bíblia sobre os joelhos e li as instruções de Jesus a seus discípulos para que se preparassem para a perseguição que com certeza enfrentariam em seu caminho.

— "O irmão entregará à morte o seu irmão, e o pai, o seu filho; filhos se rebelarão contra seus pais e os matarão. Todos odiarão vocês por minha causa, mas aquele que perseverar até o fim será salvo."

A Mamãe olhou para o padre Bernard e meneou a cabeça em sinal de aprovação. Essa passagem era seu manifesto. Na nossa casa, estava emoldurada na cozinha, escrita em caligrafia ornamentada como a página de uma Bíblia decorada com iluminuras. O dever, ou melhor, a demonstração ativa do dever, era tudo, e ignorar o chamado ao serviço era, aos olhos da Mamãe, possivelmente o pecado mais hediondo de todos. Ela era da opinião de que os homens deveriam pelo menos considerar a possibilidade de abraçar o sacerdócio e que todos os meninos deveriam servir no altar. Em certo sentido, dizia a Mamãe, ela sentia inveja de mim porque eu tinha a oportunidade de estar mais perto de Deus, de ajudar no milagre da transubstanciação, ao passo que ela tinha de se virar com quase nada, organizando festas e bazares.

Esse argumento fora apresentado um sem-número de vezes desde a minha crisma, mas, quando retornamos da Moorings da última vez, a Mamãe tomou como missão me fazer vestir a batina. Estava na hora, dizia ela, e era óbvio que o padre Wilfred precisava de ajuda.

— Você tem de fazer isso ao menos pelo bem do seu irmão — dizia ela. — Ele nunca vai ter a chance.

Acho que a Mamãe ficou um pouco surpresa quando concordei tão de imediato. Eu realmente queria ser coroinha. Queria ser um servo do Senhor. Queria, mais do que qualquer outra coisa, ver as partes da igreja que mais ninguém via.

E assim me vi, aos treze anos, subindo a vereda que levava à casa paroquial, numa chuvosa manhã de sábado, num desconfortável terno bege, as instruções da Mamãe acerca da etiqueta de como falar com um padre firmemente fixadas na minha cabeça. Sim, padre Wilfred. Não, padre Wilfred. Sim, padre Wilfred. Fale apenas quando ele lhe dirigir a palavra. Mas demonstre interesse. Responda às perguntas dele como um menino que tem ido à igreja desde o dia em que nasceu. Cuidado com a sua pronúncia.

A srta. Bunce abriu a porta e expliquei por que eu estava ali. Ela me deixou entrar e apontou a fileira de cadeiras no corredor. Havia outro menino lá, sofrendo do primeiro e feroz ataque de acne e respirando ruidosamente. Ele estava enfiado num terno ainda pior que o meu, as lapelas polvilhadas de caspa e fios de cabelos soltos. Ele olhou para mim e, sorrindo nervosamente, estendeu a mão.

— A sua mãe também mandou você?

Rechonchudo, sardento, um pouco mais velho que eu, o pobre Henry Mc-Cullough com hálito de ovo podre e espinhas tornou-se meu homólogo no altar, realizando as funções que exigiam pouca ou nenhuma inteligência. Ele era um segurador de toalha e um endireitador de velas. Abria a tampa do órgão antes da missa e trazia o tamborete para a srta. Bunce sentar-se.

— Sim — respondi, para que ele se sentisse melhor. — Mandou, sim.

O padre Wilfred apareceu, vindo da sala de jantar e limpando os resquícios do café da manhã dos lábios com o canto de um lenço. Olhou para nós dois sentados ali e nos mediu dos pés à cabeça, dos sapatos lustrosos aos cabelos repartidos no meio.

— Srta. Bunce — disse ele, meneando a cabeça na direção da porta. — Faria a gentileza?

— Sim, padre.

A srta. Bunce retirou de um suporte um guarda-chuva preto e o entregou ao padre Wilfred assim que ele terminou de abotoar sua comprida capa de chuva. Ele retribuiu com um raro sorriso e depois estalou os dedos indicando que o seguíssemos pelo caminho de cascalho até a igreja, mantendo o guarda-chuva apenas para si.

Agora ela se foi, demolida para dar lugar a apartamentos, fato lamentado por aqueles que dela se recordam, mas sempre achei que a São Judas Tadeu era uma monstruosidade.

Era um edifício de tijolos, grande e marrom, construído perto do final do século XIX, quando o catolicismo entrou na moda de novo para um povo que não fazia as coisas pela metade. Do lado de fora era imponente e sombrio, e o espesso pináculo hexagonal dava-lhe o aspecto de um moinho ou uma fábrica. De fato, parecia resolutamente construído dessa maneira, com cada componente arquitetônico cuidadosamente projetado para produzir — de forma rápida e contínua — obediência, fé ou esperança em unidades por semana, de acordo com a demanda. Até mesmo o modo como a srta. Bunce tocava o órgão dava a impressão de que ela estava operando um complicado tear.

Como um pequeno sinal de misticismo, o pedreiro fixara um Olho de Deus no campanário, acima do relógio — uma forma oval entalhada num bloco de pedra e que eu havia notado nas velhas igrejas rurais para as quais o Papai nos arrastava nos fins de semana. Entretanto, na São Judas Tadeu parecia mais um supervisor atento, alerta para os trabalhadores preguiçosos e sediciosos.

Do lado de dentro, havia um Cristo crucificado de tamanho natural, cuidadosamente suspenso defronte a uma janela grande, de modo que, quando o sol reluzia, a sombra da imagem caía em meio à congregação e tocava todos os presentes. O púlpito era alto como uma torre de vigia. Até mesmo o ar dava a sensação de ter sido especialmente encomendado para lembrar uma igreja; era denso quando a srta. Bunce tocava as teclas do órgão e, quando o corpo da igreja estava vazio, rarefeito o suficiente para permitir que o mais tênue sussurro esvoejasse por toda a alvenaria.

— Então — disse o padre Wilfred, indicando que nos sentássemos no banco da frente. — Vamos começar do início. McCullough, diga-me alguma coisa sobre o Ato Penitencial.

O padre Wilfred colocou as mãos às costas e começou a andar vagarosamente ao longo do corrimão do altar, olhos erguidos fitando a abóbada como um professor que aguardava a resposta para um impenetrável problema de matemática.

A bem da verdade, no que diz respeito a essa questão, sempre pensei que o padre Wilfred errara de vocação. A Mamãe havia recortado uma fotografia do jornal na ocasião em que ele protestara contra um filme de terror em cartaz na época, e o padre de fato parecia um professor de uma escola eduardiana magro e pálido atrás dos óculos de aros redondos, os cabelos emplastrados severamente divididos ao meio.

Henry olhou para as próprias mãos suadas e se remexeu, inquieto, como se algo desagradável estivesse trespassando sua barriga. O padre Wilfred parou de repente e se virou para encará-lo.

— Algum problema?

— Não sei — respondeu o Henry.

— Não sei, *padre* — retificou o sacerdote.

— Hã?

— Responda-me e dirija-se a mim dizendo "padre".

— Sim, padre.

— E então?

— Ainda não sei, padre.

— Não sabe se há algum problema ou não sabe o que é o Ato Penitencial?

— Hã?

— Bem, pelo menos diga-me em que parte dos Ritos Iniciais ele é realizado, McCullough.

— Não sei, padre.

— Você quer ser um servo de Deus e não sabe sequer me dizer a ordem dos ritos da missa?

A voz exaltada do padre Wilfred ecoou brevemente dentro da igreja. Henry cravou os olhos nos próprios dedos de novo.

— Você quer mesmo ser coroinha, não quer, McCullough? — perguntou o padre Wilfred, com a voz mais baixa dessa vez.

— Quero, padre.

Ele olhou para o menino e depois retomou seus passos lentos.

— O Ato Penitencial ocorre no início da celebração, McCullough, assim que o padre sobe ao altar. Esse momento nos dá a oportunidade de confessar nossos pecados perante Deus e purificar nossa alma a fim de prepará-la para receber Sua palavra sagrada. Agora, Smith — o padre dirigiu-se a mim, parando para lustrar o leitoril dourado em formato de águia onde o sr. Belderboss pelejava com os nomes do Antigo Testamento quando era sua hora de ler —, o que vem após o Ato Penitencial?

— O Kyrie, padre.

— E depois?

— O Louvor, padre.

— E depois?

— A Liturgia, padre.

Desconfiado de que eu estava sendo debochado, o padre semicerrou os olhos por um segundo, mas depois se virou e refez seu caminho.

— Certo, McCullough. Vamos ver se você estava ouvindo. Diga-me qual é a ordem dos Ritos Iniciais.

E assim foi, até Henry conseguir recitar a estrutura da missa, inclusive os momentos em que as pessoas ficavam de pé, sentavam-se ou se ajoelhavam.

Enquanto eles falavam, eu fitava o altar, perguntando-me quando é que teríamos permissão para subir lá, se estar lá *daria a sensação* de ser mais sagrado além do biombo invisível onde somente os membros da equipe eucarística estavam autorizados a entrar. Se o ar era diferente. Mais doce. Se eu poderia abrir o sacrário no retábulo e fitar o próprio lugar de descanso de Deus. Se havia alguma evidência de que Ele estava dentro daquela caixa dourada.

Tendo passado num teste, fui despachado com instruções para completar outra incumbência. Deveria entrar na sala ao lado da casa paroquial e trazer um tabernáculo, um incensório e um terço da Divina Misericórdia. O padre Wilfred entregou-me uma chave e depois olhou para mim com a expressão carrancuda.

— Agora vá à sacristia e a mais nenhum outro lugar — ordenou ele. — Entendeu?

— Sim, padre.

— Não toque em nenhuma outra coisa além do que pedi.

— Sim, padre.

— Bom. Agora vá.

A sala era acanhada e cheirava a livros velhos e pavios de vela queimados pela metade. Havia uma escrivaninha, diversas prateleiras e armários trancados. No canto, uma pia com um espelho encardido acima. Uma vela num pote vermelho gotejava na corrente de ar que entrava pela guarnição da janela. No entanto, as coisas que mais me interessaram, como aconteceria com qualquer outro menino de treze anos, suponho, foram as duas espadas cruzadas presas à parede — compridas, de lâminas finas e suavemente curvadas nas pontas —, o tipo que os soldados napoleônicos de Hanny usavam. Eu ansiava empunhar uma delas mais do que qualquer outra coisa. Sentir meu peito se entesar como sempre acontecia quando cantávamos *Oh Deus da Terra e do Altar*.

Procurei as coisas que o padre Wilfred me pedira para pegar e as encontrei com facilidade, pousando-as sobre a escrivaninha onde ele deixara alguns livros abertos.

Num deles vi uma pintura de Jesus de pé no cume de uma montanha no deserto, sendo tentado por Satanás, que pairava ao seu redor feito um gigantesco morcego vermelho. Não gostei nem um pouco. Era o Diabo dos meus pesadelos, todo chifres e cascos fendidos, com uma cobra fazendo as vezes da cauda.

Virei a página e encontrei Simeão, o Estilita, em sua torre. Era uma figura popular nos sermões do padre. Junto com o rico insensato e o filho pródigo, era um exemplo de como todos nós poderíamos mudar, como poderíamos nos livrar dos desejos mundanos.

Sobrevivendo apenas à base da eucaristia, ele vivera no cume de uma coluna de pedra no deserto para que pudesse meditar sobre a Palavra intocado pelo mundo de pecados abaixo dele. Sua devoção era absoluta. Por Deus, ele havia se privado, até o âmago, da própria vida. E sua recompensa era não precisar procurar em parte alguma, somente no céu, todas as coisas que os pecadores abaixo buscavam por meios egoístas e luxuriosos e cuja busca os levava a sofrer. Alimento, amor, satisfação, paz. Simeão tinha tudo isso.

Na gravura, ele estava com o rosto voltado para o céu e os braços esticados, como quem se desprende de algo ou espera alguma coisa cair.

Ao lado, havia um álbum de fotografias repleto de imagens de um lugar que reconheci. Era o Loney. Fotos da praia, da nossa casamata, das dunas, dos pântanos. Dezenas delas. Eram as fotografias que o padre havia tirado naquela última manhã da peregrinação.

Ele deixara uma lente de aumento sobre uma foto das áreas alagadiças na maré baixa, o mar ao longe, o caminho para Coldbarrow desobstruído, e

Coldbarrow por si só, uma colina cinza à distância. Eu a peguei e a mexi para a frente e para trás, mas não consegui encontrar muita coisa para ver além da lama preta, o mar e o céu baixo. O que ele andara procurando eu não sabia dizer.

— Smith. — O padre Wilfred estava parado na porta, com Henry atrás dele.

— Sim, padre?

— O que está fazendo?

— Nada, padre — disse eu, pondo-me de pé.

— Acredito que tenha encontrado o que pedi.

— Encontrei, padre — confirmei e mostrei as coisas sobre a mesa.

Ele olhou para mim, aproximou-se e pegou os objetos um a um, virando-os nas mãos como se nunca antes os tivesse visto. Pouco tempo depois, ele se deu conta de que estávamos esperando que nos dispensasse e se virou abruptamente e disse:

— Domingo de manhã. Espero ver vocês dois na porta da sacristia às nove em ponto.

— Sim, padre Wilfred.

— Permitam-me ser absolutamente claro. Atrasos não são apenas uma descortesia comigo, são uma falta de educação para com Deus, e não vou tolerar isso.

— Sim, padre Wilfred.

Ele não falou mais nada; puxou a cadeira na qual eu havia me sentado e se enfiou sob a escrivaninha a fim de examinar os livros. Lambeu o dedo e virou a página no álbum de fotografia, espremendo os olhos na lente de aumento.

Capítulo dez

Mais cedo, na Sexta-feira Santa, pouco antes de o relógio tocar para São Mateus, a Mamãe entrou no nosso quarto e puxou as cortinas. Hanny rolou de lado na cama e fungou no seu travesseiro.

— Dez minutos — disse ela. — Não nos deixem esperando.

Eu a observei sair do quarto e depois pulei da cama. Lá fora, o céu estava escurecido por uma baixa e emaranhada nuvem de umidade que ficava em algum lugar entre o nevoeiro e a garoa. No jardim da frente da casa, onde gotas caíam das folhas de árvores frutíferas que se arqueavam ao vento, vi o padre Bernard pregando um crucifixo de madeira no portão — o último dos quatorze que a Mamãe o fizera distribuir pelos arredores da casa desde as primeiras irradiações da luz do crepúsculo.

Assim que terminou, ele encostou as mãos no muro de pedras e deixou a cabeça pender para a frente antes de voltar para dentro da casa. Estava tão cansado quanto eu.

Enrolei o tapete, removi a tábua do assoalho e chequei o fuzil. Ainda estava lá, é claro. Toquei o metal gelado do gatilho e, com petelecos, travei e destravei o pequeno pino de segurança, tentando imaginar qual seria a sensação de disparar a arma. Sentir seu coice no ombro. O barulho que faria.

O ponteiro menor do relógio encontrou São Mateus e tocou cinco vezes em suaves pancadinhas que pareciam vir das entranhas dos mecanismos. Pus de novo o rifle no lugar e depois chacoalhei Hanny até ele acordar.

Ele imediatamente tocou o próprio pulso e olhou para mim cheio de expectativa.

— Sim, Hanny — falei. — Hoje vamos pegar o seu relógio de volta.

* * *

Quando descemos as escadas, todos já estavam sentados à mesa, vestidos com as capas de chuva.

— Bom dia, rapazes — disse o padre Bernard. Estava com a mão dentro de um sapato, raspando-o em movimentos rápidos para retirar a terra. — Dormiram bem?

— Sim, padre.

— Obrigado por perguntar — disse a Mamãe, olhando para mim e depois para o padre Bernard.

— Obrigado por perguntar, padre — falei, e ele parou de limpar o sapato por um momento, olhando de relance para a Mamãe e depois para mim.

Hanny foi até um dos armários e começou a procurar cereal. A Mamãe ensaiou uma bronca, mas depois, ela mesma se lembrou, sorriu e, em vez disso, tocou-o delicadamente no ombro.

— Não, Andrew. Só vamos comer depois que escurecer. E vai ser peixe, não cereal.

Hanny não entendeu. A Mamãe tirou a caixa da mão dele e guardou-a de novo no armário.

O Papai chegou tossindo e se sentou, pousando uma chave sobre a mesa.

— Abri aquela porta — anunciou ele. — A do escritório.

A Mamãe revirou os olhos e fez cara feia, mas o sr. Belderboss inclinou-se à frente.

— O que havia lá dentro? — perguntou ele.

— Uma cama — respondeu o Papai.

O sr. Belderboss franziu a testa.

— E alguns brinquedos — acrescentou.

— Acha que era uma sala de jogos? — perguntou o sr. Belderboss.

— Não — respondeu o Papai, tossindo e obstruindo a boca com o punho. — Estou com a sensação de que era uma sala de quarentena.

— Para as crianças com tuberculose?

O Papai fez que sim com a cabeça.

— Há uma janelinha com grades que foi fechada com tijolos de fora para dentro. Provavelmente por isso ninguém nunca reparou nela.

Ele foi dominado por um ataque de tosse rascante.

— Ah, pare com isso — disse a Mamãe. — O que há com você?

— Acho que é aquele lugar — explicou ele. — Cheio de poeira.

— Lugar estranho para manter as crianças. Bem ao lado do escritório — observou a sra. Belderboss.

— Talvez não fosse um escritório naquela época — disse o Papai. — Ou talvez fosse assim para que Gregson pudesse ficar de olho nelas enquanto trabalhava. Não sei.

— É uma constante surpresa este lugar — afirmou o sr. Belderboss. — Estou ansioso para ver o quarto.

— Agora não, Reg — disse a sra. Belderboss. — O padre está esperando para começar.

O padre Bernard estava junto à porta dos fundos, com sua capa de chuva e de sapatos calçados.

— Somente se todos estiverem prontos.

A chuva caiu com força ainda maior assim que saímos, e o pátio dos fundos tornou-se um delta de pequenos riachos jorrando por entre as pedras. O padre Bernard caminhou até o meio e parou.

— Aqui? — perguntou ele para a Mamãe.

— Era aí que o padre começava, sim — respondeu ela.

O padre Bernard assentiu e depois começou.

— Em nome do Pai, do Filho e do Espírito Santo. Como era no princípio, agora e para sempre, por todos os séculos dos séculos. Amém.

Todos responderam e depois se ajoelharam, exceto o sr. e a sra. Belderboss, que, caso o fizessem, não se levantariam mais. Hanny olhava ao redor, mais interessado na forma como a chuva tamborilava para fora da calha quebrada, até que fiz com que ele se abaixasse ao meu lado.

O padre fechou os olhos e ergueu as mãos.

— Pedimos ao Senhor Jesus Cristo que perdoe nossos pecados. E oramos especialmente por Andrew, para que ele se encha do Espírito Santo e encontre paz nesta época de Páscoa. Ave, Maria, cheia de graça...

Hanny observou enquanto todos nós pronunciávamos as palavras juntos.

Terminada a oração, todo mundo se levantou e atravessou o pátio para a primeira estação. Lá nos ajoelhamos outra vez e o padre Bernard disse:

— Nós Vos adoramos, ó Cristo, e Vos bendizemos.

Todos responderam em uníssono:

— Porque pela Vossa santa cruz remistes o mundo.

O padre Bernard abriu um pequeno livro de orações, usando a mão para protegê-lo da chuva.

Pilatos condenou Jesus à morte, e ele carregou a cruz que lhe foi dada. Ele caiu. Encontrou sua mãe, que limpou seu sangue, e Simão Cireneu ajudou Jesus a levar a cruz. Jesus caiu de novo. E de novo.

E assim por diante, até que circundamos por completo a Moorings e Jesus morreu.

Tão logo encerramos, recebi permissão para sair com Hanny por algumas horas antes do Ofício de Trevas em Little Hagby.

Descemos até a praia, apostando que a passagem para Coldbarrow estaria desobstruída e que conseguiríamos reaver o relógio de Hanny. Eu não queria ir de jeito nenhum. Eu deixaria Leonard ficar com a maldita coisa de bom grado — Hanny se esqueceria de tudo em um dia —, mas a Mamãe daria falta do relógio e me faria comprar um novo. Seria culpa minha o fato de Hanny tê-lo perdido.

Nós já não sabíamos de nada em relação às marés. Havia tanto tempo que não íamos àquele lugar que esse tipo de conhecimento se perdera. Porém, quando chegamos lá, o mar estava bem afastado — uma linha de espuma na borda do solo alagadiço. Uma quietude descomunal havia se assentado agora que as águas recuaram, mas as nuvens no horizonte tinham o aspecto de algo que se avolumava para atacar. Escurecendo e escurecendo, tingindo de um branco não natural as gaivotas silenciosas que arremetiam diante delas.

Teria sido assim para os fazendeiros que outrora levaram seu gado para pastar ali? Será que eles fitavam o mar, perguntando-se quando ele viria varrendo de novo, arrasador, e com que ferocidade? Creio que sim.

Por cerca de oitocentos metros seguimos os tocos de sinalização da velha estrada e então, quando eles chegaram ao fim, as marcas que o Daimler havia deixado na areia eram a única coisa a nos guiar ao longo dos trechos de lama rebaixada e os entalhes profundos no solo ainda erodindo por conta do recuo da maré. Era ali, na garganta da baía, que a pessoa se sentia mais exposta. O nivelamento do areal fazia com que tudo parecesse estar a uma longa distância. Não havia coisa alguma a não ser o vento e as idas e vindas da luz; e as gaivotas eram maiores e destemidas. Lá era o território delas, e nós éramos nada.

Quando finalmente chegamos a Coldbarrow havia uma rampa pavimentada e estreita que levava a uma estradinha de terra que contornava o perímetro.

Repleta de sulcos, recoberta de lama e de areia, ela parecia intransponível, embora houvesse pegadas e marcas de pneu riscando a viela por todo o caminho na direção da Thessaly, a casa que se assentava na borda dos despenhadeiros na extremidade norte. Entretanto, era melhor pegar um atalho, cortar pela vegetação e poupar nossas botinas. A Mamãe só faria perguntas se voltássemos com lama até os joelhos.

Abri um vão numa cerca de arame farpado para que Hanny passasse e depois lhe mostrei onde segurar a cerca, de modo que eu pudesse fazer o mesmo. A terra soergueu-se um pouco e logo depois estávamos no charco onde a vegetação havia sido devastada e reduzida a restolho pelo vento.

Era fácil ver por que ninguém jamais ia até aquele lugar. O que alguém buscaria ali? Gado nenhum seria capaz de sobreviver por muito tempo no terreno pedregoso, e qualquer coisa que alguém tentasse construir seria derrubada pela primeira ventania desenfreada que viesse do mar da Irlanda. Porque não havia mais nada além de Coldbarrow, somente uma bocejante extensão de água cinza até que se chegasse à costa de County Louth, a duzentos e quarenta quilômetros de distância.

Talvez tenha sido isso que me fez parar e observar, ao longo do areal, as nossas pegadas. Para saber que havia um lugar para o qual poderíamos voltar.

O continente era uma fina faixa de cinza, a casamata quase imperceptível na cordilheira de dunas. Somente a Moorings sobressaía-se, branca em contraste com as árvores de Brownslack Wood que se moviam no vento como a pelagem de um enorme animal adormecido.

Vendo-a assim, um amontoado tão espesso de mata densa por cima dos arbustos, avaliei que o sr. Belderboss estava certo. Talvez fizesse séculos que ninguém botava os pés ali. Ainda devia haver lugares assim, mesmo na Inglaterra. Florestas ermas e intocadas.

Hanny cutucou a minha mão e seguimos adiante através da vegetação. À medida que caminhávamos, tomei consciência de um tênue tinido, como o som de alguém passando o dedo pela borda de uma taça de vinho.

— Está ouvindo isso?

Ele parou, e toquei minha orelha.

— Esse som — expliquei.

Ele balançou a cabeça.

A grama farfalhou e, então, um lampejo de pelagem branca fez com que ambos nos virássemos ao mesmo tempo. Um gato magro e de olhar fixo surgiu e miou num fiapo de voz. Hanny estendeu a mão e o bicho foi até ele. O felino não tinha coleira e nem plaquinha de identificação, mas não era selvagem. O pelo estava bem-cuidado.

Era um gato albino, com olhos que pareciam ter sido marinados em sangue. Ele miou de novo e borrifou seu almíscar numa pedra, a cauda ereta e trêmula. Mais uma vez ouviu-se aquela sutil e aguda alisada do ar. Ela parecia estar chamando o gato. Ele lambeu a pata e depois, com um salto, enfiou-se em meio à grama na direção da Thessaly.

Hanny chegou lá antes de mim e estava parado de pé no final de um terreno desbastado que levava até a casa através das hastes pretas das plantas cujas frondes ainda se abririam.

O tinido estava mais forte e me dei conta de que o que eu estava ouvindo era o vento movendo o sino no pequeno campanário que, segundo diziam, o Diabo havia construído para Elizabeth Percy seduzir os pobres marujos estrangeiros até as rochas.

O vento não era forte o bastante para balançar o sino contra o badalo e, em vez disso, bruxuleava sobre sua superfície, produzindo um som líquido e delicado que flutuava no ar úmido.

A menina que tínhamos visto no Loney estava sentada em sua cadeira de rodas sob o pórtico inclinado da casa. Após um momento, ela ergueu a mão, e Hanny começou a caminhar em direção à casa, seguindo o gato albino.

Vista de perto pela primeira vez, a Thessaly era um lugar feio. A edificação era baixa e comprida para suportar as intempéries, e parecia ter brotado da terra feito um cogumelo atrofiado. Todas as janelas eram negras, e manchas escorriam dos peitoris ao longo do reboco encardido como se o lugar estivesse permanentemente chorando. O pórtico era uma tentativa de elegância que havia fracassado da maneira mais espetacular possível e me lembrava dos caminhos de entrada para as passagens abobadadas do cemitério da São Judas Tadeu, com seus anjos de tamanho natural e portões quebrados.

Hanny parou a poucos metros da menina e ficou olhando fixamente para ela, que afagava a própria barriga inchada. Talvez fossem os cabelos secos e acobreados, acompanhados do chuvisco de sardas sobre o nariz; talvez a gravidez lhe tivesse dado uma feição arredondada ao rosto, mas ela parecia ainda mais jovem do que eu tinha pensado a princípio. A beleza que a sra. Belderboss havia notado ia e vinha rápido demais para ser uma qualidade constante, e desapareceu por completo no momento em que ela fez uma careta quando o bebê se mexeu.

A porta atrás dela se abriu, e a voz de Laura veio de dentro da casa.

— Ele voltou? — perguntou ela, e depois pareceu ter ficado decepcionada quando saiu e viu Hanny e a mim parados lá.

Estava fumando um cigarro e vestia uma saia e um casaco marrom-avermelhados combinando. Tinha um colar de pérolas em volta do pescoço e, como seu marido, exalava um forte odor de perfume.

— Posso ajudá-los? — disse ela, tocando com o dedo mínimo os cantos da boca pintada de batom.

Respondi que estávamos lá para a vigília.

— Vigília?

— O marido da senhora achou um relógio no Loney. Ele é nosso.

— No quê?

— Na praia — esclareci. — Ele encontrou na areia.

— Não me lembro de ter visto vocês lá.

— Bem, estávamos lá.

Laura deu outra tragada e, com um peteleco, derrubou as cinzas da ponta.

— O que há de errado com ele? — indagou ela, fazendo um gesto na direção de Hanny.

— Nada.

— Por que ele está me encarando? Ele é meio boçal?

Cutuquei Hanny para que parasse com aquilo e ele fitou os próprios pés.

— Vocês moram por aqui? — perguntou Laura.

— Não.

— Vieram passar o feriado?

— Sim.

— Coitados — comentou ela, enquanto a chuva recomeçava.

Ela olhou para nós, virou as costas e voltou para dentro da casa.

— Entrem. Vou ver se ele deixou o relógio em algum lugar aqui. Deem uma mãozinha para Else subir o degrau.

A menina sorriu de novo para Hanny, na esperança de que ele fizesse as honras.

— Ele não entende — falei.

No entanto, Hanny segurou as alças da cadeira de rodas e empurrou a menina para trás, passando pelo vão da porta e entrando num longo corredor margeado com ganchos de pendurar casacos vazios e sobre os quais pairava um cheiro de gabardine velha e úmida. Não havia espaço para mais nada a não ser um par de galochas e um guarda-chuva.

Não havia escadas, somente portas de ambos os lados e outra no final do corredor, e, ao lado dela, um vaso de plantas emborcado sobre o qual estava pousado um telefone.

Lá fora, a chuva se intensificou e o corredor ficou às escuras. Eu estava certo de pensar no lugar como um túmulo. O reboco não havia sido pintado, faltava envernizar o madeiramento, como se a casa tivesse sido erguida e abandonada imediatamente depois. Suas paredes jamais haviam contido uma família. Ninguém nunca havia dado uma risada lá. A casa era dominada por uma espécie de asfixia, um silêncio pesado, que imediatamente lhe dava um ar desconfortável. Nunca mais senti isso em nenhum outro lugar, mas sem dúvida lá havia algo que detectei com uma percepção diferente. Não um fantasma ou algo ridículo do tipo, mas, ainda assim, alguma coisa.

— Espere aqui — determinou a Laura, e caminhou corredor afora até a porta na extremidade, onde se deteve para vasculhar um molho de chaves. Ela destrancou a porta, entrevimos um breve vislumbre da cozinha desguarnecida, e depois fechou-a atrás de si, trancando-a por dentro.

— Qual é o nome dele? — perguntou-me Else.

— Andrew.

— É um nome bonito — disse ela, e sorriu para Hanny.

Ele retribuiu o sorriso e tocou os cabelos dela.

— Não faça isso — adverti.

— Não, está tudo bem — afirmou Else, ajeitando uma mecha atrás das orelhas.

Ela se remexeu na cadeira, ligeiramente encolhida, expirando o ar.

— O bebê está se mexendo — disse ela para Hanny. — Quer sentir?

Ela segurou a mão de Hanny e colocou-a sobre a barriga. O Hanny hesitou, mas Else pousou as mãos sobre a dele e um sorriso se abriu no rosto do meu irmão quando ele sentiu o bebê dando chutes contra sua palma aberta.

Laura voltou da cozinha e depois foi até uma porta diferente, deslizando as chaves na argola até encontrar aquela de que precisava. Estava prestes a entrar no cômodo quando o telefone tocou.

— Deixe-os aqui.

Else olhou para ela.

— Não se preocupe. Neste cômodo não tem problema eles entrarem — disse Laura, e foi atender ao telefone.

Tal qual o corredor, a sala não tinha mobília e era fria. Não havia cortinas, somente malhas amarelas cobrindo janelas que estavam espessas de condensação. A lareira estava lacrada com tábuas e vimos pegadas na poeira, vestígios de que alguém havia entrado e saído do cômodo carregando as caixas que estavam empilhadas junto à parede. Sentada no topo de uma das caixas, uma boneca de porcelana de touca e avental nos encarava. Hanny foi até lá e a pegou. Sorriu e me mostrou como os olhos abriam e fechavam quando ele a tombava para a frente e para trás.

— Talvez ele tenha colocado o relógio ali — disse Else apontando para a surrada escrivaninha na alcova da parede da chaminé. — É onde ele guarda as coisas que encontra.

Fui até lá e examinei as várias conchas e pedaços de vidro e de ossos. Sobre uma pilha de envelopes pardos jazia um crânio de ovelha fazendo as vezes de peso de papel, e ao seu lado havia uma velha escova de dentes dentro de uma caneca. Era evidente que Leonard interrompera no meio a limpeza do bolor verde grudado entre as junturas. Peguei o crânio e observei minuciosamente uma das órbitas oculares. A larva branca do nervo ótico ainda estava agarrada, embora o olho e o cérebro tivessem sido comidos ou houvessem apodrecido há muito tempo.

Hanny estava sentado numa cadeira com a boneca sobre seu joelho. A caixa ao seu lado estava aberta; ele enfiou a mão e, de dentro dela, tirou uma velha enciclopédia. Pedi que ele a deixasse onde estava.

— Está tudo bem — disse a Else.

Hanny folheou as páginas, detendo-se de tempos em tempos para mostrar a Else uma gravura de que gostava. Um toureiro. Um pato-mandarim. Um mágico.

O gato albino entrou como quem não queria nada e subiu no colo de Hanny. Meu irmão afagou-o delicadamente e depois ergueu-o e apertou-o contra sua bochecha. O gato lambeu o rosto dele e depois saltou para Else.

— Obrigado por trazê-la de volta — disse a menina. — Às vezes, ela sai e fica sumida durante dias.

Ela repreendeu a gata e depois beijou Hanny, deixando uma meia-lua vermelha e borrada sobre os lábios dele.

O beijo me surpreendeu mais do que a Hanny. Ele sorriu e desviou o olhar de volta para o livro.

— Quer ficar com o livro? — perguntou ela.

— Não, ele não quer — respondi.

— Está tudo bem — retrucou a Else. — São só livros velhos. Ele tem centenas deles. Nunca lê nenhum, mas também não joga fora.

— Você quer o livro? — perguntei para Hanny.

Ele olhou para mim e fui colocar o livro na mochila dele.

— Pegue mais alguns, se quiser — disse Else.

— Um é o suficiente.

— Por favor — insistiu ela. — Quero que ele fique com os livros.

— Ele prefere ter o relógio de volta.

— Bom, vai estar aqui em algum lugar, se você tem certeza de que Leonard pegou.

— Ele pegou.

Ela franziu o cenho e pendeu a cabeça de lado.

— Vocês vieram mesmo passar o feriado aqui?

— Sim.

— Por quê?

— Como assim?

— Por que vir para cá? O que tem para fazer aqui?

— Tem a praia — respondi.

— Só isso?

Dei de ombros.

— Não me parece muito divertido — afirmou ela.

— Bem, mas é.

— O que vocês fazem lá, além de se esconderem na grama?

— Você não entenderia.

— Não?

— Não.

— Coisa de menino, é isso?

Eu permaneci em silêncio. De repente o sorriso da garota esvaiu-se e ela deu uma súbita e abrupta ingestão de ar, pousando as mãos sobre a barriga. Exalando lentamente o ar, ela percebeu a expressão de preocupação do rosto de Hanny.

— Ah, não se preocupe, Andrew — disse ela, segurando a mão dele. — Não é nada. Já fiz isso antes. Quanto mais você tem, mais fácil fica.

Hanny sorriu, e ela tocou o rosto dele e beijou-o de novo. Enfiei a mão dentro da caixa e peguei uma pilha de outros livros e os entreguei ao meu irmão. Ele os colocou na mochila e foi até a escrivaninha examinar o crânio da ovelha.

Ouvi Laura pousar o fone no gancho, e, depois disso, ela veio até o cômodo.

— E então? — perguntou ela.

— Não está aqui.

— Então lamento muito, mas acho que vocês perderam a viagem.

— Não tem nenhum outro lugar onde possa estar?

Laura acendeu outro cigarro e balançou a cabeça.

— Se não está aqui, eu diria que não.

— Mas o relógio é do meu irmão. Ele o quer de volta.

— Sinto muito — desculpou-se ela, e depois, com o cigarro entre os lábios, enfiou a mão no bolso e tirou uma bolsinha. Manuseando os fechos com os polegares até abri-la, tirou de dentro uma cédula de cinco libras. — Aqui. Compre um relógio novo para ele — declarou, estendendo-me a cédula.

— Ele não quer um novo — aleguei.

Laura olhou para mim e depois sacou outra nota.

— Compre um para você também — disse ela, dobrando as duas cédulas e enfiando-as à força na minha mão. — Tudo bem?

Devolvi-lhe o dinheiro.

— O marido da senhora está em casa?

— Não.

— Quando ele vai voltar?

— Infelizmente não sei dizer.

— Amanhã ele vai estar aqui?

— Talvez. É difícil dizer. Ele é muito ocupado.

— A gente volta amanhã.

— Não quero que vocês desperdicem seu tempo de novo.

— Não será um desperdício se Hanny recuperar o relógio dele.

— Está tudo bem — disse Else puxando de lado a cortina de malha. — Ele chegou.

A chuva despencava e martelava o teto de Daimler de Leonard. A água escorria sob os pneus e encharcava as plantas. Ele nos viu parados na varanda.

Laura abriu um guarda-chuva e, descendo os degraus, foi até o carro. Leonard desceu e disse algo para ela, mas não consegui escutar por causa da chuva. Ela disse alguma coisa para ele e depois ambos olharam para a gente. Leonard ergueu a gola do paletó e subiu os degraus da casa com passos rijos, enquanto Laura pegava um cesto de vime no banco de trás do veículo.

— Ouvi dizer que vocês perderam um relógio — disse ele.

— Sim.

— E que acham que ele está comigo.

— Você encontrou o relógio na praia ontem.

— Encontrei, é?

Ele acendeu um toco de charuto nas mãos em concha.

— Como é esse relógio? — perguntou ele, soprando fumaça pelo canto da boca.

— Apenas devolva o relógio, Leonard — pediu Laura em voz baixa ao passar por ele. — Antes que a maré chegue — acrescentou.

Ele prendeu o charuto entre os dentes e tirou um lenço do bolso interno do paletó. Olhando para a gente, abriu o lenço com uma sacudida e depois o dobrou até formar um quadrado. Outra demorada tragada no charuto e então Leonard jogou-o fora e segurou o lenço na altura do rosto de Hanny. Meu irmão recuou, mas Leonard segurou-o com firmeza pelo ombro.

— Ela tem razão, meninos — disse ele, limpando o batom da boca de Hanny. — A única coisa da qual vocês têm de se lembrar sobre as marés aqui é que ninguém pode dizer que as conhece. Não de verdade.

Ele segurou o queixo de Hanny e movimentou a cabeça dele para a direita e para a esquerda, inspecionando-a em busca de outros vestígios de maquiagem.

— O que quero dizer — continuou ele, cuspindo no lenço e se dirigindo até Else — é que mesmo que alguém peça que vocês partam agora, num piscar de olhos vocês podem acabar percebendo que terão de voltar a nado para casa, ou que não voltarão para casa, se é que me entendem.

Leonard deu batidinhas sobre os lábios de Else, tirando a vermelhidão, e depois enfiou o lenço de volta no bolso.

— Dizem que é o maior cemitério no norte da Inglaterra — afirmou ele, olhando atrás de si, para o mar e para o lamaçal.

De dentro de um saquinho de papel, o homem pegou uma bala de hortelã e a pôs na boca. Ele percebeu que Hanny estava encarando as balas, sorriu e guardou o saquinho. Laura bateu na janela chamando a atenção do Leonard, que, depois de enxotá-la com um gesto, olhou para Hanny e para mim e por fim dobrou a manga do paletó.

— É este aqui? — indagou ele, mostrando-nos o relógio que estava usando no pulso.

— Sim.

Ele olhou para nós de novo, desafivelou a pulseira do relógio e entregou-o para mim.

— Eu ficaria bem longe daqui se fosse vocês — alertou. — Lugar perigoso. É muito fácil julgar mal as coisas. Vocês podem acabar perdendo o controle da situação e se meterem em todo tipo de encrenca.

Hanny prendeu o relógio em seu pulso.

— Ouçam — disse Leonard. — Escutaram isso?

Um silvo constante estava vindo do mar e começou a rebentar contra as pedras no pé do despenhadeiro atrás da casa.

— Se eu fosse vocês, dava no pé agora. Não quero que fiquem presos aqui a noite inteira.

Ele nos encarou mais uma vez e foi para trás de Else, virou a cadeira de rodas da menina e empurrou-a para dentro da casa.

Capítulo onze

Saímos de Coldbarrow na hora certa.

Olhamos para trás tão logo chegamos à casamata; o mar fustigava as rochas ao lado da Thessaly, enviando para o alto espigões de espuma que pairavam no ar antes de se desintegrarem de novo nas ondas. O areal tinha desaparecido.

Hanny estava feliz por ter recuperado o relógio e insistia em mostrá-lo para mim de vez em quando, querendo que eu lhe informasse as horas.

— Estamos atrasados, Hanny. É só isso que importa.

Quando voltamos para a Moorings, o padre Bernard estava no topo da viela, à nossa procura.

— Vamos logo, vocês dois — disse ele ao nos ver passar. — É melhor apertarem o passo, antes que a mãe de vocês tenha um aneurisma.

Todos estavam esperando dentro do ônibus com expressão firme no rosto. A Mamãe arregaçou a manga para mostrar seu relógio e olhou para mim. Ela não precisou dizer mais nada.

Eu me sentei ao lado de Hanny e ele sorriu para mim, pousando os dedos sobre os lábios, onde Else o beijara. Segurei a mão dele e a afastei.

— Pare com isso, Hanny — falei, e lancei-lhe um olhar que o fez abaixar a cabeça. Eu não tinha a intenção de lhe dar uma bronca. Não era culpa dele, afinal. Eu simplesmente não queria que a Mamãe visse.

Ao menos foi o que eu disse a mim mesmo. Havia outra sensação que eu não quis reconhecer na época, mas que agora parece bastante óbvia. Eu estava com ciúme. Mas apenas da maneira como sentia ciúme dos meninos da escola cujas façanhas sexuais os haviam elevado um nível acima dos proletários do playground.

Não que eu quisesse exatamente as experiências deles — meu Deus, eu teria ficado aterrorizado —, mas somente fazer parte do clube deles; ser sócio desse clube era garantia de não ter os tênis mergulhados numa latrina cheia de excremento e urina ou ficar com as costelas roxas por cotoveladas sagazes nos corredores. As coisas sexuais não me importavam de verdade. Eu não me importava com isso.

Creio que senti ciúme porque o beijo havia sido desperdiçado em Hanny. Aquilo não tinha a menor importância para ele ou seus pares da Pinelands comparado com o que eu poderia ter feito na minha escola com uma experiência daquelas. Ter a atenção de todos no vestiário enquanto eu descrevia os mínimos e sensacionais detalhes, os meninos me vendo de outra forma, mesmo que fosse apenas no último semestre, isso talvez tivesse feito diferença. Sei lá.

Hanny tocou o rosto de novo. No queixo ainda havia tênues vestígios de batom de que Leonard não conseguira se livrar. Eu me perguntei se a Mamãe notaria, uma vez que reparava até na mais ínfima alteração na aparência de Hanny, mas ela estava de costas para mim e, como todos os demais, olhava em silêncio pela janela.

Na verdade, ninguém disse uma palavra sequer até que, alguns quilômetros adiante, a sra. Belderboss deu um tapinha no encosto do assento do padre Bernard.

— Pare aqui, padre — pediu ela, e o micro-ônibus encostou no acostamento. — Olhem.

Todos espiaram pelas janelas no instante em que um enxame de borboletas vermelhas girava sobre o campo num contorno sinuoso, rodopiando e espiralando como uma única entidade.

— Já viram alguma coisa tão bonita? — perguntou a sra. Belderboss.

— O que elas estão fazendo ao ar livre nesta época do ano? É muito cedo para elas — disse o sr. Belderboss. — Vão morrer antes que o dia acabe.

— O mundo é de Deus, sr. Belderboss — argumentou o padre Bernard, sorrindo. — Tenho certeza de que Ele sabe o que está fazendo.

— Acho que é um sinal — afirmou a sra. Belderboss para a Mamãe e pousou a mão sobre a dela. — De que Deus estará com a gente quando chegarmos ao santuário.

— Sim — disse Mamãe. — Talvez seja.

— Tenho certeza que sim — respondeu a sra. Belderboss.

Afinal de contas, sinais e maravilhas estavam por toda parte.

O padre Wilfred nos dissera inúmeras vezes que era nossa obrigação, como cristãos, ver o que a nossa fé nos tinha ensinado a ver. E, consequentemente, a Mamãe costumava voltar das compras com todos os tipos de história sobre como Deus achava melhor e apropriado recompensar os bons e punir com justiça os maus.

Nos dedos da senhora que trabalhava na agência de apostas haviam surgido verrugas de tanto manusear dinheiro sujo o dia inteiro. A filha dos Wilkinson, que visitara a clínica na Flinchey Road sobre a qual as mulheres da São Judas Tadeu falavam aos sussurros, fora atropelada por um carro uma semana depois e teve a pélvis quebrada de maneira irremediável. De forma inversa, uma senhora idosa que ia à loja toda semana para comprar santinhos, e que passara boa parte da década anterior arrecadando dinheiro para caridade, ganhou uma viagem para Fátima.

A Mamãe nos contava essas histórias durante o jantar, sem um pingo de dúvida de que a mão de Deus estava em ação no mundo, exatamente como tinha estado na época dos mártires e santos, cujas mortes violentas eram regularmente infligidas a nós como exemplos não apenas do juramento incondicional que tínhamos de fazer de servir ao Senhor, mas da necessidade do sofrimento.

Quanto pior o tormento, mais Deus tinha condições de mostrar Sua face, dizia a Mamãe, invocando a mesma categoria de matemática esotérica que o padre Wilfred usava em seus sermões para explicar por que o mundo estava repleto de guerras e assassinatos — uma fórmula segundo a qual se podia provar que a crueldade era inversamente proporcional à misericórdia. Quanto mais desumano o sofrimento que somos capazes de causar uns aos outros, mais compadecido Deus parecia como um contraponto a nós. Era por meio da dor que saberíamos qual distância ainda tínhamos de percorrer para sermos perfeitos aos Seus olhos. Portanto, somente se a pessoa sofresse, o padre Wilfred tinha o hábito de nos lembrar, é que ela poderia ser uma verdadeira cristã.

Na sacristia, após a missa, se não era uma repreensão por conta de uma coisa ou outra, era uma lição sobre algum santo específico que ele considerava um incentivo aos jovens garotos para que buscassem a oportunidade de provação, embora, às vezes, fosse difícil diferenciar uma coisa de outra quando ele usava os santos como uma vara de madeira.

Certo domingo, quando Henry apareceu atrasado para a missa, o padre Wilfred deu uma surra nele com a Beata Alexandrina da Balasar — a mística portuguesa que, para salvar a sua pureza ameaçada por um estupro, atirou-se por uma janela e com a queda acabou ficando paralítica, mas ainda assim conseguia arrastar-se até a igreja e nunca atrasava-se para as missas aos domingos. Mesmo quando decidiu devotar sua vida a Deus e alimentar-se apenas da Eucaristia e, todas as sextas-feiras, experimentar a abençoada alegria de sentir na pele a agonia de Nosso Senhor na Cruz, ela era a primeira a chegar à igreja. O mínimo que Henry podia fazer, mesmo que o pneu de sua bicicleta tivesse furado na Edgware Road, era chegar na hora.

— Desculpe, padre Wilfred. Vou rezar para São Cristóvão — prometeu ele, num momento de inspiração.

— Garoto idiota — disse o padre Wilfred. — Rezamos *com* os santos, não *para* eles. Os santos intercedem por nós e rogam a Deus que nos ajude.

— Ah, sim, padre.

— Você vai se lembrar disso, McCullough?

— Sim, padre.

— Mas como vai se lembrar disso, McCullough?

— Não sei, padre.

O padre Wilfred olhou para a escrivaninha e pegou uma régua de metal. Agarrou Henry pelo pulso e, antes que o menino pudesse se esquivar, acertou a borda da régua nos nós dos dedos dele, abrindo um corte.

— Isso vai ajudar você a se lembrar, McCullough?

Henry segurou com força a mão sangrando, deu dois passos para trás e desabou sobre uma cadeira.

— E então? — quis saber o padre Wilfred.

— Sim, padre — respondeu o garoto. — Não vou esquecer.

O padre Wilfred olhou para ele e, após um momento, foi até a pia. Com um olhar de desprezo, entregou a Henry uma toalha de papel.

Eu tinha certeza de que Henry era uma daquelas crianças de que os adultos não gostam — existem crianças assim —, mas o motivo exato de o padre Wilfred menosprezá-lo em tão alto grau eu não sabia. Talvez porque Henry fosse rico, ao passo que o padre tivera uma infância tão pobre. Os pobres, afinal, eram o parâmetro preferido do padre. Eram a casta de acordo com a qual todas as coisas deveriam ser medidas e, fazendo isso, ele transformava cada pequeno prazer numa afronta à dignidade dos pobres. Deveríamos pensar nos pobres toda vez que estendêssemos a mão pedindo um segundo pedaço de bolo. Deveríamos pensar nos pobres quando exigíssemos presentes de Natal, ou quando cobiçássemos a bicicleta nova na vitrine da loja. O padre Wilfred jamais tivera comida suficiente. Nunca tivera roupas para mantê-lo aquecido nos cortiços de Whitechapel. Jamais fora dono de coisa alguma, a não ser um velho pneu que ele costumava rolar rua afora com uma vareta, tentando não deixá-lo cair no bueiro.

Não era simplesmente por conta de alguma postura moral obrigatória exigida pelas Escrituras que ele sentia tanta compaixão pelos pobres; era o âmago de sua vocação. Todos ficaram decepcionados, mas talvez não surpresos, quando no fim ele optou por abrir mão de seu lote no adro da São Judas Tadeu e, em vez disso, pediu para ser enterrado com a mãe e o pai e os irmãos falecidos no cemitério Great Northern.

No entanto, aparentemente havia mais que isso. Nós da família Smith éramos muito mais abastados que os McCullough, e o padre jamais me repreendeu como fazia com Henry. Por alguma razão, o garoto parecia irritá-lo.

O padre virou-se para mim de repente, consciente de que eu estava olhando para eles.

— Prossiga, Smith — ordenou.

Voltei a girar a manivela do mimeógrafo que estava copiando os boletins informativos da paróquia. Era algo que eu fazia no primeiro domingo do mês e sempre tentava prender a respiração o máximo possível para impedir que o álcool metilado arranhasse o fundo da minha garganta.

— Por que se atrasou, McCullough? — perguntou o padre, cruzando o braços.

— Eu já disse ao senhor, padre. Meu pneu furou.

O padre Wilfred fez que sim com a cabeça.

— Sim, eu sei que foi isso que você *disse*.

Ele foi até a prateleira de livros, pegou uma Bíblia e a jogou sobre o colo de Henry.

— Mas não estou convencido de que é necessariamente a verdade. Salmo cento e um, versículo sete.

— Como é, padre?

— Encontre-o, McCullough.

— Mas vou manchar a Bíblia de sangue, padre.

— Não vai.

Henry folheou cuidadosamente o livro, tentando não sangrar em cima das páginas.

— E então? — indagou o padre Wilfred.

— Não consigo achar, padre.

— Salmos, McCullough. Entre Jó e Provérbios. Não é difícil.

Por fim, Henry encontrou o lugar certo e começou a ler.

— "O que usa de engano não ficará dentro da minha casa; o que profere mentiras não estará firme perante os meus olhos."

O padre Wilfred repetiu o que Henry disse, com voz lenta e contida, caminhando de um lado para o outro da sacristia.

— Deus odeia os mentirosos, McCullough — afirmou o padre, meneando a cabeça na direção da Bíblia sobre o joelho de Henry. — Isso é dito e repetido aí mil vezes. Provérbios, Romanos, Jeremias. Quando você mente, McCullough, torna-se irmão da serpente no jardim. Perde o direito ao seu lugar no Céu. Deus não tem tempo para enganadores. Vou perguntar de novo. Por que você se atrasou tanto?

Henry fitou os nós dos dedos sangrando.

— Você estava com preguiça demais para sair da cama, não foi?

— Sim, padre.

— E é gordo demais para recuperar o tempo perdido.

— Sim, padre.

— "Sim, padre" — repetiu ele. — Salmo cinquenta e cinco, versículo vinte e três. Mais rápido dessa vez, McCullough.

Henry vasculhou com rapidez as páginas, e leu acompanhando com o dedo as linhas do versículo.

— "Mas tu, ó Deus, os farás descer ao poço da perdição; homens de sangue e de traição não viverão metade dos seus dias; mas eu em ti confiarei."

O padre Wilfred estendeu a mão para pegar de volta a Bíblia.

— Sabe qual é o suplício mais terrível do Inferno?

Henry entregou-lhe o livro.

— Não, padre.

— O pior suplício, McCullough, é a pessoa não ser capaz de se arrepender dos pecados que cometeu.

— Sim, padre.

— No Inferno, é tarde demais.

— Sim, padre.
— Você precisa ir me ver na confissão, McCullough.
— Sim, padre. Eu vou.
— E então ao menos talvez tenhamos uma chance de salvar a sua alma.

Capítulo doze

As borboletas se dispersaram assim que a chuva retornou e começou encharcar a terra mais uma vez. Os muros de pedra reluziam feito ferro. As árvores arquearam-se e pingaram. A taciturna área rural desapareceu atrás da névoa e por um bom tempo podíamos estar indo para qualquer lugar, até que, por fim, um pináculo baixo surgiu do outro lado de um pasto, mal se elevando acima das árvores que o rodeavam.

A Igreja do Sagrado Coração era um lugar antigo — escuro, atarracado e resplandecendo na chuva como um sapo. A enorme porta da frente estava verde de musgo, e com o passar dos anos longos tendões de hera foram abrindo caminho em torno da torre.

Nós nos amontoamos sob o portão coberto para esperar que o aguaceiro particularmente forte passasse. A água escoava através do dossel e caía sobre os assentos de pedra, que, ao longo dos anos, haviam sido convertidos em cavidades pelos traseiros de incontáveis carregadores de caixão ou por gente como nós, simplesmente em busca de um abrigo contra a chuva.

O adro em si era pequeno, mas estava lotado de mortos do vilarejo — um segundo povoado, mais populoso, fazendo fronteira com o primeiro —, todos eles jazendo de leste para oeste, como se o vento os tivesse colocado naquela direção com o passar dos séculos. Lápides inclinadas umas contra as outras sob a sombra de diversos teixos gigantescos, um deles tendo sido fulminado por um relâmpago em algum momento e agora com um caule novo surgindo da fenda enegrecida.

— O que acha, padre? — perguntou a Mamãe, meneando a cabeça na direção da igreja.

— Bastante atmosférica, sra. Smith.

— Do século XV — informou o Papai.

— É mesmo? — disse o padre.

— Parte dela, pelo menos. A alvenaria por dentro é toda saxônica. Ela conseguiu escapar da Reforma.

— Como isso aconteceu?

— Acho que não conseguiram encontrá-la, padre.

O pé-d'água cessou de forma tão súbita como havia começado. A água jorrava do telhado de ardósia e corria ao longo das calhas de chumbo para ser cuspida pelas bocas das gárgulas que a ação das intempéries havia transformado em calombos de pedra. O padre Bernard segurou o portão aberto e todos subiram rapidamente a senda que levava até a igreja antes que a chuva voltasse, mas Hanny ficou parado olhando para cima, encarando os cinzentos demônios desfigurados, tentando fazer uma careta que rivalizasse com as deles.

Dentro da igreja, ocupamos um banco mais para o fundo, arrastando os pés com o mínimo de barulho possível, de modo a não romper o silêncio. Por todos os lados, as estátuas de santos haviam sido cobertas para a Quaresma, como fantasmas semiescondidos nas sombras das alcovas. Volta e meia os panos tremiam com uma corrente de ar. O vento estava entrando em algum lugar e assobiava feito uma ave marinha em torno das vigas.

Hanny segurou a minha mão.

— Está tudo bem — disse eu. Ele olhou de relance, de maneira nervosa, para o santo amortalhado mais próximo. — É só não olhar para eles.

Assim que todos se acomodaram, o Papai inclinou a cabeça para o padre Bernard.

— Veja as janelas no clerestório — disse ele, apontando para as diminutas abóbadas bem no alto da parede, cada qual permitindo a entrada de uma réstia de luz vermelha. — Veja a espessura dos pinázios. E o vidro, aquilo é estilo românico.

— Isso é bom? — perguntou o padre Bernard.

— Tem cerca de setecentos anos.

O padre pareceu ter ficado impressionado.

— Este lugar deveria funcionar como um museu — sussurrou ele para o Papai. — Tudo que eles tinham deve ter ficado guardado aqui para sempre.

Era verdade. Nada, aparentemente, jamais escapara pelas portas de carvalho ou pelas paredes da espessura de muralhas de castelo. Todo feixe de luz que um dia havia penetrado pelas janelas fora aprisionado e absorvido madeira adentro. Ao longo dos séculos, os bancos, o púlpito e os genuflexórios tinham enegrecido até ficar da cor do ébano, como as vigas que sustentavam o teto, todas feitas dos troncos de um descomunal carvalho, o que dava à congregação a sensação de estar dentro de um barco emborcado.

Os cheiros das bênçãos e das velas apagadas permaneciam imperturbáveis como as pedras tumulares que pavimentavam a nave central. As portas do oratório abriam-se sobre dobradiças que tinham sido forjadas numa época em que ainda se matavam bruxas por afogamento e pessoas morriam de peste negra. Era um lugar em que fornos de pão ázimo, caixas de esmolas e castiçais de ferro para velas de sebo ainda eram instrumentos de trabalho; onde havia aldrabas de santuário, um baú que guardava os arquivos da paróquia e que fora esculpido num único tronco de nogueira, e uma Tabela de Consanguinidade fixada à parede acima da pia batismal à guisa de sistema de prevenção da reprodução endogâmica entre os pobres ignorantes. Embora eu suponha que, quando a criança estivesse sendo mergulhada na água, já seria tarde demais.

No final das fileiras de bancos havia efígies dos Sete Pecados Capitais, quase anônimas de tanto serem apalpadas e alisadas pelas incontáveis mãos que as agarravam durante a genuflexão. Mas ainda era perfeitamente possível ver a Preguiça enrodilhada feito uma ratazana, a Gula vomitando na própria barba e a Ira espancando seu irmão com o osso maxilar de um jumento.

Entre a nave e a capela-mor, a igreja ainda conservava seu painel divisório de madeira decorada, com sua miscelânea de pinturas de santos na parte de baixo e a crucificação na parte superior. Acima, a galeria fazia parte de uma pintura do Juízo Final e, embora estivesse muito descascada, ainda era de tamanho considerável e se alastrava ao longo da pedra feito a praga em plantações.

— É a única que já vi ao norte de Gloucester — disse o Papai, achegando-se ao padre Bernard e apontando para cima. — Quero dizer, não chega aos pés das de Patcham ou de Wenhaston, mas ainda assim.

— Eu não teria uma dessas na minha parede — alegou o padre.

— Não sei, não — discordou o Papai. — Tem um certo charme.

— Antes você do que eu.

Quando eu era criança e acreditava em tudo que o padre Wilfred dizia sobre o Inferno e a danação, o Juízo Final me propiciava noites insones sem fim na Moorings. Creio que era porque, em certo sentido, eu já conhecia o lugar que ele retratava e isso significava que ele talvez fosse real.

O Juízo Final me lembrava do pátio da escola com seu despotismo informal e a constante ansiedade de nunca saber que traços de personalidade num menino seriam passíveis de punição com violência instantânea. Alto demais, baixinho demais. Órfão de pai, órfão de mãe. Xixi nas calças. Sapatos furados. Classe social errada. Irmã putinha. Piolhos.

O Inferno era um lugar regido pela lógica de crianças. Uma alegria sombria que durava por toda a eternidade.

Na pintura, os condenados eram obrigados a passar através de uma estreita fenda na terra, esmagados uns contra os outros, mergulhando de ponta-cabeça no solo antes de desabarem num íngreme barranco na direção das garras de lascivos demônios de pele negra que os agarravam pelos cabelos e perfuravam sua carne com adagas incandescentes. Entretanto, essa era apenas a punição inicial. Eles tinham meramente caído no tapete da porta de entrada, onde alguns dos velhos prisioneiros do Hades se reuniam para orar pelas almas dos recém-chegados na vã esperança de sua própria redenção, os rostos voltados para o alto, as bocas escancaradas e desesperadas, como filhotes de melro.

Dali em diante, os amaldiçoados eram recolhidos em enormes caldeirões dentro dos quais seriam cozidos para Satanás, que, acocorado como uma espécie de sapo chifrudo, enfiava um garfo de fondue nos panelões, empalando os vermes humanos que se contorciam, engolindo-os inteiros; os supliciados provavelmente serpeavam através dos intestinos de Satã e saíam pela outra extremidade para reiniciar todo o processo.

Em outras partes do Inferno havia torturas tão perversas que beiravam o cômico, o que, por sua vez, me preocupava ainda mais. A zombaria do Inferno, pensava eu, resultaria numa punição ainda maior caso um dia eu acabasse lá.

Num canto escuro havia um demônio com o braço enfiado na garganta de um homem, tão fundo que a mão saía por seu traseiro para estrangular a mulher agachada de medo debaixo dele. Pessoas com braços e pernas arrancados dependuradas de cabeça para baixo em ganchos que transfixavam suas genitálias. Algumas estavam com a língua cravada com pregos em árvores e o ventre rasgado, suas vísceras alimentando os cães salivantes que obedientemente serviam aos diabos. Globos oculares eram perfurados por coisas que pareciam estorninhos de tamanho descomunal. Chumbo fumegante era entornado dentro de gargantas. Cabeças decapitadas tinham o sangue drenado para irrigar os campos alagados de erva daninha negra que crescia sobre os muros de rocha escarpada do Inferno e irrompiam nas viçosas pastagens verdes dos vivos para enganar os girassóis e os lírios que lá cresciam. Isso era tudo que o padre Wilfred nos prometera que seria.

Como sempre acontecia quando chegávamos para assistir ao Ofício de Trevas, dobramos de uma única tacada o tamanho da congregação. As poucas pessoas que estavam ajoelhadas com o rosto entre as mãos eram as mesmas de sempre. E, quando terminaram suas orações, olharam para nós não como forasteiros, mas como pessoas que conheciam um pouco, apesar dos muitos anos desde que estivéramos lá pela última vez.

— Aquele não é Clement? — perguntou o sr. Belderboss, apontando para alguém sentado sozinho num dos bancos laterais.

— É, acho que sim — respondeu a sra. Belderboss, e tentou chamar a atenção dele.

— Mas a mãe não está com ele — comentou o sr. Belderboss. — Por que será?

— Bem, talvez ela não tenha mais condições de vir para a igreja — retrucou a esposa. — Está ficando velhinha, creio eu.

A Mamãe fez "psiu!" quando o organista começou a tocar um hino fúnebre e um coroinha de aspecto lamentável, salpicado de espinhas e desengonçadamente magro, trouxe o tenebrário, colocou-o sobre uma mesa baixa e acendeu com um círio as quinze velas. Saiu de novo e voltou com uma vela branca, pequena e larga, que ele acendeu e colocou sob o altar, fora da vista.

O padre entrou e todos ficamos de pé. Ele fez uma breve introdução, sua voz batendo com um baque surdo nas paredes de pedra e ganhando volume e velocidade até explodir num estrondo, e depois teve início o ciclo de duas horas de matinas e *laudes*, tudo em latim, é claro; após cada uma, o coroinha apagava uma das velas junto ao altar até que, aos poucos, a igreja ficou às escuras para se equiparar à invasiva lugubridade do lado de fora.

O vento continuava a ascender e cair. Lamuriando e guinchando. Era tão insistente quanto o padre, às vezes mais barulhento, pregando um sermão mais velho sobre a areia e o mar. Alertando os fiéis para ficarem longe do Loney.

Hanny pegou no sono, mas ninguém o incomodou, uma vez que o sr. Belderboss tinha feito o mesmo, encostando a cabeça branca e felpuda no meu ombro. De qualquer modo, a Mamãe estava absorta demais numa disputa com a srta. Bunce para ver quem era capaz de se emocionar mais com a cerimônia. A cada aumento da escuridão, a Mamãe apertava com mais força seu rosário e rezava com mais devoção. Os olhos da srta. Bunce ficaram marejados quando Jesus crucificado gritou para Deus e as velas no tenebrário foram apagadas em rápida sucessão. Ela conseguiu inclusive emitir seu próprio e angustiado gemido quando, no breu, o coroinha percorreu a nave e, com um estrondo, fechou as pesadas portas da igreja para simbolizar o terremoto que havia sacudido o calvário no momento em que o coração humano de Jesus parou de bater.

O sr. Belderboss acordou sobressaltado e agarrou o próprio peito.

Assim que o ofício terminou e a solitária vela branca até então escondida debaixo do altar foi trazida para simbolizar a promessa de ressurreição, fizemos fila na chuva. Protegido por um guarda-chuva manejado pelo coroinha, o padre apertou rapidamente as mãos frias dos fiéis e abençoou um por um. Os frequentadores habituais desapareceram sem demora, de volta para as sombrias casinhas acocoradas na chuva em torno da terra coberta de verde do vilarejo e tão logo a última pessoa saiu da igreja, a saber, o sr. Belderboss, num arrastado gingado para cima e para baixo com o seu quadril ruim, o padre entrou e fechou a porta.

— Bem — disse a Mamãe enquanto caminhávamos de volta para o micro-ônibus —, achei a cerimônia linda.

Ela estava falando com o Papai, mas ele havia parado diversos passos atrás e agora deslizava a mão sobre os entalhes esculpidos na pedra numa porta lateral.

— Eu disse que achei a cerimônia linda — repetiu ela em voz alta para o Papai, mas ele ou não a ouviu, ou a ignorou, e ajeitou os óculos na ponta do nariz para inspecionar melhor os homens e os demônios que travavam um combate mortal.

— Foi, sim — concordou o sr. Belderboss. — Foi, sim.

— Como você sabe, seu grande bobalhão? — perguntou a sra. Belderboss, batendo no ombro dele com o dorso da mão. — Você perdeu a maior parte do ofício.

— Não — rebateu o sr. Belderboss, esfregando o braço e sorrindo. — Eu estava em profunda oração.

— Besteira — disse a sra. Belderboss.

— Acho que "comovente" talvez seja a melhor palavra — comentou a srta. Bunce. — É para ser uma cerimônia bem triste.

David assentiu, numa concordância solene.

— Ah, eu não me diverti exatamente — disse a Mamãe.

— Eu não falei que não me diverti — esclareceu a srta. Bunce.

— E então, onde está o sujeito do peixe? — perguntou o padre, conduzindo a Mamãe de volta ao micro-ônibus.

A Mamãe sentou-se na frente com o padre Bernard e ensinou-lhe o caminho até uma choupana de madeira no meio do nada, onde um homem com o rosto cheio de cicatrizes estava sentado atrás de bandejas de plástico com arraias, cavalas e enguias de olhar maligno recém-pescadas no mar da Irlanda. Na época do padre Wilfred, era uma tradição parar lá na Sexta-feira Santa, e a Mamãe ficou encantada de ver que o negócio ainda estava em atividade e que o mesmo homem ainda pegava o dinheiro, usando um velho balde de iscas de peixe como gaveta de caixa registradora. O troco saía gorduroso, mas a Mamãe não parecia se importar.

Todos ficamos esperando dentro do micro-ônibus enquanto a Mamãe e o Papai conversavam com o homem que, por fim, embrulhou os peixes que eles compraram num jornal. Um Land Rover passou por nós e estacionou próximo à barraca. Era o carro de Clement. O mesmo que eu tinha visto parado na estrada, um pouco para baixo da Moorings. Parkinson, o homem-touro, desceu primeiro e olhou para nós, cumprimentou com um aceno da cabeça especificamente o padre Bernard e depois zanzou na direção da barraca, seguido pelo Collier e seu cachorro. Livre da cabine do carro, mas ainda preso à coleira, o cão saiu farejando e latindo e depois esparramou-se no meio da estrada.

— Não são os homens que vimos a caminho daqui, padre? — perguntou a srta. Bunce.

— Sim — respondeu ele, com um olhar de irritação pelo fato de, dentre todos, ter sido escolhido a dedo por Parkinson.

— Onde será que está Clement? — indagou a sra. Belderboss.

— Não sei — respondeu o sr. Belderboss. — Por quê?

— Aquele é o Land Rover dele, não é?

— E daí?

— Bem, por que o carro está com eles?

— Como é que eu vou saber?

— Você acha que Clement emprestou para eles?

— Não seja boba, Mary.

— Não estou sendo boba. Suponho que por aqui todo mundo dê uma mãozinha um para o outro, não?

— Provavelmente não — retrucou o sr. Belderboss. — Se estão com o Land Rover dele, então é porque Clement deve ter vendido para eles. Ou é uma troca. O que estou dizendo é que aqui nem sempre as pessoas negociam em dinheiro, mas também não dão nada de graça. É uma vida dura a do trabalhador rural. Ninguém pode se dar ao luxo de fazer caridade.

O homem mais velho desceu por último e, tossindo violentamente na manga da camisa, encostou-se na lateral do Land Rover, de olho em nós.

— Toxoplamose — disse o sr. Belderboss, meneando a cabeça na direção do homem.

— Ah, dá um tempo, Reg — suspirou a sra. Belderboss.

Parkinson e Collier pararam ao lado da barraca de peixe, fumando cigarros. A Mamãe cumprimentou os dois, afinal, aquela era sua gente. Os homens ouviram enquanto ela tentava entabular conversa, mas não responderam. Pelo contrário, riram de orelha a orelha, Collier enrolando no antebraço sua trela para manter o cão sob controle.

— Quem *são* eles? — perguntou a srta. Bunce quando a Mamãe e o Papai voltaram para o micro-ônibus.

— Quem? — indagou a Mamãe.

— Eles — disse a srta. Bunce, apontando pela janela. — Não parecem muito amigáveis.

A Mamãe olhou para os homens, que agora estavam escolhendo peixes e rindo com o peixeiro; o que tinha icterícia riu tanto que cuspiu no próprio punho.

— Ah, Joan, você realmente viveu tempo demais em Londres — disse ela. — Eles apenas têm um jeito diferente. Aqui, segure isto.

Ela passou o pacote embrulhado em jornal para a srta. Bunce e se acomodou em seu assento enquanto o ônibus manobrava para irmos embora.

Os homens observaram nossa partida, Parkinson fazendo um leve gesto de cabeça para o padre Bernard e Collier saudando com sua meia-luva preta.

O cheiro forte de peixe encheu o ônibus e se manteve ininterruptamente vigoroso enquanto percorríamos as vielas de volta para casa.

A srta. Bunce tapou o nariz.

— Acho que vou passar mal — disse ela.

David segurou a mão dela.

— Ah, pelo amor de Deus, Joan — disse a Mamãe. — Não seja tão dramática.

Com um abano da mão, a srta. Bunce enxotou para longe o odor.

— Achei que peixe fresco não tinha cheiro.

— Não, isso é o que acontece com a carne vermelha, não é? — opinou o sr. Belderboss.

— Frango — respondeu a sra. Belderboss. — É carne de vaca ou de frango?

— Escutem aqui — disse a Mamãe, entrando na conversa. — Durante anos compramos peixe daquela barraca e nunca nos fez mal algum, certo?

Ela olhou para o Papai.

— Certo — confirmou ele. — Sempre foi muito boa.

— Bem, eu não vou comer nem um pedaço — anunciou a srta. Bunce.

— Bem, então você vai ficar com fome — afirmou a Mamãe.

— E vou ficar contente — respondeu a srta. Bunce. — Hoje não deveríamos comer nada.

A Mamãe fechou a cara e alegou:

— Essa regra só se aplica à carne vermelha, Joan. Peixe não tem problema, não é, padre?

— Creio que podemos arriscar, sim — disse o padre Bernard enquanto trocava de marcha e desacelerava para fazer uma curva fechada na estrada.

— Ainda bem. Não sei se eu duraria até amanhã sem nada dentro de mim — riu-se o sr. Belderboss no banco do fundo.

Então, após a curva, passamos por alguém que caminhava na beira da valeta.

— É Clement — disse a sra. Belderboss. — Vá devagar, padre.

O padre encostou alguns metros adiante e abaixou o vidro da janela. Clement parou.

— Posso te dar uma carona? — perguntou o padre.

Clement olhou ao seu redor e depois foi até a janela, olhando com atenção para todos nós e, por fim, encarando o padre Bernard.

— Não, tudo bem.

— Não é trabalho nenhum levar você para casa.

— Não falta muito, não estou tão longe.

— E que tal eu pelo menos levar você até a Moorings?

Clement fitou a chuva.

— Sim, tudo bem — respondeu ele. — Me leve até a Moorings e de lá eu me viro.

Clement espremeu-se entre Hanny e eu no banco de trás. Seu casaco impermeável tinha cheiro de excreções corporais ressecadas e palha úmida. Um odor espantoso e azedo que tinha camadas sutis para o nariz explorar.

Ele não disse uma única palavra durante o trajeto de volta, mas ficou olhando fixamente para a frente, por isso pude conhecer intimamente seu perfil: uma orelha deformada colada na lateral da cabeça feito uma protuberância de goma de mascar; um nariz que, assim como as bochechas, havia se tornado purulento por conta dos estágios finais da acne rosácea; alguns pelos rijos e teimosos em volta dos lábios e que a lâmina de barbear deixara escapar diversas vezes. Quando ele foi coçar o nariz, sua manga deslizou e revelou uma tatuagem no antebraço. Ele percebeu que eu a estava encarando e a cobriu.

Circulava o boato de que Clement havia cumprido pena em Haverigg; contudo, se isso era verdade, ou o que ele supostamente tenha feito, isso eu nunca soube.

Quando chegamos de volta à Moorings, ele esperou que todos entrassem na casa; apenas o padre Bernard e eu e ficamos para fora, tentando convencer Monro a sair de baixo do banco de onde ele viera dormindo. Monro bocejou e subiu a passos lentos os degraus. O padre Bernard observou o cachorro sumir de vista casa adentro e depois virou-se para Clement.

— Tem certeza de que não quer que eu leve você até o sítio?

O homem balançou a cabeça.

— Prefiro ir a pé daqui.

— Tudo bem. Então se cuide.

Clement saiu andando e, depois de se afastar alguns metros, parou e voltou.

— Não sei se devia dizer alguma coisa, padre — disse ele. — Mas eu não ia me perdoar se não desse o aviso.

— Ah, é? Sobre o quê?

— Fiquem dentro de casa o máximo que puderem.

— Por causa do mau tempo, você quer dizer?

— Não, o que quero dizer é: fiquem na de vocês.

— O que faz você pensar que faríamos de outra forma? — perguntou o padre com uma risadinha.

— Tem um pessoal por aqui que não está muito contente com a vinda de vocês.

— Quem, por exemplo?

— Prefiro não dizer.

O padre sorriu de forma amena. Sabia de quem Clement estava falando.

— Bem, tenho certeza de que não vamos fazer nada para desagradar ninguém, Clement. E, em todo caso, não tive essa impressão.

Clement franziu o cenho.

— Como assim, padre?

O padre Bernard olhou de relance para mim.

— Bem, eu entrei no Bell and Anchor outro dia para fugir da chuva e alguém muito gentilmente me pagou uma bebida.

Clement reagiu como se tivesse engolido alguma coisa nojenta.

— Quem foi?

— O sr. Parkinson, o açougueiro. Por quê?

— E o senhor retribuiu o favor?

O padre Bernard balançou a cabeça e respondeu:

— Não tive tempo de ficar.

— Não estou falando de uma cerveja, padre.

— Não estou entendendo, Clement.

— Quero dizer, o senhor não o convidou para vir aqui na Moorings?

— Não me lembro...

— Ele sempre dá um jeito de fazer a pessoa sentir que deve obrigações para ele, sabe? — Clement interrompeu-o.

— Bem, eu não achei isso — argumentou o padre. — Como falei, foi só uma bebida.

Clement, no entanto, não estava ouvindo. Ele agarrou o braço do padre Bernard.

— Porque se o senhor convidar Parkinson, ele não vai tomar só como um gesto de gentileza. Ele vai vir aqui e vai trazer todo mundo.

— Quem é todo mundo?

— É melhor o senhor ficar longe dele.

— Mas deve haver um motivo, Clement.

— Sim, tem um monte.

— Por exemplo?

— Não posso falar.

— Clement?

— Desculpe, padre. Preciso voltar para ficar junto da mãe.

Clement olhou para o padre Bernard e depois para os próprios pés, como se, de alguma forma, tivesse fracassado. Depois caminhou até a viela, fez uma pausa enquanto mais uma vez olhava ao seu redor e, por fim, partiu atravessando um portão e percorrendo os campos.

Capítulo treze

O estranho comportamento de Clement monopolizou as conversas assim que ele foi embora.

— Ele sempre foi um tanto excêntrico — disse a sra. Belderboss.

— Não chega a ser uma surpresa, morando por aqui — comentou o sr. Belderboss. — Grudado na mãe todo santo dia. Isso é suficiente para deixar qualquer um meio esquisito.

— Tenho certeza de que ele não a vê como um fardo, Reg.

— Ah, não foi nesse sentido que falei. O que quis dizer é que ele dedica tanto tempo a ela que o restante do mundo, o mundo real, acaba ficando em segundo plano.

Todos aparentemente concordaram, e pode ser que tenha sido esse consenso que levou o padre Bernard a descartar os alertas de Clement com a mesma facilidade com que ele de fato pretendia fazê-lo.

Talvez todos tivessem razão. Talvez Clement estivesse apenas sendo paranoico, mas ele parecia tão sério, tão genuinamente preocupado.

A Mamãe e a sra. Belderboss sumiram cozinha adentro a fim de preparar o peixe enquanto o restante de nós aguardava. A srta. Bunce e David sentaram-se juntos no sofá. Ela retomou sua Bíblia, e ele se pôs a ler uma surrada edição de um romance de Dickens cujas páginas eram finas feito seda. O sr. Belderboss começou a roncar numa poltrona, ao passo que o padre foi para o quarto rezar e o Papai sentou-se a uma mesa examinando um presépio que havia encontrado no quartinho contíguo ao escritório.

Um novo aguaceiro caiu de repente advindo do mar, fazendo barulho ao bater nas janelas. A Mamãe veio da cozinha e me entregou uma caixa de fósforos.

— Tome aqui, faça alguma coisa de útil e acenda as velas — disse ela e me enxotou da sala, incomodada pela tosse do Papai.

Os ataques tinham piorado, e toda vez que ele inspirava, ouvia-se um ligeiro chiado.

— Você tem de ficar longe daquele quarto — disse a Mamãe. — Não está fazendo nada bem para o seu peito.

— Eu estou bem.

A Mamãe olhou para as figuras sobre a mesa.

— Espero que você tenha limpado isso aí — continuou ela. — A tuberculose pode resistir durante anos.

— É claro que limpei — disse ele, colocando um pastor ao lado de uma ovelha.

— Eu realmente acho que é melhor você deixar isso para lá.

— Por quê?

— Não sei. Só não me parece certo mexer nas coisas dos outros.

O Papai ignorou-a e fuçou o papel de seda em que estavam embrulhadas as estatuetas.

— Estranho — disse ele. — Está faltando o menino Jesus.

A refeição foi trazida e colocada no centro da mesa em meio às velas *réchaud* que a Mamãe trouxera da loja. Em cada lamparina havia uma imagem de um Jesus de cabelos loiros com filetes de sangue da coroa de espinhos e apontando para seu enorme coração flamejante. Comemos em silêncio, a chuva dando pancadas nas janelas e escorrendo. A srta. Bunce comeu apenas os legumes. Não havia sobremesa. Para beber, somente água.

Após o jantar, Hanny recebeu permissão para sair da mesa e fomos brincar no nosso quarto, enquanto os demais rezavam de novo, agradecendo a Deus pela refeição.

— Pensei em fazer uma caminhada campo acima até a floresta e depois voltar — disse a srta. Bunce, dando batidinhas de leve na boca com um guardanapo. — Se alguém quiser me acompanhar.

A Mamãe olhou para o breu. A chuva tinha parado, mas o vento fazia a janela tremer.

— Eu passo — disse ela. — A essa altura, o tempo lá fora deve estar ainda pior.

— Eu sei — respondeu a srta. Bunce. — É uma penitência.

A Mamãe olhou de novo pela janela. O vento entrava por uma fresta no caixilho e produzia um som parecido com um mugido. Ela olhou de novo para a mesa repleta de pratos e louças sujas e disse:

— Vá você. Vou dedicar a Deus a lavagem da louça.

— Tem certeza de que não quer vir? — insistiu a srta. Bunce.

— Não é que eu não queira ir, Joan — retrucou a Mamãe. — É que há uma necessidade mais urgente de tirar a mesa. Vá fazer sua caminhada enquanto eu lavo os pratos. Tenho certeza de que Deus é capaz de receber duas oferendas ao mesmo tempo.

Houve uma pausa e todos olharam para a mesa.

— Eu vou com você — anunciou David.

— Obrigada — agradeceu a srta. Bunce.

— Vocês poderiam levar Monro? — perguntou o padre Bernard. — O coitadinho não sai de casa já faz horas.

— Sim, tudo bem, é claro, padre — disse a srta. Bunce, olhando para David, que sorriu para tranquilizá-la.

Hanny estava no quarto, mais uma vez posicionando seus soldadinhos de brinquedo numa guerra contra os ratos empalhados. Até então, os soldados estavam vencendo. Um dos ratos jazia de lado, cercado de tanques.

Ele sorriu para mim quando entrei e me mostrou seu relógio pela milionésima vez.

— Sim, Hanny. Eu sei, que bom que a gente conseguiu pegar o relógio de volta.

Ele deveria estar cansado, mas parecia agitado e empolgado. Achei que era porque havia encontrado o relógio ou porque estava muito envolvido na guerrinha de brincadeira, mas ele me pegou pela mão e me levou até onde sua mochila estava pendurada atrás da porta. Ele a abriu e de dentro tirou a enciclopédia que havia folheado com Else.

Fechou os olhos e tocou os lábios com os dedos.

— O que isso quer dizer, Hanny?

Ele tocou os lábios de novo.

— Você está falando da menina na casa? Eu sei, ela deu o livro para você, não foi?

Ele se sentou na beirada da cama e abriu o livro quase no final. Dentro dele havia um envelope pardo. Um dos vários sobre os quais estivera pousado o crânio da ovelha. Hanny deve tê-lo colocado dentro da mochila enquanto eu conversava com Laura. Ele tirou o envelope da mochila e o abriu para que eu pudesse vê-lo. Estava cheio de dinheiro.

— Me dê isso aqui, Hanny.

Vendo a minha mão estendida, ele balançou a cabeça de leve, franziu o cenho e escondeu o livro atrás dos braços cruzados.

— Eu disse para me dar.

Ele balançou de novo a cabeça, dessa vez mais devagar, sem saber direito o que fazer. Ergui o pé acima dos soldados dele.

— Me dê, Hanny — insisti, e ele olhou para mim e depois, lentamente, entregou-me o livro, empurrando-me para o lado com um cutucão e ajoelhando-se para retomar sua brincadeira.

Eu me sentei na cama e examinei o que havia dentro do envelope. Dezenas e dezenas de notas de dez libras, e, no meio do dinheiro, uma lista de nomes.

Hale. Parry. Parkinson. Collier.

— Você não devia ter pegado isto, Hanny — adverti. — Conseguiu seu relógio de volta, não foi? Por que tinha de pegar isto aqui também?

Ele não respondeu.

— Meu Deus, Hanny — falei, agarrando-o pelo braço e mostrando-lhe o dinheiro. — Deve ter milhares de libras aqui.

Ele percebeu o tom da minha voz, sentou-se recostado na cama e colocou as mãos na cabeça.

— Amanhã — anunciei —, você vai devolver este dinheiro. Eu não vou levar a culpa. O que eles quiserem fazer com você, eu vou deixar.

Era uma coisa cruel de dizer, eu sei, mas Hanny merecia se sentir tão preocupado quanto eu, especialmente depois do que Clement havia dito. Ele foi colocar a máscara de gorila e eu deixei. Sentir medo faria bem a ele. Hanny tinha de aprender a lidar com as consequências dos seus atos. Eu não estaria por perto para cuidar dele para sempre. Quero dizer, era inevitável que acabássemos nos distanciando. Universidade, carreira, casamento, hipoteca, filhos. Embora parecessem inimagináveis na época, eu tinha certeza de que, mesmo que não necessariamente os desejasse, receberia esses sacramentos da vida adulta, mais cedo ou mais tarde. Eles eram tão previsíveis quanto envelhecer. É simplesmente o que acontece na vida. Não é?

Hanny deitou-se e, depois de me olhar de relance uma ou duas vezes em busca de alguma compaixão, ficou imóvel e não despertou nem mesmo quando, um pouco mais tarde, a porta do andar de baixo se abriu com um estrondo.

Saindo no patamar, ouvi alguém chorando de soluçar e as unhas das patas de Monro deslizando nos ladrilhos. As pessoas foram correndo ver o que estava acontecendo. Rapidamente, enfiei o dinheiro de volta no livro e o coloquei sob o meu travesseiro.

A srta. Bunce estava sentada no primeiro degrau da escada, chorando, ofegante, com diversas mãos afagando suas costas, tentando, com palavras carinhosas, convencê-la a dizer qual era o problema. A Mamãe estava de pé com os braços cruzados. David havia sumido do mapa.

— Foi horrível — disse a srta. Bunce.

— O que aconteceu? — perguntou a sra. Belderboss.

A srta. Bunce meneou a mão na direção do breu e abriu um berreiro de novo.

— Onde David está? — questionou o sr. Belderboss, andando até a porta aberta.

— Não sei. Eu simplesmente corri. Achei que ele estava atrás de mim.

— Vocês se perderam ou algo assim, querida? — perguntou a sra. Belderboss.

— Não.

— Você e David brigaram?

— Não, não — respondeu de imediato a srta. Bunce. — Não foi nada disso.

— Bem, onde ele está, então?

— Eu já disse, não sei.

— Tenho certeza de que ele não está longe — disse o padre Bernard, pedindo com um gesto que o Papai e eu vestíssemos nossas capas de chuva. — Vamos sair e procurá-lo.

Deixamos para trás o alvoroço dentro da casa e subimos a viela até a porteira, onde uma trilha menor cortava o gramado até a floresta. Monro saiu correndo na frente e, quando avançamos mais, o padre Bernard assobiou para o cão e o ouvimos emergir da escuridão, todo desajeitado, para reaparecer no topo de uma pilha de pedras à nossa direita, abobado por conta da corrida, a língua para fora sobre os dentes, expelindo pequenos bafejos.

— Bom garoto, Monro — disse o padre Bernard, acariciando as orelhas dele.

Paramos por um momento e, então, o padre chamou o nome de David.

Nada. Somente o vento passando através da floresta e um melro gorjeando na escuridão.

Subimos um pouco mais e depois paramos novamente na linha das árvores, nossas lanternas balançando e riscando o breu, iluminando os olhos de animais que, um instante depois, punham-se a correr desabaladamente. Mais uma vez o padre Bernard berrou o nome de David e o cachorro saiu em disparada. Quando o alcançamos, ele estava farejando David, que ouvira o padre Bernard e veio nos encontrar.

— David? Tudo bem? Joan está num estado lamentável.

— É por aqui — respondeu ele. — Nas árvores ali.

— O quê? — perguntou o padre Bernard.

— Um homem se enforcou, acho.

— Jesus Cristo — disse o Papai, e depois pediu desculpas ao padre Bernard.

— Mostre-me onde — pediu o padre.

— Desculpe, padre — disse David. — Monro escapou da coleira e fugiu antes que eu pudesse agarrá-lo. Ele obviamente sentiu o cheiro da coisa.

— Mostre-me onde, David — repetiu o padre Bernard.

Mas o rapaz balançou a cabeça.

— Prefiro não fazer isso — retrucou.

— Tudo bem — disse o padre. — Volte para a casa e verifique se está tudo bem com Joan.

— Devo chamar a polícia? — indagou David.

— Não dá. Não há telefone lá — respondeu o Papai.

David pareceu ter ficado aflito.

— Veja bem — disse o padre Bernard —, vou ver qual é a verdadeira situação e se precisarmos ligar para a polícia vou de carro até Little Hagby, tudo bem? Há um telefone público no pub.

David assentiu, pegou a lanterna que o Papai lhe ofereceu e voltou campo abaixo para a Moorings.

O padre Bernard observou David se afastar, e depois se virou para fitar as árvores.

— Vamos, então — disse ele em voz baixa. — E, Tonto, feche os olhos se eu mandar você fazer isso, está entendido?

— Sim, padre.

A escuridão da floresta era absoluta. Mesmo com as lanternas, tropeçávamos em raízes e enroscávamos os pés em arbustos espinhosos. O Papai escorregou e caiu num atoleiro de folhas fétidas e lama. Nós o ajudamos a se levantar e seguimos em frente, com um facho apontado para o chão e os outros esquadrinhando as árvores, que balançavam com o vento e faziam um ruído de chuva. Castigadas por tempestades, algumas estavam arqueadas feito colunas vertebrais de dinossauros, apodrecendo terra adentro ou tombadas e fazendo peso por sobre as vivas. Outras tinham caído, mas não haviam morrido e, buscando novamente a luz do dia, cresciam em curvas serpeantes ao longo do terreno.

Não havia caminho fácil através da mata. Cada guinada nos levava a um novo emaranhado de galhos e troncos pontudos que era impossível de romper sem que sofrêssemos arranhões e cortes na pele.

Na escuridão a vasta floresta parecia infinita, e todos os sons propagavam-se a uma longa distância, desde as nossas botinas quebrando os galhos mortos caídos entre as árvores ao ruído de algo esmagando a vegetação rasteira nas profundezas da mata.

— Um cervo — disse o padre Bernard quando paramos para ouvir.

— Tomara que sim — respondeu o Papai.

O barulho veio de novo e fez um pombo-torcaz alçar um voo cambaleante por entre as árvores mais próximas de nós.

— Deve ser — especulou o padre Bernard. — Às vezes, eles podem ser uns danadinhos barulhentos.

— Eles não vão se incomodar com Monro? — perguntou o Papai.

— Não.

— Achei que cervos não se davam bem com cães.

— Eles já estariam bem longe antes que aquele palerma pudesse chegar perto deles — respondeu o padre.

— Onde ele está afinal? — indagou o Papai, agitando o facho de sua lanterna entre as árvores.

Os latidos de Monro ecoaram ao redor da mata de modo que era impossível dizer para que lado ele tinha ido. O padre Bernard assobiou para chamá-lo e ouviu-se um bocado de folhagem farfalhando. Quando Monro latiu de novo, a impressão era a de que ele estava muito mais perto, bem à nossa esquerda. O cachorro, é claro, era capaz de passar deslizando sob os galhos e abrir caminho entre as samambaias, mas, para nós, a passagem estava bloqueada, por isso contornamos os galhos e arbustos espinhosos até que o padre avistou uma brecha onde a vegetação rasteira fora pisoteada por David e pela srta. Bunce quando, antes, haviam corrido atrás do cão.

Entretanto, eles não tinham sido os únicos a percorrer aquele caminho. Havia latas de cerveja no mato e, sobre a área, pairava o cheiro úmido de uma velha fogueira, com o odor estercoroso de carne assada.

Chegamos a uma clareira e de fato havia uma pilha de lenha queimada e cinza branca com restos de algum animal por cima. De início, pensei que ele talvez ainda pudesse estar vivo, pois sua pele parecia estar se movendo, mas quando cheguei mais perto vi que meramente fervilhava de moscas e besouros saqueando sua barriga.

O Papai engoliu em seco.

— Para onde foi aquele cachorro? — perguntou ele em voz baixa.

— Ali — disse o padre Bernard, e apontou para onde Monro dava saltos diante de um vulto comprido e escuro pendurado no galho de um carvalho, certamente um dos mais antigos na floresta, inchado e contorcido pelo peso do próprio corpo.

Paramos de repente, e o padre Bernard ordenou que o Monro voltasse para junto dele, o que o cão obedeceu no terceiro e mais irritado comando.

— O que você encontrou, meu velho? — perguntou o padre, e jogou luz sobre o que cachorro estava farejando.

O facho iluminou uma caveira de olhar maligno por um segundo antes de o padre Bernard deixar cair a lanterna.

— Jesus Cristo — disse o Papai de novo, a respiração trêmula. — O que é isso?

— Bem — falou o padre Bernard com uma risada um pouco aliviada, ressuscitando a lanterna ao batê-la contra a palma da mão —, não é um homem, graças a Deus.

Ele iluminou de novo o rosto e manteve a lanterna nessa posição. De dentro de um capuz escuro, um crânio de ovelha polido com cera pendia do pedaço de corda que alguém havia amarrado no galho, seus olhos de bola de sinuca colidindo contra o osso. O restante do corpo, conforme descobrimos quando o padre cutucou-o com um graveto, era feito de sacos de areia e madeira revestidos por um grosseiro cobertor de lã.

— Então o que é? — questionou o Papai. — Um espantalho?

— Não, acho que você estava certo da primeira vez, sr. Smith.

— Como assim?

— Acho que a intenção era ser Ele — afirmou o padre. — Veja a coroa de espinhos ali.

O padre voltou a jogar o facho de luz sobre a cabeça e, com o graveto, ergueu o capuz. O Papai estremeceu de medo ao ver a grinalda retorcida de arame farpado que tinha sido cravada com pregos crânio adentro.

— Quem faria uma coisa dessas? — perguntou o Papai.

— Não sei, sr. Smith — respondeu o padre, aproximando-se e puxando as dobras do manto que cobria o torso. — Mas obviamente dedicaram um bocado de tempo a isso.

O sacerdote olhou de relance para mim e eu soube que ele, como eu, desconfiava que a efígie tinha sido pendurada ali pelos homens contra quem Clement nos havia alertado. Parkinson e Collier. Porém, ele guardou para si a suspeita e nos mostrou como o peito tinha sido feito com o que parecia ser uma velha coelheira.

— Tem alguma coisa dentro — declarou o padre, cutucando com o graveto.

— O que é? — perguntou o Papai.

Monro estava dando pulos de novo, farejando o ar. O padre puxou o trinco da portinha de arame, que se escancarou, e algo caiu a seus pés. O cão saltou de imediato por cima e abocanhou um naco antes que a coisa escorregasse de suas mandíbulas.

— Que diabos! — exclamou o Papai, e recuou, arrastando-me consigo.

O padre Bernard agarrou a coleira de Monro e puxou-o para trás.

— Vamos embora — disse ele, e abrimos caminho rapidamente entre as árvores. Quando chegamos à campina acima da Moorings, estávamos quase correndo de tão apressada que fora a caminhada.

De volta à viela, caminhamos os três lado a lado, as botinas do Papai chapinhando de lama. Monro ia a passos largos, um pouco à frente. Ninguém disse uma palavra. Cada um de nós pensava em como poderíamos explicar o que tínhamos visto na floresta. Diríamos aos outros que não havia nenhum homem enforcado lá. Era apenas uma piada. Não havia motivo de preocupação.

Era a única coisa que poderíamos dizer. No momento em que aquilo caiu do peito de Jesus no chão, nós três havíamos concordado, de maneira instantânea e tácita, que jamais contaríamos a ninguém sobre o coração de porco perfurado com pregos.

Capítulo quatorze

Todos estavam esperando no corredor e, assim que passamos porta adentro, interromperam as conversas e caminharam na direção do padre Bernard. O que tinha acontecido? Alguém havia realmente se enforcado? Deveriam chamar a polícia? O padre despachou o cão para a cozinha, fechou a porta atrás de si e gesticulou para aquietar todo mundo.

— Não foi nada — disse ele. — Alguém enforcou um cobertor velho para pregar uma peça, só isso.

O Papai assentiu e tirou sua capa de chuva.

— Está vendo, Joan? Deve ter sido só as crianças do vilarejo fazendo bagunça — disse a sra. Belderboss, afagando o ombro da srta. Bunce.

Ela ainda estava sentada ao pé da escada, mordendo as bordas das unhas, com os olhos inchados e zangada consigo mesma por ter tido um ataque histérico na frente de todo mundo.

O sr. Belderboss estalou os dedos.

— Provavelmente foi isso que ouvimos na outra noite — concluiu ele. — Os barulhos.

— Sim, bem, é isso mesmo — respondeu o padre Bernard.

— Sinceramente, algumas pessoas não têm nada melhor para fazer — comentou a sra. Belderboss.

— Por aqui não têm mesmo — disse a srta. Bunce, direcionando o ressentimento para a Mamãe.

O rosto da Mamãe começou a se abrir de indignação, e antes que as coisas pegassem fogo, o padre Bernard segurou-a pelos ombros e despachou-a para longe.

— No meu quarto há uma garrafa de conhaque, na cômoda. A senhora faria a gentileza de buscá-la para mim? — perguntou ele.

— Conhaque, padre? Estamos na Quaresma — questionou a Mamãe.

— Eu trouxe por causa de Monro. O frio faz um baita estrago no peito dele. Pensei que uma gota poderia fazer bem à srta. Bunce. Para o choque dela.

A Mamãe cruzou os braços e fechou a cara.

— Ela está sentada aí faz meia hora, padre. Acho que, a essa altura, o choque já deve ter diminuído.

O padre Bernard fuzilou-a com o olhar.

— Mesmo assim.

— O senhor vai chamar a polícia, padre? — perguntou o sr. Belderboss.

O padre Bernard fitou a Mamãe por um momento e depois balançou a cabeça.

— Para ser sincero, não acho que a polícia levaria muito a sério.

— Bem, eu não vou ficar aqui, padre — disse a srta. Bunce.

— Ah, o senhor pode colocar um pouco de juízo na cabeça dela? — falou a sra. Belderboss para o padre Bernard. — Ela mandou o coitado do David subir e fazer as malas dela.

— Eu não dou a mínima — alegou a srta. Bunce. — Este lugar é horroroso. Eu falei que deveríamos ter ido para Glasfynydd.

— Mas como você vai voltar para casa, querida? — perguntou a sra. Belderboss, sentando-se ao lado dela e segurando sua mão.

A srta. Bunce ergueu os olhos na direção do padre Bernard.

— Eu ia pedir ao padre para nos levar no micro-ônibus até Little Hagby — respondeu. — Lá a gente poderia ligar para um táxi, que faria uma corrida até a estação de Lancaster.

— Ah, tenha dó, Joan. Você não pode esperar que o padre saia agora — disse a Mamãe. — Já passa das nove. Você já perdeu todos os trens para Londres.

A srta. Bunce fechou a cara e retrucou:

— Há quartos disponíveis no pub. Podemos passar a noite lá e pegar um trem pela manhã.

— Não seja ridícula — disse a Mamãe.

— Sra. Smith — interveio abruptamente o padre. Depois, acalmando sua voz: — A senhora poderia, por favor, buscar o conhaque?

— Vá, Esther — pediu o Papai.

A Mamãe encarou a srta. Bunce por mais um segundo e depois se retirou corredor afora. Todos se viraram para o padre Bernard. Ele fitou a srta. Bunce e depois tirou sua capa de chuva, pendurando-a no cabideiro junto à porta. Esfregou os olhos, massageando-os com as palmas das mãos.

— Srta. Bunce — disse ele, sentando-se a cadeira ao lado do relógio de armário —, sei que a senhora se assustou, mas eu tentaria esquecer as coisas que vi e aproveitaria ao máximo o meu tempo aqui.

A Mamãe voltou com um copo de vidro com a bebida e entregou-o ao padre Bernard, que, por sua vez, passou-o para a srta. Bunce.

— Eu não quero, padre.

— Beba só um golinho e vai se sentir melhor.

A srta. Bunce umedeceu os lábios com o conhaque e fez uma careta.

— A senhorita pode não concordar no momento — alegou o padre Bernard, tirando o copo da mão estendida dela —, mas, sabendo o que sei do seu comprometimento com a sua fé, creio que, à luz fria do dia, a senhorita se arrependeria de voltar para casa tão cedo.

— O padre tem razão — disse a sra. Belderboss. — Ainda não fomos ao santuário. Você não ia querer perder isso.

A srta. Bunce assentiu e limpou os olhos. David desceu as escadas, batendo a mala dela ora contra a parede, ora contra os balaústres.

— Já está pronta, Joan? — perguntou ele.

— Alarme falso — disse a sra. Belderboss, e David hesitou por um momento, olhou para a srta. Bunce e depois voltou escada acima.

Tão logo todos se dispersaram, subi para verificar como Hanny estava. Ele dormia a sono solto, um braço pendurado para fora da cama na direção dos seus soldados, os ratos empalhados e o envelope com o dinheiro. Ele pegara o envelope de debaixo do meu travesseiro e acabou revirando o conteúdo. Havia notas espalhadas por todo o chão. Recolhi tudo e escondi o dinheiro sob o colchão para que Hanny não conseguisse encontrá-lo antes que o devolvêssemos.

Na outra mão estavam as fotografias pornográficas que Billy Tapper me dera. Eu as peguei e amassei numa bola. Precisavam ser queimadas assim que surgisse a oportunidade. Eu não sabia por que tínhamos as guardado, e o que a Mamãe teria feito caso as encontrasse com ele, eu não era capaz de imaginar.

Porém, naturalmente, eu levaria a culpa e seria tachado de transviado, como o pobre Henry McCullough, que fora flagrado com a mão na massa, deitado na cama dele com os catálogos de roupa íntima de sua mãe.

Foi mais ou menos nessa época que um garoto chamado Paul Peavey juntou-se a nós na função de auxiliar do padre na celebração da missa. Ele era mais novo que Henry e eu, magro e pálido, pequeno para a sua idade e bastante ávido para agradar o padre Wilfred. Era do tipo que, guardadas as diferenças de tempo e lugar, teria se alistado na Juventude Hitlerista rápido feito um foguete ou seria visto na primeira fila de um enforcamento público. Seu pai era presença habitual no bar do centro social da igreja, onde nas noites de sexta-feira eu ajudava a recolher os copos. Um daqueles indivíduos falastrões cujo pensamento era moldado pelos tabloides. Com ele, geralmente era alguma coisa sobre imigrantes, ou os desempregados, ou o Partido Trabalhista, ou as nefastas conexões entre os três.

Certo domingo, depois que as nossas sotainas haviam sido inspecionadas em busca de sujeira e vincos, e depois foram guardadas no guarda-roupa da sacristia, o padre Wilfred entrou em seu minúsculo escritório na porta ao lado e voltou com dois pares de luvas de jardinagem. Um para mim e o outro para Paul. Henry estendeu as mãos para receber o seu par de luvas, mas o padre Wilfred pediu que ele se sentasse e nos levou até a porta da sacristia com instruções para que fôssemos até o fim do cemitério e recolhêssemos o maior número de urtigas que conseguíssemos carregar.

Sem ousar questionar o padre Wilfred, nós nos apressamos em cumprir diligentemente a tarefa. Encontramos uma moita de urtigas junto às enormes abóbadas vitorianas e voltamos com punhados da folhagem, que, apesar das luvas, ainda conseguiam machucar nossos braços.

Henry olhou na nossa direção, seus olhos arregalando-se quando ele viu o que tínhamos trazido, sabendo que, de alguma forma, as urtigas estavam destinadas a ele, sua mente invadida por especulações sobre terríveis possibilidades.

— Sentem-se — ordenou o padre Wilfred e obedecemos, tentando impedir que as urtigas continuassem a queimar nossa pele.

Henry começou a nos perguntar o que estava acontecendo, mas saltou assustado e voltou a uma postura rígida assim que o padre Wilfred fechou com estrondo a porta da sacristia. Por alguns momentos, o padre permaneceu encostado à parede fitando nós três, prolongando o desconforto de Henry.

— Tenho uma pergunta para vocês, meninos — disse ele por fim, iniciando sua rotina de caminhar de um lado para o outro sobre as lajotas de pedra, dando tapinhas em sua Bíblia, e continuou: — Quando chegar o dia do Juízo Final, quem serão os mais humilhados, os abatidos para as profundezas mais longínquas?

Paul ergueu a mão na mesma hora.

— Os pagãos? — arriscou ele.

— Não — respondeu o sacerdote. — Ainda mais baixo que os pagãos.

— Os protestantes — sugeriu Paul.

O padre deteve-se abruptamente na frente de Henry.

— O que você acha, McCullough?

Henry ergueu os olhos, nervoso.

— Os assassinos, padre?

O padre Wilfred balançou a cabeça.

— Não, McCullough. As pessoas das quais estou falando ficarão com inveja da punição dos assassinos.

— Fornicadores — sugeriu Paul, de súbito.

— Quase, Peavey. Os onanistas.

Henry fitou os próprios pés.

— Sujeitinhos perversos que dispõem de muito tempo livre nas mãos — explicou o padre. — McCullough, sua mãe disse que você é um onanista.

— Não, padre.

— Ela me disse que você guarda revistas indecentes no seu quarto.

— Não guardo, padre. São dela.

— Está chamando a sua mãe de mentirosa?

Henry permaneceu em silêncio.

— O quinto mandamento, Peavey.

— "Honra teu pai e tua mãe" — disse Paul, encarando Henry e cheio de expectativa.

O padre Wilfred pousou sua Bíblia sobre a mesa.

— Vou perguntar de novo, McCullough. Sua mãe é uma mentirosa?

— Não, padre.

— Então o que ela me disse é verdade?

Henry enterrou a cabeça entre as mãos, e o padre Wilfred franziu o lábio superior, como se tivesse sentido o cheiro de algo desagradável.

— Garoto pecador. Na sua idade eu não tinha tempo para esse tipo de comportamento. Estava ocupado demais mendigando restos de comida que nem o cachorro do açougueiro ousava comer para levá-los para a minha família e a família vizinha. Pense nos pobres da próxima vez que sentir a tentação; eles não têm as mãos desocupadas nem a mente vazia, rapaz. Estão ou trabalhando, ou rezando para isso.

— Sinto muito, padre — soluçou Henry.

O padre Wilfred continuou encarando Henry com ferocidade, mas estendeu as mãos para mim e Paul, e após um momento em que nos entreolhamos, hesitantes, entregamos-lhe as urtigas, que ele pegou sem pestanejar.

— Mãos — disse a Henry.

— O quê?

— Dê-me as suas mãos.

O menino estendeu as mãos, sobre cujas palmas o padre colocou as urtigas.

— Aperte — ordenou o padre.

— Por favor, padre — pediu Henry. — Eu nunca mais vou fazer isso.

— Aperte, McCullough.

Henry fechou delicadamente as mãos, e de repente o padre Wilfred apertou-as com força. O garoto gritou, o que serviu para fazer o padre comprimi-las com mais força, até que um suco verde começou a vazar por entre os dedos do garoto e escorrer pelos braços.

— Acredite em mim, McCullough, isto aqui não é nada comparado à dor que os onanistas sentem no Inferno.

Após mais um minuto de choro soluçado, o padre Wilfred instruiu Henry a jogar as urtigas dentro do cesto de lixo e despachou-o para a igreja, onde deveria rezar pedindo perdão.

— Nem uma palavra, meninos — disse-nos o padre Wilfred enquanto vestíamos nossos casacos. Por conta de toda a comoção, o rosto de Paul havia adquirido um matiz rosado. — Essas lições são para vocês e para mais ninguém.

— Sim, padre Wilfred — repetimos em uníssono num mesmo coro monótono.

— Que bom. Agora ajoelhem-se.

Nós nos ajoelhamos diante dele sobre as lajotas de pedra da sacristia, e ele, por sua vez, pousou sua mão fria sobre a nossa cabeça, recitando uma de suas passagens favoritas de Provérbios.

— "Confie no Senhor de todo o teu coração e não se apoie em seu próprio entendimento. Reconheça o Senhor em todos os Seus caminhos, e Ele endireitará as suas veredas."

— Amém — ecoamos.

Ele sorriu, entrou no seu escritório e fechou a porta.

Éramos como aquele velho pneu de bicicleta que ele costumava rolar pelas ruas de Whitechapel quando menino, e cuja rota corrigia com tapinhas para impedir que tombasse na imundície — algo que o pobre Henry parecia fazer com frequência.

Nós o encontramos na capela, ajoelhado diante da Virgem, fitando seus olhos escuros, sussurrando e chorando, as mãos inchadas tremendo enquanto ele tentava desesperadamente mantê-las unidas. Paul riu, abotoou o casaco até em cima e foi embora.

Capítulo quinze

Embora a Moorings tivesse sido construída com a consistência de uma fortaleza, de modo a resistir às intempéries, e ainda que a Mamãe, por força de seu hábito londrino, fizesse questão de checar todas as portas e janelas antes de ir para a cama, eu dormia com o fuzil ao meu lado.
 Não conseguia parar de pensar no que tínhamos visto na floresta. Parecia claro que Monro fora atraído até lá de propósito pelo cheiro da carne. Era para a gente encontrar a coisa pendurada no galho de carvalho. A intenção era nos assustar para que, dessa forma, fôssemos embora. E se não fôssemos, o que aconteceria?
 Pensei no animal assado no fogo; as moscas rastejando no rosto dele, entrando e saindo.
 Cada ruído e rangido da casa me trazia de volta do limiar do sono, e eu sentia as minhas mãos tensionarem em torno do rifle. Eu não sabia o que faria exatamente caso alguém invadisse a casa. A visão do fuzil talvez fosse suficiente para fazer a maioria das pessoas girarem sobre os calcanhares e saírem correndo, mas Parkinson e Collier estavam acostumados com armas e saberiam na hora que não estava carregada.

Devia ser por volta das onze horas quando ouvi alguém bater na porta do quarto do padre Bernard. Era o sr. Belderboss. Fiquei no topo da escada, esperei até ele entrar e depois desci os degraus, um de cada vez, pisando nas bordas para evitar rangidos, e me escondi na escuridão do armarinho das vassouras sob a escada.
 Pude ouvir o tinido de taças, e o padre Bernard disse:

— Quer uma bebida, Reg?

— O senhor acha que devemos, padre? Esther tem razão. É Quaresma.

— Tenho certeza de que o Senhor nos permite uma pequena dose, Reg. Depois de tudo que aconteceu hoje.

— Bem, vou aceitar, padre, obrigado. Mas não conte para Mary. O senhor sabe como ela é. Qualquer coisa mais forte que chá Typhoo e ela acha que vou cair morto.

O padre Bernard riu.

— Todo mundo está bem agora? — perguntou o sacerdote.

— Ah, sim — replicou o sr. Belderboss, desdenhando a preocupação. — Às vezes, eles fazem tempestade em copo d'água a troco de nada. Como eu disse, devem ter sido crianças do vilarejo fazendo bagunça.

— Sim.

Eles brindaram batendo as taças e houve um momento de silêncio em que presumivelmente engoliram a bebida, ou fosse lá o que fosse.

— Padre — disse o sr. Belderboss.

— Sim?

— Eu gostaria que o senhor ouvisse a minha confissão.

— É claro, Reg — respondeu o padre. — Se você tem certeza de que quer que eu faça isso.

— Tenho, padre.

— Bem, termine seu drinque primeiro. Depois nós vamos conversar.

— Tudo bem.

Movendo-me um pouco para o lado, deparei-me com uma caixa que suportaria o meu peso. Mais abaixo, havia uma rachadura entre as tábuas de madeira e pude ver uma estreita fresta do quarto. O sr. Belderboss estava sentado numa cadeira de frente para uma cortininha imunda que se fechava em curva em volta da pia.

Ele fez o sinal da cruz e recitou o Ato de Contrição.

— O que está afligindo você? — perguntou o padre Bernard.

— É Wilfred.

— Ah, veja, Reg, desculpe-me se, no outro dia, eu pareci estar me intrometendo.

— Ah, não, não, padre — respondeu o sr. Belderboss —, não é por isso que vim falar com o senhor. Não estou zangado com o senhor.

Ele hesitou e esfregou a nuca.

— Padre, Mary não sabe, mas semana passada a polícia me levou do cemitério para casa.

— Por quê? O que aconteceu? — indagou o padre.

— Não aconteceu nada, exatamente — replicou o sr. Belderboss, balançando a cabeça. — Achei que iam me prender, mas fiquei com a impressão de que acharam que eu era meio lelé, andando por aí àquela hora da noite, então deixei que pensassem isso, e aí me levaram para casa.

— Que horas eram?

— Ah, não sei. Depois da meia-noite. Uma. Duas da manhã. Não me lembro.

— O que o fez ir ver Wilfred a essa hora da noite?

— Eu só queria ter certeza de que ninguém havia roubado as flores. Eram muito caras, sabe? Mas, na verdade, a questão não era o dinheiro. Eu simplesmente não conseguia dormir de tão preocupado com ele lá deitado sozinho e achando que ninguém se importava com ele.

— Wilfred está com Deus. Ele sabe o quanto você sente saudade dele. Não tenho certeza se precisa de flores para convencê-lo disso.

— Mas alguém tinha roubado as flores.

— Ah, e o que você fez?

— Bem, foi só isso, padre. Zanzei um pouco, tentando ver se tinham colocado o ramalhete em algum outro túmulo. As pessoas fazem isso, não fazem? Quando se esquecem de trazer as próprias flores ou quando não têm dinheiro para comprar. E foi aí que vi uma mulher. Ela estava sentada num daqueles abrigos que há por lá, o senhor sabe do que estou falando, padre?

— Sei.

— A princípio ela pareceu bastante normal. Estava vestida com elegância, com um chapéu chique e uma pele em volta do pescoço e sapatos novos, como se estivesse voltando de uma festa ou algo assim. Eu ia perguntar se ela tinha visto alguém agindo de maneira suspeita, mas, quando cheguei mais perto, pude ver que estava bêbada. O senhor sabe como exalam o cheiro da coisa? E quando ela se moveu, o casaco se abriu e vi que não estava usando nada da cintura para baixo, se o senhor entende o que eu digo, além dos sapatos. Ela começou a tagarelar sem parar sobre um tal de Nathaniel. Pensei, com quem diabos ela está falando? Mas então me dei conta de que ela achava que o sujeito era eu. Ela continuou me agradecendo por ter mandado as flores. Então eu disse — que flores? —, e vi que as flores de Wilfred estavam ao lado dela no banco. Até mesmo o cartãozinho ainda estava lá no buquê.

— Continue.

— Bom, tentei tirá-las da mulher, mas ela começou a gritar e, quando dei por mim, havia dois policiais correndo ao longo do caminho estreito com lanternas na mão. A mulher tinha desaparecido e lá estava eu segurando um punhado de jacintos. Eu me senti um idiota, padre. Quero dizer, me meter em encrenca com a polícia a essa altura da minha vida, dá para imaginar?

— Tudo isso é perfeitamente normal, Reg. Sentir saudade de pessoas que morreram, quero dizer.

— Mas é normal visitar as sepulturas delas na calada da noite?

— Não sei se "normal" entra na equação quando se está de luto — alegou o padre. — Mas talvez seja melhor que você vá ver seu irmão durante o dia. Não sei se eu gostaria de zanzar pelo Great Northern no breu.

O sr. Belderboss olhou para o teto e suspirou.

— É que eu sinto vergonha de ter escondido isso de Mary — explicou o homem. — Devia ter contado para ela o que aconteceu, por precaução, caso minha esposa acabe ouvindo de segunda mão. Na nossa rua tem um bando de gente enxerida. Basta um clarão de lanterna e as cortinas logo se abrem.

— Tenho certeza de que ela entenderia, se você contasse.

— Então o senhor acha que devo contar, padre?

— Isso eu não posso responder. Cabe a você decidir. Você a conhece melhor que ninguém.

— Então não seria pecado esconder de alguém algo importante?

O padre Bernard parou para pensar e retrucou:

— Reg, estou me esforçando um bocado para ver que pecado você cometeu exatamente. Não vou simplesmente mandar você embora feito uma criança para rezar três ave-marias por ter respondido à sua mãe. Acho que você precisa de tempo para pensar no que fazer, com as melhores intenções.

— Mas o que Deus quer eu faça?

— Qualquer que seja a decisão que você tomar, será a decisão certa, se você confiar Nele.

O sr. Belderboss esfregou a nuca e deixou o ar escapar com força.

— Escute — disse o padre —, parece-me que você precisa estabelecer um diálogo com Deus, não estender as mãos para levar uma sova. Vá com calma, não tenha pressa, converse com Ele, reze pedindo orientação, não castigo. Deus vai responder a você, Reg.

— Sim, é claro, eu sei.

— Você precisa pensar no que tem a ganhar se contar para Mary — continuou o sacerdote. — Vai se sentir mais feliz contando para ela, mas deixando-a preocupada em troca? Ou seria uma punição grande demais para você mesmo guardar para si a verdade?

O sr. Belderboss balançou a cabeça.

— Não sei. Tudo me parece simplesmente errado.

— Bem, muitas vezes o luto faz a gente se sentir assim.

— Não, não é disso que estou falando. Eu me refiro ao lugar onde Wilfred está enterrado.

Por um momento, os dois ficaram em silêncio, e depois o padre perguntou:

— Por que ele preferiu ser enterrado longe da São Judas Tadeu, Reg?

— Para poder ficar com a família.

— Você não me parece tão convencido disso.

O sr. Belderboss não disse mais nada, apenas fitou o chão à frente de seus pés.

— Avise-me se estou me intrometendo de novo, mas, no outro dia, você me disse que Wilfred parecia ter mudado depois que vocês vieram aqui pela última vez.

— Sim, padre, ele mudou.

— Como?

— Não sei. Ele simplesmente deixou de ser quem era. Parecia ter desistido.

— Desistido do quê?

— Honestamente, padre? Acho que da fé dele.

— Por que isso teria acontecido?

— Não sei, padre, mas apesar de tudo que ele dizia todo domingo na Missa, eu já não me convencia de que ele ainda acreditava em nada daquilo. Simplesmente parecia da boca para fora. Como se ele estivesse fazendo um grande esforço. Sabe quando a gente, de tanto repetir a mesma coisa, nem consegue mais acreditar no que diz? E depois, no final, bem, ele meio que se isolou de todo mundo. Não falava mais comigo nem com Mary.

O sr. Belderboss fechou os olhos.

— Pobre Wilfred — disse ele balançando a cabeça. —, já é ruim para qualquer pessoa parar de acreditar, mas deve ser uma coisa terrível para um padre. Isso deve tê-lo deixado fora de si.

O padre Bernard puxou a cortininha e serviu outra dose para o sr. Belderboss, que, porém, sequer tocou a bebida. Por um bom tempo, os dois permaneceram sentados em silêncio e a bem da verdade não conversaram mais. Por fim, apenas desejaram boa-noite um para o outro. Trocaram um aperto de mãos, e o padre Bernard deu um tapinha no ombro do sr. Belderboss.

— Que a paz esteja com você.

— E com o senhor também, padre.

Assim que ele se foi, o padre Bernard fitou a porta, perdido em profundos pensamentos, depois bebeu de um trago o conhaque do sr. Belderboss e o seu e se pôs de pé, desaparecendo da fresta do quarto que eu conseguia enxergar. Eu o ouvi falando com Monro, repreendendo o cão de forma carinhosa, e depois voltou com um livro.

Não fiz barulho algum, mas, de repente, ele se virou como se tivesse visto meu olho na fresta. Ele olhou diretamente para mim, mas depois retomou a leitura, tremendo um pouco à medida que o vento mugia contra a janela e bruxuleava a lâmpada do quarto.

Capítulo dezesseis

Um vendaval castigou a Moorings a noite inteira, de modo que acordei diversas vezes agarrando o fuzil. Em algum momento da madrugada ouvi um poderoso estrondo e, quando acordei de manhã, descobri que as portas de um dos anexos tinham sido arrancadas e jaziam a diversos metros de distância, esparramadas feito cartas de um baralho.

Hanny estava acordado e já vestido, de pé junto à janela, afagando a lebre empalhada. Ele a pousou sobre o peitoril e levou os dedos aos lábios. Queria ver Else.

— Sim, Hanny, vamos voltar lá hoje — falei. — Mas pode ser que você não veja a menina. Talvez não deixem.

Ele beijou os dedos de novo. E acariciou lentamente sua barriga, como a garota tinha feito para abrandar a dor do bebezinho lá dentro.

— Eu já disse que vamos voltar lá.

Isso aparentemente deixou meu irmão feliz, então ele pegou de novo a lebre e olhou pela janela, na direção do anexo.

— Quer ir lá ver?

Não havia ninguém por perto. Monro ergueu a cabeça quando entramos na cozinha e dei a ele alguns dos biscoitos que o padre havia deixado sobre a mesa para aquietá-lo. Eu queria ter o anexo à nossa disposição primeiro, antes que todos os outros fizessem a descoberta.

Atravessamos o pátio, passando por cima das pesadas portas de madeira, e paramos diante do vão outrora ocupado por elas.

Do lado de dentro havia uma arca cheia de animais empalhados — cem ou mais. Eram obras inacabadas e desorganizadas, que não tinham sido vendidas. Trabalhos remendados. Malfeitos. O frio e a umidade cobraram um alto preço e havia filas e mais filas de esquilos e coelhos retorcidos. A cabeça de um poodle estava afundada sobre si mesma feito uma bexiga velha. No canto oposto, encontramos uma bicicleta de dois lugares com dois asquerosos chimpanzés montados. Nenhum de nós quis tocá-los, por isso pegamos uma vassoura e os derrubamos. Ambos caíram rigidamente no chão, ainda rindo com os dentes arreganhados, as mãos feito garras, como se estivessem congelados.

Pendurados no teto havia dezenas de esqueletos de aves, alguma espécie de falcão, amarrados pelos pés e deixados para apodrecer. Por que o taxidermista não os havia empalhado também, eu não sabia. Talvez tivesse morrido antes de dispor de tempo, mas havia tantos, e a forma como estavam dependurados fazia com que se parecessem mais ainda com a lebre e os ratos que Hanny encontrara estirados sobre a cerca. Prova de algum tipo de vitória.

Embora o chão estivesse repleto de ossos e plumas, o cheiro de podridão estava estranhamente ausente, uma vez que agora o ar podia fluir com mais liberdade através dos vãos das portas de madeira e também pela janela gradeada na parte superior da parede oposta. Abaixo da janela havia uma cômoda cujo tampo estava salpicado com marcas de botas onde o taxidermista havia subido e se posicionado para olhar pela janela. No chão, quase ocultos pela poeira e as teias de aranha, uma porção de cartuchos usados. Ali devia ter sido um degrau de tiro, embora eu não soubesse no que ele estava tentando atirar. Nos falcões, talvez, no instante em que emergiam da floresta.

— Procure nas gavetas, Hanny — disse eu, fuçando nos puxadores para mostrar a ele.

Ele segurou a gaveta de cima e a abriu com um puxão. Aranhas fugiram em disparada, sumindo na escuridão dos cantos. Do lado de dentro, havia dezenas de chaves inglesas de bocas úmidas de ferrugem.

— Tente a outra.

E dentro dessa gaveta encontramos o que eu esperava encontrar. Sob um fino lençol de algodão, havia caixas e mais caixas de balas. Hanny fez menção de tocá-las, mas eu o segurei pela manga do casaco.

— Deixa que eu faço isso — falei, peguei a caixa mais próxima e a abri. As balas estavam dispostas dentro de um pente de metal e eram pontiagudas e frias.

— Você não pode contar para ninguém que isto está aqui, Hanny. É um segredo agora. Vamos levar as balas para a casamata quando formos a Coldbarrow.

Ele fitou as balas e fechou com firmeza a gaveta.

No fim das contas todos foram olhar e zanzaram em meio aos animais, com curiosidade ou repulsa.

A srta. Bunce deteve-se na soleira da porta e recusou-se a entrar.

— Isso é horrível — disse ela. — Coitados.

David pousou as mãos sobre os ombros dela e a levou embora.

— Vejam, aquela é uma máquina bem bonita — disse o padre Bernard, meneando a cabeça na direção da bicicleta outrora montada pelos chimpanzés.

Hanny e eu demos um jeito de amarrar uma corda na bicicleta e arrastá-la através do pátio. Os pneus estavam destruídos e as alavancas do câmbio emperradas de tanta ferrugem, mas não parecia exigir um esforço sobre-humano fazê-la funcionar de novo. O padre Bernard esboçou apenas um ligeiro protesto sobre acabar sujando suas roupas antes de buscar sua caixa de ferramentas no micro-ônibus.

Não demorou muito e o padre viu-se diante da bicicleta virada de ponta-cabeça no chão da cozinha forrado com jornais velhos, desmontando as peças, seus cabelos normalmente bem gomalinados caídos na frente dos olhos. Ajoelhado com a chave inglesa na mão, ele parecia estar em seu elemento. Mais à vontade com porcas e parafusos e outras peças de metal sujas de graxa do que dando a comunhão.

A Mamãe zanzava alvoroçada de um lado para o outro, até que parou na nossa frente com os braços cruzados.

— Meninos. Por favor, vocês vão deixar o padre tomar o café da manhã agora? Há muita coisa a fazer em vez de desperdiçar a manhã mexendo nessa sucata.

— Está tudo bem, sra. Smith — manifestou-se o padre Bernard. — É bom revisitar um dos poucos prazeres genuínos da minha juventude.

Ela lançou um olhar irritado para as mãos pretas do padre e as manchas de sujeira no rosto dele, como se a qualquer momento fosse cuspir num lenço e começar a limpá-lo.

— Bem, é que a mesa já está posta, padre. Vamos esperar o senhor para fazer uma oração de graças.

— Ah, não quero fazê-los esperar, sra. Smith. Talvez ainda demore um bocadinho de tempo até eu conseguir tirar toda a graxa das mãos.

— Mesmo assim. Creio que é melhor fazermos as coisas do jeito certo, padre, mesmo que isso signifique deixar a comida esfriar.

— Como desejar, sra. Smith — falou ele, olhando para ela com uma expressão estranha.

Pensei muitas vezes naquele olhar desde que comecei a colocar tudo isto por escrito. No que ele significava. No que o padre havia deixado escapar naquele exato momento. No que ele realmente pensava sobre a Mamãe.

Uma fileira de dominós, pratos equilibrados, um castelo de cartas. Escolha o clichê que quiser. Ele havia compreendido o que eu já sabia sobre a Mamãe fazia um bom tempo — que se alguma coisa cedesse, se algum ritual deixasse de ser cumprido ou algum método fosse abreviado por conveniência, então a fé dela desmoronaria e se reduziria a estilhaços.

Acho que foi aí que ele começou a sentir pena dela.

O padre Bernard foi se lavar enquanto Hanny e eu entramos na sala de jantar a fim de esperá-lo. Todos estavam sentados à mesa observando o sr. Belderboss. Ele parecia mais bem-humorado do que na noite anterior com o padre, embora eu tenha tido a impressão de que estava examinando o objeto em suas mãos para, deliberadamente, se distrair dos pensamentos sobre seu irmão. Era uma pequena garrafa marrom de argila fechada com uma rolha e o rosto de uma gárgula toscamente rabiscado de um dos lados.

— Você disse que estava no peitoril da janela? — perguntou o sr. Belderboss.

— Sim — respondeu o Papai. — Presa entre as grades.

— Ah, guarde isso, Reg, é absolutamente medonho — exclamou a sra. Belderboss. — Ninguém quer ver isso à mesa do café da manhã.

Ele olhou para os demais e depois voltou a estudar o rosto na garrafa.

— Não estou vendo ninguém reclamar, Mary.

A sra. Belderboss soltou um ruído de exasperação que o padre Bernard ouviu assim que entrou pela porta.

— Minha nossa, sra. Belderboss. Isso me pareceu uma alma aflita.

— Ah, fale com ele, padre — disse ela. — Esse homem não me dá ouvidos.

— Falar sobre o quê?

Com um gesto, ela apontou para a garrafa que o sr. Belderboss fitava.

— Ele está obcecado de novo.

— Estava no quarto da quarentena, padre. Entre as grades da janela. Sem dúvida há alguma coisa dentro dela.

Ele sacudiu a garrafa e entregou-a ao padre Bernard.

— Parece algum tipo de líquido. O que o senhor acha?

O padre Bernard ergueu-a junto à orelha e ouviu o líquido deslocar-se de um lado para o outro.

— Sim. Sem dúvida há alguma coisa aí dentro — afirmou o padre.

— Que coisinha feia, não? — disse o sr. Belderboss.

— Sim, é mesmo.

— O que o senhor acha que é? — perguntou o Papai.

O padre Bernard devolveu a garrafinha para o sr. Belderboss, riu e balançou a cabeça.

— Desculpem, mas infelizmente não faço ideia.

— O padre Wilfred saberia, não é, Esther? — disse a sra. Belderboss.

A Mamãe entregou um prato para o padre Bernard, mas não olhou para ele.

— Tenho certeza de que saberia, sim.

— Ele fez doutorado em Oxford — comentou a sra. Belderboss, inclinando-se na direção do padre, que começara a passar manteiga numa torrada.

— Cambridge — corrigiu o sr. Belderboss, sem tirar os olhos da garrafa que ele agora girava nas mãos.

— Bem, um desses dois lugares, de qualquer modo — disse a sra. Belderboss. — Era um homem muito inteligente.

— E muito viajado — acrescentou o sr. Belderboss, chacoalhando delicadamente o frasco junto à orelha.

— Ah, sim — confirmou a sra. Belderboss. — Eu daria os meus dentes caninos para ter ido a alguns dos lugares onde ele esteve. Você teve muita sorte, Joan.

O padre Bernard pareceu ter ficado confuso. A sra. Belderboss inclinou-se novamente para ele e sorriu para a srta. Bunce do outro lado da mesa enquanto explicava.

— A srta. Bunce teve a boa sorte de acompanhar o padre Wilfred em sua viagem à Terra Santa no verão passado. E como sua secretária pessoal, veja só.

— É mesmo? — perguntou o padre Bernard, olhando para a srta. Bunce. — Ora, ora.

A srta. Bunce enrubesceu de leve e raspou um naco de manteiga do tablete no centro da mesa.

— A sra. Belderboss faz parecer mais esplêndido do que de fato foi, padre. Ainda assim, foi uma experiência maravilhosa — disse ela.

A Mamãe lembrou-se repentinamente de que tinha algo a fazer e saiu da sala.

Ainda era um pomo da discórdia entre as duas o fato de que a srta. Bunce fora escolhida para ir a Jerusalém com o padre Wilfred. Não que a Mamãe não tivesse sido convidada — de qualquer maneira era improvável que pudesse ter aceitado, com a loja para cuidar e tudo o mais —, mas porque fora a srta. Bunce que *havia* aceitado.

A Mamãe até que disfarçou, mas logo ficou completamente enojada das incessantes conversas sobre a viagem e se sentava, com cara de poucos amigos, para assistir à exibição de slides em sessões realizadas alternadamente nas casas das pessoas durante o outono de 1975: o padre Wilfred saindo do túmulo de Lázaro. O padre Wilfred defronte à Igreja do Santo Sepulcro. O padre Wilfred percorrendo a Via Dolorosa. O padre Wilfred em Al-Bustan, enterrado até a cintura em meio a uma multidão de crianças palestinas, pobres e sorridentes, pedindo doces enquanto ele tentava encontrar o jardim onde o rei Davi havia escrito os Salmos.

Pouco depois, ela voltou com uma bandeja de xícaras de chá e, durante o silêncio no meio-tempo em que as dispunha sobre a mesa, ouviu-se uma batida na porta. Todos ergueram o olhar. O padre limpou a boca e foi ver quem era. Nós o ouvimos conversando com alguém em tom de surpresa, depois a porta da sala de jantar se abriu e apareceu a mãe de Clement, vestida numa comprida capa de chuva — cuja bainha roçava as pontas de suas galochas — e carregando um saco de lenha. Diante de todos, e andando para trás, a mulher atravessou a sala arrastando o saco até o espaço ao lado da lareira.

— Não quer ajuda, sra. Parry? — perguntou o sr. Belderboss, olhando na direção do padre Bernard, que deu de ombros de modo a sugerir que ele já havia oferecido e ela recusara.

— Não — disse ela, olhando para nós. Não estava de óculos e seus olhos tinham um azul vivo.

— Onde está Clement? — perguntou a sra. Belderboss.

— Ele saiu — respondeu a mulher, tirando o pó das mãos.

— Ah! — exclamou a sra. Belderboss. — E como a senhora chegou aqui?

Ela ergueu as galochas, uma de cada vez:
— A pé.
— Sozinha?
— Sim.
— Ah.

A mãe de Clement enfiou as mãos no bolso da capa de chuva e fitou a madeira que ela havia trazido para dentro.

— Isso deve ser suficiente por enquanto — disse a mulher. — Se não esfriar mais.

E caminhou até a porta, que o padre Bernard abriu para ela.

— Tudo bem. Eu mesma acho a saída — disse ela.

O padre Bernard observou a mãe de Clement enquanto ela percorreu o corredor e saiu pela porta da frente.

— Pensei que ela era cega — disse baixinho a sra. Belderboss para o marido.

— Bem, talvez tenha feito uma cirurgia — respondeu ele. — Hoje em dia, eles descobriram a cura da catarata, não é?

— É o que você acha? Catarata?

— Sei lá. Provavelmente.

— Isso é impressionante — disse a sra. Belderboss. — Foi tão rápido. Vimos a mulher ainda outro dia.

— Estão vendo o que eu digo sobre este lugar? — perguntou o sr. Belderboss, olhando ao redor da mesa. — Uma constante surpresa.

Após o café da manhã, subi ao quarto e peguei o envelope de dinheiro sob o colchão. A Mamãe ainda estava irritada com o fato de a sra. Belderboss ter trazido à tona a viagem a Jerusalém e se encontrava tão absorta nos preparativos que precisava fazer para a visita ao santuário que concordou em nos deixar sair de casa por algumas horas.

Hanny quis levar a bicicleta. Eu lhe disse que estava quebrada e apertei os pneus murchos até meus dedos se encontrarem, mas, ainda assim, ele não entendeu.

— O padre Bernard disse que vai remendar os pneus.

Hanny agarrou o guidão e balançou a bicicleta para a frente e para trás, olhando para mim cheio de expectativa.

— Não, Hanny. Ainda não dá para a gente andar nela.

Como um meio-termo, eu deixei que ele arrastasse a bicicleta da cozinha para o pátio, mas logo ele se distraiu com uma lebre que passou correndo viela abaixo e deixou a bicicleta encostada a um muro de pedra, correndo atrás do animal. Entrei no anexo e peguei na gaveta uma caixa de balas. A caixa era grande demais, por isso tirei um dos pentes e enfiei bem fundo num dos bolsos internos do meu casaco. Eu o esconderia na casamata assim que tivesse a oportunidade. E aí poderia disparar o rifle. Atirar uma bala mar afora. Praticar a minha pontaria, para o caso de Parkinson e de Collier darem as caras.

A névoa havia se dissipado um pouco, e, fitando os campos, vi algo diferente que não consegui identificar exatamente até chegar mais adiante na viela.

Hanny tinha parado de correr e estava encostado a um muro, ofegante, olhando para o outro lado da campina, na direção da lebre. Eu me detive ao seu lado e observei a lebre sulcar um rasgo através das tiras de grama verde e viçosa que pareciam ter brotado do dia para a noite.

Praia afora e mar adentro, o nevoeiro havia persistido no ar frio e estava tão espesso que mal conseguíamos enxergar mais do que alguns metros. Esperamos e tentamos ouvir o som do mar para determinar exatamente se a maré estava subindo ou descendo. Hanny sentou-se sobre uma pedra e começou a arrancar as algas ressecadas. Andei um pouco mais à frente na direção da água, mas relutei de avançar demais, receoso de perder Hanny na bruma. Olhei para ele, que me encarou e beijou os dedos.

— Eu sei, Hanny, eu sei — eu disse e depois peguei uma pedra e arremessei névoa adentro. Ela aterrissou com um único baque, e, caminhando um pouco mais, pude ver que havia somente uma fina camada de água. A maré estava vazante. As algas sobre as rochas ainda estavam úmidas.

— Vamos, Hanny. A gente precisa ir agora.

Hanny saiu caminhando rapidamente e, vez por outra, eu precisava correr um pouco para alcançá-lo. Quando por fim pedi que me esperasse, ele parou no nevoeiro à frente.

— Segure a minha mão com força.

Tínhamos chegado ao último dos pilares de madeira e havia um areal de oitocentos metros que não seria possível atravessar com tanta rapidez. A maré havia apagado toda e qualquer marca que o carro de Leonard poderia ter feito, e mesmo que eu conseguisse me lembrar mais ou menos do rastro deixado pelos pneus, o que no dia anterior tinha sido uma trilha segura poderia ser exatamente o contrário agora.

— Segure a minha mão — pedi de novo, mas Hanny estava distraído demais, então agarrei o braço dele e o conduzi em torno da água empoçada. — Você está proibido de deixar a menina beijar você de novo. O homem vai ficar zangado com você.

Ele sorriu.

— Eu também vou ficar zangado com você.

Ele tocou de novo os lábios.

— Não, Hanny.

Ele mostrou a língua e se virou, ignorando-me.

— Escute — falei, segurando-o pelos ombros e dando uma cutucada no seu queixo com o nó do dedo para que ele olhasse para mim. — Há homens que não querem a gente aqui. Homens que podem acabar machucando você. Então a gente tem de tomar cuidado com o que faz. Precisamos devolver o dinheiro e deixar essa gente para lá, só isso.

Ele fitou os próprios pés.

— Hanny, estou falando sério — bradei, acertando o rosto dele com um pouco mais de força dessa vez. — Não vou conseguir impedir se eles quiserem machucar você.

Ele esfregou o queixo e fuçou os bolsos da capa de chuva até encontrar o dinossauro de plástico, entregando-o para mim.

— Você não precisa pedir desculpa. Só não faça nada idiota.

Ele segurou a minha mão e seguimos em frente. Mais uma vez, e não era a primeira, desejei ter trazido o fuzil. A névoa coloria o areal de uma cor cinzenta e estava tão espessa que toda noção de espaço se perdia. Num momento, o barulho dos ostraceiros e gaivotas parecia distante, e então, de repente, soava alto, quando as aves voavam rasantes. E, de tempos em tempos, ouvia-se um ronco surdo e contínuo, que a princípio julguei que fosse um trovão ou um avião, mas depois me dei conta de que era o mar encrespando-se para abrir caminho sobre a areia, esticando-se até seu limite, como uma corda de arco.

O carro de Leonard estava estacionado do lado de fora de Thessaly quando chegamos lá. O lugar estava mergulhado em completo silêncio. Bati na porta, esperei, e um minuto depois, como ninguém veio atender, bati de novo.

Hanny tinha se afastado para olhar o campanário.

Chamei-o, mas ele me ignorou. Gritei um pouco mais alto; entretanto, ele estava tão concentrado em abrir a porta que fui até lá a fim de tentar arrastá-lo de volta para a casa.

Da terra firme era impossível notar, e mesmo da Thessaly isso poderia passar despercebido, mas aparentemente outrora houvera mais uma edificação lá — uma capela, talvez, junto aos fragmentos das arcadas de pedra semiocultas em meio às samambaias. O que tinha acontecido com ela eu não sabia. Eu jamais ouvira falar da existência de um lugar de adoração em Coldbarrow. Talvez as pessoas tivessem entendido errado, ou as velhas histórias tivessem sucumbido a distorções do tipo "telefone sem fio", como costuma acontecer. Talvez, no fim das contas, o Diabo não tivesse construído a torre, mas sim derrubado a igreja em torno dela. Talvez ele tivesse construído a Thessaly a partir dos restos. Eram da mesma pedra, afinal.

Antes que eu pudesse impedi-lo, Hanny forçou a porta com o ombro, que se abriu com um rangido. Agora, havia uma fresta grande o suficiente para darmos uma olhada lá dentro. Água pingava e alguma coisa voava no alto do campanário, onde o vento murmurava em torno do andaime de madeira que mantinha o sino no lugar. Fiquei imaginando se, muito tempo atrás, haviam entrado de fininho ali a fim de verificar se Elisabeth Percy estava realmente morta, e se tinham ficado tão quietos como nós estávamos agora, olhando para cima, observando-a balançar na ponta da corda, as solas dos pés descalços retorcidas em *rigor mortis*.

Uma rajada de vento mais forte veio do mar e fez o sino balançar produzindo uma suave badalada. Hanny assustou-se de imediato e começou a recuar, quase dando um encontrão em Leonard, que tinha saído da casa e estava parado na porta, nos observando.

— Não esperava ver vocês dois aqui de novo tão cedo — disse ele.

Era a primeira vez que eu o via com roupas casuais. Nada de paletó nem de loção pós-barba, apenas camisa de mangas compridas dobradas e calças de veludo cotelê. O tipo de coisa que o Papai usava quando aplicava creosoto na cerca ou retocava o verniz do rodapé.

Porém, nos braços de Leonard, havia respingos de sangue ressecado.

Ele viu que notei e desdobrou as mangas da camisa.

— O que vocês querem? — perguntou ele.

Abri o casaco e peguei o envelope.

— Vim devolver isso — respondi.

Leonard pegou-o da minha mão e franziu a testa.

— Onde você conseguiu isto? — perguntou ele, abrindo o envelope e espiando dentro.

— Estava no livro que a sua filha deu para Hanny. Acho que ela não sabia que estava lá.

Era a mentira que eu julgava menos prejudicial.

— Filha?

— Else.

— Ah — disse ele. — Acho que ela não sabia.

— Está tudo aí.

— Como você sabe? — Leonard sorriu e examinou o conteúdo do envelope. — Você contou rapidinho, não foi?

Hanny estava cutucando a minha manga e afagando a barriga.

— Qual é o problema com ele?

— Ele quer ver Else.

— Ele quer, é?

— Quer.

— Bem, infelizmente não é possível.

De algum lugar da Thessaly ouvimos um bebê chorando. Hanny parou o que estava fazendo e olhou para a janela na extremidade da casa. Ele sorriu. Leonard seguiu o olhar fixo de Hanny e depois olhou para mim, ponderou alguma coisa e sacou diversas notas de dentro do envelope. Aproximou-se de mim, claudicando em sua perna ruim, e as enfiou no bolso do meu casaco. Fiz menção de tirar o dinheiro, mas Leonard manteve a mão sobre o meu peito.

— Por favor. É o mínimo que posso fazer. Já que você se deu ao trabalho de vir de tão longe para devolver.

— Mas eu não quero.

— Isso liquida o assunto. Agora acho que não há mais nenhum motivo para vocês voltarem aqui, há?

— Não.

— Bom garoto. E quanto aos nomes naquela lista?

— O que tem eles?

— Você não se lembra de nenhum deles?

— Não.

— É assim que se fala — concluiu.

O bebê chorou de novo, e Leonard meneou a cabeça na direção da viela.

— Então agora vão embora.

Puxei Hanny; enquanto nos afastávamos, Leonard não desgrudou os olhos de nós e só depois voltou para dentro da casa. Hanny insistiu em caminhar de costas, de modo a poder continuar procurando Else. Tropeçou e caiu mais de uma vez, e na última ocasião recusou-se terminantemente a se levantar. Tentei fazer com que se pusesse de pé, mas ele se desvencilhou de mim e manteve o olhar fixo na casa.

— Você não pode ver Else, Hanny. Não ouviu o que o homem disse?

De repente ele se levantou e encarou a casa. Uma figura tinha aparecido na janela. Era Else. Ela acenou para Hanny e, após um momento, ele ergueu a mão e retribuiu o aceno. Os dois ficaram assim, entreolhando-se, até que Else se virou abruptamente, como se tivesse sido chamada por alguém, e desapareceu.

Capítulo dezessete

— Perdoe-me, padre, porque eu pequei — disse a srta. Bunce. — Faz três meses desde que me confessei pela última vez.
— Entendo.
— Foi com o padre Wilfred, pouco antes de ele falecer.
O padre Bernard pareceu ter ficado genuinamente surpreso.
— Não que a senhorita tenha uma infinidade de pecados para confessar, disso estou certo, mas não me parece do seu feitio distanciar-se de Deus por tanto tempo, srta. Bunce. Espero que não seja eu que a esteja fazendo desistir.
A srta. Bunce fungou.
— Não, padre. Não é o senhor. Na verdade, tentei ir falar com o senhor várias vezes. Cheguei inclusive a parar na porta do confessionário, mas voltei para casa.
— Bom, a confissão nem sempre é fácil.
— Achei que eu seria capaz de esquecer, mas não consigo. Quanto mais a gente tenta esquecer, mais se lembra. Os pecados são assim, não? Assombram a gente. Era o que o padre Wilfred costumava dizer.
O padre manteve-se em silêncio por um instante.
— Bem, agora a senhorita está aqui. Isso é tudo o que importa. Fique à vontade, não tenha pressa. Fico bastante feliz de me sentar aqui e esperar o tempo que for necessário até a senhorita se sentir pronta. Meu cronograma de absolvições não está tão apertado como geralmente é na São Judas Tadeu.
A srta. Bunce riu sem alegria, fungou de novo, resmungou um "obrigada" com o nariz entupido e depois esvaziou o nariz.

— A bem da verdade, eu não sei como começar. Foi só eu ouvir a sra. Belderboss falar sobre a viagem a Jerusalém que fiquei assim de novo. É que eu me sinto muito chateada a respeito do padre Wilfred. Fui eu quem o encontrei, sabe?

— Acredito que se sinta assim — disse o padre. — Deve ter sido um choque terrível.

— Sim, padre. E quando ele se foi, a nossa relação não estava muito boa.

— Não estava muito boa? Por que isso aconteceu?

— Bem, da última vez que o vi na casa paroquial antes de sua morte, ele estava agindo de forma muito estranha.

— De que maneira?

— Estava preocupado com alguma coisa.

— O quê?

— Não sei. Eu não quis perguntar.

— Mas via que ele estava preocupado?

— Ele andava tão transtornado, padre. Como se houvesse algo por trás dele o tempo todo, sabe?

— Sim, continue.

— Bem, ele me pediu para voltar com ele a Jerusalém. Numa viagem mais longa. Ele me disse que lá era o lugar onde se sentia a salvo.

— A salvo?

— Foi a palavra que ele usou, padre.

— Tudo bem.

— Bem, falei a ele que não podia. Não queria ficar tanto tempo longe de David, não com o casamento para organizar e tudo o mais.

— E o que aconteceu?

— Bem, tivemos uma briga.

— Não consigo imaginar a senhorita tendo uma discussão com quem quer que seja. Muito menos com o padre Wilfred.

— Não foi exatamente um bate-boca, a sensação que tive é a de que ele me deu um sermão. Ele disse que não aprovava David. Que eu tinha de parar de me encontrar com ele. Cancelar o noivado. Eu não conseguia entender o motivo. David tem um bom emprego. Vai à igreja todo domingo. É bondoso e atencioso. O que há para desaprovar?

O padre riu baixinho.

— Tenho certeza de que o padre Wilfred tinha lá suas razões, mas devo confessar que não consigo mesmo pensar num só motivo que seja. David é um bom sujeito.

— Ele disse que havia algo em David de que ele não gostava. Perguntei o que era, mas ele não respondeu. Pensei que talvez o padre soubesse de alguma coisa que eu não sabia, mas me pareceu que tinha mais a ver com o fato de que eu me mudaria depois que me cassasse, e ele não estava nada feliz com isso. David já tinha em vista um emprego em Saint Alban, como o senhor sabe.

— Ah, bem, talvez seja isso. Ele tinha à disposição uma bela cozinheira e não queria deixar a senhorita ir embora. Eu mesmo estou relutante.

A srta. Bunce conseguiu dar uma risadinha, mas logo voltou às suas aflições.

— Por que o senhor acha que ele estava tão zangado comigo, padre?

— Creio que a senhorita deve se lembrar de que o padre Wilfred era um homem velho. Não estou dizendo que isso seja motivo para desculpar o mau humor dele, mas, depois de uma vida inteira de serviço a Deus, a pessoa fica empacada nos próprios hábitos e é difícil mudar o temperamento. Tenho certeza de que ele não quis chateá-la e, provavelmente, deve ter passado um tempo considerável se odiando, tanto quanto a senhorita vem se afligindo com isso — retrucou o padre Bernard.

O padre Bernard fez uma pausa e, uma vez que a srta. Bunce não disse uma palavra e apenas assou o nariz no lenço, ele continuou.

— Sabe de uma coisa? — disse o padre. — O meu pai costumava dizer que a morte tem a mesma noção de oportunidade que o pior comediante do mundo, e acho que ele estava certo. Quando uma pessoa morre, é natural que lamentemos a forma como as tratávamos enquanto ainda estavam vivas. Deus sabe, há dezenas de coisas que eu gostaria de ter perguntado ao meu pai e à minha mãe quando ainda estavam por aqui; ocasiões que eu gostaria de riscar do mapa. Coisas que eu gostaria de ter dito e de não ter dito. É o pior tipo de culpa, porque é completamente irreparável.

— Ah, eu sei — concordou a srta. Bunce. — É que eu odeio pensar que ele ainda está com raiva de mim.

— As almas abençoadas no Paraíso não levam nada disso com elas. O padre Wilfred está em paz agora. Ele não guarda nenhum rancor da senhorita. Tenho certeza de que ele deseja apenas que a senhorita seja feliz. E não ser capaz de conceder a ele esse desejo é o único pecado que a senhorita comete, srta. Bunce.

A mulher chorou de soluçar mais uma vez.

— Não — disse ela. — Há mais coisas que não contei, padre. Quando o senhor ouvir, acho que não será tão bondoso comigo.

— Ah, entendi. E foi isso que fez a senhorita hesitar na porta do confessionário?

— Sim, padre — choramingou ela, fungando de novo.

— Bem, seja lá o que for, me parece que, o que quer que seja, é algo que vem incomodando a senhorita, então talvez seja melhor me contar e abrir logo o jogo.

— Sim — disse ela, como se estivesse criando forças, se revigorando. — O senhor está certo.

Ela respirou fundo e suspirou.

— Eu fiquei bêbada, padre. Pronto. É isso. Fui para casa e bebi meia garrafa do xerez da mamãe.

— Tudo bem.

— Fiz isso para insultar o padre Wilfred.

— Entendo. E, na outra noite, fiquei forçando a senhorita a mandar uma taça de conhaque goela abaixo.

— Não sei o que me deu. Estava completamente fora de mim. Quero dizer, às vezes, a mamãe bebe para se acalmar, então suponho que tenha sido por isso que tomei uma taça. Mas eu simplesmente não conseguia parar. Foi tão deliberado. Eu estava tão furiosa.

— Com o padre Wilfred?

— Comigo mesma. Eu não disse uma palavra para defender David. O padre Wilfred estava tão seguro de tudo que, por um momento, achei que ele estava certo e que eu deveria cancelar o casamento.

— Mas não fez isso, fez?

— Não, claro que não.

— A senhorita contou a David?

— Telefonei para ele assim que cheguei em casa, mas quando ele veio, eu estava tão bêbada que mal conseguia falar. Não sei o que disse a ele. Devo ter feito papel de idiota. No fim das contas, é um milagre que ele ainda queira se casar comigo. Ele foi muito bondoso. Não me lembro de ter chegado lá, mas ele me colocou na cama e ficou comigo até a mamãe voltar para casa.

— Entendo. Ele é um bom homem.

— Sim, ele é. — A srta. Bunce assoou o nariz. — Padre, a embriaguez é um pecado terrível, não? O padre Wilfred sempre dizia que sim.

— Creio que isso depende da pessoa. Creio que depende de que a embriaguez leva. É no máximo um pecado venial, mas, no seu caso, eu nem classificaria como pecado — respondeu o padre.

— Mas eu sabia que estava fazendo algo errado e ainda assim fui em frente e fiz, padre. Isso não significa que vou acabar no Purgatório? Quero dizer, deixando de lado a bebedeira, a ira é um dos sete pecados capitais.

O padre Bernard tossiu e hesitou por um momento antes de responder.

— Há uma escola de pensamento na Igreja Católica, srta. Bunce, que diz ser possível vivenciar o Purgatório aqui mesmo na Terra, que a culpa é, em si mesma, uma espécie de purificação. Parece-me que é exatamente o processo pelo qual a senhorita já passou, e sendo este o caso, não vejo como Deus poderia querer fazê-la passar por isso de novo. A senhorita vem se atormentando com o que aconteceu com o padre Wilfred, oprimindo-se com um fardo de culpa, e creio que apenas a ressaca por si só já foi castigo suficiente.

— Nunca me senti tão mal em toda a minha vida.

— Então posso supor que a senhorita não vai nem querer chegar perto de uma garrafa por um bom tempo?

— Ah, nunca mais, padre.

— Bem, então preste atenção. Deus perdoa a senhorita por sua raiva e seu momento de fraqueza. Não insista mais nisso. Pense nos sentimentos do padre como os de um idoso com medo da solidão e se case com David. A senhorita tem a minha bênção, se quiser.

— Obrigada, padre.

— Tudo bem agora?

— Tudo, padre.

Ouvi o padre Bernard puxar a cortina, depois o vi ao lado da srta. Bunce. Ele pousou a mão sobre a cabeça dela, que se benzeu com o sinal da cruz.

Agora fazia sentido por que, após a cerimônia de cânticos natalinos, a srta. Bunce tinha saído da casa paroquial e entrado na sacristia, aflita e chorando, à procura de seu guarda-chuva.

— Vocês não o viram por aí em algum lugar?

Nós três, Henry, Paul e eu, balançamos a cabeça e, com interesse, observávamos a mulher revirar o cômodo de pernas para o ar e depois sair sem o guarda-chuva, percorrendo a vereda e se afastando do jardim em volta da igreja.

— Ela é muito esquisita — comentou Paul. — Vocês não acham?

Henry e eu não respondemos e continuamos empilhando os hinários na prateleira, como o padre Wilfred nos havia instruído.

Paul sentou-se num banco e cruzou as pernas. O padre Wilfred pedira que ele nos supervisionasse, e ele se via como um capataz.

— Mas até que não é uma mulher feia — acrescentou ele.

Era uma frase que eu tinha ouvido o pai dele usar com frequência no centro social.

— Bastante bonita sob certo ponto de vista — afirmou ele. — Aposto que você gosta dela, não gosta, Henry?

Henry permaneceu em silêncio, apenas olhou brevemente para mim enquanto endireitava os livros.

— Aposto que você já ficou pensando em como ela é pelada, não ficou?

Paul se pôs de pé e foi até a porta verificar se o padre Wilfred estava vindo. Não estava. As luzes ainda estavam acesas na casa paroquial, e o padre sempre as apagava quando se ausentava do lugar, mesmo que fosse por um minuto.

— Vá em frente — disse Paul. — Pode me contar. Você pensa nela quando está mandando ver?

Henry se virou e olhou para ele.

— Pensa, não pensa?

Ele olhou na direção da residência do pároco.

— Acho que o padre precisa saber — continuou Paul.

— Não faça isso — pediu Henry.

— Por que não?

— Não faça isso — repetiu Henry, e dessa vez não era uma súplica.

— Ele está vindo agora.

Ouvimos a porta da casa paroquial se fechar com um estrondo e depois os passos do padre ao longo da via de cascalho.

— Não é para você falar nada, seu veadinho — disse Henry.

— Minha nossa, minha nossa — disse Paul, balançando a cabeça. — E tem a boca suja também.

— Estou falando sério.

Paul sorriu para ele, e o padre apareceu na porta.

— Ainda estão guardando os livros? Achei que você estivesse supervisionando, Peavey?

— Estou, padre, mas eles não me dão ouvidos.

— Não?

— Não, padre. Estão sendo impertinentes — disse Paul, e esperou avidamente pela reação do sacerdote.

— Não estou interessado nas suas desculpas, Peavey. Por acaso a srta. Bunce esteve aqui?

— Sim, padre — respondeu Paul, seu sorriso desbotando.

— Para onde ela foi?

— Não sei, padre. Ela parecia um pouco chateada.

— Parecia, é?

— Sim, padre.

— Ela disse alguma coisa para vocês?

— Não, padre. Ela só queria o guarda-chuva dela.

O padre Wilfred olhou para a parte de trás da porta, onde havia um guarda-chuva vermelho pendurado. Ele o pegou e depois saiu, procurou a mulher na rua e, por fim, voltou correndo para a casa paroquial.

Capítulo dezoito

Na manhã de Páscoa, ainda estava escuro quando saímos andando pátio afora à procura de pedras. As melhores eram as do tamanho de um punho fechado, com o formato mais parecido possível com o de um ovo.

A Mamãe e o Papai já haviam encontrado algumas para o sr. e a sra. Belderboss e estavam de volta ao pé do muro de pedras procurando mais. A srta. Bunce e David, que não viam qual era o propósito daquilo, contentaram-se com os primeiros cascalhos em que puseram as mãos e voltaram ao calor da cozinha, onde o padre Bernard, que tinha dormido além da conta, estava calçando as botas às pressas.

— Bom dia, Tonto — disse o padre, saindo com os cabelos desgrenhados de um lado e o rosto preto de barba por fazer. — Feliz Páscoa.

— Feliz Páscoa, padre.

A Mamãe se aproximou e disse:

— Eu tentaria perto do muro se fosse o senhor, padre.

— Certo — assentiu ele.

O padre foi até lá e perambulou pelo pedregulho, por fim selecionando um bloco liso de ardósia. Ele ergueu o achado, como se pedisse a minha aprovação, mas dei de ombros, por isso ele arremessou a pedra de volta ao chão e continuou sua busca.

Com os bolsos pesados de pedras, abrimos caminho viela acima rumo à floresta. O que tínhamos visto na outra noite ainda me perturbava, e era óbvio que a srta. Bunce e David também relutavam em voltar, mas o céu estava clareando momento a momento e as árvores saíam das sombras. Parecia um lugar completamente diferente.

A Mamãe foi à frente mostrando o caminho através da campina e por trás da Moorings, guinando à direita e dirigindo-se à Nick's Lane — a faixa sem árvores que cortava a Brownslack Wood com um precisão tão cirúrgica como se alguém tivesse usado uma lâmina para traçá-la colina acima. Nenhuma árvore jamais havia crescido ali, e o sr. Belderboss achava que a terra devia ter sido envenenada de alguma forma. Não tinham usado cal nos campos ao redor? Uma quantidade excessiva talvez tivesse matado as árvores. O Papai sugeriu que, por alguma aberração da natureza, naquela parte específica do espinhaço, as rajadas de vento sopravam tão violentas que haviam derrubado as árvores, mas nenhuma dessas teorias parecia mais plausível do que a velha história segundo a qual o Diabo havia reduzido a cinzas uma trilha através da floresta quando foi embora do Loney cuspindo fogo num ataque de fúria, na noite em que enforcaram Elizabeth Percy.

O sr. e a sra. Belderboss ficaram bem para trás, e, quando nos alcançaram no penhasco, o céu começou a se erguer no leste — os montes Apeninos, à distância, tornando-se perceptíveis pouco a pouco, um horizonte claro de cor púrpura na alvorada.

A Mamãe deixou cair de sua mão uma pedra que rolou encosta abaixo enquanto ela murmurava uma oração. O Papai fez o mesmo e logo todos o imitaram, de modo que havia diversas pedras quicando em meio às samambaias e chocando-se com as pedras calcárias salientes, despertando do sono faisões e maçaricos.

Hanny estava cutucando a manga do meu casaco e apontando.

— O que foi? — sussurrei.

Ele desceu um pouco a encosta e, com um gesto, me pediu para segui-lo.

— Qual é o problema, Hanny?

— O que foi que ele viu? — perguntou a Mamãe.

Hanny disparou, passando com dificuldade por entre as samambaias. A Mamãe o chamou, mas ele não respondeu.

— Fiquem aqui. Vou buscá-lo — disse o Papai.

O Papai foi atrás de Hanny, seguindo a trilha que havia sido pisoteada na vegetação, chamando-o. Hanny tinha se virado uma ou duas vezes, mas estava determinado a chegar ao que tinha visto no penhasco, fosse o que fosse.

Colina abaixo, ele parou. O Papai o alcançou um minuto mais tarde e olhou para o que Hanny tinha encontrado. Com um aceno, pediu que eu e o padre Bernard fôssemos até lá.

★ ★ ★

Antes que chegássemos a vinte metros, o Papai ergueu a mão indicando que ficássemos em silêncio, sem jamais tirar os olhos da coisa a seus pés.

— O que é? — perguntou o padre Bernard.

— Olhe — disse o Papai.

Uma ovelha prenhe estava lá em meio às samambaias, seus olhos amarelos e desvairados, possuída pelos hormônios ancestrais que a haviam levado a cavar com os cascos um ninho no solo e ali jazer.

— Ela está bem, padre?

— Sim, acho que sim.

O padre Bernard ajoelhou-se e pôs a mão sobre o ventre da ovelha, acalmando-a, e de repente o animal sofreu um espasmo e revolveu-se na lama.

— Calma — disse ele, baixinho.

— O senhor cuidava de ovelhas, padre? No seu sítio?

— Nós tínhamos algumas, sim.

A ovelha ergueu a cabeça algumas vezes e depois se deitou no chão. No frio do início da manhã, sua respiração quente pairava sobre o nariz e a boca.

— Ela está muito ofegante, não está? — perguntou o Papai.

— Sim, mas vejam — disse o padre. — Chegou a hora dela.

Ele foi para a parte traseira da ovelha, onde um casco se projetava, depois surgiu outro, antes de aparecer o nariz do carneirinho, abrindo e fechando atrás da bolsa amniótica. Ele chegou mais perto e pousou a mão sobre o flanco da ovelha, afagando a lã com o polegar.

— Não vai demorar muito agora — disse o padre.

A ovelha nos encarou com seus olhos negros e enrijeceu as pernas enquanto sua barriga inchava. Ela urrou quando seu corpo tremeu nas derradeiras contrações que expulsaram o carneirinho numa descarga fumegante.

Ele permaneceu lá deitado, revestido por uma gosmenta camada de secreção do ventre da mãe e as samambaias mortas, tremendo e tendo espasmos enquanto tentava respirar.

O padre Bernard arrancou algumas folhas e com elas esfregou o carneirinho, rompendo a membrana que cobria o rosto do recém-nascido. O filhote abriu a boca para gritar e tentou se levantar e depois caiu novamente, soltando um balido fraco. O padre agarrou o carneirinho e o levou para o outro lado, de modo que ficasse deitado de frente para o rosto da mãe. A ovelha ergueu a cabeça e começou a lamber.

A essa altura, a Mamãe e os demais haviam aparecido, tendo percorrido a trilha que ziguezagueava encosta abaixo, e ficaram em volta, observando. A srta. Bunce tapou o nariz e segurou a mão de David. O sr. Belderboss fez o sinal da cruz e perguntou:

— Deus seja louvado. Eles estão bem?

O padre Bernard assentiu.

A ovelha tinha se levantado do chão e se moveu com dificuldade para longe de nós, indo samambaial adentro. Após algumas tentativas, o carneirinho foi atrás dela com suas pernas arqueadas, ensaiando os primeiros passos trôpegos, choramingando com um pequeno ferrão vermelho que fazia as vezes de língua. A ovelha baliu e o carneirinho atendeu ao chamado, agarrando-se às tetas da mãe.

— O padre salvou a vida dele — disse o Papai.

— Não fiz nada de tão heroico, sr. Smith. A ovelha teria dado conta de se livrar sozinha da membrana. Eu só não queria ver o pobre filhote passar por maus bocados.

— Primeiro aquelas borboletas — disse a sra. Belderboss. — E agora isto. Deus não poderia ter mandado um sinal mais óbvio para nós. E, além disso, foi Andrew que encontrou. Coisas maravilhosas vão acontecer no santuário, Esther.

— Se pelo menos Wilfred estivesse aqui — disse o sr. Belderboss. — Ele teria um monte de opiniões a dar sobre isso. Ele era assim, não era? Sabia exatamente o que dizer.

— Era mesmo — confirmou a sra. Belderboss. — É um dom raro, não é, padre?

— Sim. É sim — replicou o padre.

— Vocês se lembram daquela nossa excursão até a Fens naquele fim de semana? — perguntou o sr. Belderboss.

Todos assentiram e trocaram sorrisos cúmplices de quem sabia do que ele estava falando. A sra. Belderboss tocou o braço do marido.

— Desabou aquela tempestade terrível, não foi, Reg?

— Ah, Deus do céu, a tempestade. Foi quase apocalíptica, padre — disse o sr. Belderboss, rindo.

— Ficamos todos presos naquele biombo. Lembram? — perguntou a sra. Belderboss.

— Papa-figos — disse o sr. Belderboss.
— Como? — perguntou o padre Bernard.
— Estávamos observando os papa-figos.
— Eles têm o gorjeio mais lindo — comentou a sra. Belderboss.
— É como alguém tocando uma flauta — acrescentou o sr. Belderboss.
— Bem — disse a sra. Belderboss. — Tínhamos passado o dia inteiro sem avistar nenhum, não foi? E aí, quando veio a tempestade, um deles começou a cantar, não foi? E não parou mais, mesmo em meio à trovoada e aos relâmpagos. E o padre Wilfred nos fez ajoelhar e orar. Qual foi aquela passagem de São João que ele leu, Reg?
— Ah, não pergunte para mim — respondeu o homem. — A minha memória é péssima para esse tipo de coisa.
— "Eu sou a voz do que clama no deserto"? — sugeriu o padre Bernard.
— Sim, foi essa mesmo, padre — confirmou a sra. Belderboss. — Ele disse que tínhamos de continuar cantando feito aquele passarinho, não importa o que nos aconteça na vida.

O Natal de 1975 passou e o padre Wilfred continuava cumprindo suas obrigações na missa, mas, como o sr. Belderboss havia dito, ele parecia ter se ausentado do mundo. Terminada a celebração, ele já não nos instruía mais nem nos dava sermões. Mal pronunciava uma palavra antes de rumar para a casa paroquial, onde se trancava até que sua presença fosse solicitada de novo. A srta. Bunce vinha e preparava suas refeições, mas ia embora imediatamente depois. O padre já não ia visitar os enfermos, tampouco levava a comunhão para os fiéis impossibilitados de sair de casa. Se alguém telefonava, ele não atendia. As pessoas começaram a se preocupar com ele de novo, como tinha ocorrido no Loney.

Foi somente quando seu diário desapareceu é que vimos algo da antiga personalidade do padre Wilfred.

No domingo após o Natal, realizou-se a festividade dos Santos Inocentes Mártires. O sr. Belderboss lera o trecho do evangelho de São Mateus e o padre Wilfred fez um longo sermão sobre as razões pelas quais as crianças assassinadas por Herodes tinham sido transformadas em mártires, embora, em alguns momentos, seu discurso tenha descambado em resmungos desconexos, como se ele estivesse falando consigo mesmo e não se dirigindo à congregação.

Mais tarde, estávamos trocando de roupa na sacristia quando o padre saiu enfurecido de seu escritório.

— Onde está? — perguntou ele, olhando para mim, para Henry e para Paul.

— Onde está o quê, padre? — questionou Paul.

— O meu diário.

— Seu diário?

— Você está começando a parecer um papagaio, Peavey. Sim, o meu diário. Eu o deixei no escritório por engano. Onde ele foi parar?

— Como ele é, padre?

— Preto. Um caderno preto.

— Não sei, padre — respondeu Paul. — Henry foi o último a entrar no escritório.

— McCullough — chamou o padre.

— Eu não peguei — disse Henry, olhando para Paul, que sorriu e pendurou sua sotaina.

— Mas Peavey acabou de dizer que você estava no escritório.

— Eu estava limpando a pia, como o senhor me pediu para fazer.

O padre agarrou os ombros dele.

— Você sabe o que é um silogismo, McCullough?

— Não, padre.

— É uma forma de análise dedutiva. Um método para se chegar a uma conclusão sobre alguma coisa.

— Hã?

— O meu diário sumiu do escritório. Você foi a última pessoa que entrou no escritório. Portanto, o diário está com você.

— Mas eu não peguei, padre. Nunca vi esse diário na vida.

— Eu daria uma olhada nos bolsos do casaco dele, padre — disse Paul.

— Fique quieto, Peavey — repreendeu o padre. — Claro que vou verificar os bolsos dele. Onde está o seu casaco, McCullough?

Henry apontou para a porta, mas o casaco não estava lá.

— Deixei ali atrás da porta — disse ele, um pouco trêmulo agora, sabendo que havia caído numa cilada armada por Paul.

— Bom, não está ali, está, McCullough?

— Não, padre.

— Então onde está? — insistiu o padre, sacudindo o braço de Henry.

— Eu não sei. Não fui eu, padre — respondeu Henry, apontando para Paul. — Foi ele. Ele está tentando me colocar numa encrenca.

De repente, o padre Wilfred agarrou Henry pelo colarinho e o virou para ficar de frente para mim.

— Provérbios, Smith.

— Como, padre?

— Diga a McCullough as coisas descritas em Provérbios. As coisas que o Nosso Senhor odeia mais que todas as outras.

— Orgulho?

— Sim.

— Gente que mata pessoas inocentes.

— Sim, sim. O que mais?

— Os pérfidos, que criam problemas.

— E?

— Os mentirosos, padre.

— Sim — confirmou. — Difamadores, McCullough. Os que levantam falso testemunho contra o próximo. Os que culpam outras pessoas pelas próprias faltas. Deus ordena que os rebaixemos ao mesmo patamar de Satanás.

Henry estava se contorcendo sob o aperto do padre Wilfred, seu rosto gordinho vermelho feito fogo.

— Diga-me onde está, McCullough — insistiu o padre Wilfred, tentando segurar as mãos de Henry, que se debatiam.

De súbito, o garoto conseguiu agarrar o pulso do padre e o empurrou de lado, fazendo-o se chocar contra a parede e desabar no chão.

— Desculpe, padre — disse ele imediatamente, estendendo o braço para ver se estava tudo bem com o pároco.

O padre Wilfred estava ofegante, a pele sob seu olho já inchando e se avermelhando. Ele pousou as mãos sobre os joelhos.

— Saiam — disse ele em voz baixa. — Saiam, todos vocês.

— Desculpe, padre — repetiu Henry, olhando para Paul e para mim em busca de ajuda.

— Eu disse para saírem, McCullough.

— Mas o senhor se machucou, padre?

O padre Wilfred ergueu os olhos e fitou Henry com uma expressão no rosto parecida com a de uma criança que acabara de ser derrubada pelo valentão da escola. Apavorada, furiosa, mas, acima de tudo, desnorteada.

— Por que vocês precisam me atormentar? — perguntou ele, e depois entrou no escritório da sacristia, fechando a porta.

Nós três permanecemos congelados em silêncio por um momento, sem saber ao certo se deveríamos esperar que o padre nos dispensasse. Então, Paul emitiu um ruído de desprezo e balançou a cabeça e saiu. Henry e eu nos entreolhamos, e ele perguntou:

— Você acha que ele vai ficar bem?

— Vai — respondi.

— Eu não quis machucar o padre.

— Eu sei.

Henry fez menção de abrir a porta.

— Talvez seja melhor eu checar se ele não está mesmo machucado.

— Deixe-o sozinho — sugeri, e Henry fitou os próprios pés, saindo junto comigo em seguida.

— Achei que ele ia matar você, McCullough — disse Paul, olhando de relance por cima do ombro enquanto destrancava o cadeado na corrente que prendia sua bicicleta ao cano.

— Cadê? — perguntou Henry.

Paul jogou a perna por cima do selim.

— Cadê o quê?

— Você sabe o quê.

— O seu casaco?

— Sim.

Paul olhou por cima do ombro de Henry e meneou a cabeça. O casaco estava enrolado num galho de uma das árvores ao lado da casa paroquial.

— E o diário? — perguntou Henry.

— Eu não sei — respondeu Paul. — Quem se importa?

Paul tentou sair com a bicicleta, mas Henry segurou o guidão.

— Cadê? — perguntou ele novamente.

— Solte a bicicleta, McCullough. Quer que eu chame o padre Wilfred?

— Depende. Você quer que eu arrebente seus dentes?

— Você não teria coragem.

— Não teria?

— Não, baleia, você não teria.

Henry olhou para baixo e disse:

— Diga apenas se você pegou o diário.

— Você adoraria isso, não é? — disse Paul. — Sair correndo daqui para me dedurar?

De repente, Henry, ergueu a voz.

— Você acha que vou voltar? Nunca mais quero botar os pés neste lugar de novo, então pouco me importa o que você me diz.

Isso pegou Paul de surpresa, mas ele fingiu que estava entediado com a coisa toda.

— Está no campanário — falou, e depois franziu o cenho para Henry. — Você precisa pegar mais leve, McCullough. Foi só uma brincadeira, caramba.

O menino soltou o guidão e Paul saiu bem devagar, de modo a poder encarar Henry com uma risadinha maliciosa. Nós o observamos se afastar e Henry se sentou num dos degraus defronte à sacristia.

— Está tudo bem — consolei. — Vou contar ao padre Wilfred.

— Vai?

— Vou.

— Obrigado.

Olhei para ele e perguntei:

— O que a sua mãe vai dizer quando você contar para ela que quer dar o fora daqui?

— Vai me fazer voltar.

— Você não pode contar para ela como é o padre Wilfred?

— Não. Ela não acreditaria em mim. Ela acha que o sol gira em torno dele. Me ajuda a pegar o meu casaco?

— Claro.

Circundamos a base da árvore tentando encontrar um galho comprido o suficiente para alcançar o jaquetão de Henry. No fim, com algum esforço, fiz uma escadinha para impulsioná-lo e ele conseguiu esticar o braço para, com as pontas do dedos, agarrar a manga pela qual o casaco estava pendurado.

Era, pelo que lembro, uma coisa cara de couro, com lapelas largas e um cinto com fivela circular. Ele virou para avaliar os estragos e cuspiu na mão para limpar com as pontas dos dedos as manchas de musgo.

— Você acredita no Inferno? — perguntou ele.

— Tanto quanto acredito no Papai Noel — respondi.

— Falando sério. E se existir?

— Não existe.

— Sim, mas e se existir?
— É só uma ideia. Só isso.
— Mas de onde a ideia veio?
— Da imaginação de alguém.
— Não dá para imaginar uma coisa dessas — argumentou ele. — Ninguém pode ter inventado o Inferno. É como dizer que alguém inventou o ar. É algo que sempre existiu.
— Olha só, não se preocupe com o padre Wilfred — falei. — Eu vou bolar uma história qualquer.

Ele abriu um sorriso sem graça, vestiu o casaco, amarrou o cinto e foi buscar a bicicleta, que estava caída sobre um arbusto de azevinho, onde Paul evidentemente a havia jogado.

— Obrigado, Smith.

Ele apoiou um dos pés sobre o pedal e impulsionou o corpo para a frente; uma vez em movimento, ergueu a perna e passou pelo portão, a roda da frente bamboleando. A bicicleta era grande demais para ele. Ou ele é que era grande demais para a bicicleta. Uma coisa ou outra.

Por um momento esperei, pensando comigo mesmo se deveria voltar para casa ou simplesmente deixar a poeira baixar. Contudo, se eu conhecia o padre Wilfred, ele não se acalmaria e tampouco trataria Henry com menos severidade, e por isso senti pena do garoto. Se a mãe dele o obrigasse a voltar, como ele estava convencido de que ela faria, então não seria justo que ele enfrentasse a fúria do padre Wilfred sem ter feito nada de errado.

Fiz com que a minha atitude parecesse bastante nobre, mas, a bem da verdade, eu não queria que Paul continuasse a ter o gostinho de fazer de Henry seu saco de pancadas.

Subi de novo os degraus para voltar à sacristia e o padre Wilfred ainda estava revirando o escritório de cabeça para baixo.

— Sim? O que foi, Smith?
— Eu sei onde está o seu diário, padre.
— Ah, McCullough admitiu a culpa e confessou que roubou, foi?
— Não, padre, não foi Henry quem pegou.
— Então quem foi? Peavey?
— Não, padre.
— Você?
— Claro que não, padre.

— Certamente não foi a srta. Bunce.

— Não foi ela.

— Ela anda agindo de maneira bastante temerária estas últimas semanas. Falando sobre ir embora da São Judas Tadeu. Em se mudar.

— Padre, não foi ela.

O padre Wilfred parou e se sentou na cadeira de madeira. Uma de suas antigas espadas estava disposta ao longo da mesa.

— Tudo que eu faço parece inapropriado — disse ele, pegando a espada e inspecionando a lâmina. — Por que McCullough não muda?

— Eu não sei, padre.

— Eu o castigo e, ainda assim, ele peca. Quando o garoto vai ver que estou tentando salvá-lo?

— Não sei, padre.

— Temo pela alma dele, tanto quanto temo pela minha.

— Sim, padre. Sei que o senhor teme.

Ele voltou sua atenção para o retrato de Jesus pendurado acima da pia.

— Quando ele vai entender que as minhas repreensões são por amor? Porque eu o amo de verdade. Se pudesse salvar uma única pessoa, seria ele.

— Padre, o seu diário.

— O que tem?

— Eu disse ao senhor que sei onde ele está.

— Quem o pegou? McCullough?

— Não, padre.

— Onde está, então?

— No campanário.

— No campanário? Como foi parar lá em cima?

— Não sei, padre. Talvez o senhor tenha deixado lá por engano.

— Sim, talvez eu tenha. Não lembro — disse ele, fitando o nada.

— Quer que eu o pegue para o senhor?

Ele saiu de seu torpor e olhou para mim.

— Eu não sei o que faria se perdesse meu diário, Smith. Está tudo lá, sabe? Tudo. É como eu mantenho o controle sobre os meus pensamentos. É como consigo entender de onde vem um pensamento. Posso rastreá-lo até encontrar sua origem. Consigo localizar com precisão em que ponto as coisas deram errado. É um mapa. Entende?

— Onde as coisas deram errado, padre?

— Com McCullough.

— Devo buscar o diário para o senhor?

— Não, não. — Ele abanou a mão, irritado. — Eu mesmo vou ao campanário.

O padre saiu e eu o segui e o observei percorrer a nave central da igreja conversando consigo mesmo. Acho que ele não se deu conta de que ainda estava com a espada na mão.

Capítulo dezenove

O carneirinho recém-nascido causou tanto alvoroço que o café da manhã acabou se estendendo, de modo que saímos atrasados para a missa. Mas ninguém parecia preocupado; na verdade, estavam todos exultantes com o fato de que era domingo de Páscoa e empolgados com a visita ao santuário no dia seguinte.

No micro-ônibus, o sr. Belderboss sacou sua gaita e fez todo mundo cantar *Despertemos com o Nosso Senhor* e *Jesus vive e eu também viverei*. A srta. Bunce sorriu pela primeira vez em dias. A Mamãe sentou-se de olhos fechados, saboreando os raros raios de sol que abençoavam a costa naquela manhã e davam ao mar uma profunda calma azul que eu jamais vira antes. Tive a mesma sensação de esperança que havia sentido na São Judas Tadeu na manhã em que partimos. Não havia com o que se preocupar. Parkinson e Collier podiam ter pendurado aquela coisa medonha na floresta para nos assustar, mas isso parecia o limite de sua ameaça. Eram nada mais do que crianças grandes brincando de bater na porta e sair correndo.

Naquela manhã, aceitei tudo que me foi oferecido — o calor da luz do sol, as sombras suaves sobre as campinas, o riacho que corria sob alguns salgueiros na direção do mar — e consegui me convencer de que nada seria capaz de nos fazer mal.

Hoje, acho graça dessa ingenuidade.

O pequeno pináculo da igreja do Sagrado Coração apareceu e todos pararam de cantar para poder ouvir os sinos. Mas não havia dobre nenhum. Somente o balido das ovelhas no campo.

— Que estranho — disse o sr. Belderboss. — Eles sempre tocam os sinos na manhã de Páscoa.

— Eu sei — falou o Papai. — E no repique máximo.

— Por que estão todos do lado de fora? — perguntou a srta. Bunce quando passamos ao lado da igreja.

— O que está acontecendo, padre? — indagou a sra. Belderboss.

O padre Bernard parou o micro-ônibus e todos descemos e nos juntamos ao restante da congregação, uma pequena multidão amontoada defronte às portas da igreja.

O padre veio ao nosso encontro.

— Sinto muito, mas infelizmente não haverá missa hoje — anunciou ele.

— Por quê? O que aconteceu? — perguntou a Mamãe.

— Um ato de vandalismo.

— Ah, não — lamentou a sra. Belderboss. — Fizeram muito estrago?

O padre parecia estar sem palavras. Conseguiu apenas olhar para seu rebanho, reunido em torno da porta principal da igreja. Clement estava no meio da multidão e, quando nos viu, fez um gesto para que nos aproximássemos a fim de olhar.

Caído no chão, despedaçado e estilhaçado, jazia o Jesus de madeira que ficava sobre o altar.

— Meu Deus! — exclamou o sr. Belderboss. — Pelo visto destruíram o crucifixo a golpes de marreta.

— Sim, o senhor tem razão — concordou o padre Bernard, abaixando-se para inspecionar os estragos.

— Quinhentos e noventa anos — disse o padre atrás de nós. — Fazia quinhentos e noventa anos que estava pendurado sobre o altar daqui. E agora isto. Em cinco minutos de loucura. Eu me pergunto, por quê?

— Ah, com essa gente não há motivo — disse a sra. Belderboss. — Eles não passam de uns vândalos irracionais.

— É uma questão de educação — falou o sr. Belderboss. — Hoje em dia já não se ensina em casa a diferença entre o certo e o errado.

— Será que foram crianças do vilarejo? — perguntou a sra. Belderboss.

— Foram — respondeu o padre, como quem sabia das coisas. — Aqui há alguns arruaceiros que eu não duvido que seriam capazes de fazer uma coisa dessas. Já os vi pichando e espalhando lixo por aí.

Vi Clement olhar de relance para o padre Bernard. Estava claro quem era o alvo de suas suspeitas, embora ele não tenha dito uma palavra.

— O senhor não pode levá-lo lá para dentro? — perguntou o Papai. — Ver se há algum jeito de salvá-lo?

O padre se manteve em silêncio, mas abriu caminho aos empurrões em meio à multidão e entrou pelas portas principais da igreja. Uma enorme corrente tinha sido passada entre as aldrabas e um cadeado. Ele ergueu a corrente e deixou-a cair de novo contra as portas à guisa de resposta.

— A porta lateral está da mesma forma — disse ele.

— E se a gente quebrar uma janela? — sugeriu o sr. Belderboss.

— Quebrar uma janela? — disse o padre. — O vidro é inestimável, homem. Não seja ridículo.

— O senhor chamou a polícia? — perguntou o sr. Belderboss.

— Sim, é claro — respondeu o padre.

— Talvez fosse melhor chamar o corpo de bombeiros — afirmou o sr. Belderboss.

— O corpo de bombeiros? — perguntou o sacerdote, tentando desemaranhar a corrente, na vã esperança de que pudesse ser apenas um nó teimoso. — De que adiantaria?

— Bom, eles têm ferramentas que cortariam essas correntes feito faca na manteiga — disse o sr. Belderboss.

— Não consigo acreditar que alguém seja capaz de fazer uma coisa destas — disse a Mamãe. — Trancar as pessoas para fora da igreja num domingo de Páscoa.

— E se o senhor celebrar a missa ao ar livre? — sugeriu a srta. Bunce. — Como fazem em Glasfynydd.

A Mamãe soltou um ruído irrisório e virou o rosto, mas o sacerdote aparentemente achou a ideia razoável, dadas as circunstâncias, e perguntou aos paroquianos habituais se concordavam. Eles pouco disseram, mas assentiram em súplica, e o padre os reuniu defronte a um dos teixos e começou.

A polícia apareceu na metade da missa e circundou a igreja, inspecionando as portas e janelas. Reparei que Clement tinha parado de cantar e, ansioso, observava os policiais que agora haviam se acocorado para examinar o crucifixo destruído.

Depois da bênção, o padre parecia um pouco mais calmo por ter celebrado a insólita missa e pela chegada da polícia. Ele deu uma volta trocando apertos de mãos e aceitando condolências e, por fim, foi falar com dois policiais que aguardavam pacientemente, seus quepes sob os braços, como se estivessem num funeral.

— Que decepção — disse a Mamãe.

— No fim das contas, achei bastante agradável, de verdade — comentou a srta. Bunce. — Bastante libertadora.

— Não se preocupe, Esther — consolou-a a sra. Belderboss, dando um tapinha no braço da Mamãe. — Vai ser melhor quando chegarmos ao santuário amanhã.

— Sim. Eu sei, seu sei.

— Você não pode deixar uma coisa dessas chateá-la. Não vale a pena. É o que esses canalhas querem.

— Eu sei. Você tem razão. Eu só queria que pudéssemos ter assistido a uma missa normal e que Andrew pudesse ter recebido a comunhão.

— Deixe disso, Esther — insistiu a sra. Belderboss. — Não fique triste. Não há nada mais que você possa fazer a não ser acreditar que o Senhor vai visitar Andrew amanhã. Todos os sinais estão aqui.

Eu vi Clement acenar chamando o padre Bernard para a sombra de alguns ciprestes, onde ele havia permanecido enquanto os policiais zanzavam tomando depoimentos. O padre pediu licença e foi falar com ele. Não consegui ouvir a conversa que eles tiveram. O padre Bernard pôs a mão sobre o ombro de Clement, que assentiu, e depois o padre voltou para onde estávamos.

— Está tudo bem se Clement voltar conosco para comer alguma coisa? A mãe dele saiu e me parece uma pena ele passar o dia de hoje sozinho.

Clement pairou atrás dele, coçando a nuca, fingindo examinar a inscrição numa das lápides.

— Bem, não sei — disse a Mamãe. — Na verdade, não sei se fiz comida para mais uma boca.

Ela fez contato visual com a srta. Bunce.

— Mas tenho certeza de que vai ser suficiente. Será bom ter outro convidado para celebrar conosco.

★ ★ ★

Nós nos sentamos à mesa do jantar assim que voltamos. Já que nada mais tinha dado certo, a Mamãe queria pelo menos comer na hora.

Clement fora persuadido a tirar seu paletó imundo e pendurá-lo junto à porta da frente para que o cheiro ficasse confinado no corredor. Por baixo, ele vestia uma regata estufada com listras pretas, vermelhas e alaranjadas, uma camisa cáqui e uma gravata que parecia o estrangular.

Do lado de fora, o dia havia ficado anuviado, e a chuva começava a entrar em cena de novo. A sala ficou escura o suficiente para velas, que o padre Bernard fora acender uma a uma.

A Mamãe, a srta. Bunce e a sra. Belderboss entravam e saíam da sala com bandejas de carne e legumes fumegantes, fatias de pão, molhos em molheiras de prata. Um prato quente foi colocado na frente de cada pessoa, e, assim que todos se sentaram, o padre convidou Clement a fazer uma oração em agradecimento, sem perceber, ou ignorando de propósito, o olhar de horror que a Mamãe tentava discretamente lançar em sua direção, como se estivesse dobrado num pedacinho de papel.

Sem hesitar, Clement disse:

— Senhor, humildemente agradecemos pela comida que colocaste sobre nossa mesa e pedimos que nos concedas tua bênção neste dia glorioso. Amém.

Todos ficaram em completo silêncio, olhando para o homem. Ele nunca havia dito tanta coisa de uma vez só.

— Obrigado — agradeceu o padre Bernard. Clement assentiu e enfiou o garfo numa pilha de batatas.

Sob o olhar de todos, Clement devorou a comida e derramou molho na gravata. Hanny ficou especialmente fascinado por ele, e mal tocou a própria comida, observando o homem devorar a dele.

— Como estão as coisas no sítio? — perguntou o padre Bernard. — Deve ser uma época do ano de muito trabalho para vocês.

Clement ergueu os olhos brevemente e depois voltou a se concentrar nas batatas.

— Não muito boas, padre.

— Ah, mas por quê?

— Vamos ter de vender a terra.

— Sinto muito ouvir isso. O que aconteceu?

Clement olhou ao redor da mesa e não disse nada. O sr. Belderboss tentou um rumo diferente.

— Estávamos todos aqui nos perguntando, Clement, se a sua mãe passou por uma cirurgia ou coisa do tipo.

— Hã?

— Bem, ela veio trazer lenha outro dia.

— Ah, sim. Sim, ela fez uma operação.

— E agora enxerga normalmente? — indagou a sra. Belderboss

— Isso.

— É incrível o que conseguem fazer hoje em dia, não é?

— É — disse Clement, sem tirar os olhos do prato. — É incrível.

Os pratos foram retirados, e a Mamãe trouxe o bolo de Páscoa com cobertura de amêndoas que havia feito na véspera, com o rosto de Jesus feito de glacê no meio e doze bolas de marzipã nas bordas representando os discípulos.

Ela colocou o bolo no centro da mesa, e todos, exceto a srta. Bunce, fizeram um estardalhaço, elogiando os detalhes do rosto de Jesus, como era complexa a coroa de espinhos, como o corante de cochonilha tinha dado um vermelho intenso ao sangue que escorria pela bochecha. Hanny pegou a espátula de servir bolo, mas a Mamãe a tomou delicadamente da mão dele e voltou para a cozinha, retornando com um punhado de folhas, sobras do Domingo de Ramos.

— Achei que seria adequado — disse ela.

Todos pegaram uma folha da mão dela. Clement foi o último, e olhou ao redor da mesa antes de escolher a sua.

— Agora, vamos ver — disse a Mamãe. E cada um colocou sua respectiva folha sobre a mesa.

Clement tinha pegado a mais curta.

— O que isso significa? — perguntou ele.

— Significa — respondeu a Mamãe, tentando esconder a decepção com o fato de que logo ele tivesse ganhado — que você tem o direito de jogar Judas na fogueira.

— Como é?

— Escolha uma das bolas do bolo — disse o Papai, inclinando-se direção dele. — E jogue dentro do fogo.

Clement olhou para o bolo e depois para o fogo encrespando-se na lareira.

— Tudo bem. Outra pessoa pode fazer isso — disse Clement.

— Mas você ganhou — argumentou a sra. Belderboss.

— Sim. Mas prefiro não fazer.

— É só uma brincadeira para a gente se divertir um pouco — disse o padre Bernard.

— Vá em frente, filho — disse o sr. Belderboss, pegando uma das bolas de marzipã e entregando-a a Clement.

Clement olhou para a coisa na sua mão e então, segurando-a como se fosse uma delicada bolinha de gude, arrastou a cadeira para trás sobre o chão de pedra, levantou-se e caminhou até a lareira. Olhou de relance para trás e depois inclinou a mão e despachou Judas chamas adentro. Todos aplaudiram, e, pela primeira vez, Clement esboçou um sorriso. Ainda que tenha sido um sorriso constrangido, que o fez deslizar o dedo pela parte interior da gola da camisa.

— O que foi isso? — perguntou a srta. Bunce em meio à salva de palmas. Ela soergueu-se, apoiando-se na mesa. Os aplausos esvaíram-se, e ficamos sentados em silêncio, ouvindo a chuva que açoitava o pátio do lado de fora.

— Qual é o problema, querida? — perguntou a sra. Belderboss.

— Psiu!

Ouviu-se um chiado estridente, vindo do lado de fora.

Hanny agarrou a minha mão debaixo da mesa. Todos se viraram para olhar pela janela. Mas não havia nada para ver, somente o som da chuva.

— Corujas — sentenciou o sr. Belderboss, pegando a espátula e entregando-a à Mamãe. — Vou comer só um pedacinho.

— Não, não são corujas — disse a srta. Bunce.

— São, sim — insistiu o sr. Belderboss. — Corujas-de-igreja, se é que entendo de alguma coisa.

Ouvimos o barulho de novo, dessa vez mais perto. O guincho de alguma coisa em agonia.

— Talvez você tenha razão, Reg — disse o Papai. — Pelo barulho, parecem mesmo corujas-de-igreja.

À exceção de Clement, todos nós nos levantamos e nos amontoamos na janela quando ouvimos um latido. Na campina além do pátio, um cão branco estava andando para trás, arrastando alguma coisa no focinho.

— Aquele não é o cachorro do seu amigo, padre? — perguntou a sra. Belderboss.

— Que amigo?

— O seu camarada que ajudou a consertar o micro-ônibus.

— Eu não o chamaria de camarada, sra. Belderboss.
— Meu Deus, o que ele está fazendo? — perguntou a Mamãe.
— Ele pegou um passarinho, padre? — sugeriu o sra. Belderboss.
— Certamente está com os dentes cravados em alguma coisa — afirmou o padre.
— Eu já disse a vocês. Deve ser uma coruja-de-igreja — insistiu o sr. Belderboss. — Elas gritam a plenos pulmões quando há cachorros por perto.
— Não seja bobo, Reg — advertiu a sra. Belderboss. — Como diabos um cachorro vai pegar uma coruja?
— Não é uma coruja — disse a srta. Bunce, indignada. — É muito maior.
— O que é? — perguntou a Mamãe.
Ao longe alguém assobiou, e o cão ergueu os olhos e, após um momento, saiu em disparada relvado afora, deixando o que até então vinha mastigando para morrer no meio da campina.
Monro estava ganindo para sair, erguendo-se e arranhando a porta com as patas.
— Ei, ei. — O padre Bernard foi tentar acalmá-lo.
— Qual é o problema com ele? — indagou a sra. Belderboss.
O padre Bernard pelejou para conseguir segurar a coleira do animal.
— Deve ser o cachorro lá de fora. Ele não se dá bem com outros cães.
— Oh, faça-o parar com esse barulho pavoroso, padre — disse a sra. Belderboss.
Ansioso, Clement olhava para todos, um por um.
— Pare com isso, seu bobalhão — disse o padre Bernard com voz carinhosa, afagando o pescoço de Monro.
Monro, no entanto, ainda estava tão atônito quanto Clement, e com um salto escapou das mãos do padre e atropelou a mesinha ao lado da porta, em cima da qual o sr. Belderboss havia deixado a garrafinha de argila.
A garrafinha se espatifou no chão e seu conteúdo se espalhou por toda parte. Alguns ossinhos. Um pedaço de couro cortado num formato tosco de coração. Pregos de ferro salpicados de ferrugem. E lá estava o Jesus desaparecido do presépio, manchado da cor de uísque.
— Ah, meu Deus — disse o sr. Belderboss, cujos pés ficaram encharcados. — Que diabos você fez, seu grande idiota?
— Esse cheiro — disse a Mamãe, cobrindo o nariz com a mão. — Acho que o seu cachorro fez xixi.

— Não é Monro — explicou o padre Bernard. — É o líquido que estava dentro da garrafa.

Um fluido amarelo-escuro estava escorrendo da garrafinha sobre o chão de pedra.

— O que é isso? — perguntou a srta. Bunce, recuando.

Na poça de urina boiava o que pareciam ser fios de cabelos humanos e pedaços de unhas.

Em meio ao alvoroço, Clement começou a berrar. Todos se viraram para a mesa e o encararam. Ele não havia comido todo o seu jantar e, segundo o costume do lugar, deixara o garfo e a faca cruzados sobre o prato. Com as mãos espalmadas sobre a mesa, ele fitava os restos da garrafinha esparramados pelo chão.

— Eu gostaria de ir para casa agora — disse ele.

Clement foi buscar seu paletó. Depois que todos o viram sair, a Mamãe varreu os cacos da garrafinha ao passo que o Papai estendeu folhas de jornal para absorver o líquido derramado.

— Espero que agora você tranque aquele quarto de uma vez por todas — disse a Mamãe.

— Claro que vou trancar — confirmou o Papai. — Peço desculpas a todos.

— Ele estava escondido por uma razão.

— Eu sei, eu sei.

— Você não consegue deixar as coisas em paz, não é?

— Ah, Esther, chega. Já pedi desculpas. O que mais você quer que eu faça?

— Tudo bem — interveio o padre Bernard. — Não vamos nos estender sobre o assunto. O que está feito, está feito.

— Bom, eu ainda estou confuso. Para que servia aquela garrafinha?

— Eu não sei, Reg — disse a sra. Belderboss. — Talvez fosse uma lixeira. Agora, vamos deixar para lá. Temos coisas mais importantes com que nos preocupar. — Ela olhou para a porta pela qual Clement tinha acabado de sair.

— Eu estava só falando por falar.

— E eu estava apenas pensando pobre do Clement — disse a sra. Belderboss.

— Como assim, o "pobre" Clement? — perguntou a Mamãe.
— Bem, é óbvio, não? — respondeu a sra. Belderboss.
— O quê?

A sra. Belderboss baixou a voz, consciente de que talvez Clement pudesse ouvi-los do corredor.

— Eles tiveram de vender o sítio para pagar a operação da mãe, não acha?

— Eles têm sistema de saúde pública aqui também, sabia? — disse a Mamãe.

— Ah, eles não teriam conseguido fazer uma cirurgia tão rapidamente assim num hospital público — disse a sra. Belderboss. — Teriam, padre?

— Creio que não.

— Não, devem ter ido a uma clínica particular. É muito caro — disse o sr. Belderboss.

— Mas que coisa maravilhosa para se fazer por alguém — disse a sra. Belderboss. — Abrir mão de tudo desse jeito.

— Sim — afirmou o padre Bernard.

— Eu fico imaginando o que ele vai fazer agora — falou a sra. Belderboss.

— Deixar-nos em paz para salvarmos o que for possível salvar do resto do dia, eu espero — disse a Mamãe.

— Esther, não seja indelicada — pediu a sra. Belderboss. — Afinal, é Domingo de Páscoa.

— Bem, um homem adulto comportando-se daquela forma tão estranha à mesa de jantar como ele fez... Tudo por causa de uma garrafa quebrada. Foi muito constrangedor.

— Ele não fez tanto estardalhaço quanto você — argumentou o Papai, amassando o jornal e usando-o para alimentar o fogo.

A Mamãe fuzilou-o com o olhar e voltou para a conversa à mesa.

— Provavelmente ele está com os nervos em frangalhos — disse a sra. Belderboss. — Teve de vender o sítio.

— É o que ele diz — respondeu a Mamãe. — Mas você sabe como ele é.

— O que quer dizer? — perguntou a sra. Belderboss.

— Sim, *como* ele é exatamente? — indagou o padre Bernard.

O sr. Belderboss inclinou-se na direção dele e o padre Bernard ouviu com atenção, com os olhos ainda fixos na Mamãe.

— Ele é uma daquelas pessoas que às vezes exagera um pouco, padre. Não vive exatamente no mesmo mundo que o senhor e eu, se é que entende o que digo.

— Mas não acho que ele esteja inventando dessa vez — disse a sra. Belderboss. — Quero dizer, a mãe dele voltou a enxergar. Isso é um fato irrefutável. Devem ter arranjado dinheiro em algum lugar.

— Devo dizer que estou inclinado a concordar com a senhora — declarou o padre Bernard. — Creio que devemos levar em conta a situação do pobre homem, e se ele teve mesmo de vender tudo, talvez devêssemos pensar no que podemos fazer para ajudá-lo. Não é por esse motivo que estamos aqui?

— Bem, se é assim que o senhor pensa, padre — respondeu o sr. Belderboss, um pouco na defensiva.

O padre Bernard abaixou a voz e replicou:

— Não quero dar uma de sabe-tudo com relação à questão, mas vocês são capazes de pensar em alguma coisa pior do que perder a própria casa? Quando eu estava lá em Bone, vi muita gente ficar sem nada. Famílias de pessoas boas cujas casas foram incendiadas diante de seus olhos sem nenhum outro motivo além de serem católicas ou protestantes. Conseguem imaginar como isso afeta as pessoas?

— Está longe de ser a mesma coisa — comentou a Mamãe.

— O senhor precisa admitir que foi opção deles vender, padre — disse o sr. Belderboss. — Foi escolha de Clement e da mãe dele. Ninguém os obrigou a nada.

— O que você acha que Wilfred teria feito, Reg? — questionou o padre Bernard. — Ele não teria simplesmente ignorado a coisa toda, teria?

— Claro que não teria ignorado, padre. Mas, mesmo assim, não acho que ele ia gostar que nos envolvêssemos. Não tem nada a ver com a gente.

— Não tem?

A srta. Bunce, que até então se mantivera em silêncio, pousou a xícara e disse:

— Acho que o padre Bernard tem razão. Pensem no Bom Samaritano.

— Apoiada! — exclamou o padre Bernard, junto à lareira.

O sr. Belderboss abriu um sorriso solidário para o padre e depois para a srta. Bunce.

— O negócio é o seguinte, Joan: o que você tem de entender sobre esse pessoal do campo é que eles não querem ajuda, e certamente não querem a ajuda de forasteiros como nós. São uma gente orgulhosa. Seria um insulto para eles. Há ocasiões, como diz Esther, em que a maior generosidade é deixar as pessoas em paz. Não é isso mesmo, David?

David colocou o braço em volta da srta. Bunce.

— Acho que o sr. Belderboss tem razão — disse ele.

A srta. Bunce olhou para ele e depois para a sua xícara de chá. A Mamãe assumiu as rédeas da situação e dirigiu a conversa de novo para o padre Bernard.

— Veja bem, quando o padre Wilfred nos trazia para cá, a sensação era a de que ele conseguia traçar um círculo ao nosso redor. Ele nos mantinha concentrados na nossa própria relação com Deus, e, graças a isso, era capaz de nos guiar e instruir ao longo dos dias com uma atenção que nem sempre era possível nos dar lá na São Judas Tadeu. Esse era todo o propósito de virmos para cá, de estarmos aqui. Não se tratava apenas de uma peregrinação, padre. Era um refúgio, também. Talvez valha a pena ter isso em mente.

Todos estavam fitando o padre Bernard. Ele se pôs de pé.

— Vou levar Clement para casa, agora.

— Sim, tudo bem, padre — disse o sr. Belderboss.

— Quer que eu vá com o senhor? — ofereceu-se o Papai. — Só para garantir que o senhor não se perca.

— Não, não, sr. Smith. É uma oferta muito generosa da sua parte, mas vou ficar bem.

— Se o senhor tem certeza.

— Prefiro que o senhor cuide de manter o fogo aceso para quando eu voltar. O tempo estava bem brutal lá fora.

— Vou cuidar, padre — disse ele, desamarrando os feixes de lenha que a mãe de Clement tinha trazido.

— Cuidado no caminho, padre — falou em voz alta a sra. Belderboss assim que ele saiu para buscar seu casaco. — Ah, meu Deus — disse ela tão logo a porta se fechou. — Espero que não tenhamos magoado o padre.

— Acho que magoamos — concordou a srta. Bunce.

— Mas eu estava certo, não estava? — perguntou o sr. Belderboss. — Quero dizer, ninguém está perseguindo Clement, não é? Não é culpa nossa.

A sra. Belderboss afagou a mão dele.

— Não, não é — concordou ela, e depois balançou a cabeça. — Que confusão — continuou ela. — Não me lembro de ter sido tão... difícil quando vínhamos com o padre Wilfred.

— Ele mantinha tudo simples, é por isso — argumentou o sr. Belderboss. — E não ficava se metendo em assuntos alheios.

— Mesmo assim, amanhã tudo vai melhorar, quando formos ao Santuário — disse a sra. Belderboss. — Como é aquele versículo de Isaías? Sobre não se preocupar com os dias e as coisas que já passaram?

— "Não vos lembreis das coisas passadas, nem considereis as antigas" — recitou a srta. Bunce e terminou de comer sua fatia de bolo.

— Esse mesmo — confirmou a sra. Belderboss. — Amanhã vai ser outro dia.

Clement ainda estava esperando pacientemente, sentado na cadeirinha no corredor, sua bengala equilibrada sobre os joelhos.

— A gente pode ir para casa agora? — perguntou ele.

— Acho que o padre foi só buscar o casaco — respondi.

Ele fitou o chão.

— Falei para eles não tocarem aquele sino — disse ele.

Como não respondi, ele ergueu os olhos de novo.

— O sino em Coldbarrow. Sabe aquele lá em cima na velha torre ao lado da casa?

— Sim.

— Ficou lacrado com tábuas durante anos. Mas eles foram lá.

— Quem?

Clement estava prestes a responder, mas calou-se abruptamente quando uma porta se abriu no corredor. O padre Bernard apareceu e franziu a testa enquanto fechava o casaco até cima.

— O que está havendo? — perguntou o padre, e com um gesto de mão Clement pediu que ele se sentasse nas escadas.

— Parkinson e Collier, padre. Eles foram até Coldbarrow na véspera do ano-novo, arrancaram as tábuas da torre e começaram a tocar aquele maldito sino. E, um ou dois dias depois, as luzes se acenderam na Thessaly, e aí começou essa coisa toda.

O padre Bernard olhou para mim e depois para Clement.

— Que coisa?

— Eles me falaram para não vir mais aqui — disse Clement. — Disseram que iam me mandar de volta para Haverigg, como fizeram da última vez. Mas eu tinha que voltar e alertar vocês sobre o que eles fizeram. E agora que o seu cachorro quebrou aquela garrafa, talvez seja a única oportunidade que eu tenha.

— Aquele frasco velho na sala de jantar? O que aquilo tem a ver com alguma coisa?

— O senhor não sabe o que é?

— Não.

— Elas servem para manter as bruxas longe de casa, mas é preciso mantê-las fechadas. E agora ela foi aberta...

— Clement... — disse o padre Bernard. — Há alguma pessoa para quem você quer que a gente ligue? Um médico, talvez. A sua mãe vai estar em casa quando chegarmos lá? Talvez seja melhor eu falar com ela. Ver se conseguimos alguma ajuda para você a respeito do que o está incomodando, seja lá o que for.

Clement abaixou os olhos.

— O senhor não entende, padre. O senhor e os outros precisam manter distância de Parkinson e Collier.

Clement, porém, não teve tempo de responder antes que alguém batesse na porta da frente com um baque surdo e ritmado.

Hanny saiu da sala de jantar e agarrou meu braço, querendo que eu abrisse a porta. Aos poucos, todos se reuniram no corredor e nós ouvimos a cantoria vindo do lado de fora.

— Mas quem diabos pode ser? — perguntou a Mamãe, que passou de lado em meio às pessoas a fim de ver.

Capítulo vinte

Os Pantomimeiros Pascais sempre me assustaram quando eu era criança, com seu aspecto de coisas que pareciam ter escapado, rastejando, de um pesadelo. Cada um deles era uma mixórdia de personagens de contos de fadas, grotescos como as marionetes de contos de terror de Judy e Punch. Nativos de alguma tribo selvagem pintados por filhos de missionários.

No passado, quando íamos para lá, às vezes os víamos apresentando-se no gramado de Little Habgy — meia dúzia de moradores locais, pintados de preto feito limpadores de chaminé, apenas os olhos à mostra, armados com espadas e cajados.

Eles exalavam fedor de bebida enquanto entoavam velhas canções com vozes graves de baixo; canções que não tinham os previsíveis e simples crescendos e diminuendos dos hinos que passáramos a semana inteira cantando, mas que tombavam em meio a estranhos tons menores e se moviam ao longo de intervalos cuja sonoridade dava a impressão de que talvez pudessem ter enfeitiçado o Diabo, conjurando-o para a superfície do mundo.

À frente do grupo estava São Jorge, vestido num tabardo de cavaleiro cruzado e batendo seu cajado de madeira na mesma cadência da canção. Terminada a cantoria, ele tirou sua coroa de papelão e curvou o corpo numa reverência. Mesmo sob tanta maquiagem, pude ver que era Parkinson. Collier estava atrás dele, caracterizado como o personagem conhecido como Sacola-Parda, seu cachorro preso por uma corrente ao portão do lado de fora, latindo e fazendo força para escapar.

— Viemos conforme o combinado — disse Parkinson para o padre Bernard e sorriu. O padre Bernard olhou de relance para a Mamãe, que franziu o cenho.

— É Clement que vocês estão recebendo como convidado? — Parkinson lançou um olhar na direção da parte de trás da aglomeração e todos se viraram para ver a cor se esvair do rosto de Clement. — Ora, ora. Você circula mais que notícia ruim, hein, Clement?

A Mamãe ainda estava com a mão na porta.

— Lamento, mas infelizmente acho que vocês devem ter batido na casa errada. Não estávamos esperando vocês — disse ela.

Parkinson olhou para o padre Bernard e sorriu.

— Nós gostamos de passar por todas as casas grandes no Domingo de Páscoa — explicou ele. — E achamos que talvez vocês iam gostar de um pouco de diversão, levando em conta que o tempo está tão horrível.

— Bem, e se a gente descer até o vilarejo e assistir ao seu espetáculo uma outra hora? — sugeriu a Mamãe.

— Ah, nós não vamos demorar — respondeu Parkinson.

De alguma forma, ele parecia ter atravessado a soleira da porta sem que a Mamãe percebesse, e ela não teve escolha a não ser recuar e permitir que todos entrassem. Cada um deles meneou a cabeça em sinal de agradecimento e limpou os pés no capacho — São Jorge, Sacola-Parda, Cavaleiro Turco e os outros; um deles passou roçando rapidamente por ela, completamente envolvido num manto negro, deixando Bola Velha, o cavalo, entrar por último, usando uma bata marrom e segurando um crânio de cavalo encravado na ponta de uma vara, um par de olhos de vidro estrepitando dentro. A caveira balançava de um lado para o outro, sorrindo, como a coisa que havíamos encontrado na floresta.

A pessoa que estava sob o manto inclinou a cabeça do pangaré a fim de passar através do vão da porta da sala de estar.

Diante disso, a srta. Bunce recuou e agarrou a manga do casaco do padre.

— O senhor acha que é uma boa ideia? — perguntou ela para o padre Bernard aos sussurros, depois que todos os homens tinham entrado em fila indiana. — Quero dizer, eles podem ser qualquer pessoa. É alguma coisa pagã?

— Ah, Joan, é tradição — disse a Mamãe. — Nós sempre assistimos às apresentações dos Pantomimeiros Pascais.

— Como assim? Aqui?

— Bem, não aqui. Mas, veja, vai ser divertido.

— Divertido?

— Sim — confirmou a Mamãe, ela própria não muito convencida, seguindo os homens e começando a organizar o espaço para a apresentação.

A Mamãe podia até ter hesitado na hora de permitir a entrada dos homens, ou se constrangido com o fato de ter sido sobrepujada com tanta facilidade na entrada da casa, mas agora que os Pantomimeiros Pascais estavam lá, ela rapidamente assumira as rédeas da situação. Ela os colocaria para fora num piscar de olhos.

A sala foi esvaziada, e a sra. Belderboss foi despachada com a srta. Bunce a fim de preparar chá e sanduíches, ao passo que o Papai e o David recolheram o máximo possível de ornamentos vulneráveis e os levaram para o corredor.

Ajudei o padre Bernard a tirar uma mesa do caminho, carregando-a para o vão próximo à janela. Ele não desgrudou os olhos dos Pantomimeiros Pascais, que aguardavam enquanto preparávamos a sala. Parkinson chamou Clement com um aceno e lhe entregou uma velha cortina, que ele pendurou entre dois abajures para formar uma coxia improvisada de onde poderiam entrar e sair.

— Não achei que eles fossem realmente vir — disse o padre Bernard.

— Como assim, padre?

— Eu não disse nada a Clement no outro dia, mas o sr. Parkinson já tinha prometido trazer os Pantomimeiros Pascais para a Moorings. Pensei que era apenas papo furado de bêbado. Ele já tinha bebido umas e outras.

— O senhor acha que deveríamos ter deixado eles entrarem, padre?

Ele olhou para onde os homens estavam se aprontando.

— Por quê? Por causa do que Clement disse sobre eles?

— E por causa do que nós vimos na floresta.

— Veja bem, não sabemos se aquilo teve alguma coisa a ver com eles, Tonto. Não mesmo.

Ele olhou de relance para os homens e riu baixinho de seus trajes.

— Creio que são razoavelmente inofensivos. E, de qualquer forma, com que cara íamos ficar se pedíssemos que eles fossem embora agora? Acho que é melhor se simplesmente deixarmos que eles sigam em frente com a performance. O que eles vão fazer aqui?

— Não sei.

— Exatamente. Não se preocupe com o que Clement acabou de dizer. Isso é entre ele e os homens. Não tem nada a ver conosco. Certo?

— Sim, padre — falei, embora estivesse menos convencido do que ele.

Ele sorriu para a Mamãe, que chegou com um abajur de pé que parecia caríssimo, colocando-o em cima da mesa, longe do perigo. Ela olhou para o padre e foi ajudar David a mudar de lugar um delicado vaso de cristal até então pousado sobre uma prateleira.

— O que o padre Wilfred faria com esses sujeitos, Tonto? — perguntou o padre Bernard.

— Não sei.

— A verdade é que você não fala muito dele. Tonto, você se dava bem com ele? — indagou o padre Bernard, tirando o pó das mãos.

— Acho que sim.

— Acha que sim? Só isso?

— Ele fez muita coisa pelos pobres — respondi, e o padre Bernard olhou para mim e sorriu.

— Sim — concordou ele. — Sei que ele fez, Tonto.

A pedido da Mamãe, ele começou a fechar as cortinas.

— Estou apenas perguntando porque não sei muita coisa sobre o homem. Quero dizer, sei que ele era muito respeitado, mas você diria que ele era feliz no trabalho dele?

— Acho que sim.

— Quero dizer, como ele parecia estar antes de morrer?

— Como ele parecia estar?

— É.

— Eu não sei.

— Você diria que havia alguma coisa martelando a cabeça dele?

O som de um sino veio por detrás da cortina, e a Mamãe apagou a luz principal.

— Eu não sei, padre.

Ele sabia que eu estava sendo obtuso, mas sorriu e voltou sua atenção para os Pantomimeiros Pascais, guardando para mais tarde o que eu tinha dito ou não tinha dito.

— Quem é o sujeito de roxo ali? — perguntou ele num sussurro, apontando para o personagem que ajeitava no lugar seu bigodinho teso.

— Aquele é o Cavaleiro Turco — expliquei.

— Ele é o vilão? Ele tem pinta de vilão.

— Sim.

O primeiro a surgir das sombras foi Collier, vestindo um saiote pregueado e puído, uma camisa de arlequim e uma cartola parecida com um tubo de chaminé quebrado. Carregava um cestinho de vime debaixo do braço.

— Quem é esse? — perguntou o padre, escondendo a boca com a mão.

— É o Sacola-Parda — respondi. — Ele recolhe dinheiro.

— Dinheiro?

— Eles esperam que a gente lhes dê algum dinheiro antes da apresentação.

Sacola-Parda foi andando de espectador em espectador, e uma por uma as pessoas enfiaram as mãos nos bolsos à procura de dinheiro trocado e jogaram moedas dentro do cesto. A cada tinido do metal ele tocava com o dedo a aba da cartola; depois de passar pela fila toda, ele começou a falar.

— Dai ao máximo, toda sobra que houver, só uma vez por ano vós hão de nos ver. Acesa a fogueira, as chamas arderão. Eis aqui alegres meninos, que espanto vos causarão.

A Mamãe começou a aplaudir e gradualmente todos foram se juntando, hesitantes, à salva de palmas.

Sacola-Parda saiu de cena e foi substituído por São Jorge e sua filha, Maria.

— Não é aquele homenzinho de Little Hagby? — cochichou o padre.

Olhei de novo. Ele tinha razão. Maria era o coroinha desengonçado e magricela do Ofício de Trevas, enfiado numa peruca loura e usando um vestido imundo de lama na barra.

São Jorge desembainhou a espada e agarrou Maria, trazendo-a para junto de si.

— Aqui estou eu, o velho São Jorge, pai de Maria. Da Inglaterra o campeão. A minha espada foi forjada na celestial ferraria. Um relâmpago na minha mão.

Ouviu-se uma estrondosa gargalhada parecida com um cacarejo no escuro e então pisou no palco o Cavaleiro Turco, que sacou sua espada. Agora já no espírito da coisa, todos vaiaram e assobiaram no momento certo, obedecendo à deixa, inclusive David, que soltara a mão da srta. Bunce e assistia à peça com uma expressão no rosto parecida com a de uma criança vendo um espetáculo circense.

O Cavaleiro Turco torceu a ponta de seu comprido bigode e chegou mais perto da plateia.

— Sou Suleiman, sultão da Turquia. Estou à procura de São Jorge, destemido varão. Vou matá-lo e desposar sua filha Maria. O corpo dele enterrarei a sete palmos do chão.

São Jorge puxou Maria para trás de si, usando o corpo para protegê-la do Cavaleiro Turco. Maria ajoelhou-se, o dorso da mão pousado sobre a testa.

— Sou Jorge de Inglaterra. A minha espada é cortante e afiada feito o vento. Lutarei contra ti, sultão dos tolos. Que Deus te julgue por teus pecados.

— São Jorge, tua vida tirarei agora.

— Não, senhor, que por minha mão tu pereças.

— Tua filha Maria tomarei por minha senhora.

— E com ela te casarás sem a cabeça?

Os dois homens andaram em círculos, cercando-se, depois saltaram para a frente e iniciaram o embate de espadas. Maria gritou, e todos começaram a torcer por São Jorge, que por fim sobrepujou o Cavaleiro Turco, derrubando-o no chão, onde repousou com a espada transpassada, enfiada debaixo da axila. Mary correu para o lado do cavaleiro e deitou a cabeça sobre o peito dele, chorando.

— Oh, pai, mataste o único amor verdadeiro que havia na minha vida.

São Jorge ajoelhou-se e pousou a mão sobre o ombro da filha.

— Oh, minha pobre e enamorada pombinha.

Ela se virou para a plateia e suplicou:

— Há na cidade algum doutor? Um médico que possa vir depressa, por favor?

Ouviu-se uma batida na porta. Todos os olhares voltaram-se para onde surgiu uma pequena figura, usando um chapéu-coco e um casacão que arrastava no piso. Todos ficaram ligeiramente assustados ao constatar que ele tinha escapulido furtivamente da casa durante a apresentação.

— Aí vai o pequeno doutor Cão — anunciou ele, parando no caminho para dar um tapinha carinhoso na cabeça de Hanny. — O melhor médico do país, senhor.

— És capaz de curar este cavalheiro da Turcolândia? — perguntou São Jorge, tirando o chapéu do médico e falando dentro dele.

— De que moléstia? — perguntou o médico, arrancando a coroa de São Jorge e falando da mesma maneira. — Dize-me, senhor. Confessa.

— Da morte, senhor doutor, a mais sombria morte.

— Não por cinco libras, senhor.
— Por dez libras, senhor?
— Por quinze, senhor.
— Doze, senhor.
— Sim, por doze libras e vinho espanhol, será feito.

O médico revirou os bolsos do enorme capote, fazendo o padre Bernard dar gargalhadas cada vez mais sonoras a cada cacareco que ele tirava e jogava no chão — carrinhos de brinquedo, animais de plástico, bolas de golfe, conchas. Por fim, encontrou uma garrafinha e se ajoelhou ao lado do cavaleiro morto.

— Agora, meu adormecido cavaleiro turco, bebe este sagrado alento, esta poção fermentada. O velho Doutor Cão há de curá-lo, senhor, e chamar-te de volta da morte abençoada.

O cavaleiro morto começou a tossir e depois sentou-se bem ereto e puxou Maria junto ao peito. São Jorge abraçou o médico e depois estendeu os braços para a plateia.

— Erguei-vos, erguei-vos, cantai e cantai, uma canção de coisas alegres e joviais.

O cavaleiro se pôs de pé, tocando a ferida em sua axila.

— Estive morto e agora voltei ao mundo dos viventes. Deus abençoe o doutor e Jorge, e a minha esposa bendita seja. Trazei-me carne, laranjas e cerveja. Uma feliz Páscoa a todos os nossos amigos aqui presentes.

Estavam prestes a ir embora, quando um estrondo veio da extremidade da sala. O sorriso estampado no rosto de cada um dos atores esvaneceu, e eles foram saindo um por um, deixando apenas São Jorge, que disse:

— Há um, contudo, que não cantará nem haverá de dançar.

Senti o aperto da mão de Hanny na minha. Ele obviamente tinha se lembrado de quem seria o próximo a entrar em cena.

Outro personagem, o que havia chegado completamente envolvido num manto preto, entrou no palco segurando uma vela à altura do peito de modo a iluminar seu rosto. Tão logo chegou ao centro, esticou a mão e abaixou o capuz. Ao contrário dos outros, seu rosto era vermelho-vivo e ele tinha um par de chifres projetando-se da cabeça careca. Galhadas de cervo de verdade, presas por algum dispositivo imperceptível.

— Ah, esse sujeito eu conheço — disse o padre Bernard, e me deu uma ligeira cutucada no ombro.

— Aqui estou para me despedir. O Diabo Dúvida faz sua reverência magistral. Venho levar vossas almas para o Inferno. Onde está agora Deus, vosso pai celestial?

No momento em que ele sorriu e apagou a vela, senti Hanny soltar de fininho sua mão da minha.

Eu não conseguia encontrá-lo em parte alguma. Ele não estava no quarto. Tampouco no pátio, porque agora havia escurecido e ele não teria saído sozinho. Procurei canto por canto, verificando todos os lugares nos quais Hanny gostava de se esconder; atrás do antigo piano de armário, na larga janela de sacada do outro lado das cortinas, debaixo do tapete de pele de tigre.

Procurando na cozinha, por julgar que Hanny talvez pudesse estar em busca de comida, encontrei Parkinson conversando com um dos outros atores, que estava arqueado sobre a pia, nu até a cintura, esfregando vigorosamente o rosto com uma flanela. A água na cuba da pia tinha se transformado em tinta. Os trajes do homem estavam dispostos sobre a mesa, juntamente com o falso bigode e a espada. Coloquei a bandeja sobre a mesa enquanto ele secava o rosto com uma toalha e vestia de novo a camisa. Vi que era o colega idoso de Parkinson e Collier, o mesmo que tínhamos visto atravessando, ofegante, a campina no dia em que chegamos à Moorings. Contudo, agora seu rosto exibia uma saudável cor rosada e ele irradiava a vitalidade de um homem muito mais jovem.

— Não é maravilhoso? — disse ele, segurando-me brevemente pelos ombros, saindo depois e se juntando aos demais. — Maravilhoso — repetiu ele de passagem para Parkinson, que sorriu, assentiu e o viu se afastar.

— Ele estava morrendo de tanto beber, o sr. Hale — disse Parkinson.

Hale. Eu me lembrei do nome na lista no envelope que Hanny tinha trazido da Thessaly.

Eu me virei para ir embora, mas o Parkinson falou de novo.

— Não achei que um bom menino católico como você fosse menosprezar um milagre com tanta indiferença.

Ele passou por mim e fechou a porta da cozinha, obstruindo a gargalhada que vinha da sala de estar.

— Ouvi dizer que você tem ido com bastante frequência à Thessaly. Você e seu retardado.

Olhei para ele.

— Ah, eu sei tudo sobre o seu retardado. O seu padreco é um tagarela quando bebe.

— Ele não é retardado. O padre não o chamaria assim.

Parkinson sorriu.

— Quanto ele deu para você?

— Quem?

— O meu amigo da Thessaly.

— Não sei do que o senhor está falando.

— Quanto foi? Cinco, dez?

— Eu já disse, não sei nada de dinheiro nenhum.

Ele me encarou.

— Vinte libras — respondi.

— E isso vai ser o suficiente?

— Para quê?

— Qual é, você sabe muito bem para que ele deu aquele dinheiro.

Não respondi, e Parkinson balançou a cabeça e suspirou.

— Eu disse a ele que não seria suficiente. Veja bem, o meu amigo na Thessaly não tem a cabeça boa para negócios como eu. Conheço as pessoas muito melhor do que ele. Não acredito que as pessoas sempre queiram dinheiro. Não quando há algo mais importante para elas. Dinheiro a gente pode jogar fora, mijar feito cerveja. O que as pessoas realmente querem é algo que dure.

Ele enfiou as mãos nos bolsos e prosseguiu.

— Eu disse a ele que havia um jeito melhor de garantir que você não ia entender errado o que estava acontecendo. Disse a ele que a gente devia convidar você e o retardado para irem até a Thessaly, ver se tem alguma coisa que a gente possa fazer para ajudar.

— Ajudar?

— Sim, deixar o menino melhor, quero dizer. Como o sr. Hale.

— Preciso ir embora agora.

Parkinson olhou para mim e depois abriu a porta. Os Pantomimeiros Pascais estavam cantando de novo. Seguido por ele, voltei para a sala de estar.

— Clement cuida bem deste lugar, não cuida? — disse ele, afagando a parede. — Às vezes, estes lugares velhos são uma amolação. Úmidos demais. Toda a fiação elétrica precária. Não precisa de muita coisa para pegar fogo. A gente ouve histórias o tempo todo por aqui. Pessoas morrendo queimadas num incêndio enquanto dormem.

Quando chegamos à porta da sala de estar, ele parou e deu uma olhada na cantoria e na dança. O barulho tinha ficado mais espalhafatoso.

— Vamos ficar esperando por você, então — disse ele. — Você sabe para onde ir. Ou a gente pode vir buscar você, se quiser.

Ele sorriu e foi se juntar aos outros homens, que tinham dado os braços uns aos outros formando um círculo e agora batiam os pés e cantavam, enquanto Hale rodopiava a Mamãe numa dança da qual ela fingia com todas as forças estar gostando. O padre Bernard ficou de lado, assistindo e batendo palmas no ritmo. O sra. e a sra. Belderboss pareciam aflitos pelas antiguidades que eram grandes demais e por isso não puderam ser tiradas do lugar. A srta. Bunce aferrou-se ao braço de David com um ligeiro sorriso, enquanto Collier tentava convencê-la a entrar na roda. Somente Clement ficou à parte, com um braço em volta do pescoço de Monro. Dois cães rejeitados.

Capítulo vinte e um

Encontrei Hanny dormindo debaixo da cama, rodeado de gizes de cera e seu bloco de rascunho. Havia desenhos de Else espalhados por toda parte, cobrindo o colchão feito uma colcha de retalhos. Ele estava encolhido e roncava suavemente, um giz de cera derretendo em sua mão suada. Retirei o giz com cuidado, e, sem acordar de fato, Hanny arrastou os pés de debaixo da cama e me abraçou.

Hanny tinha desenhado Else na janela da Thessaly, com o campanário bem ao lado e o carro de Leonard estacionado na lateral. Else de pé no gramado sob um enorme sol amarelo, segurando seu gato albino. O desenho em que Hanny estava trabalhando quando pegou no sono mostrava Else ao seu lado, os dois de mãos dadas, e um bebê sorridente no meio.

O bobalhão achava que o filho era dele, e que, quando Else o havia deixado sentir o bebê chutando sua barriga, como o carneirinho fizera com a ovelha, a menina o estava provocando com um presente que, um dia, lhe daria. Era por esse motivo que ele queria voltar a Coldbarrow. Queria pegar seu presente.

Mas eu não podia levá-lo lá. Não depois do que Parkinson tinha dito.

Recolhi as folhas de papel e os gizes de cera espalhados sobre a cama e estendi o cobertor por cima dele. Ele não se mexeu. Hanny não fazia a menor ideia do que ia acontecer com ele no santuário no dia seguinte. Não se lembraria de coisa alguma a respeito até chegarmos lá. Fiquei observando meu irmão dormir, e desejei que sua paz pudesse durar. Eu sabia o que o obrigariam a fazer no santuário, mas ele não entenderia se eu tentasse avisá-lo. Pensei em escapar de fininho e levá-lo ao Loney para nos escondermos quando chegasse a hora, mas isso seria inútil e sem sentido. A Mamãe não relaxaria enquanto não o fizesse ir. Eu sabia que seria coagido a ajudar a levar Hanny lá. Ajudar a mantê-lo feliz e ignorante acerca de aonde estávamos realmente indo. Eu a odiava por isso.

Apesar do que a sra. Belderboss dissera em sua confissão, o padre Wilfred não me parecia tão ausente assim. Eu ainda sentia sua mão em ação, empurrando Hanny na direção de seu papel como a pedra de toque que provaria o amor de Deus pelos fiéis.

Eu me lembrava do rosto de todos eles na última vez que tínhamos ido ao santuário, meio temerosos, meio extasiados com o fato de que estavam prestes a testemunhar um milagre quando Hanny bebeu uma caneca cheia de água benta e começou a engasgar. A Mamãe foi ajudá-lo, mas o padre Wilfred a impediu.

— Espere — advertiu o padre. — Deixe o Senhor fazer o trabalho Dele.

Hanny dobrou o corpo e ofegou. Quando se levantou, sua boca estava abrindo e fechando. O padre Wilfred segurou o rosto dele com força, encarou seus olhos arregalados e apavorados e começou a recitar repetidamente a ave-
-maria, até que todos se juntaram a ele na oração.

— Fale — disse o padre Wilfred.

Todos ficaram em silêncio e ouviram a frágil nota que saiu da boca de Hanny.

— Fale — repetiu o padre Wilfred. — Fale.

Ele agarrou com mais força ainda a cabeça de Hanny e a sacudiu. Hanny escancarou um pouco mais a boca, mas não emitiu nenhum outro som.

Embora o padre tenha olhado para a garganta do Hanny com uma expressão de angústia, como se pudesse ver o milagre desaparecendo feito água que escoava ralo abaixo, ainda assim agradeceu a Deus por ter enviado Seu espírito. Por nos mostrar Seu poder e Sua extrema generosidade. Por nos mostrar um gostinho da recompensa que poderíamos receber simplesmente se orássemos mais e com mais vigor.

Agora que a Moorrings estava quieta, ouvi a ovelha balindo na campina. Ela estava sozinha no breu, farejando com o nariz uma pilha branca a seus pés. Quando saí, ela se afastou e se deitou sob uma árvore. Atravessei o arame e percorri com dificuldade o comprido gramado, sentindo as calças molhadas e coladas nas minhas coxas. Havia uma massa esparramada de lã branca e patas, e depois encontrei um pequeno casco, lustroso e preto, feito um mexilhão trazido à terra por uma maré de tempestade. O carneirinho tinha sido despedaçado pelo cão de Collier. Nem sequer consegui encontrar a cabeça.

Quando voltei para a casa, o padre Bernard estava lá, retirando cuidadosamente uma porção de maçãs de dentro da sacola que ele improvisara esticando a barra do casaco. Assim que entrei, ele ergueu os olhos e jogou uma delas para mim. Rapidamente tirei as mãos dos bolsos e a agarrei.

— Onde foi que o senhor arranjou essas maçãs? — perguntei.

— Lá fora.

— Lá fora aqui?

— Sim. As árvores estão todas carregadas de frutas.

— Como pode?

— Talvez sejam de um tipo que amadurecem antes, sei lá. Você não vai comer?

— Não estou com fome.

— Fique à vontade — disse o padre, e deu uma mordida numa maçã que ele vinha lustrando na manga do casaco. O sumo escorreu queixo abaixo, e ele fechou a mão em concha para pegá-lo.

— Estava tudo bem com o Clement? — perguntei.

— Sim. Acho que sim — respondeu o padre Bernard, sacando um lenço. — Para falar a verdade, ele não disse muita coisa.

— O senhor acha que ele estava dizendo a verdade?

— O quê? Sobre bruxas e amuletos da sorte? — respondeu ele, abrindo um meio sorriso enquanto limpava o queixo. — Ah, pare com isso, Tonto.

— Mesmo assim, ele parecia apavorado.

— Veja só, não sei o que está acontecendo com Clement e aqueles outros sujeitos. Provavelmente nada. Não consigo imaginar por que diabos eles estariam interessados em intimidá-lo, ou, aliás, em nos intimidar. Mas é óbvio que estão de olho no que estamos fazendo, e creio que a sua mãe e o sr. Belderboss talvez tenham razão. Deve ser melhor não nos envolvermos. Se eu fosse você, ficaria longe deles e de Coldbarrow.

— Talvez seja melhor a gente ir embora, padre — falei, aproveitando a oportunidade para plantar a ideia em sua cabeça, na esperança de que ela germinasse antes que Parkinson tivesse a chance de nos fazer outra visita. Por mim, depois que a gente voltasse para Londres, eles poderiam fazer o que bem quisessem. Incendiar a Moorings, pôr a casa abaixo, eu não estava nem aí.

— Sabe de uma coisa, Tonto? Cá entre nós, estou tão cansado que iria embora hoje à noite, se pudesse, mas aí amanhã haveria uma boa chance de eu acordar precisando de um novo emprego. E, de qualquer forma, você não quer levar Andrew ao santuário?

— Acho que sim.

— É isso aí, então — disse o padre. — Vamos ter de fazer o serviço completo, suar a camisa ao máximo.

A porta da sala de jantar se abriu e a Mamãe apareceu.

— Padre, eu gostaria de trocar uma palavrinha com o senhor — anunciou ela.

— Tudo bem.

— Em particular.

— Agora?

— Se for conveniente.

— Tudo bem para você, Tonto? — perguntou o padre, encarando a Mamãe diretamente nos olhos; assenti, sentindo-me um pouco constrangido de me ver no meio dos dois.

O padre Bernard saiu com a Mamãe e ambos percorreram o corredor até o quarto dele. Depois de um momento, acomodei-me no armário de vassouras debaixo das escadas e esperei que falassem. Nenhum dos dois disse nada até o padre puxar a cortina em volta do lavatório.

— Não há necessidade disso, padre — disse a Mamãe. — Não vim me confessar.

— Ah, tudo bem. Mesmo assim, a senhora gostaria de se sentar? — perguntou o padre.

— Não. Estou bem do jeito que estou.

— Tem certeza?

— Tenho.

— Sobre o que a senhora gostaria de falar, sra. Smith?

A Mamãe fez uma pausa e depois disse:

— O senhor não nos contou muita coisa sobre sua última paróquia, padre.
— Como é?
— A sua última paróquia. Como era?
— As pessoas ou o lugar?
— Ambos.
— As pessoas eram maravilhosas. O lugar era terrível.
— E Belfast, padre?
— Mais ou menos a mesma coisa.
— No entanto, o bispo disse que o senhor realizou maravilhas nesses lugares.
— Não sei ao certo se alguém é capaz de realizar maravilhas em Ardoyne, sra. Smith. Mas aceito um tapinha nas costas por ter tentado.
— Ora, deixe disso, padre. Não preste a si mesmo um desserviço. Se o bispo disse que o senhor realizou maravilhas, então acredito nele. Conte-me o que o senhor fez.
— Olhe — disse o padre, rindo baixinho. — Hoje em dia, o bispado faz um espalhafato sobre toda e qualquer vitória, a mais ínfima que seja, sobre a apatia. Nem é preciso fazer muita coisa para ganhar uma medalha de honra ao mérito. Basta chutar uma bola num campo sujo com alguns garotos e levá-los para a igreja no domingo seguinte e pronto: todo mundo vai pensar que você merece uma vaga no Vaticano.
— Aí está. O senhor acertou na mosca, padre. Foi no ponto certo.
— Fui?
— O senhor disse que jogava futebol com as crianças carentes.
— Sim.
— E elas gostavam?
— Gostavam mais do que as missas que eu trocava pelas partidas, devo dizer. Porém, uma ou duas delas continuaram voltando à igreja.
— Mas por que elas voltavam, padre?
— Uma porção de motivos.
— Por exemplo?
— A senhora quer eu escolha um assim, a esmo? Elas gostavam das pessoas de lá. A cantoria. O clube dos jovens na sexta-feira. Era melhor do que ficar na rua, atirando tijolos nos blindados do exército britânico. Não sei. Veja bem, isso está rumando para algum lugar sombrio e apertado, sra. Smith? Porque sinto como se estivesse sendo encurralado.

— Eu queria apenas provar uma coisa para o senhor, padre.

— Provar o quê?

— Que o senhor obteve sucesso nesses lugares porque sabia exatamente o que a congregação precisava, o que as pessoas esperavam do senhor.

— Sra. Smith...

— O senhor não diria que essa é a marca de um bom sacerdote? Saber do que os seus paroquianos precisam?

— É claro.

— E que um padre deveria ser capaz de atender a essas necessidades?

— Naturalmente.

— Em vez de tentar mudá-las?

— Sra. Smith, se há alguma coisa que a senhora quer me dizer, prefiro que desembuche de uma vez. Já é tarde e estou cansado.

— Quero ajudá-lo. Sei que deve ser difícil cair de paraquedas numa paróquia nova, mas o que o senhor precisa entender é que só pode haver sucesso numa igreja quando o padre e sua congregação estão em harmonia. Se um dos lados quer uma coisa diferente da outra, então vai tudo por água abaixo. O padre Wilfred sabia disso.

O padre Bernard suspirou, e a Mamãe ergueu um pouco a voz.

— Ele pode até ter sido diferente com o senhor, padre, mas sabia como *estar* conosco. Sabia exatamente como nos fazer sentir que Deus estava presente na nossa vida.

— A senhora quer dizer que ele lhes falava o que queriam ouvir?

— Sim, padre. Exatamente isso. Queríamos ouvir que a estrada ia ser difícil. Queríamos que ele nos instruísse a orar com mais afinco se desejássemos ser ouvidos. E se escondêssemos dele os nossos pecados, então queríamos ouvir que seríamos punidos. Estamos todos passando por maus bocados, uma fase muito difícil, padre — prosseguiu ela. — E acho que o melhor é manter as coisas como eram. Como elas sempre foram. É o que todo mundo sabe. Todos precisamos de uma rocha em que nos agarrar durante a tempestade.

— Sra. Smith, não estou tentando mudar coisa alguma.

— Acho que está, padre. Sem perceber, talvez.

— Não estou. Estou aqui para ouvir e guiar todo mundo espiritualmente, se eu for capaz. Só isso. Essa é a minha responsabilidade. Creio que a senhora deve ter interpretado mal o meu interesse em saber o que aconteceu com o padre Wilfred, sra. Smith. Não é fruto de algum voyeurismo lúgubre. Sou da opinião de que falar sobre as coisas é a melhor maneira de curar as feridas e seguir em frente.

— As feridas estão começando a se curar sozinhas, padre. Tudo que o senhor está fazendo é abri-las de novo.

— É isso que a senhora acha que estou tentando fazer, sra. Smith? Que estou de alguma forma tentando sabotar tudo?

— Claro que não, padre. Acho apenas que o senhor pode ser um pouco... bem... autoritário, às vezes. É a sua idade, talvez. O senhor impõe seus pontos de vista sobre nós. Toda aquela história sobre Clement e a mãe dele. Não cabe a nós lidar com aquilo. Não quando temos tantas outras coisas para levar em conta. Se o senhor quer ouvir, então ouça o que estou lhe dizendo. Guie-nos permitindo que sigamos o caminho que conhecemos melhor. Nós sabemos como suportar tudo isso, passar por tudo isso.

— Ficando parados no mesmo lugar?

— Buscando refúgio, padre. Sendo pacientes.

— E esperando o quê?

— Que as coisas sosseguem, se ajeitem de novo.

— E se não se ajeitarem?

— Olhe, o sr. Belderboss está vulnerável no momento, padre. Ele ainda está confuso com tudo o que aconteceu e propenso a dizer coisas que não correspondem exatamente à verdade. Não quero que o senhor volte para a São Judas Tadeu com a impressão equivocada a respeito do padre Wilfred. Sei que o senhor não teria essa intenção, mas muitas vezes as coisas escapam sem querer e os boatos começam a se espalhar. Não é preciso muita coisa para destruir uma reputação.

— A senhora quer que eu vá embora, sra. Smith? É isso?

— Não, padre. Quero que o senhor seja o nosso pároco.

— Eu também quero.

— Então, agarre-se à rocha conosco, padre. Até que as águas recuem.

— Sra. Smith, eu entendo que a morte de Wilfred tenha sido um golpe significativo para a São Judas Tadeu, mas acho que a senhora precisa encarar os fatos, se quiser se recuperar. Ele não vai voltar. Não há mais nada a que se agarrar.

— Há, sim, padre. Temos Andrew.

— E o que Andrew pensa sobre isso?

Ambos ficaram em silêncio e, após um momento, a Mamãe pediu licença bruscamente e saiu do quarto. O padre Bernard passou um bom tempo sem se mexer. Depois ouvi o som de uma garrafa sendo aberta e seu conteúdo caindo dentro de um copo.

Capítulo vinte e dois

Chegou o dia da visita ao santuário, e Hanny tornou-se o centro das atenções desde o momento em que descemos as escadas para o primeiro andar, onde todos estavam tomando chá e servindo-se das maçãs que o padre Bernard colhera na véspera. A postura que os homens haviam adotado era a de uma estranha espécie de machismo, dando tapinhas no ombro de Hanny e apertando sua mão, como se fossem pajens preparando seu cavaleiro para a batalha.

A Mamãe estava com uma bacia de água quente já a postos, e ela e a sra. Belderboss lavaram o rosto e as mãos de Hanny, com cuidado e devagar.

— O Senhor descerá sobre você hoje — disse a sra. Belderboss. — Sei que vai. Você está pronto. É a sua hora.

O padre Bernard arrumou uma sacola com as coisas de que precisaria. Alguns fósforos. Sua estola. Um pequeno cálice de prata que ele trouxera da São Judas Tadeu.

Assim que ele terminou, sentou-se à mesa com Monro ao seu lado. Não disse uma palavra, mas afagou a cabeça do cachorro e ficou observando as mulheres cuidarem de Hanny, que estava se deleitando com o rebuliço e sorria enquanto a Mamãe penteava seu cabelo e depois usava a tesoura para aparar suas unhas. Ele me encarou e beijou os dedos. O pobre coitado achou que tudo aquilo era para Else. Talvez ele pensasse que ia se casar com ela, que havia chegado o dia em que a menina lhe daria o filho e eles ficariam juntos.

— O que isso significa? — perguntou a Mamãe. — Por que ele está fazendo isso com a mão?

— Eu não sei — respondi.

— Por que não conta para ele aonde estamos indo? — disse ela, meneando a cabeça na direção da cadeira ao seu lado para que eu me sentasse.

Fiz o que me foi pedido e toquei o braço de Hanny.

— Hanny. Nós estamos indo ver Deus.

À menção do nome, Hanny olhou para cima e apontou para o teto.

— É isso mesmo — confirmou a Mamãe. — Mas não vamos para o céu. Deus é que vai descer aqui. Ele vai fazer uma visita especial só para você. Não é isso mesmo, sra. Belderboss?

— Sim. Nós vamos para um lugar maravilhoso, Andrew. É um jardim secreto onde Deus faz as pessoas ficarem melhores.

— Agora acho que é hora do presente de Hanny — disse a Mamãe, inspecionando as unhas dele e usando as pontas dos dedos para ajeitar sua franja até que ficasse o mais caprichada possível. — Cadê o meu marido?

— Ah, não se preocupe, eu vou atrás dele — disse a sra. Belderboss, que saiu e voltou depois com uma caixa de papelão amarrada com um fita cor de marfim. Ela pousou a caixa sobre a mesa e todos se juntaram ao redor.

— Vá em frente — disse a Mamãe, entregando a Hanny a ponta da fita de modo que tudo o que ele precisava fazer era apenas puxá-la.

Hanny puxou a mão para trás e o laço se desfez. Depois, levantou a tampa e a colocou de lado. Dentro havia uma finíssima camada de papel de seda. Ele reagiu ao silêncio que tomou conta da sala e desembrulhou o pacote devagar e com delicadeza. Sob o embrulho havia uma camisa branca nova, os botões reluzentes e perolados, em cada um deles uma pequena cruz entalhada.

— É linda — disse a sra. Belderboss.

— De verdade — acrescentou o sr. Belderboss.

— Comprei na loja — disse a Mamãe. — Foi feita na Terra Santa. — E tirou a camisa da caixa e a ergueu para que todos a vissem.

Depois que todos tiveram a chance de admirar a camisa, a Mamãe passou-a para as minhas mãos para que eu a segurasse e fez o Hanny levantar os braços de modo a tirar sua regata, tomando cuidado para não desarrumar o cabelo dele. Hanny ficou de pé e fechou os dedos da mão, enquanto a Mamãe tirava da camisa alguns fios de algodão soltos.

— Aqui — disse ela e enfiou o braço de Hanny por uma das mangas e depois a outra, fazendo as mãos grandes dele entrarem pelos punhos da camisa. Ela posicionou no lugar certo a frente da camisa e a ajeitou sobre o peito de Hanny.

— E quando chegarmos ao lugar especial de Deus — disse ela fechando os botões —, você não deve ter medo. Não deve ficar chateado. Porque, se ficar, Deus vai desaparecer de novo. Faça como eu disser e tudo vai dar certo.

Tão logo terminou de abotoar a camisa, ela deslizou a mão ao longo dos botões e deu um passo para trás, esperando a reação que ela sabia que viria. Ninguém havia percebido ainda, mas um enorme crucifixo havia sido costurado na frente da camisa, o plissado dos botões formando o pilar e a travessa delineados num delicado bordado que só se mostrava agora que Hanny estava vestindo a peça.

— Nós também temos algo para você — disse a sr. Belderboss. — Reg?

— Ah, sim — confirmou o sr. Belderboss, e foi devagar até o aparador e voltou com uma caixa comprida e fina, que passou para as mãos da sua esposa.

A sra. Belderboss abriu a caixa e de dentro tirou uma vela branca.

— Aqui — disse ela, entregando-o para Hanny segurar.— Foi abençoada pelo bispo. Pode levar com você.

Ela o abraçou.

— Ele parece um expedicionário das cruzadas — comentou ela, notando que a vela era tão comprida que parecia uma espada.

— Só precisa de um escudo — disse o sr. Belderboss.

— Ele já tem um — respondeu a sra. Belderboss, dando um tapinha na cruz no peito de Hanny.

A manhã estava úmida e fria. Nuvens baixas pairavam sobre o Loney e mantinham a floresta e as valas repletas de sombras.

— Que gentileza da sua parte se juntar a nós — disse a Mamãe para o Papai, que por fim havia aparecido, bastante quieto e perturbado.

— Agora não, Esther — disse ele, e pigarreou.

— Por onde você andou, afinal? Xeretando aquele quarto de novo, aposto.

O Papai olhou para ela.

— É importante que Andrew tenha todo mundo com ele hoje — disse a Mamãe. — E não estou falando apenas fisicamente.

— Eu sei.

Ela foi na frente, abrindo caminho campina afora com Hanny a reboque, fomentando e saboreando a empolgação dele, contando-lhe sobre o lugar para onde estávamos indo.

Rapidamente o grupo se distanciou e se desfez. De mãos dadas, a srta. Bunce e David transpunham as poças de lama e esterco de vaca, o Papai seguia logo atrás, perdido em pensamentos, e o sr. e a sra. Belderboss compunham a retaguarda, já pelejando para vencer o terreno mole e esburacado e os longos desvios que tínhamos de fazer para contornar a água empoçada.

— Não deixem que eles se percam — berrou a Mamãe por cima do ombro, incumbindo a mim e ao padre Bernard de ficar de olho nos outros.

O sr. Belderboss apoiava-se em seu cajado, respirando feito um cachorro a cada par de passos, mas determinado a fazer a pé todo o percurso, apesar do excessivo zelo da sra. Belderboss.

— Ora, mulher, veja bem. Se o Nosso Senhor passou quarenta dias e quarenta noites no deserto, tenho certeza de que dou conta de dois ou três quilômetros através de um campo de ovelhas.

— Estou só pensando no seu coração, Reg.

Ele fez um gesto impaciente e continuou a caminhada.

Eu estava caminhando ao lado do padre Bernard, mais de caso pensado do que por acaso. Se Parkinson e Collier decidissem nos seguir, como eu, deitado mas sem conseguir dormir a noite inteira, tinha me convencido de que fariam, então me sentia mais seguro perto do padre, por mais distante que ele parecesse naquela manhã.

Olhei para o padre Bernard e ele retribuiu com um sorriso. Era óbvio que seu entrevero com a Mamãe na noite anterior ainda ocupava sua mente. Ele tirou duas maçãs da sacola, mas não disse muita coisa até que a Moorings sumiu da vista e paramos junto a um portão para esperar o sr. e a sra. Belderboss.

— Andrew parece bastante animado — disse ele, meneando a cabeça na direção de Hanny, que, mais à frente, estava escarranchado por cima de uma cerca e acenava para todo mundo se apressar.

— É — concordei.

— E todos os outros também.

— Sim, padre.

— Menos você.

Não respondi. O padre Bernard apoiou-se no portão com seus antebraços e observou o casal Belderboss a passo de lesma; uma ligeira discussão.

— Se nada acontecer hoje, Tonto, você não vai ficar muito decepcionado, vai?

— Não, padre.

— Porque eu odiaria que você perdesse a fé no que Deus é capaz de fazer.

— Sim, padre.

— Você sabe, nem todos os milagres são instantâneos. Em todo caso, eu jamais vi um desse tipo. Creio que leva algum tempo para que eles amadureçam. Se tudo que vocês procuram são experiências de Damasco, então deixam de notar as coisas menores que fazem parte do plano Dele. Você entende o que quero dizer?

— Sim, padre. Acho que sim.

Ele se virou, sorriu e segurou o portão aberto para o sr. e a sra. Belderboss, que passaram, ainda trocando farpas.

O santuário parecia muito mais distante do que na lembrança de todos nós, mas, por fim, chegamos a um pequeno estacionamento de cascalho, que estava completamente deserto a não ser por um colchão e alguns velhos pneus de carro.

A pequena cabine onde outrora uma atendente idosa vendia folhetos de informações a um centavo cada já não existia mais, e havia somente o vento e os sons das ovelhas nas colinas ao longe.

— Quer dizer que poderíamos ter vindo de carro? — perguntou a srta. Bunce, fitando seus sapatos enlameados.

— Sim, poderíamos ter vindo de carro, Joan — confirmou a Mamãe. — Mas não sei se chegar de micro-ônibus mostra exatamente a mesma noção de devoção.

— Cadê todo mundo? — indagou a sra. Belderboss, quando ela e o marido finalmente apareceram.

Do outro lado do estacionamento havia um portão quase que completamente tomado pelos galhos das árvores contíguas. O portão se abria para uma vereda de cascalho cheia de mato que serpeava através das árvores e por fim desembocava no santuário propriamente dito depois de cerca de oitocentos metros. Ao longo da vereda havia pequenas estatuetas semiescondidas na grama — Cristos, santos e anjos espreitando nas laterais de urnas de plástico feito curiosas fadinhas.

Havia pequenas clareiras por onde criptas foram criadas em homenagem a vários santos e homens sagrados, as árvores adornadas com os rosários e trapos que os peregrinos anteriores haviam deixado para trás junto com suas transgressões.

A Mamãe alcançou Hanny, que estava à frente de todos nós, e o guiou de modo que ele se mantivesse bem longe das fitas e percorresse a vereda o mais rápido possível. O padre Bernard parou e deslizou a mão ao longo das fitas.

— Ah, cuidado para que elas não se soltem, padre — alertou o sr. Belderboss. — O senhor vai levar os pecados para casa com o senhor.

Chegamos ao ponto em que Hanny estava olhando para uma estátua de São Francisco que havia caído e quebrado. A cabeça tinha rachado e rolara mata adentro, e baratinhas enxameavam entrando e saindo do corpo oco.

— Oh, Esther — disse a sra. Belderboss. — É uma pena.

— Bem, talvez o zelador ainda não tenha tido tempo de cuidar disso — disse a Mamãe.

— Não tenho certeza se ainda há um zelador — sugeriu o sr. Belderboss.

— Deve haver — insistiu a Mamãe. — Eles não deixariam o lugar simplesmente se deteriorar.

— Mas se não há dinheiro, Esther... — disse a sra. Belderboss.

— Claro que há dinheiro — rebateu a Mamãe. — Sempre há dinheiro. Alguém sempre tem dinheiro.

— Não creio que tenha a ver com dinheiro — disse o Papai. — É só que ninguém mais vem a lugares como este.

— E o que me diz de Lourdes? — perguntou a Mamãe.

— Isso é diferente. E, de qualquer forma, lá é como a Disneylândia hoje em dia.

— Bem, Deus ainda está aqui — declarou a Mamãe. — Apesar da aparência do lugar.

— Sim, é claro que Ele está — concordou a sra. Belderboss.

Avançamos um pouco mais e atravessamos uma porteira estreita, e a vereda além dela estava flanqueada de ambos os lados por uma sebe alta, como se estivéssemos num labirinto. A cerca viva estava toda desconjuntada e em certos pontos quase se encontrava no meio da senda, de modo que tivemos de nos espremer para passar em fila indiana pelos espinhos e arbustos.

Cem metros adiante, a vereda terminava. A Mamãe parou e arrancou alguns galhos e folhas para alcançar o ferrolho de um pequeno portão de ferro.

— Aqui estamos nós — disse ela, e abriu o portão para dentro com um, dois, três empurrões, arrebatando mais um pouco da folhagem agarrada ao gradil.

Todos nós paramos de falar e atravessamos o emaranhado de rododendros até chegarmos a um lance de degraus de pedra, úmidos e enegrecidos de musgo, que desciam ao ponto onde a própria fonte borbulhava na superfície e podia ser acessado ao se abrir um pequeno alçapão no chão.

O padre Bernard ajudou as mulheres a descerem primeiro, e elas passaram, devagar e com cuidado, pelas lajes estreitas e escorregadias. Assim que chegaram em segurança lá embaixo, o padre Bernard subiu de novo os degraus para ajudar o sr. Belderboss. Todos pareceram prender a respiração quando ele se viu no delicado momento entre soltar as mãos do padre Bernard no topo da escada e se esticar para alcançar as mãos da Mamãe no pé da escada.

— Vá você primeiro, Hanny — disse eu, quando chegou a nossa vez.

Ele olhou para baixo santuário adentro e se virou para olhar para mim.

— Está tudo bem — falei. — Vá em frente.

Todos estavam observando, esperando. Ele balançou a cabeça.

— Não precisa se preocupar — garanti. — Eu vou com você.

Segurei a mão de Hanny e, degrau por degrau, descemos e nos juntamos aos demais amontoados na umidade.

— Não consigo acreditar no que aconteceu aqui — disse a sra. Belderboss, olhando ao redor. — Sinto muito por você, Esther.

— Está tudo bem — disse a Mamãe.

— A fonte era sempre enfeitada de um jeito tão bonito — explicou a sra. Belderboss para o padre Bernard, que havia tirado da sacola a estola e a enlaçava em volta do pescoço. — Tantas flores e velas.

Agora era um calabouço; apertado, úmido e abafado, mergulhado numa sombra permanente por conta dos teixos espiralando acima de nós. Nos pontos onde as enormes pedras que formavam as íngremes paredes salientes se projetavam, havia tocos de cera que ninguém conseguiria iluminar, e por isso David foi incumbido de usar um fósforo para que todos pudessem enxergar a tábua de madeira pregada na parede em que fora pintada uma cena de Santa Ana bruxuleando em branco e pairando acima das amedrontadas crianças camponesas que haviam sido as primeiras testemunhas de sua aparição três séculos antes.

O padre Bernard se ajoelhou e abriu o pequeno alçapão que tinha alguns centímetros de espessura e era preso com braçadeiras de ferro. Todos se reuniram em volta. A água benta escorria, escura e de aspecto sedoso, com um odor de ovos, de árvores e de arbustos outonais caídos.

Senti Hanny apertar forte a minha mão.

— Está tudo bem — disse eu. — Não tenha medo.

A srta. Bunce foi a primeira, uma vez que era a mais próxima do padre Bernard. Ela tirou o casaco e o entregou a David para que o segurasse. Aceitando a mão do padre, ajoelhou-se diante dele e curvou a cabeça para a frente. O padre Bernard pousou delicadamente a mão sobre o cocuruto da mulher, fez uma oração em voz baixa e depois abaixou a mão, mergulhando o cálice dentro do buraco para enchê-lo de água. Ergueu o cálice, respingando na pedra, e o entregou à srta. Bunce. Ela fechou os olhos, bebeu todo o conteúdo da taça e deu lugar a David, e depois pelos demais, um a um.

Quando chegou a vez da Mamãe, ela permaneceu de pé. O padre Bernard olhou para ela e depois imergiu o cálice na água e se ergueu para ficar de frente para ela.

— Beba esta água, o bálsamo curativo de Cristo — disse ele, formulando o mesmo convite que fizera a todos nós.

— Amém — disse a Mamãe, sorvendo até esvaziar o cálice.

Faltava apenas Hanny. O Papai acendeu a vela que o sr. e a sra. Belderboss lhe haviam dado de presente e a Mamãe tirou o casaco dele, de modo a poder ajeitar o colarinho da camisa nova. Sorrindo para o filho, ela arrumou o cabelo dele e, com um beijo na testa, virou-o de frente para o padre Bernard.

— Ele está pronto agora, padre.

O padre Bernard estendeu a mão.

— Andrew — disse ele, por cima do som da água. — Venha aqui e se ajoelhe ao meu lado.

Hanny permaneceu onde estava, apertando sua vela.

— Andrew? — chamou de novo o padre Bernard. E, dessa vez, a Mamãe cutucou Hanny e apontou para onde ele deveria ir. Ele olhou para mim e assenti.

O padre Bernard segurou a mão de Hanny enquanto ele se punha lentamente de joelhos.

— Tudo bem, Andrew — disse ele, pressionando de leve a nuca de Hanny para fazê-lo arquear a cabeça. — Não tenha medo agora. Deus está com você.

Ele manteve uma das mãos sobre a cabeça de Hanny e com a outra segurou a caneca que a Mamãe havia trazido. A que tinha o ônibus londrino na lateral. O padre, então, mergulhou a caneca na fonte e depois a tirou cheia.

— Agora, Andrew — disse ele, permitindo que Hanny levantasse a cabeça. — Você pode fazer um favor e beber isto para mim?

Hanny olhou para ele. Pude ver seus olhos se arregalando. Ele se virou para me procurar, mas a Mamãe falou de forma ríspida:

— Andrew, lembre-se do que eu disse.

— Deus quer curar você, Andrew — interveio a sra. Belderboss.

— Vá em frente, filho — disse o Papai. — Não vai doer.

Ele balançou a cabeça.

— Só um golinho, Andrew, só isso. — O padre Bernard tentou encaixar a caneca na mão livre de Hanny, mas ele entrou em pânico e a rechaçou com um safanão; a caneca voou, espatifando-se contra a parede de pedra.

Ele se pôs de pé, jogou a vela para o lado e caminhou na direção dos degraus. A srta. Bunce soltou um grito agudo. David tentou impedi-lo, mas Hanny empurrou-o para longe com facilidade, e ele caiu todo esparramado no chão musguento.

Antes que eu pudesse ir atrás dele, a Mamãe já estava subindo os degraus, e senti a mão do padre sobre o meu braço.

— Deixe que ela vá buscá-lo — disse ele.

Pude ouvir a Mamãe berrando com Hanny. Ela não tinha corrido atrás dele. Não precisou.

O Papai e a srta. Bunce ajudaram David a se levantar. As calças dele estavam cobertas com uma camada de sujeira e seu lábio estava cortado e sangrando, pois ele havia batido com o rosto na parede. A srta. Bunce fuçou os bolsos de seu anoraque e tirou um lenço, que ela passou levemente sobre a boca dele. Pude ver o rosto dela corando, e ela estava prestes a dizer alguma coisa quando a Mamãe apareceu no topo dos degraus, agarrando Hanny pelo cotovelo.

— Ele vai tentar de novo — anunciou ela.

— Não sei se agora é o melhor momento, sra. Smith — disse o padre Bernard. — Estamos todos um pouco chateados. Talvez eu devesse trazer Andrew sozinho amanhã.

A Mamãe abriu um ligeiro sorriso.

— Não, não podemos fazer isso, padre. Amanhã nós vamos embora para casa.

— Sim. Mas posso trazer Andrew no micro-ônibus antes da nossa partida. Acho que ninguém vai se incomodar se eu der uma escapadinha rápida.

Os outros balançaram a cabeça.

— Eu não me incomodo — disse a sra. Belderboss.

— Talvez seja melhor trazer o rapaz amanhã — disse o sr. Belderboss. — Sem todo mundo observando.

— Estamos aqui agora — disse a Mamãe, consciente de que a srta. Bunce a estava fuzilando com o olhar. — Fizemos um esforço especial para vir, e eu gostaria que Andrew tomasse a água.

O Papai tocou as costas da Mamãe.

— Deixe disso, Esther. Não se zangue.

— Não estou zangada.

— Veja — argumentou o padre Bernard —, por que não voltamos para casa? Parece que vai começar a chover a qualquer minuto.

— Não — rebateu a Mamãe. — Sinto muito, padre, mas ele vai beber a água e ponto final. Ele não vai estragar o dia.

— Ora, sra. Smith, ele nem de longe está fazendo algo parecido com isso, está?

— Não está?

— Não é culpa dele.

— Por quê? Porque ele é estúpido demais para saber o que está fazendo?

— Eu nunca disse isso.

— Não com todas as letras.

— Sra. Smith...

Ela agarrou Hanny e levou-o até a fonte, repelindo com um gesto da mão os apelos do padre Bernard. Ela emborcou um pote de geleia com narcisos mortos e se ajoelhou e o encheu com água da fonte. A água rodopiava com sedimentos e fuligem.

— Abra a boca — vociferou a Mamãe. — Olhe para mim.

Hanny olhou para ela e começou a chorar.

— Pare com isso. Qual é o seu problema? Não quer melhorar?

Hanny virou-se para fugir de novo, mas a Mamãe segurou o braço dele e olhou rapidamente na direção do padre Bernard.

— Bem, me ajude — pediu ela, mas o padre desviou o olhar.

— Cuidado, Esther — disse a sra. Belderboss. — Você está machucando o menino.

A Mamãe apertou com mais força, e depois mais ainda, como se estivesse forçando obediência a um cachorro teimoso. Aos poucos, Hanny foi abrindo a boca.

— Abra mais — ordenou ela, beliscando as bochechas dele de modo que sua boca se escancarasse.

— Esther, pare com isso — disse o sr. Belderboss.

— Por favor, Esther — pediu, aos gritos, a sra. Belderboss, e depois se virou de costas, os olhos marejados.

— Ah, pelo amor de Deus, apenas beba — exigiu a Mamãe.

Hanny fechou os olhos e contorceu o rosto numa careta, como ele fazia quando tinha de tomar leite de magnésia. Então a Mamãe despejou com cuidado a água pela goela dele abaixo, como se a estivesse medindo. Hanny tossiu e engasgou e depois cuspiu a água nos olhos dela.

A Mamãe piscou e esticou o rosto, mas não disse nada. Em vez disso, rosqueou a tampa do pote meio cheio de água e colocou-o no bolso. Em silêncio, o padre Bernard estava conduzindo todo mundo para fora do santuário. Peguei Hanny pela mão e segui os demais. Somente o Papai ficou para trás, olhando fixamente para a esposa.

Capítulo vinte e três

Apesar de todos os exaustivos esforços do padre Bernard para persuadi-los a ficar, a srta. Bunce e David arrumaram suas coisas e o padre os levou no micro-ônibus até a estação Lancaster para que pegassem o trem da noite.

Um pesado desânimo encheu a Moorings, e, quando não pude aguentar mais, fui para a cama, deixando que a Mamãe, o Papai e o sr. Belderboss continuassem sua taciturna conversa na sala.

Hanny dormia a sono solto, exausto pelos fatos ocorridos no santuário. Durante algum tempo eu o observei, mas logo devo ter caído no sono.

Depois de cerca de uma hora, ouvi alguém entrar no quarto. Era a Mamãe. Estava carregando uma xícara fumegante numa bandeja. Ela olhou para mim e fez um gesto com a mão indicando que eu deveria me deitar de novo.

— O que a senhora está fazendo?
— Dando uma xícara de chá para Andrew.
— Ele está dormindo.

A Mamãe fez "psiu" e se sentou na beirada da cama. Por um minuto, ela ficou observando Hanny dormir e depois pegou o pote de geleia com água. Despejou um pouco no chá e colocou a xícara sobre o criado-mudo. O resto da água ela pingou na mão e, usando o dedo, desenhou com muita delicadeza uma cruz sobre a testa de Hanny.

Ele se mexeu um pouco e meio que acordou, sonolento. A Mamãe o acalmou. Hanny sossegou de novo e ficou completamente imóvel, sua consciência deslizando de volta para os escoadouros do sono.

Ela deveria deixá-lo em paz. Hanny estava tão extenuado por tudo que havia acontecido que parecia estar morto. Seu rosto tinha a mesma medonha apatia do padre Wilfred no dia em que a Mamãe e os outros foram lavar seu corpo em preparação para o enterro.

Eu também fora obrigado a ir junto para ajudar o padre visitante que fora enviado pelo bispo para supervisionar as abluções. Não faria mal nenhum, disse a Mamãe, que o bispo soubesse que ela tinha um filho capaz quando chegasse a minha hora de pensar numa carreira no clero.

O caixão com o corpo do padre Wilfred foi colocado no salão da casa paroquial. Era uma sala raramente usada e quase tão fria quanto o dia de janeiro que se eriçava contra a janela atrás das cortinas. Um relógio de mesa tiquetaqueava baixinho sobre a moldura da lareira ao lado das velas que seriam mantidas acesas durante o funeral. Todos ficaram de pé ao redor do caixão enquanto o padre orava uma prece e fazia o sinal da cruz sobre o corpo.

Porque agora *era* um corpo e não o padre Wilfred. A morte era uma péssima desenhista e, em sua versão, a semelhança com o padre não era nem um pouco convencional, dando-lhe a feição de alguém que era quase conhecido, mas a quem faltava o essencial para sê-lo. Como uma estátua de cera, suponho.

Já que uma camada de barba branca havia se esparramado pelas bochechas e o queixo do padre, seu rosto tinha adquirido a textura de veludo falso. A pele sobre os braços e as pernas era como um velho pergaminho salpicado com a tinta de verrugas e pintas, e sob a pele jaziam músculos filamentosos que tinham sido afrouxados pelo agente funerário para tornar a limpeza mais fácil.

A Mamãe trouxe bacias de água morna e um frasco de sabonete líquido Dettol. As mulheres enrolaram as mangas dos casacos e lentamente abriram as dobras do linho e começaram a lavá-lo, erguendo os braços do padre com delicadeza e movendo ligeiramente suas pernas de modo a alcançarem a parte detrás dos joelhos. Uma tanga enrolada propiciava ao padre Wilfred algum pudor e nos poupava dos rubores de acanhamento.

Eu me posicionei atrás, segurando a bacia para a Mamãe. Notei que havia uma mancha marrom no travesseiro de cetim quando ela aninhou a cabeça do padre Wilfred a fim de passar uma flanela pelo rosto e pelo pescoço dele. Água e desinfetante escorreram pela dura curvatura da clavícula e ao longo das costelas, e, quando a Mamãe esfregou a testa, sobraram algumas gotículas entre os cílios.

Terminada a tarefa, e enquanto as mulheres entravam e saíam para jogar a água no ralo, a Mamãe abriu o pacote embrulhado em jornal que ela trouxera consigo e tirou um pequeno buquê de rosas brancas. Cruzou as mãos encarquilhadas do padre Wilfred sobre a barriga dele e entrelaçou os dedos. Depois, com cuidado para não cortá-lo, ergueu as mãos e encaixou as rosas entre eles, uma a uma.

Quando enfaixaram de novo o corpo, houve um exalação audível. De pena, pensei, ou de alívio. Alívio de que tudo tivesse chegado ao fim. De que não eram elas que jaziam lá em cima da mesa, feito carne.

A Mamãe se benzeu com o sinal da cruz e depois se sentou numa cadeira de madeira ao lado do caixão com seu rosário de contas para assumir o primeiro turno da vigília. As outras senhoras nada disseram, mas saíram uma a uma.

— Acenda as velas antes de sair — disse a Mamãe enquanto eu vestia meu casaco.

Fiz o que ela pediu e vi a luz bruxuleando sobre o rosto do padre Wilfred.

— O padre está no céu? — perguntei.

A Mamãe ergueu os olhos e franziu a testa.

— É claro — respondeu. — Por que não estaria? Todos os padres vão direto para o céu.

— Vão?

— Sim. É a recompensa por servirem a Deus.

Ela olhou para mim por mais um momento e depois voltou para seu terço. Eu sabia que quando a Mamãe não tinha certeza plena sobre alguma coisa — como quando eu voltava para casa com um problema de álgebra e o Papai não estava por perto, ou quando ela precisava ir de carro a algum lugar aonde nunca tinha estado antes, a confiança que ela fingia ter se tingia de irritação por ela não saber a resposta correta ou o caminho certo. E se o padre Wilfred tivesse ido para o Purgatório?

Pedalando de volta para casa na neve, tentei imaginar como seria o Purgatório. O padre Wilfred sempre o descrevera como um lugar de portas cerradas, onde os pecadores eram afastados de Deus até suas almas serem purificadas com fogo.

Já a sensação de ter a alma queimada até a purificação, eu não era capaz de imaginar. Não poderia ser uma dor física, agora que o corpo jazia sem vida dentro de uma caixa, então era como uma tortura mental? Os pecados ocultos cometidos na vida eram iluminados e inflamados um a um? A pessoa era punida sendo forçada a revivê-los todos de novo? Todo o medo e toda a culpa?

Descendo a Ballards Lane e passando pela estação do metrô, eu me surpreendi e rezei por ele. Afinal de contas, não era sua culpa. Ele tivera um choque no Loney. Não era de surpreender que tenha ficado em pedaços. Teria acontecido a mesma coisa com qualquer um.

— Andrew — disse a Mamãe, tocando-o na bochecha com o dorso da mão.

Hanny acordou e olhou para ela; depois, voltando à consciência, afastou-se e se apoiou sobre os cotovelos. Olhou para mim, e a Mamãe pousou a mão sobre o ombro dele.

— Está tudo bem, Andrew — disse ela. — Eu trouxe um pouco de chá para você.

Ela entregou a Hanny a xícara, ele a segurou feito uma tigela e bebericou.

— Isso aí — disse a Mamãe, erguendo um pouco o corpo para ver se o conteúdo da xícara tinha desaparecido. Assim que Hanny bebeu tudo, ela encostou a mão na nuca dele e o beijou na testa. Hanny ficou radiante por constatar que ela já não estava furiosa.

— Agora venha aqui embaixo e se ajoelhe comigo — disse a Mamãe.

Ela desceu da cama e se ajoelhou ao lado dela.

— Vamos, Andrew. Assim.

Ele sorriu e foi para o chão com a Mamãe.

— Feche os olhos — pediu ela.

Hanny olhou para mim e esfreguei as minhas pálpebras com as mãos de modo que ele entendesse.

— Muito bem — disse a Mamãe. — Bom garoto.

Ela afagou os cabelos de Hanny e, assim que ele se acomodou, virou-se para mim.

— Abre a porta — sussurrou ela.

— O quê?

— Abra a porta e deixe que eles entrem.

— Quem?

— Os outros.

Saí da cama e fui até a porta. O Papai e o sr. e a sra. Belderboss estavam esperando no patamar. Todos se viraram para me encarar.

— Ele está pronto? — perguntou o sr. Belderboss na voz mais baixa possível; eles entraram em fila no quarto e ficaram olhando para Hanny, que estava com as mãos unidas com força e os olhos espremidos.

— Não devemos esperar o padre Bernard? — perguntou a sra. Belderboss.

— É melhor começarmos — disse a Mamãe. — Enquanto Andrew ainda está sossegado.

A sra. Belderboss olhou para ele e disse:

— Sim, acho que tem razão.

— Você também — disse-me a Mamãe, e apontou para o pedaço do chão onde queria que eu me ajoelhasse.

O Papai e a sra. Belderboss ajoelharam-se do outro lado da cama e o sr. Belderboss refestelou-se sobre a cadeira junto à porta, sentando-se pesadamente, a bengala posicionada entre as pernas e sua testa pousada sobre o cabo.

— Senhor Deus — começou a Mamãe. — Pedimos que suas águas curativas fluem através de Andrew e tragam nutrimento ao seu...

Ela parou de falar no instante em que alguém irrompeu quarto adentro. De capa de chuva e tudo, o padre Bernard ficou lá parado, olhando para todo mundo. A sra. Belderboss fingiu inspecionar os dedos. O sr. Belderboss sorriu para ele e depois tossiu e desviou o olhar.

— Pensei ter ouvido vozes — disse ele. — O que está acontecendo?

— Estamos orando por Andrew — disse a sra. Belderboss.

— Ah — falou o padre Bernard, olhando para seu relógio de pulso.

— Algum problema, padre? — perguntou a Mamãe.

— Não, não. Estou apenas surpreso que todos ainda estejam acordados.

— Joan e David embarcaram bem? — perguntou a sra. Belderboss.

— Sim. Pegaram o trem na hora certa. No caminho tentei mais uma vez convencê-los a ficar, mas estavam bastante decididos. É uma pena.

— Sim — concordou a sra. Belderboss, e houve um momento de silêncio antes de o Papai falar.

— O senhor quer se juntar a nós? — perguntou ele.

O padre Bernard olhou para a Mamãe.

— Não — respondeu ele. — Vou deixá-los à vontade.

— Vamos lá, padre, por favor — disse o sr. Belderboss. — Tenho certeza de que as orações do senhor valeriam por dez das nossas.

Ele olhou para as roupas que estava vestindo. Uma capa de chuva ensopada. Galochas encharcadas.

— Não sei se estou vestido da forma adequada, Reg — declarou o padre Bernard.

— Não faz mal — disse a sra. Belderboss. — Se Deus não se importa com as roupas que a pessoa usa, por que nós nos importaríamos?

— Não, melhor não. Vou para a minha cama e, amanhã de manhã, assim que acordar, vou orar por Andrew, quando eu estiver mais acordado e conseguir me concentrar no que estou fazendo.

— Tem certeza, padre? — perguntou a sra. Belderboss, um pouco desapontada.

— Sim. Orar é como sintonizar um rádio.

— Como assim?

— É preciso estar na frequência certa. Caso contrário, tudo o que Deus ouve é estática.

— Ah, entendo o que o senhor quer dizer — disse a sra. Belderboss, sorrindo de forma compreensiva. — Bem, contanto que o senhor tenha certeza, padre.

— Sim. Estou totalmente exausto, para ser sincero. E amanhã temos uma longa viagem pela estrada.

— É verdade — concordou a sra. Belderboss com um suspiro. — Tem sido um pouco cansativo, não? Nada deu muito certo. Tudo tem sido tão difícil. É realmente uma pena, padre, que o senhor não tenha visto este lugar como ele costumava ser.

— Os lugares mudam mesmo, Mary — acrescentou o sr. Belderboss.

— Ah, eu sei disso — respondeu ela. — Mas tem sido um batismo de fogo e tanto para o padre. Quero dizer, Wilfred nos conhecia e conhecia este lugar. Ele teria lidado muito melhor com todos esses probleminhas que tivemos.

— É mesmo — concordou o sr. Belderboss. — Ele tinha a mão firme, controlava a situação.

— Não tem nada a ver com o senhor, padre — continuou a sra. Belderboss. — Pelo contrário, sinto que a culpa foi nossa, por pedir ao senhor que assumisse e enfrentasse coisas demais, rápido demais. Quero dizer, ser padre é como qualquer outra coisa. Leva tempo para fazer as coisas direito, não é, Esther?

— Sem a menor sombra de dúvida.

A Mamãe olhou para o padre Bernard, que não disse mais uma palavra e saiu do quarto. Ela se acomodou de novo e notou que o Papai a estava fitando.

— O quê? — perguntou ela.

— Qual é o problema com você?
— Nada.
— Por que você falou com o padre daquele jeito?
— Que jeito?
— Você sabe o que quero dizer.
— Sei?
— Sim. Você sabe.
A Mamãe olhou para o sr. e a sra. Belderboss.
— Sinto muito, Reg, Mary — desculpou-se ela. — Meu marido está obviamente um pouco irritado.
— Irritado? — O Papai levantou a voz, e o sr. e a sra. Belderboss entreolharam-se. — Acho que é você quem está irritada, Esther — disse ele.
— E é para menos? — vociferou a Mamãe. — Considerando o que temos passado desde que chegamos aqui? Essa coisa toda tem sido uma completa farsa.
— Calma, Esther — pediu o sr. Belderboss.
— Esther — disse a sra. Belderboss, espiando a porta. — Ele vai ouvir você.
— Não dou a mínima — disse a Mamãe, seu rosto corando de uma forma que eu pouco vira antes. — Vou dizer o que penso sobre o padre Bernard McGill. Ele é um erro. Não é certo para nós. Nunca vi um padre tão leviano e negligente com a própria autoridade. Ele transforma em piada tudo o que fazemos. Quanto a mim, vou ficar feliz da vida quando ele for mandado de volta para a Irlanda, para a gente da laia dele.
Em meio às vozes alteradas, Hanny tinha saído de perto da cama e estava parado junto à janela. Pegou a lebre empalhada, cujas costas afagou com a mão.
— Ele ainda é jovem, Esther — disse a sra. Belderboss. — Precisa apenas de tempo para amadurecer e se tornar alguém como o padre Wilfred. Um dia ele vai. Estou convencido disso.
— Mary — respondeu a Mamãe —, você estava convencida de que ele não havia saído para beber, e ele foi. E convidou aqueles grosseirões para virem aqui.
— Foi só um pouco de diversão — interveio o Papai. — Você mesma disse isso.
— Diversão? Ora, não foi você que eles arremessaram de um lado para o outro da sala feito uma boneca de pano.
— Não a vi reclamando tanto assim — comentou o Papai.

— E eu não o vi entrando em cena para interferir. Não, você estava ocupado demais incentivando os grosseirões com todos os outros — disse ela, e prosseguiu: — Meu bom Deus, ouça só o que estou dizendo. Isto era para ser uma peregrinação, uma chance para nós todos encontrarmos um pouco de paz depois de tudo que aconteceu, e estou tendo que me preocupar com um bando de homens estranhos e bêbados dançando na sala de estar a convite do sacerdote que supostamente deveria estar cuidando de nós. O que diabos ele pensa que viemos fazer aqui? Olhar cotovias no campo? Sair por aí procurando casos perdidos como Clement Parry e a mãe dele? Trazer para dentro de casa todos os vagabundos e refugos que ele conseguir encontrar? Meter o bedelho em assuntos que não dizem respeito nem a ele, nem a nós? Está tudo desmoronando. Quero dizer, ele sequer conseguiu nos manter todos juntos.

— Não foi culpa dele que Joan e David tenham voltado para casa — argumentou o Papai.

— Foi, sim — objetou a Mamãe. — E ele sabe que foi. Por isso voltou tão tarde. Estava afogando as mágoas no bar, sem dúvida.

— Esther! — O Papai levantou a voz de novo. — Você não pode dizer esse tipo de coisa. Especialmente não sobre um padre. É assim que começam os boatos.

— Sim, eu sei — disse a Mamãe, olhando claramente para o sr. Belderboss.

— O quê? — perguntou ele. — O que foi que eu fiz?

— No outro dia, você deixou o padre Bernard com uma porção de perguntas que, para dizer a verdade, não acho que a gente quer que ele tente responder.

— Reg não teve culpa, Esther — disse a sra. Belderboss. — Ele estava apenas chateado, só isso. Foi dominado pelas emoções, que levaram a melhor sobre ele.

— Você deixou o padre intimidar você — alegou a Mamãe.

— Oh, pare com isso. Nem de longe foi um interrogatório — disse o Papai. — Tenho certeza de que ele estava apenas tentando ajudar.

— Temos de ser mais cuidadosos — continuou a Mamãe. — Nenhum de nós sabe o que aconteceu com Wilfred e provavelmente nunca vamos saber. Não podemos ceder a especulações. Se fizermos isso, então vamos entregar a memória de Wilfred a pessoas que não se importam com ele como nós nos importamos.

— É do irmão de Reg que estamos falando — rebateu o Papai. — Acho que cabe a ele decidir o que ele mesmo diz sobre Wilfred.

— Não — disse o sr. Belderboss. — Esther tem razão. Devemos manter as nossas suspeitas para nós mesmos. Não temos condições de provar coisa alguma. Quero dizer, se eu tivesse o diário dele, talvez nos revelasse a verdade de uma vez por todas.

— Concordo — reiterou a sra. Belderboss. — Não podemos deixar que boatos se espalhem. Isso arruinaria a São Judas Tadeu.

— Bem, se há boatos, tenho certeza de que, a essa altura, já devem ter se espalhado por aí — disse o Papai. — É impossível evitar que as pessoas falem. E, de qualquer maneira, boatos vêm e vão. Na semana seguinte, elas vão estar falando de alguma outra coisa. Vocês sabem como são as pessoas.

— Não sei ao certo se você entendeu direito o quanto a situação é séria — argumentou a Mamãe. — As pessoas podem até perder o interesse pela fofoca e seguir adiante, mas a coisa ficará gravada na mente delas como um fato. Se as pessoas colocarem na cabeça que o padre Wilfred… você sabe… isso transformaria em mentira tudo que ele disse. E o que isso faria com a fé das pessoas?

— A fé não é uma ciência exata, Esther — refutou o Papai.

— É, sim — respondeu a Mamãe. — Ou você tem, ou não tem. É bastante simples.

— Ela tem razão — disse o sr. Belderboss.

A sra. Belderboss meneou a cabeça, concordando.

— Escutem. Na minha opinião, se temos a mais ínfima suspeita de que o padre Wilfred tirou a própria vida, então devemos informar a polícia — opinou o Papai.

— E que bem isso faria? — perguntou a Mamãe.

— Seria a coisa certa a fazer.

— Se nós não podemos provar, como eles provariam?

— Não sei. Acho que não importa de que maneira se eles de fato provarem. Isso pelo menos não tiraria um pouco do peso das costas de Reg?

— Bem, não podemos dizer nada diferente, agora, podemos? — perguntou a Mamãe. — Como isso ia parecer, três meses depois?

— Seria como se tivéssemos alguma coisa a esconder — respondeu a sra. Belderboss.

— E parece que temos — afirmou o Papai.

O relógio dos apóstolos bateu meia-noite. Todos esperaram até o toque parar.

— Bem, Reg e eu estamos um pouco cansados — disse a sra. Belderboss assim que soou o último toque.

— Já é bem tarde, creio eu — disse o sr. Belderboss. — Vemos todos vocês pela manhã.

O Papai ajudou a sra. Belderboss a se pôr de pé, e ela segurou no seu braço enquanto ele a conduzia até a porta. O sr. Belderboss usou sua bengala para se erguer da cadeira. O Papai abriu a porta para eles, que se despediram e foram para o quarto mais adiante no corredor.

Assim que eles entraram, a Mamãe perguntou:

— Você não vai, também?

O Papai soltou um breve suspiro e se sentou na cama.

— Acho que é você que está precisando de um pouco de descanso — disse ele, pegando a mão dela. — Não está fazendo nada bem para você ficar tão nervosa e preocupada a respeito de tudo. As coisas não correram às mil maravilhas. E daí? O padre Bernard gosta de um drinque de vez em quando. E daí? A verdade é que não é o fim do mundo. Não se aborreça tanto com tudo.

— Não estou aborrecida — disse ela. — Na verdade, de um jeito estranho, estou feliz por ter visto o quanto o padre Bernard é inepto. Pelo menos esta viagem serviu para demonstrar isso.

— Pare com isso, meu amor — disse o Papai em tom carinhoso e sorrindo para Hanny, que ainda estava junto da janela com a lebre. — Deixe Andrew em paz. Deixe o menino dormir um pouco. Venha para a cama.

— Ainda não terminei de rezar por ele.

Ele segurou as mãos dela.

— Esther, acho que é hora de aceitarmos que ele é do jeito que é, e que é assim que sempre vai ser.

— Não posso fazer isso.

— Nós vamos embora para casa amanhã. E acho que é onde devemos ficar. Nunca mais vamos voltar aqui. Não é um bom lugar.

— Do que você está falando? Como assim não é um bom lugar? Faz anos que a gente vem aqui.

— Quero dizer, não acho que Andrew vá ficar melhor aqui.

— Por que não?

Ele olhou para mim e depois fitou as próprias mãos.

— Naquele quarto ao lado do escritório... — começou ele, e a Mamãe suspirou. — Me escute, Esther. É importante.

A Mamãe fechou a cara e esperou que ele continuasse.

— Antes de irmos para o santuário, fui lá trancar o quarto e encontrei um nome rabiscado no reboco ao lado da cama.

— E daí?

— Bem, acho que era o nome da menina que eles colocaram lá.

— Provavelmente era.

— O negócio é o seguinte. Afastei a cama da parede para ver melhor e havia outros quatro nomes lá.

— Então estavam todos doentes. O que isso tem a ver?

— Todos eles morreram, Esther.

— Não seja bobo.

— É verdade. Cada um dos nomes estava riscado por uma linha e...

— E o quê?

— Eu sei que não disse nada. E nem ia dizer. Mas encontrei algumas cartas.

— Cartas?

— Numa caixinha debaixo da cama. De Gregson para a governanta das crianças, perguntando se elas estavam bem, se teriam condições de voltar para casa logo.

A Mamãe esfregou os olhos e perguntou:

— Por que você está me contando tudo isso?

— Esther, não era apenas aquele quarto que estava de quarentena. Era a casa inteira. Gregson não construiu esta casa como um lar, mas como um asilo para doentes.

— Claro que era um lar — contestou a Mamãe.

O Papai balançou a cabeça.

— Gregson nunca viveu aqui; ele construiu esta casa apenas para que a governanta pudesse levar as crianças para o santuário.

A Mamãe olhou para ele, irritada.

— Ainda não consigo ver o que isso tem a ver com a gente.

— Você não vê? Ele continuava insistindo que a mulher levasse as crianças mesmo quando estava óbvio que não havia a menor esperança de que elas melhorariam.

— Ele tinha fé. Essa é a única coisa que está óbvia para mim.
— Não se trata de fé. A questão é saber quando admitir derrota.
— Derrota?
— Antes que alguém se machuque.
— Não vou desistir de Andrew agora. Aonde isso nos levaria?
— Esther, no fim, aquele pobre homem perdeu a sanidade quando constatou que não era capaz de mudar coisa alguma.
— Sei que *eu* não sou capaz de mudar coisa alguma — vociferou a Mamãe. — Não estou dizendo que *posso* mudar o que quer que seja. Estou pedindo a Deus.

O Papai suspirou, e a Mamãe puxou as mãos de volta.
— Me deixe em paz — disse ela.
— Esther.
— Me deixe sozinha com o meu filho.
— Não faça mais isso com ele. Não faça mais isso com você mesma. Amanhã, vamos embora para casa assim que pudermos. Não é culpa de Bernard que tudo tenha dado errado esta semana. É este lugar. Ele é doentio. Não é bom para nós.
— Escute — disse a Mamãe, agarrando subitamente o pulso do Papai —, a sua fé pode ter desmoronado junto com a de Wilfred, mas não tente arruinar a minha também.

O Papai tentou desvencilhar dos dedos dela, mas a Mamãe segurou com mais força ainda.
— Quer saber de uma coisa? — perguntou ela, sorrindo um pouco. — Acho que você está com medo.

O Papai parou de tentar escapar.
— Não. Eu não — disse ele, e meneou a cabeça na direção do canto do quarto, onde havia um gorila sentado debaixo das prateleiras de seixos e pedaços de madeira à deriva, com os braços em volta dos joelhos.

Desde então, o meu irmão mudou tanto que se tornou irreconhecível, mas se vejo algo do velho Hanny é sempre através dos olhos. Existe uma honestidade de sentimento que trai todo mundo, creio eu. E lá naquele quarto da Moorings, por trás da sua máscara idiota, havia um medo que eu veria muitos anos mais tarde, quando fui preso naquela noite na frente da casa dele. Um medo de que eu seria levado para longe e não seria mais capaz de protegê-lo. Ele tem

Caroline, é claro, e os meninos, mas ainda precisa de mim. É óbvio. Não que Baxter concorde. Ele parece pensar que eu estava tendo uma espécie de colapso nervoso.

— Mas sem dúvida estamos chegando a algum lugar — disse-me ele da última vez que o vi.

Era um dia chuvoso e tempestuoso no início de novembro, alguns dias antes de encontrarem a criança em Coldbarrow. A castanheira-da-índia do lado de fora de seu consultório balançava por causa do vento, suas enormes folhas amarelas invadindo as quadras de tênis abaixo. Agora era inverno, e as quadras estavam fechadas. As redes haviam sido retiradas e as linhas brancas foram enterradas sob camadas de folhas e sementes. Baxter é sócio de lá, como seria de se esperar. Médicos, dentistas, acadêmicos. Ele me disse que sua parceira de duplas mistas fazia pós-graduação em hebraico antigo. Uma moça encantadora. Muito atlética. Sim, eu podia imaginar Baxter espiando o balançar do traseiro dela enquanto aguardavam o saque da dupla adversária.

Ele estava de pé junto à janela com uma xícara de chá, observando a árvore balançar na chuva. Um relógio tiquetaqueava sobre o a moldura da lareira, que crepitava ao queimar uma pilha de lenha. Ele bebericou um gole e pousou a xícara de volta no pires.

— Você pensa a mesma coisa? — perguntou ele.

— Acho que sim.

Ele olhou para fora e sorriu.

— Isso é um *não* educado?

— É um *diga você* educado.

Ele riu de leve e se recostou na cadeira de couro que estava diante de mim.

— O senhor não tem de concordar, meu velho — falou ele. — O seu irmão não está me pagando para obrigá-lo a fazer as coisas mais mirabolantes só para me agradar. É que realmente considero que, nos últimos tempos, você virou uma página.

— Em que sentido?

— Eu acho — disse ele, entornando todo o conteúdo de sua xícara e colocando-a sobre a escrivaninha — que o senhor está começando genuinamente a entender as preocupações do seu irmão a seu respeito.

— Estou?

— Ah, acho que está. Acho que, se eu lhe perguntasse, o senhor seria capaz de explicá-las de maneira bastante eloquente agora.

— Você *está* me perguntando?

Ele entrelaçou os dedos e depois abriu as mãos, como que me instigando a falar.

Eu disse o que ele queria ouvir, e ele obedientemente anotou tudo em seu caderninho. Falei que compreendia que Hanny e Caroline estavam preocupados comigo. Que ficar sentado na frente da casa deles o dia inteiro e a noite inteira era desnecessário. Que eu não deveria botar a culpa no vizinho que ligou para a polícia. Hanny não precisava que eu fosse o seu vigia. E o fato de que eu não era capaz de identificar com precisão quais eram as ameaças específicas que, a meu ver, o colocavam em perigo iminente significava que era improvável que essas ameaças sequer existissem. Eu as tinha inventado para que ainda me sentisse *essencial* para Hanny, embora ele fosse casado e tivesse a própria família para cuidar dele.

Jamais discutimos esse último ponto antes, mas ainda assim eu o acrescentei, sabendo que Baxter ficaria impressionado com a minha autopercepção. E estaria um passo mais próximo de fazê-lo pensar que eu estava curado.

— Muito bem — disse ele, erguendo brevemente os olhos de seu caderninho. — Está vendo, uma página virada. O senhor é um homem diferente daquele que chegou aqui para falar comigo em março.

— É mesmo?

— Sem dúvida. Quero dizer, ainda há um bom caminho a percorrer antes que fique...

— Normal?

— Mais feliz, eu ia dizer. No entanto, é tudo uma questão de pequenos passos, sr. Smith. Não faz sentido tentar dar um passo maior que a perna e aquela coisa toda.

— Acho que não.

— E tampouco se trata de encaixá-lo à força num molde social. A questão é dar ao senhor meios de chegar a um nível de compreensão que lhe tornará capaz de interagir com as outras pessoas de uma maneira mais gratificante e menos estressante.

Ele olhou para os próprios dedos e riu baixinho.

— Não é com frequência que admito isso, sr. Smith, mas a verdade é que, de tempos em tempos, me pego sentindo inveja dos meus pacientes.

— Como assim?

— É a oportunidade que uma crise pode oferecer, suponho. Observar que lugar uma pessoa ocupa no contexto geral das coisas, no grande plano da existência. Identificar as coisas que são realmente importantes. É tão fácil perambular pela vida sentindo na pele somente uma modesta gama de emoções, sem jamais pensar em por que alguém faz o que faz. Quem foi que disse que "a vida que não passamos em revista não vale a pena viver"? Aristóteles?

— Sócrates.

— Ah, sim, claro. Bem, soa filosófico, seja lá quem tenha dito. Uma sabedoria de acordo com a qual, infelizmente, não sou capaz de viver como o senhor é. O senhor está *vivendo* a vida, sr. Smith. Está enfrentando a luta, corpo a corpo. Não como eu.

— Talvez você devesse dizer isso tudo a Hanny. Daí pode ser que ele me entenda.

Baxter sorriu.

— No devido tempo, ele entenderá. Talvez o senhor considere que seu relacionamento está destruído. Mas nós, humanos, sentimos uma ânsia inerente de consertar as coisas. O senhor vai dar um jeito. O seu irmão é mais forte do que pensa.

Capítulo vinte e quatro

Hanny escapuliu em algum momento da noite. A cama estava vazia, suas galochas e sua capa de chuva haviam sumido. Sempre tive o sono leve na Moorings, ainda mais depois da visita de Parkinson, e fiquei pensando com meus botões de que forma ele conseguira sair de fininho sem me acordar. Mas quando desci da cama percebi que ele tinha estendido toalhas ao longo das tábuas do assoalho para que eu não o ouvisse.

Coloquei a mão sobre o colchão de Hanny. Estava frio como gelo. Até mesmo o cheiro dele havia desaparecido. Eu mal podia acreditar que ele tinha sido tão ardiloso e dissimulado. Isso não era nada do feitio de Hanny.

No meio do quarto, o tapete cor-de-rosa estava virado e a tábua solta havia sido tirada do lugar. Apalpei a cavidade. O rifle não estava lá, e Hanny pegara as balas no bolso do meu casaco.

Eu sabia para onde ele tinha ido, é claro. Ele tinha ido para Coldbarrow para ver Else e o bebê.

Lá embaixo, na cozinha, Monro ergueu a cabeça e ganiu quando entrei. Afaguei seu pescoço para aquietá-lo e vi que o chão estava cheio das guloseimas que o padre Bernard havia trazido para ele. Bem esperto, Hanny.

Monro espirrou, deitou-se e voltou a mastigar os biscoitos em forma de osso que ele ia descobrindo um a um nas dobras do seu cobertor.

Lá fora, uma garoa fina, salobra e espessa, espalhava-se sobre a planície, e sua umidade avolumou-se sobre mim feito uma pelagem. A bicicleta de dois lugares estava encostada a uma parede, os pneus remendados. Era por essa razão que o padre Bernard tinha entrado em casa tão tarde. Ele não fora ao bar, como a Mamãe havia dito, mas ficou no pátio, na chuva, consertando a bicicleta.

Saí da casa empurrando a bicicleta, manobrando-a para contornar as poças e erguendo-a sobre o mata-burro para não acordar ninguém. Assim que cheguei à frente da casa, saí pedalando viela abaixo, encontrei a estradinha costeira, passei no meio das poças profundas que havia lá, e logo estava atravessando os pântanos.

Depois de dias de chuva, o charco podia chegar a cerca de dois metros de profundidade, sem nenhum fundo perceptível, somente uma gosma de lama e vegetação morta. Gritei o nome de Hanny na estranha esperança de que ele houvesse tropeçado e caído dentro de um dos charcos. Melhor isso do que qualquer outra coisa que Parkinson tivesse em mente.

Mas não havia nada. Somente o silvo dos caniços e os respingos da água negra feito nanquim à medida que o vento vinha através dos pântanos trazendo uma lufada de flocos brancos.

Por um momento, pensei que estava nevando — isso não teria sido inédito lá, mesmo no final da primavera —, mas depois, quando cheguei mais perto do espinheiro, pude ver que árvore havia florescido numa explosão de vida bem antes do que deveria, como as macieiras e a grama verde e viçosa lá na Moorings. Cada um dos galhos nodosos e retorcidos sustinha uma guirlanda de pétalas, da mesma maneira que o padre Wilfred, jazendo em seu caixão, segurava as rosas brancas.

Nas dunas, tive de erguer a bicicleta para passar através da passagem, uma vez que o vento havia empilhado areia numa camada de trinta centímetros de espessura por sobre a estrada. As pegadas do Hanny estavam lá, misturadas aos vestígios de rodas de carro. Leonard havia passado por aquele caminho recentemente.

Chamei Hanny de novo, pensando que ele talvez pudesse estar escondido em algum lugar. Esperei e olhei para a grama que o vento vergava, as nuvens cinzentas deslizando céu acima.

A maré estava começando a subir. Os baixios afundavam lentamente sob a água, e lá longe, quase em Coldbarrow, vi uma silhueta curvada contra o vento, sua camisa branca adejando. Era Hanny. Estava com o fuzil sobre o ombro.

Fechei a mão em concha e berrei, mas ele não me ouviu, é claro. E em todo caso fiquei feliz. A última coisa que queria que ele fizesse era que começasse a voltar agora que a maré estava subindo em disparada. Era melhor que ele seguisse em frente e esperasse.

Deixei a bicicleta encostada na casamata e comecei a correr através da areia, seguindo os pilares de madeira até onde foi possível. Em alguns lugares não havia água alguma, porém mais adiante, sob o vento a todo vapor, a areia tinha desmoronado, formando profundos sulcos cujas bordas desabavam de forma alarmante à medida que eu saltava por cima de cada um que encontrava.

O rugido me rodeava enquanto o mar se impelia na direção da praia, arrebentando em coroas espumantes quando se espatifava em algum declive oculto. Algas e madeira à deriva passavam velozmente, subindo e desabando sobre o vagalhão cinza, revolvendo-se, quebrando e sendo sugados depois pelas correntezas.

À minha direita, consegui avistar uma daquelas sendas temporárias que a água e o vento volta e meia faziam aparecer como por encanto no Loney; compridas espinhas dorsais de areia que só se tornavam visíveis quando a maré alta as deixava expostas acima da água. Caminhei pela parte mais rasa, subi até o ponto mais alto e vi que a vereda serpeava numa longa e sinuosa faixa na direção de Coldbarrow.

Contudo, até mesmo essa senda se exauriu antes que eu chegasse lá. O chão se abriu e desapareceu, e fui arremessado para a frente, mar adentro, e minhas pernas subitamente chutaram o nada.

O frio do mar tirou meu fôlego feito um soco e espremeu meu escroto, que se tornou uma noz. Estendi os braços, golpeando com as mãos a água pesada e cinza, tentando me agarrar a alguma coisa, qualquer coisa, qualquer pedaço inidentificável de plástico ou de madeira a que eu pudesse me segurar — mas a maré chicoteava tudo para longe e não restava mais nada a fazer a não ser nadar com o maior vigor possível na direção da margem da praia de Coldbarrow.

Naquele tempo eu era um nadador respeitável. Resistia bravamente ao frio das águas abertas e não temia as profundezas. Não havia muitos riachos e lagos nos arredores de Heath que eu não tivesse explorado. Mas nadar de peito nas lagoas de Highgate Ponds era uma coisa. O Loney era outra história. A onda me atacava de todos os lados e parecia determinada a me puxar para dentro. Havia um movimento na água que fluía, agarrava e sugava ao mesmo tempo. Engoli bocados de água salgada, engasguei e expeli em arroubos de tosse desesperada, minha garganta e meu nariz ardendo.

Aparentemente, eu não estava chegando um centímetro que fosse mais perto da praia, e depois de me lançar de novo e de novo na direção da terra, ocorreu-me que eu estava nos primeiros estágios de afogamento; naquele período de lutar, afundar, voltar à tona. E o pânico tomou conta de mim. Eu mal conseguia sentir meu corpo. Minhas mãos estavam convertidas em garras. Em pouco tempo, eu estaria cansado demais para me mover. E depois? Uma dor nos pulmões. Silêncio. Nada.

Enquanto eu chapinhava às cegas em meio aos jorros de água, o céu, Coldbarrow e o horizonte encrespado foram virados na vertical, primeiro de um lado e depois do outro, mas graças à guinada tive a clara noção de um vulto borrado na praia. Depois, afundando na escuridão de som abafado sob a água e emergindo de novo, tudo ficou repentinamente mais próximo. Alguma coisa estava sendo estendida para que eu me agarrasse nela. Tentei apanhá-la e senti meus dedos se fecharem em volta de uma puída correia de couro. Senti um puxão que se opunha ao da maré, senti minhas coxas e joelhos finalmente rasparem as pedras. Depois o sufoco do mar se foi, e Hanny estava parado diante de mim. Soltei a correia do rifle, e ele se ajoelhou e tocou o meu rosto. Eu mal conseguia respirar. As palavras saíram em convulsões. Hanny levou à orelha a mão fechada em copa, querendo que eu repetisse o que dissera, mas eu o empurrei e ele foi até uma pedra e se sentou com o fuzil sobre os joelhos.

Ainda tremendo, tirei meu casaco e depois o suéter e o torci num espesso nó a fim de tirar um pouco da água.

— Por que você saiu daquele jeito? Por que não me contou para onde estava indo?

Hanny olhou para mim.

— Você é um idiota — falei, olhando ao longo das areias, que agora haviam desaparecido por completo. — A gente tem que ir para casa amanhã de manhã. Como diabos a gente vai conseguir voltar agora? Todo mundo vai ficar se perguntando onde a gente está. A Mamãe vai ficar zangada, e eu é que vou pagar o pato. A culpa é sempre minha toda vez que você faz alguma estupidez. Você sabe disso, não sabe, Hanny?

Ele bateu nos bolsos. Tirou um dinossauro de plástico.

— Você está sempre pedindo desculpas, Hanny. Por que não pode simplesmente pensar antes de fazer as coisas?

Hanny olhou para mim. Depois curvou a cabeça e fuçou nos bolsos à procura da máscara de gorila. Fui até ele e tirei a máscara de sua mão antes que ele pudesse colocá-la.

— Você não está com medo, Hanny — repreendi. — Você não teve medo de fugir e se esgueirar todo sorrateiro por aí sem mim, teve? Não teve medo de vir até aqui sozinho.

Ele não fazia a menor ideia, é claro, mas, mesmo assim, eu estava furioso com ele. Mais do que eu deveria. Joguei a máscara no mar. Hanny olhou para mim e depois foi até a beira da água. Com o rifle, tentou arrastar a máscara de volta para si. Tentou algumas vezes, mas a máscara se encheu de água e desapareceu. Ele me rodeou e deu a impressão de que ia me bater. Depois se deteve, olhou na direção da Thessaly e beijou a palma da mão.

— Não, Hanny. A gente não pode ir até lá para vê-la. Não mais. A gente precisa ficar longe daquele lugar.

Ele beijou a mão de novo e apontou.

— Jesus Cristo, Hanny. Você não entende? Se eles acharem a gente aqui, vão nos machucar. A gente só precisa sumir da vista até a maré mudar. Ninguém vai aparecer por estas bandas por agora, não enquanto não for possível fazer a travessia. Se a gente ficar aqui, eles nunca vão saber que a gente veio. Me dá o rifle. Vou ficar de vigia.

Hanny se virou e apertou o fuzil junto ao peito.

— Me dá a arma, Hanny.

Ele balançou a cabeça.

— Não posso confiar em você com isso. Você vai se machucar. Dá aqui para mim.

Hanny virou as costas para mim completamente. Segurei um dos braços dele e torci. Ele fez força e se soltou com facilidade e me empurrou para o chão. Hesitou por um momento e depois virou a coronha do fuzil na minha direção e me acertou uma violenta pancada no pulso quando ergui a mão para me proteger.

Vendo que eu estava sentindo dor, por um instante ele pareceu preocupado, mas girou e começou a andar na direção contrária ao longo da urze.

Eu o chamei de volta. Ele me ignorou. Vesti meu casaco ensopado e fui atrás dele, tropeçando através da grama emaranhada e os charcos. Agarrei-o pela manga da camisa, mas ele se desvencilhou e seguiu adiante, determinado como eu nunca havia visto antes.

Uma densa névoa estava vindo do alto-mar agora, e pensei que Hanny ficaria apavorado demais para prosseguir. Porém, apesar do horizonte turvo e do silêncio que se abateu sobre o lugar, ele prosseguiu, dando passadas largas, pulando os brejos e as poças, chegando, por fim, aos escombros de uma velha casa de fazenda ou celeiro, era difícil dizer o que aquele lugar tinha sido. Restavam somente algumas paredes destruídas, formando grosseiramente um retângulo que estava entulhado de outras pedras e telhas de ardósia. Talvez alguém tivesse vivido ali outrora. Revirado o mar à procura de alimento. Orado na capela e tentado prender Deus na ilha, como uma das borboletas no nosso quarto na Moorings.

Sob o som das galochas de Hanny atravessando os detritos eu pude ouvir outra coisa. Vozes, chamados. Tentei fazer com que Hanny parasse, de modo que eu pudesse ouvir melhor, e no fim tive de chutar um de seus pés para que ele caísse. Hanny se esparramou no chão e o fuzil voou com um zumbido para longe. Ele engatinhou para reavê-lo e se sentou numa pedra para tirar a lama.

Levei o dedo aos lábios, e ele parou o que estava fazendo e olhou para mim, ofegando de raiva.

— Escute — roguei.

O som de um latido irrompeu da bruma, mas era difícil dizer de onde vinha ou a que distância estava. Não tive dúvidas de que era o cachorro de Collier. Era o mesmo latido roufenho que eu ouvira na campina ao lado da Moorings, onde a ovelha havia levado seu carneirinho para se alimentar da grama nova.

— Hanny, a gente precisa voltar. Eles não podem encontrar a gente aqui. E estou com frio. Você não está com frio?

Eu tinha começado a tremer. As minhas roupas pareciam embrulhadas nos meus ossos.

Hanny olhou para mim, e embora um lampejo de preocupação tenha passado por sua expressão, ele se virou e pulou por cima da mureta quebrada junto à qual estava sentado, sem me esperar. Eu já não tinha forças para segurá-lo. Tudo que pude fazer foi segui-lo da melhor maneira possível, enquanto seu vulto escapava, aparecendo e sumindo no nevoeiro.

Por fim, eu o alcancei na beira de um riacho que descia jorrando água branca feito leite numa ravina de pedras e deslizava através do samambaial mole rumo ao mar.

Alguma coisa estava errada.

Toquei Hanny no braço. Ela olhava fixamente para a frente.

— O que é? — perguntei e, acompanhando os olhos dele, vi que havia uma lebre sentada do outro lado, olhando para trás.

A lebre virou a cabeça para um lado, farejou o ar, olhou de novo para nós, contraiu uma de suas altas orelhas curvadas e depois fugiu em disparada, só que um pouco tarde demais, pois nesse exato instante um cachorro irrompeu do nevoeiro, lançou-se sobre ela e a derrubou na lama. A lebre escoiceou com as patas traseiras uma, duas vezes, tentando livrar-se das mandíbulas agarradas à sua nuca, mas, um segundo depois, era um corpo flácido, enquanto o cão rasgava o seu pescoço e mastigava a sua garganta.

Dessa vez segurei com firmeza o braço de Hanny e tentei arrastá-lo na marra. Se saíssemos imediatamente dali eu achava que poderíamos escapar. Mas ele ficou plantado no mesmo lugar, ainda olhando para além de mim, por cima do meu ombro, não para a lebre e tampouco para o cachorro, mas para os dois homens que haviam irrompido da neblina e estavam lá parados, com os olhos cravados em nós.

Capítulo vinte e cinco

Eram Parkinson e Collier. Estavam vestindo macacões azuis e botinas emplastradas de lama, cachecóis enrolados em volta do pescoço e cobrindo a boca. Por causa da umidade, suas boinas pingavam.

Collier tinha uma corrente sobre o ombro. Ele abaixou o cachecol e chamou o cachorro para junto de si e, quando o animal se recusou, ele foi até lá e, com um chute no flanco, afastou-o da lebre. Ergueu a mão e, com uma obediência treinada, o cão ganiu e se encolheu de medo; Collier segurou a coleira para poder passar a corrente. Parkinson continuou nos encarando, bafejo frio enevoando seu rosto.

O riacho fluía desordenadamente por sobre as rochas e samambaias.

Ainda segurando o braço de Hanny, comecei a caminhar para longe, mas Parkinson se moveu com uma rapidez inesperada. Deu alguns passos chapinhando pela água e agarrou o capuz do meu casaco, forçando-me a ficar perto dele, como Collier tinha feito com o cachorro. Virou-me de frente para ele e delicadamente rearrumou meu casaco, de modo a não me estrangular mais.

— Não há necessidade de tanta pressa — disse ele.

Ele tirou as mãos de mim e, com um piparote, jogou fora a umidade delas.

— Veio dar um mergulho?

Como não respondi, ele sorriu, divertindo-se ao me ver encharcado e tremendo de frio. Depois reparou no fuzil que Hanny estava empunhando e tomou-o dele. Hanny deixou o rifle deslizar de suas mãos e fitou os próprios pés.

Parkinson encaixou a coronha no ombro e, apertando os olhos, fez pontaria pela mira.

— Onde vocês arranjaram isto? — perguntou ele.

— A gente achou.

— É bastante fora do comum, isto aqui, para um rapaz como você — disse ele, olhando de relance para Hanny.

Collier flagrou o olhar carrancudo que lancei para Parkinson.

— Ele quer dizer "retardado" — esclareceu.

Parkinson abaixou o fuzil e puxou para trás o ferrolho de modo a abrir a culatra. Hanny tinha carregado a arma. Pude ver a primeira bala do pente pressionada dentro do carregador.

Agora que Parkinson tinha me soltado, tentei sair andando e levar Hanny de volta pelo mesmo caminho, achando que eles talvez considerassem que estávamos quites por terem tomado o nosso rifle. Mas Parkinson rapidamente segurou meu ombro de novo.

— Não vão ainda — disse ele.

— Todos os outros estão esperando a gente — aleguei.

— Estão?

— Estamos indo embora hoje.

— Indo? Para onde?

— Para casa, em Londres.

— Londres? Você não conseguiria voltar nem pro continente, muito menos Londres.

— A gente sabe nadar — garanti, e Collier gargalhou.

— Nada disso — disse Parkinson, com preocupação fingida. — Não quero que você se afogue.

— Olha só, a gente vai embora para casa hoje. Façam o que quiserem na Moorings. Peguem o quiserem daquele lugar. Eu não dou a mínima. Ninguém vai se importar.

Era uma bravata inteiramente calcada no medo, e que definhou na mesma velocidade com que tinha surgido no instante em que Parkinson riu e se virou para Collier.

— Não sei se gostei da acusação. Não somos ladrões. Somos?

— Não — respondeu Collier.

O som de um bebê chorando veio da direção da casa. O cachorro ergueu os olhos. Parkinson e Collier trocaram um olhar de relance. O choro cessou.

— Olha só. Falando sério agora. Não é pessoal. Mas não podemos deixar você ir embora. Vamos ter que levar vocês a algum lugar seguro. Você entende o que eu que quero dizer, não entende? Quando falo em seguro?

Olhei para ele, que pôs a mão sobre o meu ombro de novo.

— É assim que tem de ser. Não tem nada que você ou eu possamos fazer a respeito. Vocês estão simplesmente fodidos, só isso. Lugar errado, hora errada. Vamos para casa e lá a gente resolve tudo.

Leonard estava carregando coisas no carro quando chegamos à Thessaly. Clement estava lá também, buscando e levando caixas. Quando nos viu, ele se deteve e nos olhou com... o que era aquilo? Pena? Culpa?

— Continue, Clement — pediu Leonard.

Clement assentiu lentamente, caminhou na direção do Daimler e acomodou no porta-malas a caixa que estava carregando.

Leonard chegou mais perto e acendeu um charuto. O cachorro de Collier começou a latir de maneira estrondosa e a fazer força para se soltar da corrente. Leonard olhou para Collier que, capitulando, tirou do bolso uma velha focinheira de couro e a prendeu em volta do rosto do animal.

— Vocês devem adorar este lugar — disse Leonard, voltando-se para nós. — Não conseguem ficar longe, hein?

Deu uma tragada no charuto e olhou para Parkinson.

— Você tem certeza de que isso é necessário? Daqui a uma hora não haverá nem vestígio de que alguém esteve aqui. Se eu fosse você, mandaria os dois de volta assim que a maré baixasse e deixaria por isso mesmo. Eles já deram a palavra de que vão ficar de boca fechada. Que diabos eles iriam dizer, afinal de contas? Não sabem de nada.

Parkinson respondeu com uma encarada, e Leonard suspirou.

— Tragam os dois para dentro, então — disse ele.

Não me lembro de nenhum de nós tentando fugir, lutar ou fazer algo do tipo. Lembro-me apenas do cheiro das samambaias molhadas, do som da água jorrando de uma calha, de sentir o torpor de saber que ninguém apareceria para nos ajudar e que estávamos rodeados por pessoas sobre as quais o padre Wilfred sempre nos havia alertado, mas que, na verdade, jamais achávamos que veríamos pela frente. Aquelas pessoas que existiam no reino das reportagens de jornal: notícias de um mundo completamente diferente, onde as pessoas não tinham capacidade de sentir culpa e pisavam nos fracos sem pensar duas vezes.

Entramos na Thessaly pela porta dos fundos, que levava à cozinha vazia que tínhamos visto brevemente na nossa primeira visita. No chão havia uma vasilha de metal com comida de cachorro que, a julgar pelo cheiro, devia estar ali fazia meses. O cão de Collier afocinhou alguns pedaços de carne, tentando curvar a boca em ângulo de modo a conseguir comer através da focinheira.

De algum outro lugar da casa, o bebê chorou de novo. Um berro convulsivo e desesperado que diminuiu aos poucos até se tornar um gemido que parecia resignado com o fato de que ninguém viria para lhe reconfortar.

Parkinson abriu a porta que dava para o corredor.

— Sigam em frente — disse ele, com um meneio de cabeça.

Hesitei e senti a mão de Hanny na minha. Ele estava tremendo.

— Está tudo bem. Daqui a pouco a gente vai para casa — falei.

Collier soltou um pouco mais a corrente do cachorro. Sob a grade da focinheira, ele rosnava desde a garganta e curvava a cabeça e tentava mordiscar nossos tornozelos.

— Sigam em frente — repetiu Parkinson.

— Vai ficar tudo bem, Hanny. Não se preocupe.

Assim que entramos no corredor, Leonard, Parkinson e Collier pararam e olharam para a porta que levava ao porão. Ela estava fechada. Do outro lado, veio o som do bebê se esgoelando novamente. Hanny fez movimentos de beijo com a mão.

— Qual é o problema dele? — perguntou Parkinson.

— Ele quer ver Else — respondi.

— Ela não está mais aqui — disse Leonard.

— Onde ela está?

— Como vou saber? Ela não tem nada a ver comigo agora. Ela não é minha filha. Laura a levou para casa hoje. Você não precisa se preocupar com elas. Ambas foram pagas. Todo mundo conseguiu o que queria.

— Menos vocês dois — salientou Parkinson.

— Nós não queremos nada — respondi. — Só deixem a gente ir embora para casa.

Leonard olhou para Parkinson e depois para nós.

— Se dependesse de mim... — falou ele. — Eu acredito que vocês não vão dizer nada. Mas receio que o sr. Parkinson aqui pense de outra forma. E já que é ele que está com um rifle na mão, estou inclinado a confiar no julgamento dele.

— Sabe de uma coisa? — disse Parkinson para mim. — A meu ver, o problema é que você não acredita que somos capazes de ajudar o menino.

Ele meneou a cabeça para Collier.

— Conte para eles o que o seu cachorro fez com sua mão.

Collier ergueu a mão — ele não estava mais usando a meia-luva preta — e com o dedo desenhou devagar uma linha no dorso dela.

— Cada um dos malditos tendões ficaram pendurados feito farrapos — explicou.

— Cinco anos sem trabalhar — disse Parkinson. — Não é isso, sr. Collier?

— Sim — respondeu ele. — Não tem muito serviço para um carreteiro maneta.

— E agora? — perguntou Parkinson.

Collier flexionou o punho, abrindo e fechando a mão, e depois agarrou o braço de Hanny, fazendo com que ele tivesse um sobressalto. O homem gargalhou, satisfeito com o risinho de aprovação de Parkinson, e depois soltou Hanny.

— Tinha um câncer crescendo na minha garganta — disse Parkinson, pressionando o dedo no pomo de adão e depois desenhando com a mão uma estrela para mostrar que o tumor havia desaparecido.

Parkinson pousou o braço sobre o ombro de Leonard.

— E o meu amigo aqui parece o próprio retrato da saúde, não é? Nem um sinal de artrite.

Leonard olhou para mim e sorriu. Eu não havia reparado, mas Parkinson estava certo. A andar claudicante de Leonard desaparecera.

— Hanny está bem. Não quero que façam nada com ele.

Parkinson soltou uma gargalhada e balançou a cabeça.

— É engraçado, não é? Como vocês da igreja têm mais fé em algo que não pode ser provado do que em alguma coisa que está bem na sua frente? Acho que tudo se resume a uma questão de ver o que a gente quer certo? Mas, às vezes, você não tem opção. A verdade aparece, querendo ou não. Não é mesmo, sr. Collier?

— Sim.

Parkinson assentiu, e Collier agarrou o braço de Hanny de novo. Dessa vez, ele não soltou. Hanny se esforçou para se desvencilhar. Tentei fazer uma alavanca para afastar a mão de Collier, e estava tão concentrado nisso que reparei apenas vagamente quando Parkinson empurrou Leonard de lado e mirou o rifle.

O tiro fez cair do teto pequenas nuvens de poeira e substituiu todos os outros sons por uma aguda lamúria nos meus ouvidos. Um invólucro de munição vazio rolou pelo corredor, e Hanny desabou de lado sobre as tábuas do assoalho, apertando a coxa, na qual agora havia um buraco que se abrira de repente.

Parkinson colocou o rifle de volta sobre o ombro e meneou a cabeça na direção do Hanny, que se contorcia em silenciosa agonia no chão.

— Agora você precisa ter fé — disse ele. — Goste disso ou não. A menos que queira levar para casa não só um retardado de merda, mas também um aleijado.

Ao ouvir o disparo da arma, Clement entrou e estava plantado ao lado de Leonard, olhando com horror para o que havia acontecido. Leonard notou que o homem estava embasbacado e deu um cutucão nele.

— Não fique aí parado, Clement — disse ele. — Levante o menino.

Clement começou a recuar, mas Parkinson apontou o rifle para o peito dele.

— Ei, você ainda não pagou tudo que deve, Clement.

— Me deixem ir para casa — implorou Clement. — Fiz tudo que vocês me pediram.

— Sim, até agora. Mas você deve mais alguns favores para nós antes de encerrar o assunto.

— A mamãe vai ficar preocupada, querendo saber onde estou. Não posso ficar.

— Não sei se você tem muita escolha, Clement. A não ser que queira acabar em Haverigg de novo. Você sabe que a gente pode fazer isso. Foi bem fácil da última vez. Você não teve inteligência para sair de lá e não acho que daquela época para cá você tenha ficado mais esperto. A Moorings pega fogo. O zelador é visto pelos moradores locais agindo de maneira suspeita. Quantos anos um cara pega de cadeia por incêndio culposo hoje em dia, Clement?

Clement olhou para ele e depois se ajoelhou ao lado de Hanny, rolando-o delicadamente de costas de modo a poder enfiar um braço sob os ombros dele. No rosto de Hanny estampou-se uma careta de dor. Ele chorava como o Hanny criança que eu havia conhecido, a boca se abrindo e fechando feito um peixe encalhado. Talvez tenha sido quando ele caiu da macieira no jardim dos fundos e quebrou o pulso, ou quando caiu da bicicleta e deixou um bom naco do queixo em Hoop Lane. Eu sempre odiava quando ele chorava. O fato de ele chorar significava que eu não tinha tomado conta dele direito. Eu tinha fracassado.

— Aqui — disse Clement, e me mostrou onde colocar o meu braço em volta do outro ombro de Hanny.

Hanny abriu os olhos e olhou para mim, completamente perplexo, depois fraquejou e desmaiou. Clement e eu o levantamos, o forçamos a recobrar a consciência e depois conseguimos fazê-lo escorar seu peso sobre a perna boa, ao passo que a outra vergou debaixo dele e arrastou uma trilha de sangue e restos de carne ao longo do corredor.

Leonard tirou do bolso um molho de chaves e abriu a porta do porão. Desceu sacudindo as chaves na mão, o choro do bebê se transformando em gritos histéricos à medida que avançamos.

Capítulo vinte e seis

Era primeiro de junho, e a rua lá fora estava abafada e enevoada, num prelúdio ao calor brutal que o verão traria. Hora após hora, o dia vinha adquirindo a tensão que precede uma tempestade. Tudo se movia devagar, se é que sequer se movia. Os pombos empoleirados no plátano ficaram quietos e imóveis por horas a fio. No peitoril da janela, uma abelha repousava à luz do sol e não se mexeu nem mesmo quando tamborilei o vidro. Os gatos da vizinha da casa ao lado caçavam sombras em vez dos camundongos e pássaros que habitualmente deixavam nos degraus da nossa porta de entrada.

Eu estava relendo *Hamlet* para uma prova no dia seguinte. Era a última prova. Assim que ela terminasse, a escola teria acabado para sempre. O lugar já se tornara diferente. As coisas não tinham mais a mesma importância. Ninguém, nem mesmo os professores, parecia dar a mínima, e pude ver a escola como ela realmente era: uma linha de produção intestinal que ia se afunilando no final de um turno de produção específico. Contudo, o que exatamente ela produzira eu não sabia. Eu não me sentia nem um pouco diferente de quando havia entrado na escola. Somente um pouco sujo por ter passado por suas entranhas.

O que ia fazer a seguir depois, eu não fazia ideia. Completaria dezesseis anos dali a uma semana, mas o mundo não parecia exatamente tão aberto quanto achei que poderia ser. Quando olhava para o Papai, via que na verdade não havia diferença alguma entre trabalho e escola. Uma pessoa meramente se tornava qualificada para passar de um sistema para o outro, só isso. A rotina era um fato da vida. Era a vida, na verdade.

No momento, a Mamãe estava me deixando em paz, mas eu a sentia à espreita, esperando o dia em que seriam divulgados os resultados das minhas provas, quando então poderia saltar para cima de mim e me arrastar para a vida que ela achava que eu deveria ter. Cursinhos preparatórios em disciplinas como história, latim e educação religiosa, depois um diploma de graduação em teologia antes de seis anos no seminário. Eu poderia contestar, é claro, me afirmar, mas sem saber o que queria fazer, as minhas chances contra ela seriam ínfimas. Eu seria como aquela lebre na boca do cachorro de Collier.

Collier. Parkinson. Eu pensava neles todo dia desde que voltáramos do Loney. Fazia dois meses agora, mas mesmo com todos os fatos frescos na minha mente, por assim dizer, eu ainda não sabia ao certo o que havia acontecido na Thessaly. O que eles tinham feito com Hanny para que ele pudesse subir sozinho os degraus do porão e depois percorrer o brejo e correr pelos bancos de areia para encontrar o padre Bernard, que havia saído com o micro-ônibus à nossa procura. Como eles remendaram sua perna estraçalhada lá embaixo naquele porão.

Quando voltamos para a Moorings, contei à Mamãe a mesma coisa que eu havia contado ao padre Bernard — que tínhamos ido até Coldbarrow a fim de observar os pássaros e que Hanny acabou escorregando numas pedras e rasgou as calças numa aresta pontiaguda. A mentira saiu com facilidade, sem planejamento e sem culpa, porque, de qualquer modo, eu não sabia qual era a verdade.

A Mamãe não inquiriu nada. Parecia exausta com a preocupação causada pelo nosso sumiço, e tão exaurida pela viagem toda que estava simplesmente feliz de ir embora. Em pouco tempo, todos carregaram suas bagagens no micro-ônibus, sem conversar. O único som era o das pesadas frutas caindo das macieiras.

O sr. e a sra. Belderboss ainda estavam ansiosos para assistir à procissão das varas e, embora todos os demais estivessem cansados e desesperados para dar o fora do Loney, concordaram em fazer uma parada em Little Habgy no caminho. Entretanto, quando chegamos lá, o lugar estava deserto. Um vento morno soprava pela grama não aparada, e se ouvia um zumbido monótono dos insetos despertados cedo demais dos seus casulos. Não havia sinal do padre. As multidões que no passado costumavam se aglomerar no gramado munidas de varetas de salgueiro e bétulas para demarcar os limites da paróquia estavam trancadas em casa. Seguimos viagem.

Quando Hanny voltou para Pinelands, fiquei contente. Não gostei do que tínhamos trazido do Loney para casa. Ele havia mudado. Parecia não notar que eu estava por perto. Estava distante e taciturno, pouco comunicativo, mais interessado em todas as outras coisas ao seu redor, que ele parecia examinar como se jamais as tivesse visto antes. Ele tinha regredido. Fosse lá o que tivessem feito com ele na Thessaly, houve uma reviravolta em toda a sua aprendizagem, e Hanny marchara para trás e voltara a ser uma criança ignorante.

Agora que ele estava de novo em casa para o feriado de Pentecostes, não parecia nem um pouco diferente. Ainda era o bobalhão de sorriso largo o tempo todo. Ainda era capaz de ficar horas a fio simplesmente sentado e com o olhar fixo para a frente. Eu não suportava vê-lo assim, e durante boa parte de sua estada fiquei sozinho no meu quarto. Ele não foi me ver uma única vez.

A Mamãe e o Papai estavam em negação a respeito da situação toda. Podiam ver que havia algo errado, que Hanny tinha mudado, mas não faziam menção alguma a isso. A Mamãe voltou a trabalhar na loja, o Papai em seu escritório na cidade. E nem um nem outro eram capazes de entender por que eu estava tão infeliz, por que não podia simplesmente tocar a vida adiante. Por que eu tinha de me preocupar tanto?

Com o sol encoberto, o dia tornou-se úmido. Abri a janela o máximo que o trinco permitia, mas, ainda assim, não consegui fazer entrar ar nenhum no quarto. Vi um carro descer a rua. Outro vindo na direção contrária. O carteiro sem casaco pedalando sua bicicleta entre as sombras das árvores.

Voltei ao *Hamlet* para ler o final do primeiro ato. *O tempo está fora dos eixos. Oh, maldita a sina, que eu tenha nascido um dia para endireitá-lo*. Depois ouvi o barulho de alguma coisa se espatifando no térreo, e a Mamãe soltou um grito. Desci para a cozinha e, quando entrei, ela se virou abruptamente para me fitar. De olhos arregalados. A boca entreaberta. Os lábios se mexendo, formando fragmentos de palavras. Os pedaços da sua melhor fruteira esparramados aos seus pés. Ela olhou para Hanny, que estava sentado com as mãos espalmadas sobre a mesa, uma xícara de chá à sua frente.

— Algum problema? — perguntei.

Mas antes que a Mamãe pudesse responder, Hanny disse:

— Nenhum, irmão.

★ ★ ★

A Mamãe ligou para o Papai e ele voltou imediatamente para casa, confuso e agitado, pensando que alguma coisa terrível tinha acontecido. Quando ouviu Hanny falar, ele chorou.

O Papai telefonou para o sr. e a sra. Belderboss. O sr. Belderboss ligou para a casa paroquial e conseguiu falar com a srta. Bunce. A vizinha da casa ao lado veio ver qual era o motivo de tanta comoção e chorou também.

Uma a uma, as pessoas foram aparecendo, e a Mamãe as deixava entrar na cozinha, onde Hanny ainda estava sentado. Ela não o autorizara a sair do lugar, receosa de que, caso ele fosse para outro cômodo da casa, o encanto poderia se quebrar. As pessoas entravam a princípio hesitantes, como se estivessem sentadas ao lado de um leão, e se revezavam para ficar perto de Hanny e segurar a mão dele, admirando-o.

Vendo que a Mamãe ainda estava em choque e insegura acerca do acontecido, a sra. Belderboss deu um tapinha afetuoso na mão dela e disse:

— É um milagre, Esther. Realmente é.

A Mamãe olhou para ela e concordou:

— É.

— Do que mais podemos chamar? — perguntou a sra. Belderboss, sorrindo. — O Senhor abençoou vocês.

— Sim, Ele abençoou — disse a Mamãe, e segurou as mãos de Hanny junto às dela.

— É como a história em Mateus, não é, David? — comentou a srta. Bunce.

— Sim — respondeu David. — Qual delas?

— Nove, trinta e dois. Quando Jesus cura o mudo — disse a srta. Bunce.

— Todas aquelas orações que fizemos, Esther — disse a sra. Belderboss.

— Todos aqueles anos pedindo que Andrew fosse curado. Deus estava ouvindo o tempo todo.

— Sim — concordou a Mamãe, olhando Hanny diretamente nos olhos.

— E a água benta que ele bebeu — acrescentou o sr. Belderboss.

— Ah, sim, a água também — confirmou a sra. Belderboss. — Foi o que realmente deu o efeito desejado.

— Só lamento que o padre Wilfred não esteja aqui para ver isso — declarou a Mamãe.

— Eu também — disse a srta. Bunce.

— Ele ficaria nas nuvens de tão feliz, não ficaria, Reg? — perguntou a sra. Belderboss.

O sr. Belderboss estava sorrindo e limpou as lágrimas dos olhos.

— Qual é o problema, Reg? — questionou a sra. Belderboss, que se levantou para consolar o marido.

— Estou sentindo a presença do Wilfred. Você também consegue sentir, Mary?

— Sim, eu consigo — respondeu ela.

— Deus te abençoe, Andrew — disse o sr. Belderboss, esticando os braços por cima da mesa para segurar as mãos de Hanny. — Foi você que o trouxe aqui. Ele está conosco agora.

Hanny sorriu. A sra. Belderboss fez o sinal da cruz e começou a rezar. Todos na sala deram-se as mãos e repetiram o pai-nosso até que a campainha tocou.

O padre Bernard estava em suas rondas pela paróquia e, por isso, só encontrou o bilhete deixado pela srta. Bunce ao retornar para a casa paroquial. Vi sua silhueta através do vidro fosco da porta da frente quando ele tocou de novo a campainha e aguardou. Assim que a abri, ele sorriu, embora parecesse — como eu poderia dizer? — um pouco nervoso, um pouco irritadiço, até. Eu nunca o havia visto daquele jeito.

— Olá, Tonto. Como vai?

— Bem, padre.

O Papai entrou no corredor e estendeu o braço por cima do meu ombro para apertar a mão do padre Bernard.

— Uma coisa maravilhosa aconteceu — disse ele.

— Foi o que ouvi dizer, sr. Smith.

— Ele está na cozinha.

Todos pararam de conversar quando o padre Bernard entrou. Todos aguardaram que ele verificasse o milagre, de modo que assim pudessem dele se apropriar e desfrutá-lo da forma completa e adequada.

— Padre — cumprimentou-o a Mamãe.

— Sra. Smith — retribuiu o sacerdote.

A tensão entre os dois ainda não tinha se dissipado de vez nos meses desde o nosso regresso da Moorings.

— Bem — disse o Papai, sentando-se ao lado de Hanny e pousando o braço sobre seu ombro. — Não vai cumprimentar o padre Bernard?

Hanny se pôs de pé e estendeu a mão:

— Oi, padre.

A informação se espalhou e não demorou muito para que a casa se enchesse de gente. Vieram tantas pessoas que a porta da frente foi mantida permanentemente aberta, escorada com uma lista telefônica.

A hesitação inicial, quando todos temiam que a fala de Hanny pudesse desaparecer tão subitamente como havia surgido, fora esquecida agora. Ele havia sido curado e as pessoas relaxaram, entregando-se à adoração a Deus, cantando ao piano e rindo feito crianças.

A Mamãe levava Hanny de pessoa em pessoa, exibindo o presente que fora concedido a ela, a todos nós. Ele passava de mão em mão feito um cálice, todas as visitas inebriando-se dele. Todo mundo, exceto o padre Bernard, que ficou sentado sozinho, observando aquilo, um pratinho de papel equilibrado sobre o joelho, mastigando os sanduíches que eu havia ajudado a Mamãe a preparar às pressas.

Quando passei por ele com uma bandeja de copos vazios, o padre disse:

— Posso falar com você, Tonto?

Saímos para o jardim, no qual algumas outras pessoas da igreja estavam espalhadas, fumando e admirando as dálias do Papai. O padre Bernard as cumprimentou e depois caminhamos até a ponta, onde havia um banco sob as macieiras.

Por um minuto ficamos sentados ouvindo os andorinhões no terreno baldio do outro lado da linha do metrô e observando suas cabeças de flecha arremeterem através do jardim de tempos em tempos para pegar os insetos que dançavam sobre as estufas.

O padre sentou-se e afrouxou o colarinho. O calor o fazia transpirar e havia marcas de suor ressecado sob as axilas de sua camisa preta.

— Então agora você sabe como é um milagre, hein, Tonto? — entabulou conversa o padre Bernard, olhando para trás na direção da casa.

— Sim, padre.

— Uma coisa e tanto, não é?

— Sim, padre.

— Como ele está? Andrew?

— Não sei.

— Quero dizer, como ele parece estar?

— Tudo bem, acho. Feliz.

O padre enxotou uma abelha que havia saído da macieira zunindo em sua direção.

— O que aconteceu?

— Como assim, padre?

— Você sabe o que quero dizer.

— Deus curou ele. Como em Mateus. Nove, trinta e dois.

Ele olhou para mim e franziu a testa.

— Quando Jesus cura o mudo — expliquei.

— Sim, eu conheço bem a história, Tonto.

— Então, foi isso que aconteceu com Hanny, padre.

— Sim, mas você conhece o final?

— Não.

— Procure saber então, Tonto. Devo dizer que estou com os fariseus.

— Como assim, padre?

Ele me olhou com convicção.

— Veja, alguma coisa aconteceu com você e Andrew naquela casa em Coldbarrow, e não teve nada a ver com Deus.

Olhei para ele e depois de novo para a casa.

— Por que foram lá? Achei que tínhamos combinado de vocês manterem distância daquele lugar.

— Hanny queria ver os pássaros.

Ele sabia que eu estava mentindo e não conseguiu esconder um olhar de mágoa, ou até mesmo de raiva, antes de falar de novo com voz suave.

— Tonto — disse ele, achegando-se um pouco. — Se você se meteu em alguma confusão, se fez alguma coisa que não deveria ter feito, eu posso ajudá-lo, você sabe. Não precisa ter medo de me contar.

— Não há nada a contar — respondi.

— Não estou me referindo àquelas baboseiras sobre as quais Clement estava falando. Há certos truques de que as pessoas espertalhonas podem lançar mão para fazer a gente acreditar em todo tipo de coisa.

— Hipnotistas?

— Não exatamente, mas algo parecido. O que quer que seja, não é real, Tonto. Não dura. E eu odiaria que toda essa felicidade fosse arruinada.

— É isso que o senhor acha que aconteceu com Hanny? Que ele foi hipnotizado?

— É claro que não. Mas me dê uma resposta melhor.

— Não sei o que dizer ao senhor, padre.

Houve um súbito ataque de risos e ambos olhamos para ver o que era. Hanny estava do lado de fora da casa agora, e tentava conversar com os fabriqueiros da igreja sentados no banco junto à estufa, mas um grupo de crianças se esforçava para arrastá-lo para jogar futebol. Por fim, as crianças venceram e Hanny saiu driblando jardim afora, com a criançada toda no seu encalço na maior algazarra, tentando arrancar a bola dos seus pés.

— Elas *não podem* acreditar que foi Deus? — perguntei.

— Você quer dizer *deixar* que elas acreditem?

— Sim.

— Isso se chama mentir, Tonto.

— Ou fé, padre.

— Não dê uma de sabichão comigo.

Ele olhou para mim e depois nos viramos para observar todas aquelas pessoas reunidas na casa. Havia música emanando para o jardim. O sr. Belderboss estava tocando sua gaita. A Mamãe dançava com o Papai. Não me lembro de jamais tê-la visto tão zonza de felicidade, do jeito que ela imaginaria ser naquela idade. Ela não tinha nem quarenta anos.

Quando penso na Mamãe e no Papai hoje, penso neles naquela tarde, as mãos dela nos ombros dele, as mãos dele na cintura dela. Vejo a bainha da saia da Mamãe brincando nos seus tornozelos magros. Ela está usando aqueles sapatos com os saltos de cortiça. O Papai está com as mangas dobradas, os óculos no bolso da camisa.

A Mamãe soltou um berro e deu um beijo estalado e jocoso no braço do Papai quando ele a abaixou.

— Aquela é uma mulher diferente — disse o padre Bernard.

— É.

— Combina com ela.

— Combina, sim.

Ele olhou para as próprias mãos.

— Em breve, vou embora — disse ele.

— O senhor tem de voltar para a casa paroquial?

— Me refiro à paróquia, Tonto.

— Da paróquia? Por quê, padre?

— Decidi voltar para Belfast. O bispo não vai ficar nada feliz, mas acho que é melhor se eu fizer isso. Não sei ao certo se posso ser útil aqui. Não agora, pelo menos.

— O senhor não pode ir embora. Quem vão mandar para cá no lugar do senhor?

Ele sorriu e me de olhou de esguelha.

— Não sei, Tonto. Alguém.

O padre soltou o ar pesadamente.

— Ah, veja, eu não quero ir embora — explicou. — Mas não sou o que eles querem, ou o que precisam. Eu não sou um Wilfred Belderboss, sou?

Ele se abaixou e pegou do chão uma maçã que estava caída a seus pés. Estava repleta de buracos cinzentos, da cor de carvão, nos pontos que haviam sido mastigados por vespas. Ele girou a fruta na mão e a arremessou no longo gramado rente à cerca.

Pensei por um momento e depois disse:

— Padre, o senhor pode esperar aqui?

— Sim — respondeu ele, e se recostou enquanto fui até o barracão de compostagem.

Estava quente lá dentro. Um cheiro de terra velha e creosoto. As ferramentas do Papai penduradas em pregos enferrujados e, acima delas, atrás de alguns velhos vasos rachados que ele pretendia colar, havia uma sacola de plástico sob uma sementeira. Eu a peguei e a levei para onde o padre me esperava com um braço sobre o encosto do banco, observando a movimentação de toda aquela gente na casa.

— O que é isso?

— Acho que o senhor precisa ler isto, padre.

O padre Bernard olhou para mim e depois retirou o caderno que estava dentro da sacola. Ele o abriu e logo depois o fechou rapidamente.

— É o diário do padre Wilfred — disse ele, fazendo menção de me devolver o caderno. — Você me disse que não sabia onde estava.

— Eu o estava guardando em um lugar seguro.

— Você quer dizer que o roubou.

— Não roubei, padre. Eu achei.

— Leve isto embora. Livre-se disto.

— Quero que o senhor leia — falei. — Quero que o senhor saiba o que aconteceu com o padre Wilfred. Aí o senhor poderá ver que estão todos errados em relação a ele. Que ele nunca foi o homem que achavam que era.

— Do que está falando?

— Ele deixou de acreditar, padre. E aqui está a prova.

— Eu não vou ler o diário de outra pessoa, Tonto. E estou surpreso que você tenha lido.

— Agora não importa mais — respondi.

— Mais motivo ainda para deixar essa história para lá.

— Por favor, padre. Quem sabe assim eles param de comparar o senhor a ele.

Ele suspirou, leu durante meio minuto e depois fechou os olhos.

— O senhor precisa ler tudo, padre.

— Já li o suficiente, Tonto.

— E?

— E o quê? Olhe, isto aqui não vai mudar nada. Creio que todo mundo desconfia que ele parou de acreditar em Deus. Se as pessoas preferem ignorar isso, então não há muita coisa que eu possa fazer.

— O senhor acha que ele se matou, padre?

— Tonto...

— Pessoalmente?

— Você sabe que não posso responder a essa pergunta.

— Mas o senhor deve ter uma opinião.

— Foi uma morte acidental.

— É isso que o senhor pensa?

Ele colocou o punho sob o nariz e respirou fundo enquanto ponderava.

— Se o caso foi registrado como morte acidental, Tonto, então é isso que foi. E é assim que deve continuar a ser se a intenção for manter os boatos num nível mínimo. Veja, eu sei que as pessoas vão falar, e isso é inevitável, mas ninguém vai ficar para sempre esmurrando uma porta fechada. Mais cedo ou mais tarde, as pessoas vão aceitar que ele se foi. Pouco importa como ou por quê.

— Mas é a verdade que está aí, padre — aleguei, meneando a cabeça na direção do caderno. — As pessoas não deveriam saber o que realmente aconteceu? O sr. Belderboss não merece saber?

O padre Bernard brandiu o livro na minha direção.

— E o que ele ia saber lendo isto? De que modo os delírios de um pobre-coitado que claramente perdeu o juízo podem ter alguma coisa a ver com a verdade? O melhor que você pode fazer é jogar isto aqui no fogo. Estou falando sério, Tonto. Embrulhe num jornal e queime este negócio.

— E deixar o sr. Belderboss sem saber de nada?

— E deixá-lo feliz. Você viu como ele está lá dentro. Ele tem certeza de que o irmão está em paz. Por que diabos você ia querer tentar convencê-lo do contrário?

Ele acalmou o tom de voz e depois continuou:

— Tonto, a verdade nem sempre é imutável. De fato, nunca é. Existem apenas versões dela. E, às vezes, é prudente ser seletivo com relação à versão que escolhemos contar para as pessoas.

— Mas isso é mentir, padre. O senhor mesmo disse.

— Então eu estava sendo tão ingênuo quanto você. Escute, tenho um pouco de experiência nessas coisas. Por isso fui mandado para a São Judas Tadeu, para começo de conversa.

— Experiência em quê?

— Em lidar com a verdade. Sabe, é isso que a sua mãe não entendeu a meu respeito. Eu não estava tentando desmascarar coisa alguma sobre Wilfred. Estava tentando ajudá-los a manter a boataria em rédea curta. Mas eu não seria capaz de fazer isso se todo mundo estava determinado a me excluir, seria?

— Então o senhor acha mesmo que ele se matou?

O padre Bernard parou para pensar por um momento.

— Você se lembra de quando me perguntou como era Belfast?

— Sim, padre.

— Bem, vou dizer a você. É como um formigueiro. Um formigueiro que está sempre sendo futucado por um pedaço de pau. As pessoas saem correndo para cá e depois saem correndo para lá. Depois, o graveto é retirado de novo e tudo muda.

"Os protestantes se mudam lá de Bone e se deslocam para Ballysillan e os católicos de Ballysillan voltam para Bone. Há católicos demais em Bone, mas eles preferem dormir dois na mesma cama a viver numa rua protestante em que há casas vazias. Então elas percorrem Oldpark Road de ponta a ponta até Ballybone e os protestantes em Ballybone voltam para as casas que os católicos não querem ocupar. E nas ruas que marcam as fronteiras na região, as pessoas arrumam as malas e pegam todos os seus pertences, atravessam a rua, trocam de casa e ficam berrando umas com as outras dos lados opostos da rua. Uma rua que provavelmente já mudou de nome uma meia dúzia de vezes, veja você. É loucura."

— O que é Bone, padre?

Era estranho, ele já tinha mencionado o lugar tantas vezes e eu jamais perguntei onde ficava.

Ele desenhou com os dedos o formato aproximado, algo parecido com um pentagrama.

— Flax Street, Hooker Street, Chatham, Oakfield e Crumlin. Mas essa é apenas a minha opinião. Se você perguntar a alguma outra pessoa, darão uma resposta diferente. Em Belfast, na metade do tempo ninguém sabe onde diabos está.

O padre Bernard olhou para mim, e, quando ficou claro que na verdade eu não estava entendo o que ele dizia, suspirou e riu um pouco.

— Veja só. Quando você é padre, ouve todo o tipo de coisa. Quando você é padre em Belfast, as pessoas contam para você todo tipo de coisa. E quando é padre em Ardoyne, sente vontade de não saber de coisa nenhuma. Há sempre boatos correndo sobre quem fez o quê, para quem e por quê. Quem é um informante. Quem é membro do IRA. Quem não é. O filho de quem está na cadeia. O pai de quem dorme com uma arma debaixo do travesseiro. Quem é seu amigo. Quem é seu inimigo. E eles me procuravam porque queriam ouvir de mim a resposta certa. Esse é o truque, Tonto. Fazer as pessoas acreditarem que você sabe qual é a resposta certa. Deus sabe que, se eu tivesse sido honesto sobre o que sabia, o lugar todo teria pegado fogo. Não deveriam chamar a gente de padres. Não quando, na verdade, somos bombeiros.

Ele olhou de novo para a Mamãe, o Papai e os outros.

— Tenho certeza de que eles sabem que o senhor estava apenas tentando ajudar — falei.

— Talvez, mas parece que já não precisam mais da minha ajuda. Acho que ninguém vai pensar nada de ruim sobre Wilfred agora que isso aconteceu.

— Não?

— Você os viu na cozinha, Tonto. Ele voltou e abençoou a todos. Acho que eles não estão interessados em saber como ele morreu.

Ninguém soube dizer com certeza. Talvez tenha sido o corrimão frouxo — que afinal de contas desmoronou na mão do jovem policial quando ele subiu ao campanário. Talvez tenha sido um simples erro de cálculo com relação ao primeiro degrau no breu — a lâmpada acima do topo da escada tinha queimado. Talvez tenham sido as velhas tábuas do assoalho que empenaram e se soltaram das vigas. Talvez tenham sido as três coisas. Talvez nenhuma das três. A única coisa que parecia óbvia, ou a mais fácil de deduzir, era que se tratava de um trágico acidente.

Ainda estava escuro quando a sra. Belderboss telefonou, e mesmo antes de a Mamãe terminar de falar, eu soube que o padre Wilfred tinha morrido.

Estava todo mundo na igreja, disse ela. Algo terrível tinha acontecido.

A Mamãe, o Papai e eu nos juntamos ao grupo de pessoas reunidas em torno das portas na neve. Tinham levado o padre Wilfred numa ambulância e, a bem da verdade, não havia motivo nenhum para estarmos ali. Porém, ninguém sabia o que mais poderia fazer.

Um policial estava plantado nos degraus, a fim de evitar que alguém entrasse. Ele tentava parecer intimidador e solidário ao mesmo tempo. Um carro da polícia estava estacionado ao lado da casa paroquial. Vi a srta. Bunce sentada no banco de trás com uma policial. Ela estava assentindo e enxugando de leve os olhos com um lenço.

— Pobre Joan — disse uma das faxineiras. — Encontrar o padre daquele jeito.

A Mamãe fez que sim com a cabeça com toda a compaixão de que era capaz, mas eu sabia que ela estava irritada por conta de toda a atenção dispensada à srta. Bunce. E para quê? A moça tola estava apenas tendo um colapso.

A srta. Bunce havia chegado, como de praxe, na hora do café da manhã; preocupada ao constatar que o padre Wilfred não estava em parte alguma da casa paroquial e que a cama dele estava fria e arrumada, ela saiu procurando pela igreja. Olhou na sacristia e, quando estava a caminho da estante de livros, junto às portas principais, por julgar que a recente obsessão do padre por arrumação e catalogação talvez o tivesse levado até lá, ela se deparou quase por acidente com o corpo dele ao pé das escadas do campanário. Ele estava com os olhos fitos, a cabeça rachada na borda do primeiro degrau e uma velha espada jazendo um pouco adiante de sua mão estendida.

Era um caso aberto e encerrado. Era, como se pensou a princípio, uma morte acidental. Um padre idoso havia tropeçado e caído. A espada? Porventura ele teria tentado se defender contra um intruso? Não havia evidências de que outra pessoa estivera lá. A igreja estava trancada por dentro. Mas e quanto ao fato de que paroquianos ouviram um dobre de sinos por volta da meia-noite? Era estranho, com certeza, mas não havia fundamentação alguma para atribuírem a isso alguma importância. Badaladas eram frequentes em igrejas. A espada e os sinos nada provavam e foram descartados. Não levavam a nenhuma conclusão que fosse útil.

O enterro foi realizado no dia em que a neve de inverno começou a derreter. A paróquia inteira compareceu vestida de preto e ficou de pé sob o gotejar das árvores no Great Northern antes de rumar de volta para o velório no Centro Social.

Ninguém ficou muito tempo. A srta. Bunce não teve forças para comer nada. O sr. e a sra. McCullough sentaram-se junto à manjedoura de papelão que as crianças do catecismo tinham feito, fuzilando Henry com olhares acusatórios entre garfadas de torta de carne de porco, como se desconfiassem de que tudo aquilo era, de alguma forma, culpa dele. E o casal Belderboss estava exaurido por conta das incessantes condolências oferecidas por outros paroquianos que deram as caras para manifestar seus pêsames — não tão consternados quanto o casal, mas ainda assim nervosos e perplexos com a ondulação que perturbava as águas até então plácidas do lago que era a paróquia. O que seria da São Judas Tadeu agora?

Eles apertaram a mão do sr. Belderboss e beijaram a sra. Belderboss na bochecha e foram se sentar aglomerados, todos encasacados, comendo seus sanduíches às pressas e deixando o gás de suas bebidas acabar.

No fim, a Mamãe, o Papai e eu fomos os únicos que restamos; sem saber ao certo o que fazer, começamos a recolher os pratos com sanduíches intocados e os copos ainda meio cheios de cerveja. Assim que acabamos de limpar as mesas, a Mamãe pendurou o pano de prato sobre a torneira da cozinha, o Papai desligou as luzes e saímos para enfrentar a neve parcialmente derretida. Parecia um fim absurdo para uma vida.

Enquanto o bispo tomava providências para arranjar o substituto do padre Wilfred, um padre ancião chegou a São Judas para tapar o buraco durante algumas semanas. Era um homem funcional e insípido. Não consigo sequer me lembrar do nome dele. Michael. Malcolm. Algo assim. Ele não tinha outra responsabilidade a não ser celebrar a missa e ouvir confissões, e talvez por se sentir um pouco insignificante já que havia assumido quase que literalmente o papel de um zelador, ele nos mandava, os coroinhas, capinar as ervas daninhas dos canteiros do jardim da casa paroquial ou retocar a pintura da sacristia.

Após uma missa de domingo, ele me despachou para o campanário para que eu me certificasse de que não havia pombos fazendo ninhos. Ele me disse que tinha tido muitos aborrecimentos com pombos que nidificaram na torre da igreja em Gravesend. O cocô deles causava um baita estrago na argamassa dessas edificações antigas. Se algum pombo fosse encontrado, ele teria de informar aos sineiros para que tocassem Erin Triples. Somente os Erin Triples seriam capazes de fazer os pombos se mudarem de lá. Ele era muito doido.

A escada do campanário estava mais segura. O corrimão foi substituído e uma nova lâmpada rosqueada no soquete. Um pesado tapete foi jogado por cima das tábuas empenadas do assoalho enquanto elas aguardavam um carpinteiro.

Não havia pombo nenhum fazendo ninho lá, é claro. O lugar estava em completo silêncio. Os sinos estavam pendurados imóveis em seus suportes. Fui olhar através da janelinha encardida que era voltada para o sul por causa da luz. Era fevereiro. A neve tinha sido levada pela chuva e as ruas ao redor estavam escorregadias. Sendo domingo, as ruas abaixo estavam sossegadas. Vez por outra um carro passava com seus faróis acesos, mas isso era tudo. Além, havia outras ruas, casas, prédios de apartamentos de poucos andares, cinturões de vegetação difusa e, depois, os monólitos cinzentos dos prédios mais altos no centro da cidade. Fiquei perplexo pelo súbito pensamento de que o meu futuro estava em meio àquilo tudo, em algum lugar.

Eu estava prestes a descer quando percebi um pilha de cores num canto. As vestes sacerdotais do padre Wilfred. O roxo que ele usava na Quaresma, o vermelho que usava em Pentecostes, o verde comum do dia a dia e o branco que ele vestia no Natal. A polícia não havia reparado naquilo. Creio que as roupas deviam parecer a espécie de tralha que acabava em campanários, que, no fim das contas, eram apenas sótãos bagunçados. Mas as vestes não tinham sido jogadas fora com desmazelo. Estavam esmeradamente dobradas, os vincos alisados. O crucifixo do padre estava por cima, juntamente com uma Bíblia e o colarinho romano branco. E o seu diário.

Capítulo vinte e sete

Todo mundo estava começando a entrar na casa. O Papai desceu a vereda até onde o padre Bernard e eu estávamos sentados.
— O senhor vem, padre? Andrew vai ler para nós.
— Sim, é claro, sr. Smith.
— Não é maravilhoso? — perguntou o Papai, e apertou de novo a mão do padre Bernard antes de voltar para a casa.
Um trem passou em disparada, deixando um zunido de poeira, e depois os trilhos resplandecentes voltaram ao seu zumbido habitual. Adiante, na terra coberta de grama, os andorinhões adejavam sobre as moitas e o solo rijo com sua vegetação avermelhada. Observamos os pássaros guinando e voando em zigue-zague com a agilidade de morcegos.
— Você vai se livrar do diário, não vai, Tonto?
— Vou, padre.
— E aí acabamos com esse assunto, certo?
— Sim, padre.
— É melhor irmos agora — disse ele e respondeu ao aceno do Papai, que estava pedindo que nos apressássemos.

Eu sabia que o padre Bernard tinha razão e que eu deveria me livrar do diário, pelo bem do sr. Belderboss, mas não fiz isso; nem na hora, nem depois.
Li-o tantas vezes que ele ficou impresso no meu cérebro feito um conto de fadas muito conhecido, especialmente o dia em que tudo mudou para o padre.
O dia começou como qualquer outro na Moorings. O habitual carnaval de intempéries. A reunião para as orações na sala de estar. As várias

nuances de lugubridade zanzando pela casa feito convidados especiais. Porém, após o jantar, uma inesperada eclosão de luz do sol vespertino atraiu o padre para fora da casa, e ele foi invadido por uma súbita ânsia de ir até o mar.

Por um sem-número de razões, anotara o padre, ele jamais tinha ido lá antes. Sempre se sentira bastante repelido pelas histórias locais sobre os caprichos das marés, e, de qualquer modo, chegar ao mar significava atravessar o terreno pantanoso por uma estrada que mal parecia visível, pois ficava inundada pelas poças de chuva. E quando chegasse lá, o que encontraria? Certamente, pouca coisa de interesse. Apenas lama e o que o mar tivesse deixado para trás. Ele temia que fosse uma perda de tempo, o que o levou a ponderar sobre o outro principal motivo pelo qual jamais tinha ido para o mar. Quando se hospedavam na Moorings, o tempo era o presente que o padre dava a seus paroquianos, e não seria justo da parte dele pegá-lo de volta. Era importante que ele se mantivesse disponível, de plantão, por assim dizer.

No entanto, a compulsão de ir para o mar não o deixou em paz. Era tão forte quanto qualquer outro pedido que ele já havia recebido de Deus. Dessa forma, não restava o que fazer a não ser vestir o sobretudo, pegar o caderninho e sair para atender a Ele. Era, ele supôs, o mero fato de jamais ter ido lá antes que tornava tão poderoso o chamado. Pois não era a responsabilidade de um cristão buscar, procurar, mover-se adiante, ser um missionário? Não levar Deus consigo para novas terras como uma mercadoria de troca, mas fazer Deus manifestar-se por lá. Erguê-Lo da terra. Deus já estava em toda parte. As pessoas precisavam apenas notar a presença Dele.

Ele tinha certeza de que Deus caminharia consigo na areia, daria-lhe Sua orientação e explicaria as lições que ele precisava levar de volta para a São Judas Tadeu. Deus diria ao padre o que ele precisaria colocar dentro das caixas de esmolas espirituais dos paroquianos que não puderam sair em peregrinação e não poderiam se beneficiar com a atenção especial que Ele havia conferido aos que tinham feito o esforço. Certamente, para o bem da paróquia, seus colegas peregrinos não relutariam em conceder a ele uma hora de solidão. Entenderiam a importância disso.

Ele pensou em si mesmo como um pastor numa daquelas pinturas pré-rafaelitas, cochilando sob os salpicos de uma árvore ancestral, seus pensamentos levados pelas flores e insetos voadores para coisas superiores ou para nada. Suas ovelhas pastando colina abaixo, longe de sua proteção imediata, mas seguras o bastante para zanzar por conta própria pastagens afora durante algum tempo. Sim, os paroquianos entenderiam.

Mas se era a vontade de Deus que o padre Wilfred fosse para o mar, o que era aquela apreensão que ainda o afligia quando ele iniciou a jornada através da estrada pantanosa? Era a sensação de que ele havia perturbado alguma coisa. A inquietação crescente de que os charcos, de alguma maneira, tinham consciência de sua presença. Era, o padre escreveu, um lugar sombrio e vigilante, que parecia ter se tornado perito em guardar segredos sinistros; segredos que eram entreouvidos como senhas sussurradas que passavam de uma ribanceira de plantas secas para a outra.

O lugar fez o padre Wilfred lembrar-se de uma ilustração do Estige no livro de história e lendas gregas que ele tinha quando menino — seu único livro, mais grosso que a Bíblia da família sobre a moldura da lareira. E que histórias ele havia encontrado entre aquelas capas de papelão! Perseu, Teseu, Ícaro. E quanto a Xerxes, o rei persa que tinha tentado atravessar o estreito do Helesponto a fim de esmagar os gregos? Ou Narciso, ajoelhando-se junto à fonte de águas claras na floresta? Ou Caronte, o barqueiro do Hades? Ele teria se sentido em casa aqui, o velho Caronte. Deslizando através dos pântanos em seu barco.

O padre Wilfred examinou novamente seus sentimentos — essa era, afinal, a razão pela qual ele tinha vindo — e constatou que, a bem da verdade, não estava com medo; aquilo não era tampouco apreensão. Era mais uma agitação. Fosse o que fosse o que estivesse à espera dele, à espreita, não era nada tão malévolo assim. Era indício de Deus. Ele rabiscou uma citação dos Salmos que lhe veio à mente: *Alegrem-se os céus, e regozije-se a terra; ressoe o mar, e tudo o que nele existe.*

Ali não havia nada para deixá-lo temeroso, apenas alegre. Aquele recanto da Inglaterra era deles, algo que eles haviam descoberto sozinhos e foram abençoados nisso. Na primavera, Deus estava nos trigais e pastagens. Ele estava na chuva e nos raios de sol que seguiam e lustravam cada folha e cada galho gotejantes. Estava no balido das ovelhas e nas pequenas tigelas de vida que os andorinhões construíam nos beirais dos telhados dos velhos celeiros. E lá embaixo, na praia, ainda que deserta e desolada, Deus estava em ação. Ali estava o Deus desvairado que fazia a natureza arfar e urrar. A sombra violenta que acompanhava Jesus por meio de seu afetuoso ministério e que, de um instante para o outro, podia pôr os homens à prova com água e vento. Mas se o tempo virasse, não havia nada a temer. Haveria bondade em Seu expurgo. Um mundo melhor, feito das ruínas do antigo.

Assim que o padre Wilfred se deu conta disso, os pântanos pareceram baixar a guarda. Ele notou as aves que normalmente não teria visto na Moorings, e jamais em Londres. Carquejas. Tadornas. Uma garça, brilhante de tão branca, mergulhando para pegar os caramujos que ele vira pendurado nos bunhos e juncos.

Mais adiante no pântano, viu um cuco sendo cercado e hostilizado por um grupo de passarinhos marrons briguentos. Cias ou escrevedeiras, muito provavelmente. Ele tinha lido que os cucos gostavam de usar seus ninhos principalmente para suas engenhosas estratégias de logro, isolados como eram e lindamente entretecidos em delicados cálices que mantinham os ovos protegidos da pior parte dos dias de tempo ruim.

A bem da verdade, no final ficou evidente que a estrada não estava tão inundada como parecia quando vista da casa. A água cobrira somente a superfície e estava clara e parada, como um espelho fino refletindo as gélidas formações de nuvens acima do padre Wilfred, suas bordas enrugadas em contraste com o azul. Se uma pessoa se mantivesse imóvel por tempo suficiente, o padre observou, teria a sensação de estar olhando céu adentro de cima para baixo, com o infinito a seus pés. Uma estranha sensação de vertigem que ele próprio interrompeu após um momento pisando numa poça e seguindo em frente.

A sombra lançada pelas dunas aumentava, e ele se viu caminhando em penumbras muito antes de o asfalto dar lugar à areia.

Deve haver alguma coisa na areia que convida as pessoas a se colocarem diretamente em contato com ela. Caminhar sobre a areia de botas ou sapatos parece quase um desperdício. De qualquer forma, ele julgou apropriado tomar nota do fato de que tinha tirado os sapatos e dobrado a barra das calças.

Pegando uma rota que serpeava os tufos de vegetação, ele subiu a ladeira, sentindo o maravilhoso atrito de areia sob os pés. A queimação dentro das coxas. O frio da areia quando ele emergia na superfície. Tinha setenta e três anos de idade, mas sentia-se de novo como uma criança.

Quando chegou ao topo, estava bastante cansado por conta do esforço e parou para recobrar o fôlego e contemplar a paisagem. Lembrou-se da instrução que lhe fora dada anos antes por seu tutor no St. Edmund's College — um entusiasmado naturalista amador, como ele.

"Olhe primeiro", ele lhe dissera. "E depois veja. Seja paciente e você vai notar os mecanismos de funcionamento da natureza que a maioria das pessoas não é capaz de perceber."

Foi um conselho que ele levou ao pé da letra — como uma metáfora para se concentrar nas interdependências do mundo de Deus, sim, mas que ele também podia aplicar de forma prática em seu papel de sacerdote.

O padre Wilfred tinha aprendido a observar atentamente seus paroquianos, a monitorar o avanço deles através dos sacramentos, de modo a ter melhores condições de corrigir qualquer desvio do caminho que os levaria ao paraíso. Era sua obrigação. Era também a realização de sua vocação. O caminho deles também era o seu caminho. Se eles finalmente encontrassem a paz, então ele também encontraria.

Ele observou, esperou e começou a ver a forma que a grama se movia com o vento, a maneira como o vento vinha com todas as sutilezas de uma voz. Começou a ver como as cores do mar mudavam à medida que a luz seguia a sombra em toda a sua vasta superfície. Azul-turquesa, azul-cobalto, azul-ardósia, azul-aço. Era muito bonito. Como também era a geometria natural do horizonte que dividia em duas partes iguais o mar e o céu e convidava o olho a ser atraído ao longo de sua extensão — da fábrica distante espichando-se da península Fylde ao sul, passando por Coldbarrow com pântano e sua casa vazios — e além dos estaleiros de Furness, indistintos e cinzentos.

Havia as elegantes cidadezinhas litorâneas repletas de casas brancas mais adiante costa acima, e além delas as montanhas da Cúmbria erguiam-se em severas escarpas que arreganhavam os dentes no sol poente.

Foram as gaivotas que fizeram o padre Wilfred olhar de novo para a praia. Ele não tinha reparado no barulho delas antes. A bem da verdade, sequer havia tomado consciência da presença das aves. Talvez ele as tivesse assustado enquanto subia aos trancos e barrancos a duna de areia, e agora que estava parado lá já fazia alguns minutos e elas perceberam que ele não apresentava ameaça alguma, haviam voltado para se alimentar da coisa que chegara aos montes junto com as algas e a madeira à deriva e marcava a amplitude da maré. A maré estava baixando agora. Pouco a pouco. A cada arrebentação, espuma e silvo, ela perdia seu contato com a terra e deslizava um pouco mais para trás. Tinha sido maré alta, ele se deu conta. A água viera até a velha casamata e deixara uma bainha de umidade em torno de sua base.

Eram criaturas estúpidas, as gaivotas. Havia algo de repulsivo nelas. Como havia em crianças malcriadas. O modo que gritavam e brigavam pelos mesmos restos de comida, embora o lugar fosse constrangedoramente opulento.

Elas eram como as pessoas que viviam naquele voraz submundo, do qual ele havia separado a São Judas Tadeu e sua congregação, com êxito suficiente para que parecesse um lugar de vívido contraste. As pessoas desse Outro Mundo não eram iguais. Elas caminhavam na escuridão. Eram dignas de pena. E deviam ser evitadas, caso não mudassem.

Ele não carregava culpa alguma por tal defensividade. Em Romanos, Paulo falava da afeição pelas coisas humildes, mas isso agora parecia uma besteira idealista. O mundo de Paulo tinha se esvaído de vez e fora substituído por um vácuo. Os pecadores já não se preocupavam com o fato de que seriam punidos por Deus, porque, para eles, Deus não existia. E como poderiam ser punidas por uma ausência? Ira e fúria, quando vinham, já não eram mais atribuídas a nenhum tipo de retribuição divina, mas sim a esquisitice natural e a má sorte — e assim cabia a ele interpretar e julgar o mundo como verdadeiramente era. Não fazer o papel de Deus — jamais —, mas deixar claro para seus paroquianos que Deus ainda estava presente e tinha autoridade para delinear divisões entre o mundo deles e o Outro.

No mundo deles, causa e efeito perduravam. Se pecassem, confessavam e eram absolvidos. Se praticassem boas ações, seriam recompensados com o paraíso. No Outro Mundo, existia apenas inconsequência. Ah, havia pessoas que iam para a cadeia e assim por diante — ele tinha, em sua juventude, atendido várias delas: estupradores, assassinos e ladrões incorrigíveis —, mas, na maior parte dos casos, era apenas uma privação temporária de sua liberdade. Elas se importavam pouco, ou nada, sobre sua liberdade eterna ou seu encarceramento infinito. Uma pasta com formulários num escritório em algum lugar a ser sacada na transgressão seguinte era o único legado de seus pecados. Elas não davam importância alguma aos itens que eram anotados no grande livro do acerto de contas do juízo final.

Paulo havia decretado que vizinho deveria amar vizinho, e a isso o padre Wilfred se aferrara — mas somente no âmbito do mundo que ele havia criado na São Judas Tadeu. As pessoas do Outro Mundo pouco se importariam se ele as amasse ou não, se ele regozijasse com elas, ou se chorasse com elas, ou se delas se compadecesse. Paulo havia alertado para os perigos de se julgar os outros — somente Deus era apto para a tarefa —, mas as pessoas do Outro Mundo precisavam ter suas faltas expostas, serem desmascaradas. E ele se sentia qualificado para julgá-las; elas haviam tornado fácil a tarefa dele. A despeito do que Paulo dissera, os pecados delas — por causa de sua natureza inerente — não eram como os dele. Os pecados delas vinham de uma profundeza muito maior.

Ele jamais tinha deixado uma criança morrer em sua própria sujeira como uma mulher deixara acontecer num prédio alto, não fazia muito tempo. Jamais havia despejado gasolina dentro da caixa de correios da casa de um aposentado e riscado um palito de fósforo porque achava isso divertido. Jamais saíra, bêbado e trôpego, de um inferninho às quatro da manhã. Jamais tinha roubado coisa alguma, ou destruído nada. Nenhuma ovelha do seu rebanho fizera algo do tipo. Ele jamais havia cobiçado luxuriosamente algo ou alguém, o que as pessoas daquele Outro Mundo pareciam incentivar e aplaudir.

Ele sabia o que pessoas dessa laia pensariam acerca de sua relação com a srta. Bunce. Ela não poderia ser sua governanta sem ser também sua amante. Era impossível que ele não sentisse desejo carnal por ela, sendo ela tão mais jovem que ele e inteiramente ao seu dispor. Ele a amava, sim, mas não da maneira como as pessoas do Outro Mundo compreendiam, pois, para elas, o amor não podia ser dissociado da relação sexual.

Gálatas, Efésios, Pedro e João. Ele podia ter escolhido uma arma em meio a um vasto arsenal para se defender e mostrar a elas que era possível — na verdade, era um ato de devoção — expressar o amor de Deus amando um irmão ou irmã em Cristo.

Ela era a moça mais devota que ele conhecia. Era um farol de luz no presbitério. Não fora corrompida pelas máculas do mundo exterior, e era a prova de que ele havia feito a diferença.

De fato, todos os seus paroquianos mereciam sentir-se como a srta. Bunce. Diferentes, amados, guiados e julgados. A recompensa pela qual eram dignos por serem mantidos em cativeiro mediante a exigência de pagamento de resgate por um mundo que reivindicava o direito de recorrer a atitudes temerárias e imorais sempre que lhe dava na veneta.

As pessoas falavam de uma sociedade permissiva, mas, até onde ele sabia, permissão é algo que se pede. Não, isso era um ataque, na verdade. Eles estavam sendo subjugados por valores que eram o inverso de sua própria moral. Ele tinha vivido muito tempo e vira o mundo regredir. A cada ano que passava, parecia que as pessoas não eram em nada melhores do que crianças em suas exigências petulantes.

E as próprias crianças estavam mudando. A juventude tinha a rebeldia natural que já existia desde a época de Moisés, mas a impressão era que a isso fora acrescentado algo — uma audácia. Não, estava mais para um desapego. O padre havia visto esse destemor nos jovens por ele flagrados destruindo lápides, munidos de tijolos arrancados do muro do cemitério da igreja, uma espécie de vazio em seus olhos. Eles olharam para o padre como se ele não fosse exatamente real, ou como se o que ele estivesse dizendo não fosse completamente real. Não tinham mais que oito anos de idade.

Não se tratava meramente dos temores inquietos de um padre idoso, era uma sensação genuína de que toda a bondade e humildade simples — pois quem ainda era humilde hoje em dia? — haviam sido extirpadas do coração dos homens. Somente ele, aparentemente, notara a evidente queda, de depravação em depravação, que levara aquele Outro Mundo a um lugar singular e irreversível. Agora não havia escuridão que não pudesse ser explorada, tampouco expressa.

Poucas semanas antes, o padre vira todos eles no Curzon à meia-noite, saindo de uma sessão de algum filme de terror que, de acordo com o jornal, envolvia britadeiras e ácido. Eles estavam às gargalhadas. As meninas com as mãos nos bolsos de trás das calças dos meninos.

Naquela mesma noite, uma senhora sem-teto foi espancada até a morte sob a ponte de Waterloo. E embora as duas coisas não estivessem relacionadas entre si em nenhum sentido literal, ele teve a certeza de que ocupavam a mesma raia que se formara quando veio abaixo o muro que havia entre imaginação doentia e o mundo real.

Era contra essa potente mistura que eles se protegiam na São Judas Tadeu, onde podiam, ironicamente, praticar as mesmas liberdades de que as outras pessoas alegavam desfrutar, as liberdades que eram difundidas por todos os lados como se fossem o almejado resultado final de milênios de cultivo social. Na São Judas Tadeu, eles eram livres para pensar; livres para examinar os significados de amor ou felicidade, ao contrário das outras pessoas, para quem a felicidade era o acúmulo de objetos e experiências que satisfaziam os desejos mais simples.

O Outro Mundo tinha igualdade agora, eles diziam, mas o que queriam dizer era que todos dispunham de meios para exibir o próprio desagrado. Em nome da igualdade havia gente sendo morta a tiros no condado de Derry e mulheres sendo reduzidas a frangalhos em explosões em Aldershot. E as pessoas estavam marchando. Ele vira homens marchando pelo direito de dormir com outros homens. Vira mulheres marchando pelo direito de se livrar, sem sofrer recriminação, de seus filhos ainda por nascer. Vira essas pessoas marchando até a Trafalgar Square com suas botinas pesadas e suas bandeiras do Reino Unido. Ah, as camisas pretas podiam até estar escondidas sob os ternos e grossos casacos de operários, mas eram os mesmos homens que tinham infectado o lugar onde ele havia crescido.

Igualdade. Era risível. Aquilo não tinha nada de igualdade. Não de acordo com o que ele entendia da palavra. Somente aos olhos de Deus havia pessoas iguais. Aos olhos de Deus toda pessoa tinha a mesma oportunidade de ser recompensada com a paz eterna, mesmo os pecadores mais inveterados. Todos poderiam trilhar juntos o mesmo caminho, bastava apenas que as pessoas do Outro Mundo se arrependessem. Mas elas jamais fariam isso.

Ele detestava deixar a São Judas Tadeu ou a casa paroquial e temia cada reunião que requeria o uso do metrô, o qual na hora do rush parecia ser de fato um lugar do Inferno.

A única maneira de enfrentar isso era pensar em si mesmo como Dante, documentando indícios das iniquidades desse Outro Mundo para, ao regressar, compartilhá-los com seu rebanho. Dessa maneira, quando ele fosse arrebatado pelas correntezas, seria capaz de erguer-se da maré de imundície que o esmagava contra as portas do vagão, da mesma forma que as gaivotas estavam se abalroando para alcançar o que, fosse o que fosse, tinha se tornado uma pescaria tão valiosa.

A princípio, era uma velha rede de pesca que o mar havia enrolado até tornar-se um casulo; não, era uma foca encalhada, o padre concluiu, quando uma gaivota alçou voo e ele entreviu de relance uma pele pálida.

Mas depois avistou as botinas desabando na beira da água.

Ele desceu a duna, escorregando e quase caindo, agarrando na vegetação e sentindo-a firme por um momento antes de afrouxar e se soltar em suas mãos. Ao pé da duna, tirou os sapatos amarrados em volta do pescoço e começou a apertar o passo ao longo da areia, correndo pela primeira vez em anos, berrando e acenando os braços, dispersando as gaivotas.

Aconteceu o que ele temia. O homem estava afogado. O pensamento de que talvez ainda pudesse ser salvo passou pela mente do padre enquanto corria na direção dele, mas era tarde demais para isso. As bicadas das gaivotas haviam feito buracos profundos no pescoço e rasgaram as tatuagens que haviam lá, mas não arrancaram uma gota de sangue.

Os cabelos do homem cobriam parcialmente o rosto, mas quando o padre Wilfred se ajoelhou e curvou a cabeça rente à areia, viu que era o velho mendigo sobre quem tinham falado à mesa do jantar. O desgraçado que ele vira adormecido em pontos de ônibus e escorado em porteiras de pastos, seu corpo flácido de bebida, os olhos lentos para acompanhar o que passava. Bem, agora seus olhos estavam vazios como cogumelos.

Uma vigorosa onda arrebentou, tomando conta da praia e chocando-se contra o corpo, arrastando-o um pouco e deixando pequenas bolhas nos cabelos e na barba do mendigo quando perdeu a força e refluiu.

Morrer era tão simples. Um breve e salgado encharcamento, e fim.

A onda seguinte veio logo após e, quando ela recuou, mais uma vez a areia cedeu e se fendeu em pequenos canais, os grãos despejando sulcos adentro.

Ele olhou ao redor, mas era inútil pedir ajuda. Não ali. Não havia ninguém. Pensou em voltar duna acima e sacudir os braços a fim de tentar chamar a atenção dos que estavam na Moorings, mas era improvável que o vissem. Aos olhos deles, o padre pareceria uma figura minúscula, reduzida a uma pequena sombra sob a luz do sol. E se o vissem, o que pensariam? Iriam até lá? E se fossem, de que valeriam? Não havia nada que poderiam fazer agora. E era justo obrigá-los a ver o que ele havia encontrado? Especialmente as mulheres. Isso lançaria uma sombra sobre toda a viagem de peregrinação.

Mais e mais rapidamente, a areia estava se liquefazendo em torno do cadáver do mendigo, escapando de debaixo dele e fazendo-o girar lentamente de lado. Uma fenda maior apareceu, estendendo-se do topo da cabeça até onde o padre Wilfred estava ajoelhado. A água encheu a fissura na onda seguinte e a alargou de modo que um enorme bolo de areia se rompeu e o corpo subitamente rolou e caiu e flutuou. O padre ainda não tinha percebido, mas o mendigo jazia bem na borda de um profundo fosso.

O que o fez esticar a mão e agarrar a camisa, ele não sabia ao certo. Foi instintivo, supôs. O padre segurou uma das mangas e, prendendo-a com firmeza, arrastou o corpo em sua direção, sentindo pela primeira vez — e com uma comoção que o fez usar também a outra mão — a força do mar que se desvencilhava da terra.

Quando a água do fosso baixou, os muros ficaram visíveis. Eram feitos de uma substância cinza que não era nem areia nem lama. Ele deslizou, fincou os pés, e deslizou ainda mais. A água refluindo jorrava rapidamente, sua velocidade aumentando à medida que se aproximava do estreito fundo da ravina, onde agora ele se viu enterrado até os joelhos. Um trecho sob seu pé cedeu e desapareceu; ele caiu e raspou a lateral do rosto no muro, experimentando o enxofre do barro. O padre se soltou, debateu-se, chapinhou, sentiu a água sugando-o, tentou se agarrar de novo a alguma coisa, recuperar a firmeza, mas o cadáver foi arrastado para longe. Ele se impulsionou de modo a ficar na vertical e vadeou alguns passos atrás do corpo antes de ficar claro que era inútil, e embora o corpo tenha sido carregado de novo pelas águas na direção dele algumas vezes enquanto a maré se empenhava em seu fluxo e refluxo, foi com a mesma zombaria de uma criança que oferece uma bola para seu coleguinha de brincadeiras apenas para, de novo, puxá-la de volta, negá-la. Por fim, o corpo afundou e desapareceu.

Ele saiu da água, subindo para a praia e atravessando a faixa das algas. Escorou-se na casamata, limpou a sujeira do rosto e fitou o mar, perguntando-se se alguma coisa poderia reaparecer. Mas já parecia que o que tinha acontecido era irreal. Aqueles poucos minutos antes de ele se agarrar à manga da camisa de um cadáver. Não havia absolutamente vestígio nenhum do velho mendigo. Até mesmo as botas dele tinham sumido.

Era por causa do choque, ele supôs, o frio que o estava fazendo tremer, mas o padre estava aterrorizado. Quase fora tragado mar adentro, sim, mas não era do mar que estava com medo.

Ele se sentiu sozinho.

Mais sozinho do que jamais se sentira na vida. Era uma espécie de nudez, um despir-se instantâneo. Sua pele formigava. Uma enguia fria serpenteava dentro de seu estômago. Sentimentos que ele achava que tinha deixado para trás na infância, naquelas noites em que havia chorado até dormir por causa da morte de algum outro irmão ou irmã, vieram à tona e se espalharam e o subjugaram.

Era compaixão? Não, o padre Wilfred nada sentia pelo mendigo. Ele era do Outro Mundo e havia recebido o que merecia. Não era isso mesmo?

Por que, então, ele se sentia tão alterado? Tão abandonado?

Era o lugar propriamente dito.

O que havia naquele lugar?

E então lhe ocorreu, com clareza absoluta.

Ele estava errado em relação a tudo.

Deus estava ausente. Jamais tinha estado lá. E se Ele jamais fora até lá, naquele lugar tão especial para eles, não estava em lugar algum.

O padre Wilfred tentou rechaçar o pensamento com a mesma rapidez com que havia surgido, mas a ideia voltou de imediato e com mais insistência enquanto ele ficou parado no local observando o bando de gaivotas aglomerar-se sobre os crustáceos deixados para trás, as nuvens lentamente unindo-se em nós para engendrar novos formatos, os parasitas fervilhando na carcaça de alguma coisa.

Era tudo apenas um mecanismo.

Ali, havia apenas a existência indo e vindo com uma indiferença que o deixava gelado. Ali, a vida se erguia espontânea, por vontade própria, e sem nenhum motivo particular. Ela transcorria perfunctória, sem ser questionada, e morria sem ser lembrada.

Ele tinha lutado contra o mar pelo cadáver de um bêbado morto com a mesma futilidade com que Xerxes havia fustigado com correntes o Dardanelos. O mar não tinha a menor noção de rixa ou posse — o padre fora apenas uma testemunha de seu poder. A ele fora dado ver a religião perfeita. Ela não exigia fé nenhuma. Nela, não havia parábolas para comunicar suas lições, porque não havia nenhuma a ser ensinada. Somente esta: a morte era o vazio. Não um vão de porta, mas um muro, contra o qual toda a raça humana se amontoava feito uma pilha de refugos e despojos alijados ao mar.

Sentia-se como um homem afogado, debatendo-se em busca de algo em que se agarrar. Uma coisa que poderia ajudá-lo a se manter à tona por um pouco mais de tempo, mesmo que, no fim, ele estivesse fadado a afundar.

Depois do que pareceu uma eternidade, ele calçou os sapatos, e durante uma hora caminhou de lá para cá, enquanto o crepúsculo caía, de uma ponta da praia à outra, vasculhando as dunas, as piscinas de maré, os profundos canais.

Sem encontrar nada.

Capítulo vinte e oito

A Mamãe tinha encurralado todo mundo na sala de estar para ouvir Hanny ler. Os mais velhos sentaram-se no sofá. Os demais se ajeitaram atrás deles. A poltrona que havia sido cedida para o padre Bernard na noite chuvosa em que decidimos voltar para a Moorings agora estava reservada a Hanny. Ele se acomodou, e a Mamãe beijou seu rosto, entregando-lhe a nossa Bíblia.

Hanny sorriu e olhou ao redor da sala. Abriu a Bíblia e a Mamãe se ajoelhou ao lado dele.

— Aqui — disse ela, virando algumas páginas e apontando.

Mais uma vez, Hanny olhou para os presentes. Estavam todos esperando que ele iniciasse a leitura.

Ele olhou fixamente para baixo, pôs o dedo sobre a página e começou a ler. Era uma passagem do final do Evangelho de Marcos — a passagem que o padre Wilfred sempre marcava a ferro e fogo nas nossas almas mortais quando nos sentávamos na sacristia após a missa.

Os apóstolos tinham se recusado a acreditar que Jesus havia ressuscitado, mas nós não deveríamos ser como eles. Não poderíamos ter medo de vê-Lo em toda a Sua glória.

— "Estes sinais seguirão os que crerem: em meu nome eles expulsarão demônios; falarão novas línguas; pegarão nas serpentes; e, se beberem alguma coisa mortífera, não lhes fará dano nenhum; e imporão as mãos sobre os enfermos e os curarão."

Enquanto Hanny falava, um murmúrio de empolgação tomou conta da sala, e todos souberam que Deus estava entre eles. A Mamãe chorava aos soluços. O Papai foi até ela e a abraçou. O sr. e a sra. Belderboss estavam de cabeça baixa, rezando baixinho, o que incentivou outros a fazerem o mesmo. A srta. Bunce e David estavam de olhos pasmados, enquanto Hanny lia devagar e cuidadosamente, mas não gaguejou uma única vez e não tropeçou numa única palavra sequer.

O padre Bernard olhou de relance para mim. Um dia, achei que talvez fosse capaz de explicar a ele, a todo mundo, o que tinha acontecido, ou que eu seria obrigado a explicar, mas não sei o que diria. Conseguiria apenas contar os fatos de acordo com a minha lembrança deles, da mesma forma como os estou escrevendo agora.

Deixei esta parte por último, mas ela deve ser registrada com o mesmo grau de detalhe de todo o resto. Quando eles chegarem fazendo perguntas, como certamente o farão, preciso que as coisas estejam muito bem claras, não importa o horror.

O dr. Baxter diz que eu deveria me preocupar menos com as minúcias da vida e olhar para o panorama geral das coisas, mas não tenho escolha e os detalhes são importantes agora. Os detalhes são a verdade. E, de qualquer forma, não dou a mínima para o que Baxter diz. Vi o quê ele rabiscou nas anotações a meu respeito. Apenas algumas palavras, que entrevi de relance antes que ele fechasse a pasta, mas foi o suficiente. *Alguma melhora, mas ele continua a exibir uma visão de mundo infantil. Fantasista clássico.* O que diabos Baxter sabe, afinal? Ele não seria capaz de entender. Não sabe o que significa proteger alguém.

Nos últimos trinta anos desci de novo muitas e muitas vezes os degraus daquele porão, em pesadelos e madrugadas insones. Sei de cor cada passo, conheço cada rangido na madeira. Posso sentir sob a mão a umidade do reboco, como senti naquela tarde enevoada em que Clement e eu descemos aos poucos a escada às escuras, segurando a parede, carregando Hanny.

Ele tinha perdido a consciência quando chegamos ao pé da escada, e tivemos de arrastar seu corpo inerte até um colchão no meio do local que tinha manchas recentes em volta dos botões. Hanny escorregou das nossas mãos e caiu pesadamente. Clement se ajoelhou e colocou um travesseiro imundo debaixo da cabeça dele.

Sentimos cheiro de queimado. Junto ao colchão, havia uma mesa coberta com uma toalha preta, e as folhas de visco no teto giravam no calor das velas. O ar estava espesso e estagnado e as paredes reluziam de condensação. Finas estalactites tinham se formado pelos cantos e raízes de ervas daninhas projetavam-se das fissuras onde a argamassa se dissolvera. Não passava de uma caverna, revestida de tijolos brancos. Era o lugar para onde Elisabeth Percy tinha levado todos aqueles marinheiros fatigados do mar para serem mortos a bordoadas e comidos.

Junto ao colchão havia uma pilha de toalhas sujas e uma tigela esmaltada com instrumentos cirúrgicos cobertos de sangue que se tornaram enegrecidos e resinosos: um bisturi, tesouras, um fórceps. Else tinha parido o bebê lá embaixo, e a criança jamais havia visto a luz do dia.

No canto do porão, um cesto de vime, que balançava enquanto o bebê esperneava e berrava até ficar rouco. Clement cobriu os ouvidos com as mãos. No cômodo baixo, a barulheira era terrível. Parkinson e Collier postaram-se colados à parede. O cachorro estava deitado com o queixo sobre as patas, seus olhos assustados procurando algum consolo. Ele ganiu uma vez e depois ficou em silêncio.

Sob o ruído do choro estridente havia outro som, um baque suave e surdo vindo de algum lugar, algo como um trovão ouvido ao longe. O som rolava e se dispersava e retornava. E percebi que era o mar açoitando as rochas abaixo da Thessaly.

— Você pode subir a escada de novo agora — disse-me Leonard, indo até o cesto e pegando no colo o bebê, que estava enrolado num lençol branco.

— Não. Eu quero ficar com Hanny.

Eu me abaixei e apertei a mão de Hanny, mas ele não conseguia abrir os olhos. Ele havia vomitado em sua camisa branca nova. Seu corpo inteiro tremia, e da perna jorrava sangue. Ele estava morrendo aos poucos.

— Clement — chamou Leonard.

O caseiro pousou a mão delicadamente sobre o meu ombro.

— Vamos — disse ele. — É melhor obedecer. Não há nada que você possa fazer por ele agora.

— Eu quero ficar.

— Não — objetou Clement, sua voz quase um sussurro agora. — Você não pode. Acredite em mim.

Eu sabia que Clement estava certo e que deveria ir com ele. Mas não queria deixar Hanny sozinho.

Leonard passou por mim com o pacotinho. O bebê ainda estava berrando de maneira feroz, aterrorizada e violenta, como um animal encurralado. Era tão vigoroso que Leonard teve de aninhá-lo junto ao peito.

— Vá — insistiu Leonard, levantando a voz. — Você não pode ficar.

Eu me senti sendo puxado para fora do cômodo quando Clement me arrastou escada acima e corredor adentro, e depois ficou plantado na frente da porta para me impedir de voltar lá para baixo.

— Eles avisam quando já tiver acabado — disse Clement.

— Quando o que tiver acabado?

— Quando ele estiver melhor.

— O que eles vão fazer com Hanny?

— Eles? *Eles* não fazem nada.

— Eu não entendo.

Clement me olhou de um modo que dava a entender que ele tampouco entendia.

Quanto tempo esperei lá, não sei. Uma hora, duas talvez. A névoa cerrada encobria a casa e o corredor se enchera de uma luz pálida. Enquanto isso, Clement se mantinha com as costas coladas à porta, fitando-me de maneira nervosa, até que, por fim, ouvimos Leonard nos chamando lá de baixo.

Clement deu um passo para o lado e desci a escada aos saltos, dois degraus por vez, escuridão adentro. A lâmpada principal havia sido apagada e o porão estava iluminado somente pelas velas que tinham sido colocadas em volta da borda de um círculo de giz desenhado no chão. Leonard, Parkinson e Collier estavam dentro do círculo. O cachorro de Collier jazia aos pés dele, trêmulo.

Do lado de fora do círculo, Hanny estava deitado sobre o colchão, o bebê ao seu lado. Ambos estavam imóveis — Hanny encolhido com as mãos em volta dos joelhos, exatamente como eu o havia deixado, o recém-nascido meio embrulhado num lençol.

As faixas que envolviam o bebê haviam se soltado, e embora Leonard tenha rapidamente saído do círculo para cobrir de novo a criança com lençóis, ele não foi rápido o bastante. Vi os olhos cinza e cegos do bebê. Seu rosto amarelo e enrugado. Os grotescos inchaços em seu pescoço. A garra deformada fazendo as vezes de mão.

Eu digo "bebê", mas não tenho certeza se era humano.

Leonard ajoelhou-se junto a Hanny e sacudiu-o de leve pelo ombro. Ele acordou, com os olhos embaçados. Esfregou o rosto com o dorso das mãos e se sentou direito. Um instante depois pareceu ter me reconhecido, apesar dos olhos semicerrados, e Leonard ajudou-o a se pôr de pé. A hemorragia tinha parado, de modo que ele veio na minha direção caminhando normalmente, sem mancar.

— E agora, o que você acha? — perguntou Parkinson de trás do breu além da vela.

Senti Hanny colocar a mão sobre a minha. Estava quente e pesada.

Parkinson riu baixinho. Vendo a minha expressão de descrença, Collier riu também. O cão latiu uma vez e sacudiu a coleira.

O bebê continuava imóvel. Jazia lá com os olhos entreabertos, fitando o teto.

O mar açoitava as pedras; o ruído diminuía e retornava, mas agora menos rumoroso do que antes.

— A maré está recuando — disse Leonard.

— O areal vai estar desobstruído lá pelas duas — comentou Parkinson.

— Mas a névoa não vai se dissipar.

— Não? — perguntou Leonard.

— Está um frio de rachar lá fora — afirmou Collier. — Especialmente com toda aquela água de enchente. O nevoeiro vai se assentar bem para dentro do continente a tarde inteira sem enfraquecer.

— Bom — disse Leonard. — Então vai ter menos gente nas estradas.

O olhar dele passou por cima de mim e mirou Clement, que tinha descido os degraus sem que eu percebesse.

— Está tudo pronto? — perguntou ele.

— Tudo — respondeu o caseiro.

— Bem, então acho que a gente deve concluir o nosso trabalho aqui — disse Leonard.

— Com prazer — disse Parkinson, e levou uma vela para o canto do porão, voltando com as folhas de palmeira que a Mamãe tinha usado no Domingo de Páscoa. Evidentemente, ele as havia roubado da cozinha quando esteve na Moorings junto com os Pantomimeiros Pascais.

Pousando a vela, ele fechou as folhas no punho cerrado e ofereceu a Leonard a chance de puxar uma folha primeiro, num sorteio para ver quem pegaria a menor.

— Ah, não — disse Leonard, rindo baixinho. — Você sabe muito bem que eu nunca fiz parte da desova, Parkinson. Concordamos com isso desde o início.

Parkinson olhou para ele e depois se dirigiu a Collier, que tirou uma folha e olhou de soslaio para Clement.

— Vá em frente — disse Parkinson.

Clement fez que não com a cabeça, Parkinson sorriu e mesmo assim puxou uma folha para ele, colocando-a dentro da sua mão e fechando os dedos dele em volta.

Clement começou a chorar, e eu fiquei tão espantado de vê-lo chorar aos soluços feito uma criança que só me dei conta de que Hanny e eu também havíamos recebido uma folha cada quando Parkinson já estava prestes a fazer o sorteio de desempate.

— Vamos ver todas então — disse ele, e todos abriram a mão e mostraram suas folhas.

Parkinson sorriu e Collier soltou um suspiro de alívio.

— Excelente resultado, hein, Parkinson? — disse Leonard.

— Sim — concordou ele, com um sorriso largo na minha direção. — Não poderia ter sido melhor.

Clement fungou e limpou o nariz no próprio braço.

— Você não pode fazer isso — disse ele, segurando Hanny pelo ombro. — Ele é só um menino.

— Nada disso — disse Parkinson, estendendo o rifle para que Hanny o segurasse. — É uma questão de justiça. Ele tirou a menor folha.

— Pare com isso. Você sabe que enganou o garoto — disse Clement.

— Você viu as folhas, Clement. Não tem nenhuma faltando.

Ainda atordoado, Hanny pegou o fuzil e olhou com curiosidade para a arma antes de deslizar a mão em volta da base da coronha e pousar suavemente o dedo sobre o gatilho.

— Façam outro sorteio, então — pediu Clement, virando-se para Leonard, por julgar que, dos três, ele seria o único que poderia ter alguma piedade.

— Não — disse Collier, aflito. — Já era, já foi feito. Não é certo fazer de novo.

— Não se preocupe — falou Parkinson, enfiando a mão na jaqueta e tirando uma de suas facas de açougueiro, um cutelo que parecia ser capaz de rachar um porco ao meio com um único golpe. — O rapaz não vai a lugar nenhum enquanto a gente não acabar de limpar tudo por aqui.

— Deixe ele em paz — pediu Clement. — Olhe só para ele. Ainda está desorientado. Ele não entende o que você quer que ele faça.

— Ah, mas vai entender — falou Parkinson.

Clement engoliu em seco e, depois de hesitar um pouco, tirou o rifle das mãos de Hanny.

— Vá para casa — disse ele. — Vá agora.

Collier olhou novamente para Parkinson. Parkinson descartou as preocupações dele com um ligeiro meneio da cabeça e guardou a faca.

— Quanta nobreza, Clement. Eu nunca soube que você era assim.

— Entretanto, a nobreza pode ser uma falsa vitória — sentenciou Leonard, que saiu das sombras enxugando a testa com um lenço. — Não concordam?

Vagarosamente, ele dobrou o lenço e enfiou-o de volta no bolso, olhando para o bebê deitado no colchão.

— O que quero dizer é que pode até parecer que Clement livrou seu irmão de uma tarefa medonha, mas infelizmente receio que, na verdade, pouco importa quem tirou a menor folha e vai ter de pagar o pato. E eu odiaria que você pensasse que a benevolência dele tenha tirado você e seu irmão da equação. Vocês estão aqui embaixo com a gente, gostem disso ou não. Podemos botar a culpa em vocês quando bem quisermos. Mas creio que sabem disso.

— E eles não iam gostar nem um pouco da cadeia, iam, Clement? — perguntou Parkinson.

Clement fitou os próprios pés. Leonard foi até ele e o segurou pelos ombros.

— Ninguém vai para a cadeia — disse ele, encarando um por um. — Não se tudo que aconteceu aqui for enterrado para sempre, de uma vez por todas. Certo, Clement?

O caseiro olhou para Leonard e depois se desvencilhou da mão dele e, agarrando-me junto com Hanny pelos braços, nos levou na direção da escada.

— Não deem ouvidos a eles. Nada disso tem a ver com vocês. O lugar de vocês não é aqui.

Ele nos deu um empurrão.

— Vão embora — ordenou Clement, irritado porque estávamos demorando demais para sair. — Agora já dá para vocês fazerem a travessia. Vão para casa.

Ele meneou a cabeça na direção da escada e depois caminhou de volta até Leonard, que estava à espera dele junto ao colchão. Leonard acertou um tapinha no ombro dele e Parkinson agarrou-o, brincalhão, pela nuca.

— Não se preocupe, Clement — disse ele. — O cachorro vai comer o que sobrar.

Clement fechou os olhos e começou a rezar, a voz dele nos acompanhando escada acima enquanto implorava a Deus por misericórdia e perdão.

Mas não havia ninguém ouvindo.

Capítulo vinte e nove

Coldbarrow ainda está o tempo todo na televisão.

Ontem de manhã, vi que tinham erguido uma tenda no areal, perto do lugar onde eu quase havia morrido afogado tantos anos atrás. Estavam trabalhando rapidamente para coletar o maior número possível de provas forenses antes que a maré subisse, embora seja improvável que tenha sobrado muita coisa. Não agora.

O repórter estava em terra firme, berrando por cima do intenso vendaval e do granizo. A polícia abriu um inquérito de assassinato, disse ele. Dois moradores locais — uma dupla de senhores idosos — foram levados para interrogatório, e os investigadores estavam em busca de um terceiro.

As coisas estavam acontecendo de um jeito acelerado. Mas eu estava preparado. Todas aquelas noites que passara pondo as coisas por escrito não tinham sido em vão. Tudo estava claro agora. Hanny estava a salvo. Não importava o que qualquer pessoa dissesse ao contrário. Leonard, Parkinson e Collier não tinham tido a inteligência de planejar tudo como eu tive. Confiavam demais no silêncio um do outro e não haviam levado em conta a possibilidade de o Loney revelar o que eles fizeram.

Esperei o máximo que pude até ter de sair de casa para o trabalho, com um olho no jornal da TV e o outro no tempo lá fora. Uma nevasca vinha assolando a cidade desde o breu da madrugada e a rua estava se perdendo sob pesados montes de neve. A tempestade começava a arrefecer, mas só um pouco. Uma cor cinzenta derramava-se céu afora, turva feito água de lavar louça.

Caminhando rumo à estação, ultrapassei os carros que esperavam para chegar à North Circular Road numa comprida fila de fumaça de escapamento e luzes de freio. As pessoas amontoavam-se nos pontos de ônibus ou nas portas das lojas que ainda estavam trancadas e às escuras. Mesmo as luzes de Natal que tinham sido espalhadas ao longo da rua estavam apagadas. Aos poucos, a cidade se paralisava, e, ao que parecia, a manjedoura num canto na frente da igreja era a única coisa que emitia algum brilho.

Eles montavam o presépio todo ano — uma espécie de telheiro abarrotado de pastores em tamanho real, reis magos e Maria e José ajoelhados diante de um Jesus pequeno e rechonchudo no feno. A música tocava sem parar dia e noite, e, quando parei para atravessar a rua, ouvi o timbre metálico de "Joy to the World" antes de o semáforo abrir.

O metrô estava abarrotado, é claro. Todo mundo exalava vapor e espirrava. Coldbarrow era manchete na maioria dos jornais. Todos traziam estampada a mesma fotografia distribuída mostrando a Thessaly desmoronada em ruínas na praia. Alguns tinham fotos granuladas de pessoas vestindo macacões brancos e debruçadas sobre os escombros. Eu me perguntei quanto tempo demoraria para ver Parkinson ou Collier ou até mesmo Clement na primeira página. Eles deviam estar na casa dos setenta agora, talvez já fossem até octogenários. Prestes a levarem um solavanco que os tiraria da inerte complacência da velhice.

No museu, entrei pela porta dos fundos. Estava tão quieto que eu me indaguei se havia mais alguém lá, mas, quando passei pela cozinha dos funcionários, vi que havia outras pessoas por ali, bebendo chá, vestindo seus casacos, numa espécie de clima de feriado, pensando que muito provavelmente o museu permaneceria fechado pelo restante do dia. E talvez tivessem razão. Quero dizer, quem se arriscaria a perder a vida ou a pegar uma gripe para ir ver uma exposição de utensílios de estanho ou de chapéus eduardianos?

— Ei, eu não assumiria meu posto de trabalho — disse Helen em tom jovial quando eu a cumprimentei com um apressado e superficial bom-dia e me encaminhei para o porão.

Eu sei que eles me acham bastante esquisito e falam de mim pelas costas. Mas, a bem da verdade, não dou a mínima. Sei quem eu sou, e resolvi todos os meus problemas sozinho e há muito tempo. Se as pessoas acham que sou detalhista ou recluso, então elas têm razão. Eu sou. E o que mais, além disso? Vocês me decifraram direitinho. Muito bem. Parabéns. Merecem um prêmio.

Helen esboçou um sorriso cínico quando abri a grade de segurança. Ela deu a impressão de que viria falar comigo, mas não veio, então escancarei as venezianas e desci os degraus, destrancando ao pé da escada a porta que, uma vez fechada, significava que provavelmente ninguém me incomodaria pelo dia inteiro. Há um telefone, mas se recebo algum contato é por e-mail. Eles entendem que preciso de sossego para trabalhar. Ao menos isso eles aprenderam sobre mim.

Fui recebido por uma lufada de ar quente. É sempre quente no porão. Um calor seco para evitar que a umidade atinja os livros. Pode ser um pouco opressivo no verão, mas nesta manhã eu me sinto mais do que agradecido por isso.

Acendi as luzes de tira e elas chamejaram, bruxulearam e iluminaram as compridas fileiras de estantes e armários de livros. Os lares de muitos velhos amigos. Amigos que acabei conhecendo intimamente ao longo das duas últimas décadas.

Quando disponho de um momento, o que nestes dias está se tornando cada vez mais raro, gosto de reler *History of the Knights of Malta*, de Vertot, ou *Theorike and Practike of Moderne Warres*, de Barrett. Não existe melhor maneira de passar uma ou duas horas depois que o museu já fechou do que ler esses volumes da forma como foram escritos — em silenciosa reflexão e estudo. Qualquer outra maneira é inútil. Mantê-los abertos dentro de um expositor de vidro lá em cima para que as pessoas deem uma olhada de relance é um insulto, se querem saber a minha opinião.

Eu geralmente trabalho no canto mais distante do porão, onde há um computador que uso para pesquisas e uma ampla escrivaninha onde posso manter todo o equipamento de encadernação e ainda me sobra um bocado de espaço livre.

Não sei por que senti o ímpeto de fazer isso, o que me faz parecer alguém saído das páginas de um romance de Dickens, um dos escriturários de Scrooge, talvez, mas um tempo atrás mudei a escrivaninha para debaixo de uma daquelas grades de vidro que ficam no nível da rua, de onde eu podia erguer os olhos e observar as sombras dos pés que passavam. Creio que havia algo reconfortante nisso. Ali estava eu, aquecido e seco, enquanto os outros lá fora estavam na chuva, com lugares para onde ir às pressas e pessoas com quem se encontrar e a quem deixar esperando.

Hoje, porém, o vidro estava opaco de neve, o que deixava o porão ainda mais sombrio. Para dizer a verdade, as luzes de tira não fazem muita coisa a não ser criar sombras, por isso acendi a luminária de mesa e me sentei.

Nas últimas semanas eu vinha trabalhando num conjunto de livros vitorianos sobre a vida selvagem que tinham sido doados em função da venda do espólio de algum proprietário de terras na Escócia. Enciclopédias de flora e fauna. Manuais de ciência veterinária. Copiosos volumes sobre texugos, raposas, águias e outros predadores censuráveis. Seus hábitos de procriação e as muitas maneiras de abatê-los. Os livros estavam em condições razoáveis, uma vez que durante anos a fio haviam ficado guardados e ignorados na choupana de um couteiro, mas as capas de couro teriam de ser substituídas e as páginas recosturadas se alguém quisesse ler aqueles livros de novo. Alguém leria. Sempre havia alguém que acharia fascinante esse tipo de coisa. Acadêmicos não mediriam esforços para analisar todos os detalhes, mas o que era de interesse para o museu, o bocado de história social que os curadores poderiam vender para o público, eram as notas escritas à mão às margens do texto. As breves ideias e reflexões do couteiro que havia espreitado os pântanos da propriedade e mantivera os animais do seu patrão a salvo durante quase cinquenta anos.

Anotações sobre o tempo e as áreas de aninhamento estavam espalhadas ao redor dos esboços que ele havia desenhado das coisas que tivera de matar a fim de proteger os cervos e os tetrazes. Uma raposa pega numa armadilha. Uma águia com as asas e pernas abertas atingida por balas de uma espingarda de caça. À primeira vista, pareciam coisa repugnantes, presunçosas, nada além de troféus para pendurar ao longo de um corredor, ou ratos dispostos sobre uma cerca, mas o grau de detalhe da plumagem e da pelagem que ele dedicara tempo para reproduzir com sua caneta de ponta fina deixava claro que o homem os amava com toda a estima.

Para ele aquilo não era diferente de podar um jardim, suponho. O couteiro não odiara aqueles animais por seguirem seus instintos de sobrevivência, assim como um jardineiro não odeia suas plantas por crescerem. Era um conhecimento necessário que ele exercia sobre a propriedade. Sem ele, não haveria outra coisa além de caos, e desconfio que as terras tinham regredido para a condição de um ermo selvagem agora que não havia ninguém cuidando delas.

Trabalhei durante uma hora ou mais até ouvir as portas da outra extremidade do porão se abrindo. Coloquei os óculos sobre a escrivaninha (nos últimos anos, fiquei míope) e olhei na direção das estantes. Helen apareceu, o casaco sobre o braço.

— Você está aí? — perguntou ela, fazendo um visor com sua mão enluvada por uma mitene e perscrutando as sombras.

Eu me levantei da escrivaninha.

— Estou. O que foi?

— Boas notícias. Podemos ir para casa.

— Para casa?

— Vão fechar o museu por causa da neve.

— Tenho trabalho para terminar.

— Você não tem de fazer isso. Todo mundo está indo embora.

— Mesmo assim. Gostaria de acabar.

— O mundo está desabando lá fora. Se eu fosse você, iria embora. Caso contrário, você corre o risco de ficar preso aqui a noite inteira. Se precisar de uma carona, posso levá-lo até Paddington.

Ela tinha chegado mais perto de mim agora e estava parada na ponta das estante 990: de *história da Nova Zelândia* a *mundos extraterrestres*.

— Eu não me incomodo — disse ela.

— É fora do seu caminho — respondi.

— Não tem de ser.

Olhei de novo para o livro em cima da mesa.

— Tenho muita coisa a fazer para voltar para casa. Você não tem? — perguntei.

Ela olhou para mim, me deu aquele sorriso cínico de novo e abotoou seu casaco.

— Vejo você na segunda — disse ela, e caminhou de novo na direção da porta e o porão ficou silencioso de novo, exceto pelo tique-taque constante do sistema de calefação.

Retornei ao livro e, com um par de pinças, removi delicadamente a costura da lombada de *Prevention of Galliforme Diseases*, de McKay, antes de jogar no cesto de lixo os quebradiços fios de linha. Não, era melhor ficar. Não era justo pedir a Helen que dirigisse quase dois quilômetros fora de seu caminho naquele mau tempo. E os outros começariam a fofocar de novo se nos vissem juntos no carro dela.

Só parei de trabalhar horas depois. Eram três da tarde. Eu não tinha almoçado, mas não estava com fome. Volta e meia, perco a noção do tempo quando estou lá embaixo no porão, distante do mundo do corre-corre de pés acima de mim. É frequente que um dia inteiro se passe sem que eu tire os olhos do que estou fazendo.

Pus a chaleira no fogo para fazer chá, e, enquanto a água fervia, olhei para o painel de vidro. Ele reluzia com uma luz amarelada, e me perguntei se enfim havia parado de nevar e se o sol tinha aparecido. Tanto fazia, pois rapidamente escureceria.

Eu me recostei na cadeira da escrivaninha, mas mal tive tempo de bebericar um gole quando ouvi alguém batendo na porta. Não era Helen que voltava para me resgatar, disso eu sabia. Ela tinha as chaves. O mais provável era que fosse Jim, o zelador, com quem eu lutara com unhas e dentes para mantê-lo longe do porão com seus sprays antibactericidas e seu lustra-móveis e sua propensão de jogar coisas fora. Ele vinha sendo um pouco rude comigo desde que fiz com que confiscassem a chave dele; as que restaram em seu poder ele chacoalhava de maneira lamurienta, como se, sem o molho inteiro, se sentisse castrado.

Não me entenda mal. Não é que não goste dele. Apenas preferia que fosse eu o responsável por manter o lugar limpo e arrumado. A verdade é que Jim simplesmente não entende a ideia de um arquivo, de guardar as coisas. Em muitos sentidos, eu o admiro bastante e meio que já esperava que ele ficasse enfiado aqui esta tarde. Assim como eu, ele é um sujeito teimoso e não teria ido embora só porque estava nevando.

Pousei a xícara e fui abrir a porta. Lá estava Jim — sobretudo marrom e tatuagens de marinheiro —, seu chaveiro pendurado no cinto.

— Sim?

— Visita para o senhor — disse ele, dando um passo para o lado.

— Hanny? — Tentei demonstrar surpresa, mas sabia que, com toda aquela situação em Coldbarrow, mais cedo ou mais tarde, ele viria me ver.

— Olá, irmão — cumprimentou-me ele, passando furtivamente ao lado de Jim e apertando a minha mão.

— Vou trancar tudo às quatro — anunciou o zelador bruscamente e sumiu escada acima, tilintando suas chaves.

— O que está fazendo aqui? — perguntei, e com um gesto pedi que ele fosse até a minha escrivaninha enquanto eu fechava a porta. Ele estava úmido de neve, e seu cachecol estava polvilhado de gelo.

— Liguei para o apartamento, mas ninguém atendeu — disse ele. — Devo admitir que achei que você estaria em casa hoje.

— Tenho muita coisa para fazer — respondi.

— Você trabalha demais.

— O sujo falando do mal lavado.

— Bem, mas você trabalha demais sim.

— Existe algum outro jeito de trabalhar?

Ele riu.

— Não. Acho que não, irmão.

— Chá?

— Só se você estiver tomando.

Preparei uma xícara para Hanny enquanto ele pendurava suas coisas molhadas no aquecedor.

— Você não se sente solitário aqui embaixo, irmão? — perguntou ele, erguendo os olhos para fitar o painel de vidro.

— Nem um pouco.

— Mas trabalha sozinho?

— Ah, sim.

— Você disse isso com tanta convicção.

— Bem, certa vez houve outra pessoa.

— O que aconteceu com ela?

— Não era exatamente adequada.

— Para quê?

— Para os detalhes.

— Entendo.

— Isso é importante, Hanny.

— Deve ser.

— Não é fácil manter a concentração o dia inteiro. Exige um tipo específico de mente.

— Como a sua.

— É claro.

Hanny pegou a xícara de chá e espremeu a parte de trás das coxas contra o aquecedor. Olhou para mim, ia dizer alguma coisa, mas parou de repente e mudou de conduta.

— Como vão as coisas com o dr. Baxter? — perguntou ele.

— Baxter? Tudo bem, acho.

— Da última vez que falei com ele, o dr. Baxter me disse que vocês estavam fazendo progressos.

— Achei que as nossas sessões eram confidenciais.

— E são, seu bobo. Ele não me deu nenhum detalhe. Falou apenas que você tinha virado uma página.

— Parece que é isso que ele pensa.
— E virou mesmo?
— Não sei.
— Você parece mais feliz.
— Pareço?
— Menos ansioso.
— Você consegue dizer isso tendo como base apenas uns poucos minutos?
— Eu *conheço* você, irmão. Consigo ver isso, mesmo que você não consiga.
— Sou tão transparente assim?
— Não foi isso que quis dizer. É que, às vezes, é difícil percebermos as coisas sobre nós mesmos.
— Por exemplo?
— Bem, posso ver que Baxter está fazendo diferença. E que as nossas orações também.
— Ah, sim, como estão as coisas na igreja?
— Não poderiam estar melhores.
— Ela ainda fica lotada todo domingo?
— Domingo, segunda, terça... temos sido muito abençoados, irmão. Acendemos uma vela para você todo dia.
— Que bom para vocês.

Hanny riu baixinho e disse:

— Deus o ama, irmão. Mesmo que você não acredite Nele, Ele acredita em você. Isso vai acabar. Essa doença vai largá-lo. Ele vai arrancá-la de você.

Talvez fosse a luz lá de baixo, mas, subitamente, Hanny pareceu velho. Sua cabeleira preta ainda era suficientemente espessa a ponto de ficar bagunçada até formar um ninho sob seu gorro de lã, mas os olhos começavam a afundar dentro das macias almofadas das órbitas e havia manchas escuras no dorso das mãos. O meu irmão estava lentamente descambando para a idade da aposentadoria, e eu o seguia feito sua sombra.

Ele me abraçou e senti sua mão sobre as minhas costas. Nós nos sentamos diante da escrivaninha e terminamos o chá em silêncio.

Tendo contornado o assunto que o preocupava e depois de esgotada a conversa fiada sobre trivialidades, ele parecia perturbado agora, assustado até.

— O que foi, Hanny? Tenho certeza de que você não veio de tão longe para perguntar sobre o dr. Baxter.

Ele soltou o ar lentamente e correu a mão sobre o rosto.

— Não, irmão, não vim.
— O que foi, então?
— Você ouviu as notícias sobre Coldbarrow, presumo?
— Seria difícil não ter visto.
— Mas você ouviu o que estão dizendo agora?
— O quê?
— Que uma pobre criança foi morta a tiros.
— Estava no noticiário hoje de manhã, sim.
— E eles acham que foi há algum tempo. Trinta ou quarenta anos atrás. Na década de 1970.
— Sim?
— Quando estivemos lá.
— E daí?

As mãos de Hanny estavam trêmulas quando ele as levou novamente ao rosto.

— Tenho tido uma lembrança. Às vezes, ela me ocorre do nada, mas nem sempre sei o que significa — disse.
— Lembranças sobre a peregrinação?
— Creio que sim.
— Como o quê, por exemplo?
— Uma praia. Uma garota. Um velho casarão com corvos.
— Gralhas. Era a Moorings.
— Moorings, sim, isso mesmo. E eu me lembro vagamente de ir ao santuário, mas isso deve ter sido a Mamãe enfiando coisas na minha cabeça. Ela estava sempre falando disso, não estava?
— Sim.

Era só disso que ela falava.

— E há outras coisas, irmão, coisas que são apenas sensações ou imagens. Uma porta. Uma torre. Estar aprisionado e apavorado. E...
— E o quê, Hanny?

Ele olhou para mim, os olhos marejados.

— Bem, é isso. Essa é a lembrança que venho tendo desde que vi Coldbarrow nos noticiários.
— Uma lembrança do quê?
— Um barulho, perto e muito alto, um estrondo. E o baque de alguma coisa no meu ombro.

Ele me fitou.

— Como o coice do disparo de uma arma, irmão. Como se eu tivesse disparado uma arma.

— O que está dizendo, Hanny? Que acha que foi você que fez isso? Que você matou aquela criança?

— Não sei.

— Por que você faria isso? Não faz sentido.

— Eu sei que não faz.

— É um truque da mente, Hanny. A gente vivia brincando de soldado na praia. É disso que você está se lembrando.

— Mas parece tão real.

— Bem, não é. Não pode ser.

A cabeça dele pendeu.

— O que aconteceu comigo, irmão? Rezei tantas vezes pedindo a Ele para me mostrar, mas não há nada além de sombras.

— Você foi curado por Deus. Não é nisso que você acredita?

— Sim, mas...

— Não é nisso que todo mundo acredita?

— É claro...

— Não é isso que leva as pessoas à igreja todo dia, Hanny?

— Não, não — respondeu ele, levantando a voz. — Alguma outra coisa aconteceu naquela Páscoa.

— O quê?

Ele soltou o ar e se recostou na cadeira, fuçando de maneira nervosa o lábio inferior com o polegar.

— A verdade é que nunca falei sobre isso, irmão, nem mesmo com Caroline, e creio que tentei empurrar tudo para algum lugar dentro de mim, mas, quando penso na peregrinação, há sempre alguma outra coisa no pano de fundo.

— Alguma outra coisa?

— Por trás de toda a euforia.

— O quê?

— Uma terrível culpa, irmão.

Balancei a cabeça e o toquei no ombro.

— Às vezes, tenho a sensação de que vou me afogar dentro dessa coisa — disse ele, e seus olhos marejavam de novo.

— Não é real, Hanny.

— Mas por que eu me sentiria assim, irmão, a menos que tenha feito algo errado?

— Eu não sei. Talvez você sinta não que merece ser curado. Parece que isso é bastante comum nas pessoas que foram salvas ou resgatadas de alguma coisa. Não chamam isso de culpa do sobrevivente?

— Talvez.

— Olhe, posso até não acreditar no que você acredita, Hanny, e talvez com isso eu esteja perdendo, mas, de onde quer que a oportunidade tenha vindo, até mesmo eu sou capaz de ver que você não a desperdiçou. Você é importante para as pessoas. Você trouxe tanta felicidade para a vida delas. A Mamãe, o Papai. Todo mundo na igreja. Se alguém merecia ser libertado da prisão em que você estava era você mesmo, Hanny. Não jogue tudo isso fora agora. Você é um homem bom.

— Se ao menos a Mamãe e o Papai ainda estivessem por aqui.

— Eu sei.

— Eu só queria conseguir me lembrar de mais coisa.

— Você não precisa. Eu me lembro de tudo exatamente como aconteceu. Quando a polícia vier, vou falar por você.

— Vai?

— É claro.

— Sinto muito ter de depender de você, irmão, mas não consigo me lembrar de nada muito bem.

— Você confia em mim?

— Sim, sim, claro que confio.

— Então não precisa mais se preocupar.

Nesse momento, ele chorou e eu o abracei.

— Sobre aquelas noites que eu passei na frente da sua casa... Não tive a intenção de assustar você ou deixá-lo preocupado. Só queria que soubesse que eu estava lá.

— Me desculpe.

— Eu não estou doente.

— Não, não, agora eu sei.

Jim bateu na porta de novo. Eu o ouvi tossindo e sacudindo as chaves.

— É melhor irmos embora — falei.

— Sim, tudo bem.

— Quando Jim enfia alguma coisa na cabeça, não tem jeito, ele não muda de ideia.

Ele me olhou diretamente nos olhos.

— Obrigado, irmão.

— Por quê?

— Por cuidar de mim.

— É a única coisa que sempre quis fazer na vida, Hanny.

— Sinto muito que eu não tenha deixado você fazer isso.

— Não importa mais.

Jim nos deixou sair e depois fechou as portas principais atrás de nós.

— Você veio de carro? — perguntei enquanto ele enrolava o cachecol e vestia as luvas no topo da escada.

— Não, eu não conseguiria encarar o tráfego. Peguei o metrô.

— Eu volto com você uma parte do caminho, então.

Hanny olhou para mim.

— Por que você não me acompanha o caminho todo e volta para a minha casa? — perguntou ele.

— Tem certeza?

— Tenho.

— E quanto a Caroline?

— Vou falar com ela. Ela vai entender.

Tinha parado de nevar e escurecera. O céu estava límpido e coalhado de estrelas duras. Tudo estava embranquecido e mais espesso, e o gelo formara uma crosta por cima dos montes de neve. As placas de trânsito estavam soterradas e as esquinas e calçadas se dissolviam. Hanny desceu os degraus e, ao pé da escada, hesitou.

— Acho que me perdi, irmão — disse ele, olhando por cima do ombro para mim com um sorriso.

— Por aqui — falei, e mostrei o caminho ao longo da rua até a estação.

No metrô nós nos sentamos de frente um para o outro, meu pálido reflexo pairando ao lado do rosto dele. Fisicamente não poderíamos ser mais diferentes (nos últimos anos, as minhas bochechas ficaram um pouco esquálidas, os cabelos um tanto ralos no topo da cabeça), e, no entanto, somos irmãos. Ligados pela questão de segurança e de sobrevivência.

Como o padre Bernard dissera, existem apenas versões da verdade. E são os estrategistas fortes, os melhores, que as manipulam.

Quem a polícia ia achar que disparou o rifle? Hanny? O pastor Smith? O menino retardado curado por Deus? O meu meigo irmão de meia-idade sentado na minha frente, balançando no ritmo do trem do metrô?

Não, os policiais acreditariam no que eu lhes dissesse. Que estávamos bem longe da Thessaly quando a coisa aconteceu. Que estávamos correndo e fazendo a travessia de volta para o continente, tropeçando nos canais de água em meio ao nevoeiro, quando um único disparo ecoou ao redor do Loney e se perdeu no silêncio do areal.

www.intrinseca.com.br

1ª edição	junho de 2016
impressão	rr donnelley
papel de miolo	pólen soft 70g/m²
papel de capa	cartão supremo alta alvura 250g/m²
tipografia	bembo